西游记文化研究会会刊

《西游记文化研究辑刊》编委会

主　管　西游记文化研究会　　淮阴师范学院
主　办　淮阴师范学院文化创意产业研究中心

顾　问　梅新林　詹福瑞
主　编　李相银　王　毅
执行主编　蔡铁鹰
编　委　（按音序排列）
　　　　曹炳建　蔡铁鹰　胡　胜　李相银　苗怀明
　　　　祁连仲　王　毅　徐习军　杨　俊　竺洪波

江苏省高校哲学社会科学重点研究基地文化创意产业研究中心
淮阴师范学院优势学科文化传承与文化创意学科经费资助

西游记文化研究 辑刊

（第一辑）

主　编：李相银　王　毅
执行主编：蔡铁鹰

中州古籍出版社
·郑州·

图书在版编目(CIP)数据

西游记文化研究辑刊. 第一辑 / 李相银,王毅主编. -- 郑州：中州古籍出版社，2018.9
ISBN 978-7-5348-8044-5

Ⅰ. ①西… Ⅱ. ①李… ②王… Ⅲ. ①《西游记》研究－文集 Ⅳ. ①I207.414-53

中国版本图书馆CIP数据核字(2018)第226802号

- -

出版社：中州古籍出版社
(地址：郑州市经五路66号　邮政编码：450002)
发行单位：新华书店
承印单位：江苏农垦机关印刷厂有限公司
开本：710mm×1000mm　1/16　　印张：17.25　彩页：0.5
字数：243千　　　　　　　　　印数：1—2000册
版次：2018年9月第1版　印次：2018年9月第1次印刷

- -

定价：58.00元
本书如有印装质量问题,由承印厂负责调换。

目录 CONTENTS

· 彩页 ·

Ⅰ 国家社科基金重大招标项目
　《西游记》跨文本文献资料整理与研究
Ⅱ 国家社科基金年度资助项目
　《西游记》成书的田野考察与成书史研究

· 学之重典 ·

1 "《西游记》跨文本文献资料整理与研究"的
　学术解读　　　　　　　　　　　　　胡　胜
8 "《西游记》成书的田野考察与成书史研究"的
　基础意义略说　　　　　　　高淑娟　徐向顺
16 《西游记》研究各级科研项目统计及说明　朱明胜

· 方家回眸 ·

21 对孙悟空原型论争的综述与展望　苏兴　苏铁戈
42 再论《西游记》的主题思想　　　　　　王齐洲
57 《西游记》文本阐释的新突破
　　——序竺洪波《西游释考录》　　　　陈文新
66 《西游释考录》(节选)　　　　　　　　竺洪波

· 旧话新说 ·

78 新世纪学术场之"喧嚣"游戏
　　——关于百回本《西游记》作者研究评论　杨俊
92 《西游记》作者考证的方法论问题　　　竺洪波
104 谈《西游记》作者之争的学理与方法论　蔡铁鹰
117 附录
　《吴承恩集》前言
　《吴承恩年谱》前言
　《大道正果——吴承恩传》前言

主　编：李相银　王　毅
执行主编：蔡铁鹰

编　辑：西游记文化研究辑刊编辑部
地　址：江苏省淮安市长江路111号
邮　编：223300

编辑部主任：王　毅（兼）
特约编辑：程　泱　李晓华
　　　　　王新鑫　王玉梅
　　　　　徐向顺
编辑部邮箱：wy15061299200@sina.com

Ⅰ

· **西游新生代** ·

148　《汉语大词典》涉及《西游记》词条考释　　　　　　孙艳梅　王　毅

· **新课题·新观点** ·

163　江苏省教育厅重大招标课题：《西游记》文化传播研究及
　　　数据库建设　　　　　　　　　　　　　　　　　　王　毅　张　莉
175　子课题成果：《西游记》成书研究综述　　　　　　　程　泱　李晓华
186　子课题成果：百年《西游记》电影改编综述　　　　　蒋启超　王　毅

· **校本精品** ·

201　尊重文学　呵护经典
　　　——如履薄冰的重整"西游"路　　　　　　　　　　　　　　李洪甫
210　浅谈世德堂本《西游记》常见的校注问题　　　　　　　　　　李天飞

· **新创意·新领域** ·

223　"西游记"文化产业中的符号建构及其传播价值　　　　　　　张吕坤
232　动漫大师手冢治虫的孙悟空情结　　　　　　　　　　　　　　杨晓林
243　从影视改编看《西游记》文化产业发展的问题和方向　　　　　王新鑫

· **广角观察** ·

253　改革开放以来《西游记》研究热点与趋势
　　　——基于CNKI期刊文章的可视性分析　　　　　　　　　　　朱明胜

· **传播动态** ·

266　谈谈林小发的德文译本《西游记》　　　　　　　　　　　　　李晓华
270　华东师范大学举办"2017《西游记》高端论坛"
272　"2018《西游记》高端论坛"在淮阴师范学院举办
275　《西游记文化研究辑刊》征稿启事

国家社科基金重大招标项目

《西游记》跨文本文献资料整理与研究

项目类型：2017年国家社科基金重大招标项目
批 准 号：17ZDA260　　　　项目经费：80万元
责任单位：辽宁大学　　　　首席专家：胡胜

  胡胜　辽宁大学教授（二级）、博导、社科处处长。对中国古代小说和《西游记》有精深研究，在《文学遗产》《光明日报·文学遗产》《明清小说研究》《复旦大学学报》等发表大量影响广泛的论文，出版专著《明清神魔小说研究》《神怪小说简史》《正说西游记》《西游记研究》《西游记戏曲集》等多部。

  "《西游记》跨文本文献资料整理与研究"以胡胜教授为首席专家，辽宁大学为责任单位。该项目共包括五个子课题，课题组成员主要由北京大学刘勇强教授、华东师范大学李舜华教授、东南大学乔光辉教授、首都师范大学周文业研究员以及辽宁大学赵毓龙副教授等知名学者组成。

  该项目在首席专家胡胜教授主持的国家社科基金项目"西游记跨文本研究"（10BZW051）、"西游说唱文献整理与研究"（17BZW012）以及高校古籍整理委员会资助项目"西游说唱辑校"（编号1637）的基础上延伸而来。

  "《西游记》跨文本文献资料整理与研究"，旨在对中国古代、近代与《西游记》相关的各类文本系统中文献资料展开全面搜集、整理与分析、阐释。不仅包括《西游记》文本本身的评点辑录，也包括成书之前、之后相关的戏曲、说唱乃至图像资料的辑录、整理与研究，并在此基础上构建相关数据库。本课题涉及文学、民俗学、艺术学、版本学、传播学等多种领域，属于综合研究和交叉研究的范围。开展本选题研究，会打破以往单一化视阈带来的局限，符合20世纪80年代以来古代文学研究的发展趋势。

国家社科基金年度资助项目

《西游记》成书的田野考察与成书史研究

项目类型：2013年国家社科基金年度项目
批　准　号：12BZW042　　　项目经费：15万元
责任单位：淮阴师范学院　　项目负责人：蔡铁鹰

　　蔡铁鹰　淮阴师范学院文学院教授，淮阴师范学院文创中心特聘研究员。西游记文化研究会学术委员会副主任、吴承恩研究专业委员会主任。曾先后承担2006年江苏省哲社《〈西游记〉的诞生》、2011年教育部人文社科基金《吴承恩年谱编订与诗文集整理》、2012年全国高校古委会《吴承恩集辑校笺注》等研究项目，成果《西游记的历史文化解读》入选国家精品视频课程，《西游记的前世今生》获教育部优秀社科成果奖。主要著作有《西游记的诞生》《西游记资料汇编》《吴承恩年谱》《吴承恩集笺校》《吴承恩传》等十余部。

　　"《西游记》成书的田野考察与成书史研究"课题以淮阴师范学院为责任单位，蔡铁鹰教授为负责人。成员包括清华大学高淑娟教授、日本南山大学梁晓虹教授、淮阴师范学院王毅副教授、宋景轩副教授等。
　　蔡铁鹰教授关于《西游记》成书过程及其文化嬗变的研究始于20世纪80年代，2006年以江苏省哲社课题《〈西游记〉的诞生》为标志初步形成体系化的学术分支，至2013年进一步深化并获得国家社科基金立项资助。
　　蔡铁鹰教授的基本认识是：中国古代通俗小说的发展经历过一个以"世代积累，个人写定"为创作模式的阶段，这种模式下的作品，有漫长的成书过程，经历过多种文化的冲突与平衡，浸润有不同时代的政治社会信息，因此形成了特殊的价值，深度的和正确的文本解读需要从这里开始。数十年来，成书研究的迅速发展得益于大量田野和文献资料的发现，对这些资料需要做一些辨识、鉴别、追踪甚至是再发现，以保证极其重要的《西游记》成书研究能在正确且丰富的基础上深入发展。

·学之重典·

编者按：

  进入21世纪以来，国家对社会科学的基础研究日益重视，各类基金的资助力度显著加大，《西游记》研究得益匪浅。据不完全统计，近20年来仅国家社科基金给予资助的《西游记》研究课题就达10余项之多，其中含1项重大招标项目；从教育部人文社科基金的网页上统计所得，与《西游记》有关的课题资助有近20项；在其他各类的研究资助中，《西游记》研究课题更是经常闪烁。

  在"拟题""申报""评审""立项"的完整过程中，申报者对课题作了精心的策划和反复的锤炼，评审者对课题作了多角度的评估筛选，有效地提高了选题的质量，最终形成了精深成果，这对《西游记》研究的深化具有重要意义。为此，本刊专设《学之重典》栏目，选介国家社科基金和各类各级基金资助的《西游记》研究课题。

"《西游记》跨文本文献资料整理与研究"的学术解读

胡　胜[①]

  "《西游记》跨文本文献资料整理与研究"之所以能够成为2017年度国家社科基金资助的重大招标项目，最重要的原因就在于课题立足于对中国古代、近代与《西游记》相关的各类文本系统中文献资料的全面搜集、整理与分析、阐释。不仅包

[①] 胡胜，辽宁大学教授、博导。主要研究方向：古代文学。国家社科基金重大招标课题"《西游记》跨文本文献资料整理与研究"课题组首席专家。

括《西游记》文本本身的评点辑录,也包括成书之前、之后相关的戏曲、说唱乃至图像资料的辑录、整理与研究,并在此基础上构建相关数据库。这点对于《西游记》研究的深入和拓展有重要意义。

《西游记》作为中国古典小说"四大名著"之一,成就极高,影响深远。它是唐代以来"西游故事"群落的集大成者,是作家个体意识与民间文化信仰完美融合的典范。随着作品的刊布、流传,其影响力已远超小说乃至文学本身,成为一种独特的文化现象,渗透至民众日常文化生活的各个方面。西游文化的博大精深,导致作品自问世以来对其研究、论争就没有停止过。有明及清绵延至近现代,一直是传播热点之一。如果说明清两代的研究还都是吉光片羽式的序跋、评点,零散而不成系统,那么至20世纪,随着关注度的增高,对其研究也进入了现代学术历程。考察《西游记》研究史,20世纪以来,大致可以分为三个时段:

第一时段,自20世纪初始至中叶。是《西游记》现代学术研究的初创期,以鲁迅、胡适、郑振铎等为代表的学人,筚路蓝缕,为后学奠定了坚实的研究基础。

第二时段,自20世纪中叶至70年代末段。社会学批评和阶级斗争学说充斥其间,成果有限。

第三时段,自20世纪80年代始至今。这一阶段,研究成果丰硕。在对前人研究的反思、质疑基础上,新见迭出。

就总体研究来看,以往主要集中在作者考证、版本考辨、成书过程、主题辨说、形象分析几个方面,完全是以百回本《西游记》为中心,其他相关艺术样式如戏曲、说唱等皆作为其参照而存在。评点、戏曲、说唱、图像等跨文本文献的整理与研究亟待加强。

结合研究对象和主要内容,本课题在总课题之下,设置五个子课题,具体如下:

一 《西游记》评点文献整理与研究

该部分内容包括两部分:一是《西游记》评点文献的搜集与整理;二是《西游记》评点文献的研究。

（一）对古代《西游记》评点的本体研究

尽管学界已经对古代《西游记》评点的研究，尤其针对明清几部主要的批点本的研究取得了不小的成绩，但我们发现，到目前为止，学界仍旧对这些批评话语缺乏足够的"本体关照"。换句话说，多数学者尚未摆脱将评点文字视作"副文本"的传统思维定式，不注意将其从本文的肌体上相对独立地"切割"出来，作为完整而自足的"话语体系"来看待，对其文化（这里主要指学术与信仰背景）倾向、文体特征、话语体系、修辞风格、叙事逻辑等方面的内容进行本体角度的考察。

我们知道，古代《西游记》评点固然是小说文本的有机组成部分，但同时也是其所处环境（时代、地域、学养、信仰）中文学批评话语的有机组成部分，以及评点者个人整体批评话语的有机组成部分。只有在"环境—本文—个人"三位一体的关照中，才可能实现对评论话语真正意义上的立体式考察。以往我们似乎过分强调"本文"的核心地位，而忽视了"环境"与"个人"之间更为直接而显著的"风格"联系。对批评话语的本体研究，就是对这一联系的重新强调。鉴于明清几部重要评点本自身相对自成的体系性与风格意义，本子课题拟以其为研究中心，尤其以"李评本"、《西游证道书》、《新说西游记》等为重点。

（二）对古代《西游记》评点的互文性研究

"互文性"是传统文学评点的显著特征之一。围绕同一部文本，特别是若干主题，不同的评点者之间"隔空对话"，或肯定、赞扬，或质疑、反驳，或承认其存在的合理性，而另辟蹊径。这些在时空关系上原本相对孤立的话语，因主题的逻辑联系，而形成了动态性的交互作用，尤其是在经过岁月累积后，当这些文字落实在彼此"时距差"已可忽略不计的同一条沉积带上，其相互之间的联络、聚合、渗透与排斥关系，反而愈加明显。这种互文性关系，按具体语境不同，又存如下三种情状：

一是与非《西游记》评点话语的互文。在文法观、宗教观、历史观、社会观等方面，古代《西游记》评点与同时代其他专题评点存在密切联系。对于这些互动现象的考察，有助于对古代《西游记》评点自身的研究。

二是古代《西游记》评点的整体互文。不同体系的评点，如世俗文学体系、丹道体系、心学体系、理学体系等,尽管相对独立而自足,但在若干主题和范畴上,始终保持着密切而频繁的互动,它们共享着一个公共的批评语境。

三是各体系的内部互文。由于传统批评话语自身体系意识的缺乏,其相对而言的系统性的确立,其实正是由内部话语的互文性阐释而实现的,这将是本子课题的研究重点之一。

(三)对古代《西游记》评点丹道体系的重新关照

有清一代,丹道体系的评点长期在《西游记》评点话语中占据重要(甚至主要)份额,它不仅是一套相对完善自足的话语系统,又与"西游故事"的生成与传播语境、百回本《西游记》的母本与成书等问题存在密切联系。然而,近代"西游学"兴起伊始,经胡适、鲁迅等前辈学者的反驳,丹道说的话语地位受到根本性动摇,之后伴随着近现代批评话语的逻辑转向与学术方法转型,丹道体系评点愈发失势,致使相关研究长期处于滞后状态。近年来,随着对百回本《西游记》生成的文化语境的重新认识,丹道术语及思想的作用和意义又被重新提起。本子课题拟在现代学理的辩证分析的立场之上,对丹道体系评点进行重新审视,重点考察其体系构成的历史与方法,其整体逻辑倾向与话语风格,同清代丹道学文献论述传统的关系,及其所反映出的丹道学的部分俗化倾向,等等。

二 《西游记》戏曲文献整理与研究

该部分内容主要分为西游戏文献的搜集与整理;西游戏研究。第一部分为重点,搜罗从宋元至明清西游戏的所有资料,包括戏曲文本、演出形态及演员。第二部分则是对西游戏演剧生态的整体性考察、分析与阐释。

在"西游故事"的生成、嬗变过程,以及百回本《西游记》的成书、传播轨迹中,西游戏始终作为主力军存在。从现存的文献资料来看,许多原生的单元故事都是在戏曲文本中演化至高级形态的。如南戏《陈光蕊江流和尚》《鬼子母揭钵记》,杂剧《猛烈哪吒三变化》《灌口二郎斩健蛟》《二郎神射锁魔镜》《二郎神锁齐天大圣》《观音菩萨鱼篮记》等,这些作品着意敷衍某一单元故事,完善而自足。尽管这些故事

未必都被后来的百回本所吸纳、整合,成为其情节链条的必要组成部分,但个别"西游人物"正是在此时期,以"舞台形象"的方式,变得丰满而卓荦起来的。同时,宋元时期也是西游故事的聚合期,原生单元故事一方面向彼此聚合,另一方面又先后向"取经故事"主干靠拢,并最终附着其上或融合其中。小说系统中已有《西游记平话》,但直到目前这部重要的文本坐标,主要仍旧是根据《朴通事谚解》注释引文等间接性文字,或《永乐大典》中所保存的"只鳞片爪"而拼凑起来的。戏曲文本系统可以为我们提供更加直接的文献证据:尽管吴昌龄的《唐三藏西天取经》只残存两折,但在宋金队戏《迎神赛社礼节传簿四十曲宫调》中,可以看到完整的取经故事流程,尤其又有《雄(熊)精盗宝》《鬼子母揭钵》《文殊菩萨降狮子》等单独的表演部分,更直观地反映了这一"聚合"过程。明代是西游故事的定型期,杨景贤的《西游记杂剧》是现存最早的完整的"场上经典"。从中可以看到,"闹天宫故事""江流故事"已经与取经故事实现了有机结合,构成完整的情节链条。而其实在有明一代,以"西游"为题的传奇剧数量不在少数,只不过大多未能保存下来。后百回本时代的戏曲舞台上,尽管不少作品都难以逃脱百回本的"金箍儿",绕不开其高品位的案头经验,但戏曲文本重构故事的活动始终没有消歇。《昇平宝筏》这样的舞台巨制,尽管不免被扣上"以小说为蓝本"的帽子,但其更为直接的艺术经验,来源于明末清初出自民间或宫廷的大量西游戏,而反过来,这部在清中期搬演频繁的宫廷连台本,又深刻影响着民间单出戏的形态。

三 《西游记》说唱文献整理与研究

该部分以元明清乃至近代的宝卷、鼓词、子弟书等典型体式为中心,一方面全面搜罗相关文本文献;一方面从与小说、戏曲互动关系的角度出发,考察说唱文本系统在参与重述、再现西游故事过程中的一般规律,结合其各自的历史与地域文化背景,考察各子系统重述、再现故事的个性特征。

"西游说唱"一直是学界用以考察西游故事生成、嬗变过程,以及百回本《西游记》成书、传播轨迹的重要"参考系"。近年来,随着学界愈加注重对该文本系统的"本体观照",文献搜集、整理工作不断取得进展,我们也越来越可以相对清晰地描述出其参与重述、再现故事的历史形态。最早参与进来的,自然是宝卷系统,如《销释真空宝卷》等,一直是深受学界重视的前百回本的文本坐标。而宝卷又不仅仅在前百回本时代发挥作用,如车锡伦先生所述,中国古代宝卷的文化形态,经历了由"宗教宝卷"向"民间宗教宝卷",再向"民间故事宝卷"蜕变的过程,这一不断下移的、世俗化的过程,又恰恰是与《西游记》刊行、流播发生重叠的。考察现存的不少宝卷文献,总能发现一些共性特征,即其中既保有许多故事的"古貌",又不乏明显因袭自小说的细节,它们可以看作是古貌遗存与百回本影响相杂糅的典型。而在鼓词一类世俗文本中,故事形态更为丰满。尽管这些文本从整体上看,大多艺术品位有限,且更少原创性,民间艺人主要以原著为蓝本,利用各种现成的故事素材进行嫁接、拼合、增减、移挪等加工,很难上升到思想性与艺术性的高度,却可作为民间集体智慧与信仰重述、再造故事的典型来看,保存在清代蒙古车王府曲本中的《西游记鼓词》就是一个代表。该书篇幅曼长,情节委曲,故事容量甚至远超百回本,而察其构造方式,主要是将各种其他故事系统中的角色、名物、情节吸纳、填补进来,这种照搬现成的处理方式,固然称不上高品位,但民间艺人能够结合舞台艺术经验,实现这些材料的"无缝对接",作为一种文化现象来看,是很值得玩味的。至于子弟书这样具有鲜明时代特征和"小文化圈子"属性的说唱体式,其对故事的重构、再造,显得更有个性:在清初俗文学审美风尚、故事题材类型演化趋势,以及子弟书本身艺术成规等多重因素的作用下,作者往往对原著中神魔斗法的内容进行删削、弱化,反而着力表现、生发人情的内容,使其呈现出与同时代其他西游唱本迥异的叙事倾向,即重人情而轻神魔(赵毓龙、胡胜:《重人情而轻神魔:论"西游"子弟书的叙事倾向》,《辽宁大学学报》哲社版,2014年第5期)。可以说,"西游说唱"在整体上是匍匐于百回本伟岸身影下的,但并非如泥塑木雕一般,而是自有其欢乐的文艺精神、自足的文化品位。

四 《西游记》图像资料整理与研究

该部分又进一步分为三个方面:一是对《西游记》成书前的西游图像(包括敦煌

壁画、佛经变相中的西游故事)进行调查、搜集、整理;二是对明清各种《西游记》插图本的辑录;三是对民国以来《西游记》图像(包括插图、影视)搜罗、整理。在此基础之上考察图像与其他文本系统(不止小说本文)的互动关系。

近年来,学界在"西游图像"文献的搜集与整理方面,取得了一定的成果。这些图像,既包括百回本成书前的西游图像(如敦煌壁画、佛经变相中的西游故事)、明清时期各种《西游记》插图(如金陵世德堂本《西游记》插图,建阳本《西游记》插图,李评本《西游记》插图,清代证道本、真诠本、原旨本、新说本《西游记》插图),也包括单幅图像,如西安兴教寺藏《玄奘取经图》、日本美术馆藏《玄奘取经图》、韩国国立中央博物馆藏《玄奘取经图》、大英博物馆藏《玄奘取经图》、敦煌196窟劳度叉斗圣图、杭州飞来峰宋元取经浮雕、泉州开元寺西塔南宋带刀猴形神将浮雕、广东省博物馆藏元代取经瓷枕、山西稷山青龙寺唐僧取经壁画、甘肃张掖大佛寺唐僧取经壁画、榆林窟第2窟唐僧取经图、榆林窟第3窟唐僧取经图、榆林窟第29窟猴形神将图、东千佛洞第2窟取经图等。此外也包括元代王振鹏《唐僧取经图册》等。随着愈加深入的田野调查,相信更多"沉睡"在民间腹地的西游图像会被发现。但一直以来,学界对图像的态度,更倾向于将其视作"图解"本文者。而事实上,图像有其相对自足的叙事体系。总体看来,特定时期的西游图像是西游文本故事的见证;图像对于文本的接受既有历时的规律,更有共时的特点,不仅仅是文本的附庸,可以"强化"文本,也可以"屏蔽"或"弱化"某些文本细节,甚至可以对文本进行"扭曲"或"改写"。而仅仅从传播的角度看,这些图像对西游故事的意义也是不容忽视的,它们为普通的市井民众提供了更为直观的"西游形象",也为其关于相应神魔情节的浪漫想象,提供了更加具象化的附丽之物。

五 《西游记》跨文本资料数据库建设

一是构建关于评点、说唱、戏曲、图像资料库;二是基于核心数据库建立网络开放共享平台,通过互联网提供相关辑录资料的查阅服务。

(特约编辑:徐向顺)

"《西游记》成书的田野考察与成书史研究"的基础意义略说

高淑娟[①]　徐向顺[②]

"《西游记》成书的田野考察与成书史研究"是国家社科基金2013年资助的年度项目,由蔡铁鹰教授主持,于2016年完成结题,项目成果——《〈西游记〉成书的田野考察报告》即将出版。作为课题组成员,笔者参与本课题历时三年的考察研究,对课题学术意义有更为真切的理解,于此,做一概略阐述。

课题研究的要点

一是对《西游记》成书研究意义的认识。《申请书》如是陈述:中国古代通俗小说的发展经历一个以"世代积累,个人写定"为创作模式的阶段,并诞生了《三国演义》《水浒传》《西游记》《封神演义》等一批重要作品。这种模式下的作品,具有漫长的成书过程,经历过多种文化的冲突与平衡,浸润有不同时代的政治社会信息,因而形成特殊的价值。对这类累积成书的相关研究,通常称为"成书研究",相对系统化的则称为"成书史研究",主要涵盖本事、原型、形态、作者和文化精神、社会意义等研究分支。此研究的重要性,学界已形成共识:不能厘清作品复杂的形成过程,就

[①] 高淑娟,清华大学社科部教授、博导。主要研究方向:社会学、经济史。"《西游记》成书的田野考察与成书史研究"课题组主要成员。

[②] 徐向顺,淮阴师范学院文学院副教授。主要研究方向:中国文学。"《西游记》成书的田野考察与成书史研究"课题组成员。

意味着对作品的了解存在重要缺失;不能开掘作品形成过程中积淀的丰富内蕴,就意味对作品价值的判断有重大遗漏。因此各类文学史(小说史)都会将上述一类作品的成书过程列为不可或缺的内容。

我们看到,在整个《西游记》研究的范畴里,无论是文本、文献、文学等方面,不注意成书过程的研究,事实上极易误入歧途。比如孙悟空的形象分裂和多重性格问题——最典型的就是这个猴头大闹天宫时所向无敌,取经途中却神通大减——如果不从成书的意义上注意他的合成元素,看不到他事实上是佛教的猴形护法神与道教的恶猴齐天大圣两个截然不同的猴形象,经过文化碰撞达到文化交融的产物,看不到吴承恩在再创作过程中注入的儒学道德规范,那就根本不可能做出完整合理的解释。再比如作者对于道教的态度——不断地有道教炼丹行气的口诀,道士却个个是坏人——如果不能分解出道教多次以不同途径侵入的问题,也是不能解释的。

在《西游记》研究的范畴内,张锦池先生的著作《西游记考论》、胡胜先生的课题"《西游记》的跨文本研究"(国家社科基金)、曹炳建先生的课题"《西游记》版本流变研究"(国家社科基金),包括蔡铁鹰的"《西游记》的诞生"课题(江苏省社科基金项目),均在不同程度、从不同角度涉及《西游记》的成书问题,并取得重要成果。然而,这些研究仍不足为系统研究,成书研究的系统化是一个亟待深入的课题。

二是成书研究需要夯实基础性工作。经历20世纪最后20年狂飙突进式的研究拓展,中国古代小说研究步入新世纪则似乎遇到了瓶颈,该说的话似乎都说尽了,该做的课题似乎都做完了。相比之下,《西游记》研究则较为殊异,步步前行且有新的学科形成,即如成书研究渐成气候。下列一组数字,极具说服力。自1999年国家社科基金资助项目中第一次出现《西游记》研究课题至今,得到资助的《西游记》研究课题共有10项,其中有1项为重大招标课题,这是包括《红楼梦》都没有得到的此等荣耀(按:《红楼梦》得到资助的课题可能多出一点,但有多项其实已经不能算是《红楼梦》研究本身,详情见所附资料)。

《西游记》成书研究的破茧化蝶,是突破中的重要一点。取得突破的基本原因,则是在近几十年大规模中(中原)西(西域)文化交流研究的背景下,得到了跨学科

田野考察成果的重要支撑,获得了大量多领域的新见资料,突破了空白,若干的"点"已经扩展成"面",连成了"线",并且已有学者"前行进入"(学术上称"视点西移",即研究视点向《西游记》故事的源头探进),呈现跨学科、多领域、多视角、多层面的良好状况。我们意识到,新资料作为前一阶段取得突破的主要原因和未来前景看好的依据,这个基础需要夯实。因此申报了"《西游记》成书的田野考察与成书史研究"这个课题,也是希望有机会对所有——至少是绝大部分新发现的各类资料亲自过目辨认,以确认它们的真实性和解读的正确性。

真正在"史"的层级上进行古代通俗小说名著的成书研究,本课题应该是一个开端。就宗旨而言,本课题紧贴多学科的学术进展,将本领域和本人的前期"成书研究"整合、延伸和完善为更具确定性的"成书史研究",填补《西游记》乃至整个古代通俗小说研究领域的一项空白;其中对取经故事生成过程中不同阶段、不同文化成分的解析,将对深入解读《西游记》文本,观照其社会意义有重要的帮助作用。本课题在研究方法上,学科跨度之大、交叉研究范围之广,在古代小说研究中也较为罕见,可资同类研究参照的样本;关于取经故事诞生于西域古道的结论,在其他领域的研究中,如中西文化交流史、宗教演化传播史等,也会成为重要佐证,使《西游记》研究融入更广泛的文化范畴。

"田野考察"既是本课题重要的研究方法,也是课题的重要目标构成。本课题创新意义的重要支撑,是近30年来发现的若干重要田野资料,包括敦煌经卷里的藏文本《罗摩衍那》、敦煌莫高窟榆林窟的取经壁画、山西宋金期间民间祭祀用的《礼节传簿》(队戏《唐僧西天取经》)、张掖大佛寺疑为元代的取经壁画、福建南平元代之前的齐天大圣崇拜遗迹,等等;还有散见于古丝绸之路上的一些西游故事原型信息如地下自燃煤田等,玄奘法师西行印度途程携带的文化交流信息如金毛鼠故事等。这些资料对于《西游记》成书研究产生了重大的影响,也引领我们开始了取经故事演化早期阶段的探索,而此时段、地域和宗教、文化一向都是研究中的空白。

本课题基于如是观点:现有文学史(小说史)描述的《西游记》成书过程,有重要缺失和误说,甚至几乎处于被扭曲的状态,且缺少对新近二三十年重要新资料的容受——这些新资料对传统描述基本上是颠覆性的。

最早的系统取经故事《大唐三藏取经诗话》,并非如现行文学史所描述的那样诞生于南宋临安,也非说话人的底本,而是晚唐五代时西北地区佛教寺院里俗讲的教材(或可视为一种变文)。这一观点由刘坚、李时人、蔡镜浩等著名学者提出于1982年,论证非常坚实,至今未见质疑;与之可以形成印证的是同期(1980)敦煌地区发现的若干唐僧取经壁画。

在西北地区有一个与唐代玄奘西行及佛教文化、西域文化直接相关的原生取经故事源,因此《西游记》成书史的起点应该是玄奘本人和他引领的文化交流;背景是佛教的扩张和教派演变,以及西域的一些自然现象。例如前述火焰山故事,现在通过《宋史》已经证实玄奘西行经过的路途上确有大面积的煤田自燃,将它确定为火焰山故事的起源既有科学的依据,又有历史文献的支持。

取经故事在由西北向内地浸润的过程中,曾得到过北方民间祭祀的孵育。宋金期间,山西赛神队戏中出现的《唐僧西天取经》,出现了前所未有的基于多元文化,尤其是民间文化故事的膨胀。这是一个被历史尘埃湮没的阶段,直接导致了《大唐三藏取经诗话》诞生于南宋杭州的误说。

佛教文化背景下的取经故事在演化进程中,受到了本土道教文化的浸润,元末明初的《西游记杂剧》是取经故事的一次革命性变化,是道教文化在故事中分庭抗礼的标志,其最重要的是使取经故事从文化本质到故事形态都发生重大的变化。

当取经故事逐步被道教金丹理论的诠释主导时,吴承恩完成了百回本《西游记》的写定,使《西游记》回归到借助历史映照社会的文学范畴。这既是取经故事的定型,更是儒学对《西游记》的挽救。定型的《西游记》对三教均有包容,是长期以来宗教文化斗争、渗透、平衡的结果,但其本质的文化精神来自儒学。从儒学的观点看,《西游记》有丰富的现实社会意义。

吴承恩写定《西游记》的证据链虽然还不十分完善,但目前所有的疑问都是只存在于理论上的或然性论点,缺乏实证,而且刻意回避诸如金陵世德堂本《西游记》陈元之《序》提及的作者王府出身、《西游记》下江官话(江淮方言)方言韵等问题,很

难对吴承恩的著作者身份构成实质性的质疑。

本课题研究的内容

首先是澄清误说,寻找源点;补充环节,划分阶段;考订不同阶段的作者,厘清释道儒文化成分。可以分解为以下步骤:

1. 对《大唐三藏取经诗话》作详细的介绍和考辨,澄清"南宋说经话本"的误说。对《大唐三藏取经诗话》属于晚唐五代时西北地区佛教寺院里俗讲教材一说,本课题的前期成果中对此给予了极大的重视,不仅对敦煌的取经故事壁画从不同的角度加以印证、补充和完善,而且将其与起源于王国维的"南宋说经话本"说对照,发现了一个对《西游记》成书研究影响至深的误说——将"被刻印"的时间误作"诞生"的时间,即误认《取经诗话》是南宋杭州诞生的说经话本,导致一系列的混乱。这是本课题的切入点,将在前期成果的基础上再作深入的破、立两方面的论证。

2. 在排除误说的基础上,提出"原生的取经故事"这一概念,明确《西游记》成书史的起点。所谓"原生的取经故事"指由玄奘西行求法本身所引起的,基于文化交流、自然因素和对英雄壮举的崇拜等,在西域古道上以佛教文化为背景而自发诞生的零星故事;研究对象主要是玄奘的《大唐西域记》和其弟子的《大慈恩寺三藏法师传》,以及初唐以来这一段历史时期内佛教的传播、中西文化的交流等。比如前述《西游记》中鼠精的故事,原在古于阗国早已流传,是《大唐西域记》将其带入中原,后来在中唐时成为佛教毗沙门故事中的一个;再后来毗沙门在宋代被转换成道教的托塔天王,鼠精也就由毗沙门的部下成为托塔天王的义女。这个过程有相当明确的承接关系,是取经故事最早源自西域、源自佛教文化的极好例证。本课题提供这类若干例证,为成书史研究确定新的起点和最初的故事源。

3. 依靠新资料补充一个曾经缺失的成书阶段和一个未被发现的演化分支。1986年山西省发现了一份重要的文化资料《迎神赛社礼节传簿四十曲宫调》,其中有宋金时期当地农民祭赛时使用的队戏剧本角色排场单《唐僧西天取经》。申报人认为它补充了一个此前缺失的发展阶段。另外,20世纪90年代日本发现了一本元代的大型画册《唐僧取经图册》,计有32幅精致的唐僧取经图。图册显示的故事自成体系,与现行的《西游记》和我们知道的《大唐三藏取经诗话》等所有资料均有很大的不同,基本可以确定是一个曾经存在过的演化分支。关于这个分支的研究,国内极为少见,也将是本课题的任务。

4. 深入探讨元明杂剧《西游记》的文化成分,确定取经故事的文化转化及其意义。通过比较(与队戏《唐僧西天取经》和元代吴昌龄杂剧《唐三藏西天取经》)和分拆,可以发现杂剧《西游记》在结构和内容上都可以分出佛、道两种文化色彩,而增补的内容主要来自道教文化。道教文化的渗透,导致取经故事从文化本质到故事形态都发生了重大的变化。这种文化性质的转变,为取经故事带来了佛道之间的制衡和极大的杂交优势,这应当可以解释《唐僧取经图册》的纯佛教故事演化分支的消失,更应是取经故事此后能够大行于天下的原因。另外,将较为系统地考证道教"大圣"的来源,进一步厘清孙悟空形象在元代由佛教孙悟空猴与道教大圣猴——两猴合一的文化线索。

5. 全面考订百回本《西游记》的作者(写定者)问题。关于吴承恩的作者身份曾经有过一些疑问,本课题一方面将论证这些疑问都只是理论上存在而不具有实证意义的或然性问题;另一方面努力寻找新的证据以铸成支持吴承恩的铁证。比如最早的百回本金陵世德堂本有一篇陈元之《序》,其中提到作者与王府有关,或者具有王府宾客的身份;本课题将确证吴承恩有过湖北荆王府纪善(官职)的任命,并实际到任,这样以来,一条关于作者的证据链就非常完整不容怀疑。本课题在这方面将有所突破。

6. 借助于对取经故事完整过程的了解,解读百回本《西游记》的文化构成。确定作者的身份,从吴承恩的角色身份(科举之外的另类文人)、社会意识(儒学本质的精神世界)、个性(傲然不羁而又幽默诙谐)、文采(驳杂而丰腴神骏)等不同角度去理解《西游记》,必然会使《西游记》的文学、社会内蕴得到更好的释放。

简言要之:通过对缺失环节的补充和对误说的修正,认为《西游记》取经故事的演化全程可以分为六个定义清晰、跨度合理、特征明显、作品典型、印证资料丰富的成书阶段。

按照在项目任务书中拟定的计划，课题组邀请日本南山大学研究隋唐佛教文化卓有成就的梁晓虹教授、京都大学东亚文化研究所资深敦煌文化专家高田时雄教授、清华大学社科部高淑娟教授、福建顺昌县博物馆馆长王益民研究员等担任本课题的学术顾问，由淮阴师范学院范新阳教授（古代文学）、王毅副教授（汉语言文学）和青年教师宋景轩（传媒新闻）、朱明（英语）以及东北交通专科学校的赵春阳老师（计算机）、淮阴食品药品工业学院的王旭华老师（英语）等组成课题组。课题组在校、院两级领导和相关部门的支持下，多次出行，往返于浙江、福建、湖北、甘肃、青海、新疆等地（包括日本、泰国等国），实地考察了散落在各地与《西游记》成书有关的文献与实物资料。实际完成的实地田野考察线路有三条：包括陕西、甘肃、宁夏、青海、新疆、西藏在内的玄奘西行路线和藏传佛教；包括山西、山东、浙江、福建、广东在内的宋金道教和南方大圣崇拜的主要范围；包括北京、浙江、湖北在内的吴承恩任职的主要范围。

考察中既有艰难又有乐趣，其中2013年春第二次去福建顺昌，钻深山、爬老林十余日，时值南方雨季，山区道路狭窄湿滑，行程艰辛而危险，印象深刻；2014年沿丝绸古道西行，时长达四十天，整个行程一万五千公里，最高触及海拔五千余米，到达了四个国境线上的山口，如现在新疆克州阿合奇县与吉尔吉斯斯坦接壤的别迭里山口，此处为玄奘当年去印度出境的地方；再如新疆塔什库尔干和阿富汗接壤的明铁盖山口，此地为玄奘当年学成归国的地方。

在西域，我们沿途考察了若干取经故事发生的确切地点，比如在著名的冰川之父慕士塔格峰附近，找到了玄奘归国时驮经大象溺水死亡的地方；在甘肃高台县考察了传说中晒经台故事的发生地，推定晒经故事可能是跟随玄奘法师的足迹而出现的。这有力地支持了"原生的取经故事"的概念。

在福建，我们看到了大量宋元以来形成的"齐天大圣""通天大圣"祭坛和祭祀碑，确切地显示了元杂剧《西游记》中齐天大圣家族故事的来源——这些大圣们原

本在南方道教的文化土壤中自生自灭,与取经毫无关系,与信佛教的孙悟空也毫无关系。它们进入取经故事的序列,是一个非常复杂、非常重要的文化嬗变问题,对我们来说,实际上也就找到了大闹天宫故事的文化源头,而这又为厘清吴承恩百回本小说的文化脉络提供了线索和依据。

在泰国,我们看到了完整的泰国史诗《拉玛坚》壁画,壁画多达178幅,精美绝伦。这些壁画虽然晚出在18世纪,但它们完全仿照印度史诗《罗摩衍那》,故事情节与人物没有任何重要变动,甚至神猴哈奴曼的名称也没有改动,其学术价值与《罗摩衍那》没有太大的区别,泰国人直接称呼其中的哈奴曼为"中国的孙悟空"。看了这套壁画,我们对孙悟空形象受到哈奴曼影响的问题几乎不再置疑,认定余下所要做的就是寻找文化传播的途径。

在日本,我们找到了完全是唐代风格的寺院毗沙门堂,其传承有序的历史可以证明毗沙门在唐代的巨大影响,而毗沙门的问题应当与取经故事在中唐以后的迅速扩张发展,与《大唐三藏法师取经记》文本的形成有密切关系。

在河北,我们非常意外地得到一张新近发现、尚未正式发布的拓片《唐僧师徒取经归程图》,依据画面,我们几乎有把握断定:这应该是我们现在见到的最早的唐僧师徒四人取经图,它为我们准确判断队戏《唐僧西天取经》提供非常好的实物支持。我们找到这一证据,现在可以认定这确实是金元时期的取经图。有了这张图,我们关于《西游记》成书的有关认识大约是可以得到升华的。

以上所涉及的内容,基本上都不包括在现行文学史、小说史描述的范畴,最重要的创新应该说是首次系统地在"史"的意义上进行成书研究,并对取经故事全过程作全面的文化分解,这对于阅读《西游记》的文本和挖掘其内涵将会有重要帮助,社会观照意义的深度和广度都有增长。

(特约编辑:程泱)

《西游记》研究各级科研项目统计及说明

朱明胜[①]

一 根据"国家社科基金项目数据库"统计

项目批准号	项目类别	学科分类	项目名称	立项时间	项目负责人	工作单位
18BZW198	一般项目	中国文学	阿日那蒙译本《西游记》研究	2018	领小	内蒙古社会科学院
18BXW053	一般项目	新闻学与传播学	20世纪《西游记》跨媒介改编创意研究	2018	赵敏	福建师范大学
17ZDA260	重大项目	中国文学	《西游记》跨文本文献资料整理与研究	2017	胡胜	辽宁大学
17BZW012	一般项目	中国文学	"西游"说唱文献整理与研究	2017	胡胜	辽宁大学
17BWW025	一般项目	外国文学	《西游记》在英语国家的接受与影响研究	2017	朱明胜	南通大学
13BZW087	一般项目	中国文学	《西游记》汇校汇评	2013	张平仁	首都师范大学
12BZW042	一般项目	中国文学	《西游记》成书的田野考察与成书史研究	2012	蔡铁鹰	淮阴师范学院
11BZJ023	一般项目	宗教学	《西游记》"证道书"研究	2011	郭健	重庆师范大学
10BZW051	一般项目	中国文学	《西游记》跨文本研究	2010	胡胜	辽宁大学
09BZW031	一般项目	中国文学	《西游记》版本流变研究	2009	曹炳建	河南大学
09FZW008	后期资助项目	中国文学	"人文本"《西游记》勘误	2009	李洪甫	连云港地方志办公室
99BZW010	一般项目	中国文学	蒙古文《西游记》研究	1999	巴雅尔图	中国社会科学院少文所

---

① 朱明胜,南通大学外国语学院副教授。主要研究方向:海外文化传播。国家社科基金年度项目《西游记》在英语国家的接受与影响研究"主持人。

说明:跟《西游记》研究有直接关系的国家社科课题立项项目,按语种分为汉语和蒙文,学科分类包括中国文学、外国文学、传播学和宗教学,项目类别分为一般项目、后期资助项目和重大项目等,研究范围包括版本的勘误、版本的流变、跨文本、成书以及在国外的传播与影响等方面。据统计数据观察,研究范围有扩大的趋势。

二 跟"西游记"和玄奘相关的国家社科研究项目

项目批准号	项目类别	学科分类	项目名称	立项时间	项目负责人	工作单位
17BZX090	一般项目	哲学	玄奘译著《因明正理门论》藏译及研究	2017	项智多杰	西藏自治区社会科学院
16BZS008	一般项目	中国历史	新疆出土回鹘文《玄奘传》整理与研究	2016	吐送江·依明	西北民族大学
16AZD041			玄奘因明典籍整理与研究	2016	郑伟宏	复旦大学
16BZW022	一般项目	中国文学	孙悟空视觉形象与中国视觉经验表达机制研究	2016	王大桥	兰州大学

说明:跟《西游记》相关的研究包括:从史学的角度来研究玄奘及其传记、从宗教学的角度来进行探讨、从文学的角度来对孙悟空视觉形象的研究,这些范畴开阔了《西游记》研究的领域和范围。

三 根据"中国高校人文社科信息网"等查询

立项年份	项目名称	所属院校	负责人
2018	《西游记》在日本的传播、接受与影响研究	南通大学	张丽
2018	基于语料库的《西游记》西班牙语译本研究	南开大学	宓田
2014	明清刊本《西游记》"语—图"互文性研究	徐州工程学院	杨森
2011	河西走廊"西游"文学研究	河西学院	朱瑜章
2010	西游故事生成范式和传播渠道研究	东华理工大学	李蕊芹

(续表)

立项年份	项目名称	所属院校	负责人
2009	《西游记》的域外传播及其文化意义研究	江苏技术师范学院	李 萍
2008	《西游记》传播研究	北方工业大学	胡淳艳
2007	《西游记》的美学品格——兼论古代小说情趣审美	淮南师范学院	朱 玉
2007	从《西游记》在新疆少数民族中的传播状况探讨民族文化交流策略	塔里木农垦大学	唐 红
2007	《西游记》版本及演变研究	复旦大学	黄 毅
2006	"《西游记》为正道书之说"研究	井冈山师范学院	郭 健
2006	《西游记》传播史——世俗接受过程中经典的解构和重构	临沂师范学院	李明军
2006	《西游记》文化解构研究	赣南师范学院	孔刃非
2006	《哈利·波特》与《西游记》比较研究	宿州师范专科学校	孙灵侠
2005	对泛项目管理的研究——从《西游记》中的管理逻辑想到的	铜陵学院	张权中
2005	顺昌宝山猴文化与《西游记》关系考察及其旅游资源开发	福州大学	王枝忠
2004	取经故事与《西游记》原生状态考察	淮阴师范学院	蔡铁鹰
2003	晚明宗教思潮与《西游记》的文化意蕴研究	宝鸡文理学院	兰拉成
2002	粤《西游记》笺注	广西师范学院	黄权才
1990	《西游记》研究	运城学院	李安纲

说明：

1.包括教育部人文社会科学研究项目、高等学校校内人文社会科学研究项目、高校古籍整理研究项目、企事业单位委托研究项目、省市自治区社科研究项目、省市自治区教委人文社会科学研究基金项目等。

2.研究范围包括：总体研究、版本演变、地域文化、管理逻辑、比较文学、传播视角、审美情趣、语图互文、域外传播等；涉及的语种也随着时代的发展而扩大，除了汉语之外,还包括英语、日语和法语等;语料库视角给研究带来耳目一新的感觉。

四 根据"中国高校人文社科信息网"查询

立项年份	项目名称	所属院校	负责人
2012	佛典汉译传统研究——从支谦到玄奘	池州学院	汪东萍
2012	吴承恩集辑校笺注	淮阴师范学院	蔡铁鹰
2011	吴承恩年谱编订及诗文集整理	淮阴师范学院	蔡铁鹰
2004	《玄奘传》研究	中央民族大学	买提热依木

五 省市级社科基金资助项目不完全统计

立项年份	课题编号	省份	负责人	课题名称	学科	所属院校
2017	17WWB006	江苏省社科	王 镇	《西游记》在英美的传播研究	外国文学	淮海工学院
2016	2016SJB760085	江苏省教育厅	王新鑫	《西游记》影视文化传播与淮安城市形象塑造	艺术学	淮阴师范学院
2016	16WWD002	江苏省社科	张 丽	《西游记》在日本的接受与影响	外国文学	南通大学
2016	2016SJB750029	江苏省教育厅	张 丽	《西游记》在日本的译介与接受研究	外国文学	南通大学
2016	2016SJD740031	江苏省教育厅	王 镇	《西游记》英译本在英美的文化传播研究	外国文学	淮海工学院
2015	15WWB004	江苏省社科	朱明胜	《西游记》中英语世界的译介与接受研究	外国文学	南通大学

（续表）

立项年份	课题编号	省份	负责人	课题名称	学科	所属院校
2015	2015SJB679	江苏省教育厅	王 毅	从《西游记》看明清江淮官话的语法特征	语言学	淮阴师范学院
2013	2013BWY003	上海市	竺洪波	《西游记》学术史研究	中国文学	华东师范大学
2007	SJB750005	江苏省教育厅	蔡铁鹰	吴承恩评传	中国文学	淮阴师范学院
2006	06JSBZW002	江苏省社科	蔡铁鹰	《西游记》的诞生——关于成书的新说新证	中国文学	淮阴师范学院
2005	2005SK269	安徽省	杨 俊	百回本《西游记》与吴承恩之缘	中国文学	芜湖教育学院
2004	04JSB750002	江苏省教育厅	蔡铁鹰	取经故事与《西游记》原生状态考察	中国文学	淮阴师范学院
2001	01SJB75011	江苏省教育厅	蔡铁鹰	中国古代小说演变与形态	中国文学	淮阴师范学院

说明：

吴承恩为江苏籍作家，江苏学者对《西游记》及其作者的研究就占有天然的优势，因此在立项中相对于其他省份也显最多。所涉研究学科有中国文学、外国文学、语言学和艺术学，除了包括传统的中国文学之外，从外国文学和比较文学视角研究占有很大的比重，反映出外语专业研究者开始关注该部文学名著。

（特约编辑：徐向顺）

· 方家回眸 ·

编者按：

  本期"方家回眸"编发了三位学界前辈的文章。这三篇文章的议题都不算时尚，但有个共同点，即在某种意义上都是对曾经的热门议题的回眸反观——包括接受陈文新先生评点的竺洪波大著《西游考释录》。苏兴先生是《西游记》研究一个时代的开拓者领军者，《对孙悟空原型论争的综述与展望》是其未刊遗著，是对《西游记》现代研究开展以来60年间孙悟空原型论争的系统追溯，几无遗漏地搜罗了跨越不同时代的丰富资料，线索清晰，立论公允，不仅彰显了苏兴先生实事求是的治学精神，对今后的研究仍是重要参考。陈文新、王齐洲二位先生浸润于文学史、文化史研究多年，《西游记》研究并非专攻但又是必涉领域，天生有一种高屋建瓴的俯瞰气势，他们对论题的追溯和前瞻，自然具有跳出三界、指点轮回的学术意义。

对孙悟空原型论争的综述与展望

苏　兴[①]遗著　苏铁戈[②]整理

  21世纪初，学术界对吴承恩百回本《西游记》中主要人物孙悟空的祖籍问题，曾有过热烈的论争。以至新中国成立初期的20世纪50年代，将这一本属于学术上争论的问题，掺入了浓烈的政治佐料，使得本来不起眼的学术问题复杂化而为政治所利用。进入70年代中期，针对这一问题的讨论又进一步被重视起来。但是论争

[①] 苏兴，原东北师范大学中文系教授，在《西游记》及其作者研究、吴承恩研究等领域有重要贡献。本文为其遗著。

[②] 苏铁戈，东北师范大学图书馆馆员，苏兴先生次子，对本文作了精细的整理。

的双方由于观点相去甚远而相持不下,未能求得共识。回顾近60年的论争,笔者将各种提法和观点梳理一番,摆在这里。且将自己的观点、看法仍然坚持提出,并对今后对此一问题讨论的展望做出提示。由综述到展望,似也能为此一问题的最终论定提供帮助或启发,因此分三个方面缕述之。

一 《西游记》中写到的孙悟空的祖籍

我们今天讲的孙悟空,是吴承恩百回本长篇小说《西游记》中的孙悟空,舞台上的孙悟空从此化出。因此要看吴承恩百回本《西游记》里是怎样写孙悟空的祖籍的。《西游记》第一回叙述说:

> 这部书单表东胜神洲,海外有一国土,名曰傲来国。国近大海,海中有一座名山,唤为花果山。……那座山,正当顶上有一块仙石。……盖自开辟以来,每受天真地秀,日精月华,感之既久,遂有灵通之意。内育仙胞,一日迸裂,产一石卵,似圆球样大,因见风,化作一个石猴。①

好了,这"东胜神洲傲来国花果山"是孙悟空的祖籍。吴承恩百回本《西游记》以前的作者们则另有异说:宋人《大唐三藏取经诗话》说猴行者住"花果山紫云洞";②明初杨景贤杂剧《西游记》也说通天大圣孙行者住花果山紫云罗洞。③而花果山紫云洞或紫云罗洞又坐落何方?二书都无交代。大约是元代的《西游记平话》,说得比较具体,据《朴通事谚解》介绍说:

> 《西游记》云:西域有花果山,山下有水帘洞,洞前有铁板桥,桥下有万丈

---

① 吴承恩.西游记[M].北京:作家出版社,1955.
② 无名氏.大唐三藏取经诗话[M].北京:中国古典文学出版社,1954:2.
③ 隋树森.元曲选外编[M].北京:中华书局,1959:654.

洞,洞边有万个小洞,洞里多猴,有老猴精号齐天大圣。①

这里称孙悟空祖籍不是东胜神洲,是西域。一东一西,方向相反。而花果山水帘洞相同,坐落却不同了。西域,按通常(前史)说法,包括天竺(身毒)。但是吴承恩百回本《西游记》里把孙悟空的祖籍也曾挪移到西域去过,乃孙悟空的第二祖籍五行山也。孙悟空在五行山下压五百年后被唐僧救出,因而说孙悟空的祖籍是五行山不也很通嘛。五行山唐时已改名两界山,刘伯钦说:"此山唤做两界山。东半边属我大唐所管,西半边乃是鞑靼的地界。"孙悟空是压在山的西半边鞑靼所属的山脚下。因而也可以说孙悟空的第二祖籍曾在鞑靼。明代的鞑靼虽不是西域,但在吴承恩写来,却安排到西边去了,否则唐僧西游何必向北路过鞑靼地界呢?据杂剧《西游记》和元人平话《西游记》所云,孙悟空仅被压在他的生长地花果山下,不是另外的五行山。可见吴承恩百回本是有意把孙悟空的祖籍安排两处,不废以前作品(杂剧、平话)对孙悟空的安排在西域也。

二 60年的论争

"五四"以前的几百年间,评论《西游记》者在所多有,但涉及孙悟空祖籍问题的研究者绝无。有之,自"五四"稍后的对中国古典小说特加重视开始。

(一)鲁迅与胡适对孙悟空的探讨

"五四"运动稍后,鲁迅与胡适都注意研究中国古典小说。鲁迅于1920年开始在北京大学讲中国小说史,此时胡适也为新标点的各种中国古典小说作序。所注方向相同,自不免互相研讨。今见1922年8月14日和21日鲁迅曾两次给胡适写信探讨《西游记》问题。21日信中提到无支祁(即孙悟空原型)事云:

---

① 无名氏.朴通事谚解:下[M].日本京城帝国大学法文学部影印韩国奎章阁丛书本.昭和18年:292.

再《西游》(按:指《纳书楹曲谱》中所摘的《西游》剧,即后来发现的全本杨景贤《西游记》杂剧)中两提"无支祁"(一作巫枝祇),盖元时盛行此故事,作西游者或亦受此影响。其根本见《太平广记》卷四六七《李汤》条。①

胡适在其《〈西游记〉考证》一文中,也提到他和鲁迅互相探讨关于无支祁的情况。然而我们今天看到的以"五四"为契机开始研究《西游记》,开始研究孙悟空是怎样被创造而流传下来的,鲁迅与胡适的看法正相反。鲁迅的看法是:

宋朱熹(《楚辞辨证》中)尝斥僧伽降伏无支祁事为俚说,罗泌(《路史》)有《无支祁辩》,元吴昌龄《西游记》杂剧中有"无支祁是他姊妹"语,明宋濂亦隐括其事为文,知宋元以来,此说流传不绝,且广被民间,致劳学者弹纠,而实则仅出于李公佐假设之作而已。惟后来渐误禹为僧伽或泗州大圣,明吴承恩演《西游记》,又移其神变奋迅之状于孙悟空,于是禹伏无支祁故事遂以堙昧也。②

鲁迅的意见相当明确,即孙悟空是从无支祁那里传承来的。既然无支祁是唐李公佐假托《古岳渎经》创造的,则孙悟空应该是中国国货。

据鲁迅日记,鲁迅于1922年初便和胡适研讨中国小说史的问题,③1923年印成《中国小说史略》。1923年初,胡适写《〈西游记〉考证》,提出:"这个猴是国货呢?还是进口货呢"的问题。胡适抄撮了鲁迅提供给他的关于无支祁的材料之后说:"或者猴行者的故事确曾从无支祁的神话里得着一点暗示,也未可知。"但是,胡适发挥的则是说孙猴子是"进口货"的观点。他说:

---

① 鲁迅.鲁迅书信集[M].北京:人民文学出版社,1976:49.
② 鲁迅.鲁迅全集:八[M].北京:人民文学出版社,1957:67.
③ 鲁迅.鲁迅日记[M]. 北京:人民文学出版社,1957:1035.

方家回眸

  但我总疑心这个神通广大的猴子不是国货,乃是一件从印度进口的。也许连无支祁的神话也是受了印度影响而仿造的。因为《太平广记》和《太平寰宇记》都根据《古岳渎经》,而《古岳渎经》本身便不是一部可信的古书。宋元的僧伽神话更不消说了。因此,我依着钢和泰博士的指引,在印度最古的纪事诗《拉麻传》里寻得一个哈奴曼,大概可以算是齐天大圣的背影了。

  除了《拉麻传》之外,当第十世纪和第十一世纪之间(唐末宋初)另有一部《哈奴曼传奇》出现,是一部转轮哈奴曼奇迹的戏剧,风行民间。中国同印度有了一千多年的文化上的密切交通,印度人来中国的不计其数,这样一桩伟大的哈奴曼故事是不会不传进中国来的。所以我紧盯哈奴曼是猴行者的根本。除了上引许多奇迹外(按:胡适在这段文字前曾撮述几则哈奴曼的英雄事迹),还有两点可注意。第一,《取经诗话》里说,猴行者是"花果山紫云洞八万四千铜头铁额猕猴王"。花果山自然是猴子国。行者是八万四千猴子的王,与哈奴曼的身份也很相近。第二,《拉麻传》里哈奴曼不但神通广大,并且学问渊深;他是一个大文法家,……《取经诗话》里的猴行者初见时乃是一个白衣秀才,也许是这位文法家堕落的变相呢!①

胡适狡猾的两头堵办法,既说猴行者或者与无支祁有关,又说他总疑心猴子不是国货是进口货,并且说也许无支祁故事也是从印度来的。"或者""总疑心""也许"等提法虽灵活,也掩盖不住胡适的真意:就是切切实实认为猴子是印度的进口货。胡适的意见是在1923年2月4日发表的。鲁迅于次年7月在西安暑期讲学时,对胡适的看法进行了反驳和就自己的看法做了新的阐述:

  我以为《西游记》中的孙悟空正类无支祁。但北大教授胡适之先生则以为是由印度传来的;俄国人钢和泰教授也曾说印度也有这样的故事。可是由我

---

① 胡适.胡适文存:二集[M].上海:亚东图书馆,1924:72.

25

看法:1.作《西游记》的人,并未看过佛经;2.中国所译的印度经论中,没有和这相类的话;3.作者——吴承恩——熟于唐人小说,《西游记》中受唐人小说的影响的地方很不少。所以我还以为孙悟空是袭取无支祁的。但胡适之先生仿佛并以为李公佐就受了印度传说的影响,这是我现在还不能说然否的话。①

上引鲁迅的三点理由,主要是第二和第三点。因为第一点不管作《西游记》的人(包括《大唐三藏取经诗话》的作者)看过佛经与否,如果如第二点是确实的,中国所译的印度经论中没有和所谓孙猴子祖型哈奴曼相类似的话,则尽管哈奴曼多么相似以至一模一样,中国的作者也不会直通梵文,或者有机会从印度学人(或僧人)直接承受哈奴曼的故事,而写中国的孙悟空!鲁迅所提的第三点,说吴承恩是熟于唐人小说的,当然是有十足的根据。我们读了《射阳先生存稿》里的《禹鼎志序》,知道吴承恩"尝爱读唐人如牛奇章、段柯古辈所著传记",因此说吴承恩对无支祁的故事很熟,毫无疑问。何况无支祁的故事还是吴承恩家乡附近淮水一带的神奇故事,明代仍有无支祁故事被传说呢。鲁迅很谨慎,对于胡适认为也许李公佐就受了印度传说的影响一节,因为胡适即是"也许",自己又没有根据推翻这"也许",只好"现在还不能说然否"而存疑,等待他人拿出充分证据来再定然否。

由上引鲁迅和胡适的争论,基本定下了60年来争论的焦点:"国货呢?进口货呢?"

在此,须附带提一下的是:胡适写《〈西游记〉考证》后,董作宾写了《读〈西游记〉考证》一文,提供了当时未引起人们注意而后来为人们也当作中心问题的,所谓:孙猴子老家就是今江苏连云港附近的云台山。其《读〈西游记〉考证》中说:

在《考证》里面,适之先生说:"花果山是后来小说有的,紫云洞,后来改为水帘洞了。"在这一点我们也曾寻出来些踪迹。因为看《淮安志》的时候,偶然看见

---

① 鲁迅.鲁迅全集:八[M].北京:人民文学出版社,1957:330.

"艺文"里面有朱世臣《题云台山水帘洞》的标题,想到水帘洞是美猴王的发祥地;也算这部《西游记》的出发点;不无研究的价值。于是就加意探访,果然寻到水帘洞的去处。①

董作宾找到《海州志》,引了志书上记载的水帘洞情况,又引了关于云台山过去是海上孤岛的记载,然后说:

此山的形势,也似乎是花果山的背景。②

董作宾没有继续探讨下去,更没有和孙猴子的祖籍问题联系起来。

(二)陈寅恪、郑振铎对于"进口货"的发挥

鲁迅与胡适的争论几年以后,有陈寅恪以通中国翻译佛经和通梵文的学者身份,作专论支持胡适。且谓不仅孙悟空是从印度输入的,连猪八戒也是,沙和尚则是来源于《大唐大慈恩寺三藏法师传》。陈氏专论题为《〈西游记〉玄奘弟子故事之演变》,载《国立中央研究院历史语言研究所集刊》第二本第二分册(1930年8月刊印)。此时鲁迅尚在世,但鲁迅对之无反应,可能根本不知陈寅恪有这样的见解的新发挥。陈寅恪先从理论上论证说:"印度人为最富于玄想之民族,世界之神话故事多起源于天竺,今日治民俗学者皆知之矣。自佛教流传中土后,印度神话故事随之输入,观近年发现之敦煌卷子中如《维摩诘经文殊问疾品演义》诸书,益知宋代说经与近世弹词章回小说等多出于一源,而佛教经典之体裁与后来小说文学益有直接关系。"据陈氏所论,就不仅哪一部小说或小说中的人物可能是"进口货"了,连宋代兴起的通俗小说总的是"进口货"了。像《大唐三藏取经诗话》这样和说经有直接关系的话本小说当然在内,其猴行者更不能例外,后来《西游记》何能逃脱"进口货"的命运?果

---

① 胡适.胡适文存:二集[M].上海:亚东图书馆,1924:113-114.
② 胡适.胡适文存:二集[M].上海:亚东图书馆,1924:113-114.

然陈寅恪从鸠摩罗什译《大庄严经论》卷三第十五故事,看到难陀王说偈言:

　　昔者顶生王。将从诸军众。并象马七宝。悉到于天上。罗摩造草桥。得到楞伽城。吾今欲升天。无有诸梯蹬。次诣楞伽城。又复无津梁。

陈寅恪又引了《贤愚经》卷十三《顶生王缘品》第六十四文关于顶生王带领象和马等登三十三天,先帮助帝释败阿修罗军,后兴心要害帝释,独霸天空,致堕落下凡事。陈寅恪还略叙了印度纪事诗《罗摩延传》第六编工巧猿(按:即所谓大颔猴王)名NaIa者造桥渡海,直抵楞伽事。然后得出结论说:

　　盖此二故事本不相关涉,殆因讲说《大庄严经论》时,此二故事适相连接,讲说者有意或无意之间,并合闹天宫故事与猿猴故事为一,遂成猿猴闹天宫故事。其实印度猿猴之故事虽多,猿猴而闹天宫则未之闻。支那亦有猿猴故事,然以吾国昔时社会心理,君臣之伦,神兽之异,分别至严,若绝无依藉,恐未必能联想及之。此《西游记》孙行者大闹天宫故事之起源也。

说鲁迅未必看过陈寅恪对孙悟空是"进口货"的论述,但他肯定是看过郑振铎在1932年对同一问题的同样论述的。郑振铎作《〈西游记〉的演化》一文,重复了胡适的观点,他说:

　　孙行者闹天宫的一部分,为《西游记》中最活跃、最动人的热闹节目,但其来历却最不分明,且也最为复杂。孙悟空的本身便是印度猴中之强的哈奴曼的化身。哈奴曼见于印度大史诗《拉马耶那》里,而印度剧叙到拉马的故事的,也多及哈奴曼。他是一个助人的聪明多能的猴子:会飞行空中,会作戏剧(至今还有一部相传为他作的剧本残文存在)。在印度,他是和拉马同一为人所熟知的。什么时候哈奴曼的事迹输入中国?是否可能把哈奴曼变成为孙悟空?

方家回眸

我们不能确知。

此孙悟空之助三藏法师的往西天取经，还不是逼像哈奴曼之助拉马征魔么？所谓"八万四千铜头铁额猕猴王"，其身份也大略相类。

至于大闹天宫，或是采用了哈奴曼的大闹魔宫的故事罢。①

郑振铎还在《〈西游记〉的演化》一文中曾证明了《四游记》中的《西游记》是吴承恩《西游记》的删节本，而不是像鲁迅论断的那样，是吴承恩《西游记》在它的基础上扩大写成的。鲁迅对郑振铎的这一论断很同意，1935年6月鲁迅写《〈中国小说史略〉日本译本序》，其中说："关于小说史的事情，有时也还加以注意，说起较大的事来，则有……郑振铎教授又证明了《四游记》中的《西游记》是吴承恩《西游记》的摘录，而并非祖本，这时可以订正拙著第十六篇的所说的，那精确的论文，就收录在《佝偻集》里。"②

郑振铎同一论文中所讲的关于孙悟空是"进口货"的问题，鲁迅则是持保留的态度了。郑振铎认为像孙悟空是从印度来的"进口货"不为仅见，他还认定宋戏曲赵贞和蔡二郎、王魁负桂英、陈巡检梅岭失妻的故事，也是从印度来的。③他的观点与陈寅恪相同，即认为中国唐以后的文学有一部分的母体是印度。

当陈寅恪和郑振铎以学者名流身份推胡适之波，助孙悟空是"进口货"之澜的时间内，起来赞助鲁迅的说法者，颇寥寥。今见有谭正璧在他写的文学史和小说史里一再力主孙悟空的性格和来历，似本于唐人传奇无支祁的故事。④相形之下，似

---

① 郑振铎.中国文学研究[M].北京：中国作家出版社，1957:291-292.

② 鲁迅.鲁迅全集：六[M].北京：人民文学出版社，1957:275.

③ 郑振铎.插图本中国文学史[M].北京：作家出版社，1957:568,572-573.

④ 谭正璧.中国文学进化史[M].北京：光明书局，1932:261.

乎鲁迅与胡适的争论在以后很长一段时期内,国内学术界较倾向胡适(如果不是由于掌握解放前学术界动态不全因而造成了误解的话)。所以如此,也可理解。一方面因为胡适的声望和地位,加之陈寅恪、郑振铎等学者名流的推波助澜,形成声势;一方面说"进口货"说也有它的根据。鲁迅虽名高,究是孤军作战,友军谭正璧究敌不过陈寅恪和郑振铎。按:谭正璧在研究中国小说上是和鲁迅有学术上的联系的,不是率然的意见相合。鲁迅在1925年9月寄谭正璧以《中国小说史略》一本,14日谭正璧寄给鲁迅以自己写的《中国文学史大纲》一本。[1]反过来,鲁迅对郑振铎治学法胡适,深表不满。[2]

(三)批判胡适的兴起

1949年后,在学术界之学习鲁迅,较强烈批判胡适也初露端倪。1954年,围绕批判胡适、清除胡适的反动思想影响在全国范围内展开。与此同时及以后一段时期,涉及《西游记》中孙悟空祖型这一细小问题时,人们都是或者挞伐胡适,或者赞助鲁迅,或者兼而行之。所以斥胡适"进口货"说法是"反动的世界主义"[3]。说胡适"无视中国文学的优秀传统,强调外来文学对中国文学所起的作用","连他认为给《西游记》故事一点启示的淮泗一带产生的神话'无支祁'也是受了印度影响而仿造的"等是反动思想。[4]类似上述主要从政治角度加以批判的在批判胡适思想运动中是较普遍的。但也有据理而言,在学术上展开争论,从而阐述自己的看法并批驳胡适的,这可以冯沅君的《批判胡适〈西游记考证〉》来论证。冯沅君虽然对胡适也进行了政治性的批判,但在批判中却是以理论来论证的。她的一大段论述是:

首先,这种认识是胡适的崇拜外国,蔑视祖国的洋奴思想的表现。在媚外

---

[1] 鲁迅.鲁迅日记·上[M].北京:人民文学出版社,1957:484–485.

[2] 鲁迅.鲁迅书信集:上[M].北京:人民文学出版社,1976:319.

[3] 三联书店.胡适思想批判:五[J].上海:三联书店,1955:140.

[4] 三联书店.胡适思想批判:七[J].上海:三联书店,1955:325.

卖国的思想支配下,他认为中国从古到今,处处落后,"我国国有的文化实在贫乏"。这样的思想的发展就成为:如果中国有与外国相类似的事物,都准是进口货,或在进口货的影响下的"仿造"品。

鲁迅先生以为《西游记》的猴王或者是受猴形水怪无支祁的影响。我认为这是正确的。无支祁与猴王的事迹间确有蛛丝马迹可寻。《西游记》的猴王虽不是水怪,但他是住在水帘洞的,这说明他和水的关系。猴王用的武器金箍棒是"大禹治水之时,定江海浅深的一个定子,是一块神铁。"这与禹治水获无支祁的传说可能有些瓜葛。僧伽是唐代名僧,被人视为观音化身。而宋代有僧伽降无支祁的传说,这与禹锁无支祁于龟山足下,都和猴王与如来、观音、"唐僧"的关系相类。

鲁迅先生指出过这个"明路"给胡适,可是在表示"或者猴行者的故事确曾从无支祁的神话里的着点暗示,也未可知,这也是可注意的一点"之后,他偏要提出哈奴曼这个印度货色,而且说连无支祁的神话也是"进口货"的"仿造"品。这样他不独掐断文学作品与人民口头创作的合理关系,而且出卖中国人民的创作权。这显然是崇拜外国,蔑视祖国的洋奴思想在作怪。

其次,这种认识是主观地、孤立地看问题,是抹杀事物发展的主要因素——社会基础。我们知道,人类的种种意识形态都是生活的反映,都与当时现阶段的社会发展密切结合着。因此,不同的民族,在它们的社会发展相同或类似的阶段时,就会具有相同或相类似的思想意识,就会创造出相同或相类似的政治制度、社会风尚、文学艺术等。在文学作品中,常常会出现所谓"浮游的"或"流浪的"情节,绝不能用"情节始祖"或"转借"的说法来解释的。我们对印度的哈奴曼和中国的无支祁,也应作"如是观"。

对于这些不同民族的相同或相类似的事物,正确的态度应该是利用彼此借鉴,对于自己研究的对象,获得进一步的理解。如果没有把握到确切的证据,而武断地幻想着这个民族的是那个民族的"进口货",甚至说这个民族所固有的是别个民族的"进口货"的"仿造"品,这实在是狂妄无知,违反科学。

蔑视祖国也好,违反科学也好,胡适的论断都是万变不离其宗的自他那买办资产阶级思想出发,都是他那"大胆假设,小心求证"的反科学的考据方法的成果。①

上边的引文虽然长了些,但颇有意义。因为单纯做政治批判,骂"洋奴""买办""卖国""世界主义",等等,都不能真正解决问题。冯沅君从理论到实际的论辩,虽不能说都是绝对正确的,十全十美的,但总是有理有据,因而是可贵的。它在鲁迅主张孙悟空的祖型是无支祁的证据外,又加入了新的论证,从理论上驳"进口货"说,也是可取的。冯沅君的意见发表于1955年,到1958年初(或者是1957年)吴晓铃写了《〈西游记〉和〈罗摩延书〉》一文,更以精通佛经和梵文的学者的身份,用大量事实材料论证了孙悟空的祖型不可能是《罗摩衍那》(《腊玛延那》或《罗摩延书》)里的大颔猴王哈奴曼的化身。吴晓铃查遍了《大正新修大藏经》,把涉及《罗摩衍那》的中国佛经翻译过来的有关情节,以及与猴子可能相似的故事,作了由表及里的通盘考查,得出结论说:

我以为,在古代,中国人民是知道《罗摩延书》的,但是知道的人并不很多;而且,对于《罗摩延书》的故事内容的了解是很不够的。

……

《大唐三藏法师取经记》和《大唐三藏取经诗话》的讲说者们,《西游记》的作者吴承恩,《西游释厄传》的编者朱鼎臣,《西游记传》的编者杨志和,都没有接触《罗摩延书》的机会的可能。他们甚至于连记录玄奘到印度学法传经的真实资料如《大唐西域记》和《大唐大慈恩寺三藏法师传》也没有读到过。他们对于释典翻译文学、印度佛教哲学、中国佛教历史以及唐代西域地理情况的知识是异常贫乏的。这些不利的条件都变成了西游故事在群众中讲说的成功和杨志和、吴承恩写成小说的成功的有利条件。……

---

① 三联书店.胡适思想批判:七[J].上海:三联书店,1955:334-335.

方家回眸

  我们在这儿用了好大的篇幅只是想说明一件事情：西游故事是中国土生土长的，是我们祖先从反映自己的现实生活的愿望中出来的；是我们祖先从歌颂自己的优良品质的愿望中创造出来的。智慧、乐观、勇敢、富有反抗精神的孙悟空虽然和《罗摩延书》里的大领猴王哈奴曼有些相似之处，但绝不能说它是印度猴子的化身，我们的猴子自有他的成长的历史。①

吴晓铃论证的最后，全文引了鲁迅《中国小说的历史的变迁》里如本文前边引过的那一段话后说："这个看法是非常正确的，我的这篇文章只是给鲁迅先生的看法做了一个注脚。"

  要有说服力，必须有实据。吴晓铃的论证，此之谓也。冯沅君主要是以新的意见补充了鲁迅的看法；吴晓铃驳胡适的"进口货"说较有力量。

  批判胡适思想之后，学术界表面上都统一在鲁迅的意见之下了。从1949年到1977年的28年间，胡适的"进口货"说一直受到愤怒的驳斥和对待。与此同时，以前与胡适一致的郑振铎也受到不指名的嘲弄。大约是因为1957年郑振铎把二十多年前写的《〈西游记〉的演化》一文保存收在新印的《中国文学研究》一书中，似乎他还坚持"进口货"说，所以在1961年（或1960年，因为文章发表在1961年1月1日）李希凡写《〈西游记〉的演化及其神话浪漫精神的特色》一文中，论述西游故事演化后说："探究这种演化，决不是为了搜寻孙悟空究竟是从什么'印度猴中之强的哈奴曼的化身'（按：郑振铎《〈西游记〉的演化》中语），或者是从什么故事化身而来（这种搜寻，对研究《西游记》的创作意义不大。而所谓孙悟空来源于印度猴中的哈努曼，显然是一种胡说。）。"②这中间编述的中国文学史，凡涉及孙悟空祖型问题的，都是右鲁迅而斥胡适。或说"有人说孙悟空闹天宫是受了印度文学《拉马耶那》的影

---

 ① 吴晓铃.西游记和罗摩延书[J]. 文学研究,1958(1).168-169.

 ② 李希凡.《西游记》的演化及其神话浪漫精神的特色[C]//李希凡.论中国古典小说的艺术形象.上海:上海文艺出版社.1962:347.

33

响。我们认为这是错误的。诗话中猴行者的影子却是与唐传奇《补江总白猿传》有些关系"（按：上述批驳直接针对的又是郑振铎）。①或者正面叙述"我国古代的稗史、志怪小说和《吴越春秋》《搜神记》《补江总白猿传》等，都写过白猿成精作怪的故事。而《古岳渎经》中的淮涡水怪无支祁，他的'神变奋迅'和叛逆特色同取经传说中的猴王尤为相近。""《古岳渎经》……'神变奋迅'的神猿形象，它和《西游记》中孙悟空的形象是不无关系的。"②总之，这中间的学术界以至在大学的讲堂上对此问题都是一面倒。

我在1961年写过《〈西游记〉的地方色彩》一文，③除同意鲁迅说孙悟空原型是无支祁并肯定了吴晓铃的论证外，也补充了一些例证，证明了吴承恩写孙悟空时确是与家乡淮水流域的水怪无支祁传说有关。我更进一步论证了连云港附近的云台山水帘洞就是孙猴子的老家。1922年董作宾对此略点了一下的花果山问题，我有进一步的论证。同时就是从另一个侧面补充了孙悟空是国产的，而驳斥了"进口货"的说法。

（四）两种争论的重新进行

1966年以来的十多年中，一切学术争论都变成了政治问题，当然孙悟空的祖籍问题没人去管。从1978年始，学术界才对此又重新进行探讨了，虽然60年来争论的两军并没有直接交锋。

首先惹人注目的是1978年11月份在《人民日报》和《世界文学》上发表了顾子欣、季羡林的认为孙悟空是从印度"进口"的观点。顾子欣说：

> 若谈到孙悟空的出处，谁都知道，他来源于小说《西游记》里唐僧去西天（印度）取经的故事。而其实呢，根据文学史的资料来看，我们这位猴王不是先

---

① 北京大学五五级.中国文学史(二)[M].北京:人民文学出版社版,1959:527.

② 游国恩,等.中国文学史:四[M].北京:人民文学出版社,1964:932.

③ 苏兴.西游记的地方色彩[J].江海学刊,1961(11).

方家回眸

从中国去印度,倒是万里迢迢,从印度传到中国来的。

考查猴王的历史背景,原来与印度的一部史诗《腊玛延那》有关。……

我国学者倾向于认为,《西游记》作者在创造孙悟空的形象时,很可能曾得到这部印度史诗的启发。……

中印都是文明古国,两国在文化上的互相影响可以追溯很远。印度史诗古时虽无中文译本,但史诗中的故事多见于佛经和印度神话,而后者输入我国,早在汉魏年代。一千多年以前,唐代和尚澄观所作《华严疏钞》一书中又曾提到过这两部史诗(按:指《腊玛延那》和《玛哈帕腊达》,顾文前边也提到《玛哈帕拉达》),关于猴王的故事则在这之前就已流传到中国了。在《西游记》成书之前,宋代还有一本小说叫《大唐三藏法师取经诗话》,讲的也是猴王得道助玄奘取经的故事,可谓《西游记》的先声。根据我国历史学家陈寅恪先生的考证,不但孙悟空与印度猴王有亲缘,就连猪八戒也同印度神话和史诗有关。①

当代梵文学者季羡林则说:

《罗摩衍那》这样一部伟大的作品同中国的关系怎样呢?……中国著名的长篇小说《西游记》里那个神猴孙悟空,据我看,就是哈奴曼在中国的化身。尽管有人否认这一点,但是他那种随意变形的广大神通,汉译佛经里可以找到,在《罗摩衍那》里同样可以找到,难道这果然能够是偶然巧合吗?巧合到这样程度的事情在世界上是难以找到的。②

季羡林的评论很直接,不仅明白讲自己的看法,不怕扣洋奴、买办的帽子,还隐然表示不同意鲁迅以及后来许多人的观点("尽管有人否认这一点"的"有人",首先

---

① 顾子欣.孙悟空与印度史诗[J].北京:人民日报·国际副刊.1978.11.13.

② 季羡林.印度史诗《罗摩衍那》[J].世界文学,1978(2).181-182.

35

即指鲁迅)。这是粉碎"四人帮"后的新气象,真是学术上的争鸣了。

也是1978年写成并出版的北京大学中文系编著的《中国小说史》,在评论到孙悟空形象时说"孙悟空的形象有一个演变过程"。加的注解云:"参看唐传奇《古岳渎经》和宋元话本《陈巡检梅岭失妻记》。"所表达的意思很明白,即孙悟空是从《古岳渎经》的无支祁经过《陈巡检梅岭失妻记》的老猴申阳公(齐天大圣)演化而来的,是中国国货。这部小说史的观点与十几年前的两本文学史(见前引)的观点是一脉相承的。

另外,在1978年李洪甫写了《云台山、吴承恩与〈西游记〉》一文,对孙猴子老家花果山即云台山,又进一步的描绘和论证。① 而在这之前,来俊华写了文艺性的游记《花果山游记》已记载了吴承恩写《西游记》时怎样到云台山(花果山)去访问水帘洞,听到当地一个老爷爷讲说老猢狲故事的民间传说。② 同年的五六月间,我访问云台山,在连云港市见到过李、来二同志,我们一同去登了云台山。归后,我写了《追踪吴承恩南行考察报告》一文,专门有一节写"到孙猴子老家"。③——从1961年我写《〈西游记〉的地方色彩》以来,从学术上探讨孙悟空是国货,是有《西游记》作者吴承恩的地方色彩问题,这另一条探索方向正有待国内学术界的指正。这,与鲁迅指的路子是一致的,不是两条路,只是补充而已。

总之,孙悟空是国货呢? 是进口货呢? 从1978年开始,还得争论下去。

三 继续争论的展望

60年不算短的时间内,对于孙悟空原型到底是国货还是进口货,一直没有结论。诚如有人所说,研究孙悟空形象的演化,"决不是为了搜寻孙悟空究竟是从什么'印度猴中之强的哈奴曼的化身'或者是从什么故事化身而来"。因为"这种搜寻对研究《西游记》的创作意义不大"(前引李希凡语)。但是,既然60年来学术界把

---

① 李洪甫.云台山、吴承恩与《西游记》[J].徐州师范学院学报,1978(3).
② 来俊华.花果山游记[J].江苏文艺,1978(1).
③ 苏兴.追踪吴承恩南行考察报告[J].吉林师大学报,1979(1).

它当作问题争论起来了,问题虽小,继续争论下去也不见得一点意义都没有罢。是与非的背后,总该反映出一点观点或者理论和实际相结合等的问题。按顾子欣的说法,这是中印文化友好交流的象征,别小看这只猴!

通过近60年的争论,也该有点深刻的经验和教训的。我们今天清楚地意识到(看到),如果确实是学术的问题,用政治批判的方式是解决不了问题的。请看,原来鲁迅和胡适的看法分歧在1949年以前的二十几年内,是学术界内部的是非问题,争论双方尽可能想说理、拿证据,双方是平等的。以致像郑振铎,本是与鲁迅相交好的,在文化活动上与鲁迅有过很多方面合作的人,却在国货与进口货问题上,站到了胡适一边。个人友情不妨碍不同学术观点的争论。1949年新中国成立,胡适跑到了台湾,他的学术思想不断受到批判。到1954年,由批判俞平伯《红楼梦研究》引起的全国性的批判胡适思想运动,对思想界的清理是相当必要的,对胡适的实用主义哲学观联系洋奴买办政治观点立场的批判都是对的,但也不免混淆了一些政治与学术的界限,孙悟空是国货或进口货这一小问题的涉及便是一例。当时胡适在台湾,他如何反应,不得而知。陈寅恪、郑振铎都在国内,而郑振铎正当中国科学院文学研究所所长,还兼政府的其他职务。对这个问题的批判,他们都持沉默态度,既不公开反驳而坚持自己的原来看法,也不公开检查。另外持相同观点的人也都如此。由1957年郑振铎重新结集自己过去的论文而编《中国文学研究》三大本,未加具体说明的把《〈西游记〉的演化》一文原样编进去,显示着郑振铎是仍坚持孙悟空是"进口货"的意见的,他是认为在学术上自己的看法还是正确的。尤其是将近20年的时间过去了,"四人帮"的文化专制大棒不打了,陈寅恪与郑振铎已下世(胡适当然也是归阴),顾子欣和季羡林敢于不怕扣"世界主义""洋奴、买办"的帽子,公开站出来为"进口货"说讲话,就证明学术问题用政治棍子是压不服人的。骂胡适可以,影射批判郑振铎可以(在当时的政治气氛下),今天谁还可能用政治批判的手段来对付顾子欣、季羡林呢? 顾子欣公开举出陈寅恪的名字,表示遵从陈寅恪的意见,又能怎样呢? 20年前,报纸上公开说陈寅恪是资产阶级史学界的一杆大旗,要批判倒。但是顾子欣于1978年又举起这杆大旗来了。所以,学术问题只能通过争论来解决,过去单靠政治上压,证明此路不通。

在孙悟空是国货还是进口货的问题上,我是鲁迅一派的。但是我赞赏顾子欣和季羡林的勇气。在国货与进口货之争的情况下,今天还不能下结论定谁是谁非,还有待于今后学术界的继续探索,观点是重要的,事实更重要。

如按来俊华《游花果山记》中所说(当作可信的科学说法),则吴承恩写孙悟空纯粹是云台山的民间传说的产物。不管《西游记》之前孙猴子取经是有怎样的来历。但,一方面,我认为孙悟空确实是吴承恩的创造(我的长文《吴承恩〈西游记〉典型人物论》对此有较详的论证),因为今天人们熟知的孙悟空与吴承恩《西游记》以前作品的孙行者(或齐天大圣等)不是一个人物,我们没有必要去探索孙悟空的祖型(类似的主张国内也有人提出,不过他们和我的论据不一样);一方面,来俊华所述可惜仍只能是民间传说,不能据以论定吴承恩真就是那样经过听故事而写的孙悟空。因此,在今天还是要从过去的有文字记录的材料来加以综合分析。

由60年来学术界的争论不断提供的论据资料看,鲁迅派的看法仍然是有力量的,胡适派则显得无力。譬如吴晓铃查遍汉译佛经,对《罗摩衍那》故事只有零星记载,哈奴曼没有在佛经中直接出现,吴承恩及以前西游故事的讲述者、记述者们又不像陈寅恪和季羡林那样懂梵文;不像胡适、郑振铎那样懂英文,不能直接看没有翻译的《罗摩衍那》原文,他们从何处去请哈奴曼变孙悟空呢?陈寅恪从《大庄严经》难陀王说偈的十句话,然后想象到猴子是与顶先王欲夺天宫两件事的联结,认为这就构成了中国的孙猴子大闹天宫。如果吴承恩或者吴承恩以前的西游故事讲述者、记述者们竟能有如是的联想,那真是奇特到极点了,他们要怎样熟读《大藏经》啊!又该有多么大的联结力、想象力啊!

现代的梵文学者也只有头脑里先有个孙悟空大闹天宫的人如陈寅恪者,才能灵机触发,从《大藏经》里找出个孙悟空故事的祖型来。陈寅恪对猪八戒也是从印度来的那段论证尤其荒唐,怎么一个和尚住猪坝窟,被宫女看见,天神变猪假逃,而憍闪毗国王的"憍"字与"高"字音相同("憍"与"高"只是韵同),便构成高老庄猪八戒招亲了呢?真是如同陈寅恪自己所说"尤为可笑也!"陈寅恪这种考证,当作学者

方家回眸

引经据典为孙悟空、猪八戒故事的茶余酒后的谈助尚可,作为科学的寻找孙悟空、猪八戒人物或故事的祖型,则实在不伦不类,不敢赞一词!季羡林说哈奴曼与孙悟空不能偶然巧合,不能巧合到这种程度且世界上难以找到,不见得。人类考古学到底能否证明最先是一个地区的猴子下树,最后变成人,然后这批猿人散在世界各地么?或者条件相同,另外地区的猴子也能下树,不受别处影响,也变成猿人了呢?猴子能变形(变为人),倒是中国汉代就有过的传说,如《吴越春秋》叙袁(猿)公与越女斗剑事。郑振铎直接说《陈巡检梅岭失妻记》便是从印度哈奴曼演化来的,往前追到说佛经没有?但印度故事传入中国,还有一条海路。胡适讲的更叫人没法追寻!他竟谓恐怕是李公佐便是受了印度影响而仿造了无支祁。

如果有确实根据证明李公佐看过《罗摩衍那》或听过哈奴曼的故事,那倒可以相信胡适的说法了。即或能确切知道李公佐阅读过大量佛经,且采撷过佛经的故事演述过别的东西也可考虑。如果证据确凿,无支祁确是从印度哈奴曼演化来的,那是应该庆贺的了。中印历史的文化交流史话当益增光彩。抛开哈奴曼→孙悟空这一特定题目,胡适认为印度佛经对如《西游记》《封神演义》等小说创作有影响,那无疑是有道理的。不懂梵文,没读完过一部佛经,而所读片段又似懂非懂的如我自己,偶然翻瞿昙般若流支译《正法念处经》,其中畜生品写阿修罗与天帝释作战的一大部分,倒真是《西游记》大闹天宫或西游途中遇妖精而大战等的描写蓝本,比陈寅恪举出的《贤愚经·顶生王缘品》要合适得多。虽然阿修罗并不是猴子。若说吴承恩写《西游记》就是在《正法念处经》等佛经影响下,加上自己的思想驰骋,也不为过。现在引一段《正法念处经》的原文,以见作战时的场面:

……"一切天众,四天王天皆共和合,来至我所,与我共斗,今当思惟,设何方便,破彼诸天?"时诸阿修罗闻是语已,即答罗睺阿修罗言:"我当庄严,与比三十三天帝释共战。汝今可去,天当破坏,阿修罗胜。"时罗睺阿修罗王即往战处,欲与天斗。时诸阿修罗众向罗睺阿修罗王说言:"大王,天有大力!天有大力!不可共战。"时罗睺阿修罗王即趣天众,雨诸刀戟,与天共战。是时,诸天

39

见阿修罗雨诸刀戟,使龙雨火,疾走往趣,欲破罗睺阿修罗军。天雨剑戟,犹如金刚。交阵斗战,不可称说。

……时罗睺阿修罗见其军众破坏退散,皆悉怯弱。阿修罗复安慰言:"汝等阿修罗,勿怖,勿怖。何故怯如乌鸟?!自于己舍云有勇健,是大丈夫,汝等亦皆解知论法,无所畏惧。曾已具见无量军众破坏退散?汝今何故而生愁怖?!"时诸阿修罗闻安慰也,心生欢喜,以憍慢心,在其军前。一切阿修罗依此罗睺。罗睺所护,以罗睺王为最第一,一切阿修罗皆往向彼四天王所。诸阿修罗以依罗睺阿修罗力,得生气力。"罗睺阿修罗王在我前行,此王之力,尚能破彼释迦天主,况四天王?"即复对敌,雨诸刀戟。又雨大石,犹如大山,从空而下,欲坏天众。时护世天见罗睺阿修罗王雨大石山,告诸天众:"罗睺阿修罗王雨大石山,汝等当雨刀戟鋒槊,莫令天众得大衰恼。"时护世天说是语已,及诸天众,直趣罗睺阿修罗王,共罗睺阿修罗王合阵大战。雨刀雨石,从空而下,堕大海中,令海涌沸。天雨刀剑,伤害海中无量百千众生之类,或死或怖,逃走畏避。遍大海中皆生泡沫。罗睺阿修罗与天共战,余天阿修罗见是事已,皆作是念:"未曾有也!天与阿修罗如是大战,战斗不止!……"①

由上列一大段引文便可看出,《西游记》确实曾受印度佛经的影响。鲁迅说吴承恩等作《西游记》的人并没有看过佛经,不够全面。我们在《射阳先生存稿》里看见吴承恩的一篇劝缘偈,证明吴承恩对佛经看得还较熟,出口便是佛经偈语的调子。另外,吴承恩的好友朱曰藩在嘉靖二十年(1541)以前"尝究心内典,注《楞严》《法华》诸经"②。吴承恩在这稍后作《西游记》,怎么会连佛经都没看过呢?不能因为他随便亵渎佛教经典,便认为他没看过佛经。甚至由上引的一段《正法念处经》,说吴承恩正

---

① 大正新修大藏经:经集部四·正法念处经·卷第十二·畜生品·第五之三[M].台北:佛陀教育基金会影印.1979:116-117.

② 戴邦桢,等.宝应县志:卷十一[M].江苏:宝应县县志局,1932.

是从《正法念处经》受到启示,写那些反天宫、斩妖除怪的战斗,也不无可考虑之地。

【戈按】关于这一论题的研究,我也搜索了一下近几十年来的相关信息,进入20世纪80年代以来直至如今,学术界也有不少文章和看法发表,但均似没有大的突破,仍是围绕"国产货、进口货"这两说再进行讨论,重复申述,不管哪方提供的资料和看法,都不够新鲜和深入。以本文的综述和展望来看,虽然文章撰于20世纪70年代末,但所排比、论述的资料没有被现今一些学者们的讨论所超过,因此还是比较新鲜的。所以愿意发表出来供现学术界批评斧正,以促进这一问题的深入探讨,所谓"抛砖引玉"足矣。

2018年5月初,苏兴次子铁戈重新整理并识诸长春无陋室,时年六十有五也。

(特约编辑:徐向顺)

再论《西游记》的主题思想

王齐洲[①]

一部长篇小说,尤其一部优秀长篇小说,总是或直接或间接反映了丰富复杂的社会生活,表现了作者或这样或那样的情感态度和思想倾向。这种情感态度和思想倾向尽管不一定那么鲜明和纯粹,并且越是优秀的作品,其情感态度和思想倾向就越是含蓄和隐晦。然而,人们从作品中仍然可以感受其基本的或主要的情感态度和思想倾向。人们讨论一部长篇小说,总喜欢去追问它的主题思想,其实就是追问这部作品的主要的或基本的思想倾向和情感态度。不过,由于各人的生活环境、社会阅历、文化层次、阶级立场等的不同,对一部长篇小说阅读的感受也会有所不同,于是便形成了对某部长篇小说主题思想的不同甚至截然相反的意见,从而引起激烈的争论。其实,这种争论是有益无害的,它会激活这部作品显在或潜在的价值,深化我们对这部作品的认识,延长甚至重塑这部作品的生命。基于这样的认识,我们对《西游记》的主题思想再作探讨,并非是要对前贤相关意见加以否定,而是想真实地表达自己的阅读感受,引起大家再进一步探讨这一问题的兴趣。不妥之处,敬请批评。

一

《西游记》是一部神魔小说。作者不是直接去描写社会现实生活,而是用神佛魔怪的奇异形象,诡谲变幻的故事情节,幽默诙谐的文学语言,来象征性地表达对社会对人生的理解和认识,使作品具有了怪诞而又新奇、丰富而又复杂的思想文化

[①] 王齐洲,华中师范大学文学院教授、博导。主要研究方向:古代文学史。

内涵。

对于《西游记》究竟要表达一种怎样的思想倾向和情感态度,或者说它究竟以什么为主题思想,明人有自己的认识。金陵世德堂本《西游记》卷首载陈元之(生卒年不详)《西游记序》云:

> 余览其意近跅驰滑稽之雄,卮言漫衍之为也。旧有叙,余读一过,亦不著其姓氏作者之名,岂嫌其丘里之言与?其叙以为:孙,猻也,以为心之神。马,马也,以为意之驰。八戒,所以戒八也,以为肝气之木。沙,流沙,以为肾气之水。三藏,藏神、藏声、藏气之三藏,以为郛郭之主。魔,魔,以为口、耳、鼻、舌、身、意、恐怖颠倒幻想之障。故魔以心生,亦以心摄。是故摄心以摄魔,摄魔以还理。还理以归太初,即心无可称。此其以为道之成耳。此其书直寓言者哉!①

陈氏在这里虽然只是转引《西游记》原本叙言的观点,但他显然是赞成原叙对《西游记》的认识的,即以为作品中的人物都只是一种象征,并且这种象征可以组合成一种理论和学说,从而对"心性"问题加以探讨,作品无非是在用形象演说心性修养之道。因此,他的结论是:"此其书直寓言者哉!"像这样理解《西游记》,绝对不是《西游记》原叙者和陈元之等少数人的看法,而是明代后期《西游记》批评者的普遍认识。例如盛于斯(1598—?)便说:"盖《西游记》作者极有深意,每立一题,必有所指,即中间斜(科)诨语,亦皆关合性命真宗,决不作寻常影响。"②所谓"关合性命真宗"之说,正与上述演说心性修养之道的认识相一致。

如果说陈元之、盛于斯等人对《西游记》的解说还多少有些含混的话,那么,谢肇淛(1567—1624)对《西游记》的解说就明白直截多了。他说:

---

① 蔡铁鹰.西游记资料汇编:下册[M].北京:中华书局,2010:578.
② 盛于斯.休庵影语[M].上海:上海开明书店,1931:36.

《西游记》漫衍虚诞，而其纵横变化，以猿为心之神，以猪为意之驰，其始之放纵，上天下地，莫能禁制，而归于紧箍一咒，能使心猿驯伏，至死靡他，盖亦求放心之喻，非浪作也。①

　　在谢肇淛看来，《西游记》就是"求放心"的一个寓言。所谓"求放心"，即孟子所云："仁，人心也；义，人路也。舍其路而弗由，放其心而不知求，哀哉！人有鸡犬放，则知求之；有放心而不知求。学问之道无他，求其放心而已矣。"②孟子是"性善"论者，而心乃性之动，性善自然也就心善，故孟子有"不忍人之心"（善心、良心）之说。他说："人皆有不忍人之心。先王有不忍人之心，斯有不忍人之政矣。以不忍人之心，行不忍人之政，治天下可运之掌上。"③在孟子看来，有了善良的"不忍人之心"，就能行"不忍人之政"（仁政），天下也就太平了。而学问之道无他，无非是把人的放逸的"善心"或"良心"寻找回来。孟子（前372—前289）的这套内敛的心性修养理论影响深远，在南宋发展为陆九渊（1139—1193）的"心即理"学说，到明中叶则进一步完善为王阳明（1472—1529）的"心学"。而"心学"的核心仍然是"致良知""求放心"。王阳明便说："在物为理，处物为义，在性为善，因所指而异其名，实皆吾之心也。心外无物，心外无事，心外无理，心外无善。"④又说："天理在人心，亘古亘今，无与终始。天理即是良知，千思万虑，只是要致良知。""诸君要识得我立言宗旨。我如今说个心即理，只为世人分心与理为二，便有许多病痛。……故我说个心即理，要使知心理是一个，便来心上做工夫，不去袭取于义，便是王道之真。"⑤王阳明"心学"是明中后期的主要社会思潮，所以，谢肇淛把《西游记》理解为"求放心之喻"，也就是王学的"来心上做工夫"，是适合诞生《西游记》作品的社会思想文化的大背景的。

---

① 谢肇淛.五杂俎:卷十五[M].上海:上海书店出版社,2009:312.
② 焦循.孟子正义:卷十一[M]//《诸子集成》本.上海:上海书店出版社,1986:464.
③ 焦循.孟子正义:卷三[M]//《诸子集成》本.上海:上海古籍出版社,1986:138.
④ 王守仁.王阳明全集:卷四[M].上海:上海古籍出版社,1992:156.
⑤ 王守仁.王阳明全集:卷四[M].上海:上海古籍出版社,1992:121.

明末清初的董说(1620—1686)在《西游补答问》(署名敬啸斋主人)中谈到自己创作《西游补》的旨趣,其有云:

问:"《西游》不阙,何以补也?"

答:"《西游》之补,盖在火焰芭蕉之后,洗心扫塔之先也。大圣计调芭蕉,清凉火焰,力遏之而已矣。四万八千年俱是情根团结,悟通大道,必先空破情根;空破情根,必先走入情内;走入情内,见得世界情根之虚,然后走出情外,认得道根之实。《西游补》者,情妖也;情妖者,鲭鱼精也。"

问:"《西游》旧本,妖魔百万,不过欲剖唐僧而俎其肉;子补《西游》,而鲭鱼独迷大圣,何也?"

答:"孟子曰:'学问之道无他,求其放心而已矣。'"①

在董说心中,《西游记》是"求放心"之作,而他的《西游补》也同样是"求放心"之作。只不过他认为"良心"已被"情根团结",只有"空破情根""走出情外",才能"求其放心""认得道根之实"。应该承认,从"求放心之喻"来理解《西游记》,包括理解《西游补》,既能够揭示作品的思想渊源,同时也能够反映作品产生时代的社会思潮。

明人对《西游记》内容的理解及其对作者创作意图的认识对清人有直接影响。无论清人说《西游记》谈禅也好,说《西游记》论道也好,说《西游记》演《易》也好,其核心都不脱离"心性"。正如尤侗(1618—1704)在《西游真诠序》中所说:"东鲁之书,存心养性之学也;函关之书,修心炼性之功也;西竺之书,明心见性之旨也。"②这里的"东鲁之书"指儒学,"函关之书"指道学,"西竺之书"指佛学,儒、道、释三教都有"心性"之学,而《西游记》又的确蕴含有"存心养性之学""修心炼性之功""明心见

---

① 丁锡根编.中国历代小说序跋集(下册)[M].北京:人民文学出版社,1996:1393.
② 蔡铁鹰编.西游记资料汇编(下册)[M].北京:中华书局,2010:599.

性之旨",见仁见智也就在所难免。

明人认为《西游记》是一部"修心"的寓言,既包括儒教的"存心养性之学",也包括道教的"修心炼性之功"和佛教的"明心见性之旨"。从整体上看,这一认识基本符合作品实际。受唐宋以后"三教合一"思潮的影响,《西游记》作者对佛教、道教、儒教的关于"心性"的思想进行了充分的融合吸收,同时又加入了自己的理解,演绎成作品中生动的人物和故事。

作者接受了佛教的"明心见性之旨",尤其是对大乘般若的总经《心经》情有独钟,在作品主题构思和情节安排中,注意体现大乘般若"心无挂碍,无挂碍,方无恐怖,远离颠倒梦想"①的思想。特别是禅宗"见性成佛""即心是佛"的思想,在作品中得到了形象的演绎和充分的肯定。唐僧经过的八十一难,无非是对心的磨炼,象征着"明心见性"是一个长期的艰苦过程。那些形形色色妖魔对取经的阻挠,无非象征着"修心"过程中遇到的障碍,所谓"心生,种种魔生;心灭,种种魔灭"(第十三回),说的就是这个意思。

作品也注意表现道教特别是全真道的"修心炼性之功"。全真道为金人王重阳(1112—1170)所创始,以《道德经》《孝经》《心经》教信徒,宣扬"三教圆融""识心见性""独全其真"的教义。长春真人丘处机(1148—1227)创立的全真道龙门派更以清心寡欲为修道之本,宣扬"一念无生即自由,心头无物即仙佛",以修心炼性为内丹之功。《西游记》不仅经常引用道教典籍,如张伯端(983?—1082)的《悟真篇》、王重阳的《重阳真人金关玉锁诀》,以及传为尹真人弟子所著的《性命圭旨》,还将全真道"修心炼性之功"的许多内丹学术语运用于作品之中,如"金公""木母""黄婆""姹女""刀圭""水火",等等,说明作者对全真道的教义和修炼方法颇为熟悉,作品也有意表现全真道的"修心炼性之功"。

然而,无论是佛教的"明心见性之旨",还是全真道的"修心炼性之功",都应该

---

① 引自吴承恩.西游记:第十九回[M].北京:人民文学出版社1980.下引《西游记》本文不再注明版本,只括注回目,便于读者查验。

是宗教意义上的"修心",这种"修心"重在个体生命的体认与超越,而不在现实社会的功利目的。与"遗弃人伦事物之常"的宗教不同,宋明理学特别是王阳明的"心学"虽然吸收了佛教和道教的"修心"理论的一些精华,强调人对现实的超越,但其主旨却主要指向"人伦事物之常",希望能够通过"灭心中贼"来巩固封建统治,达致现实社会的长治久安。《西游记》虽然关注佛教与道教的"修心"思想与修炼方法,但它无疑更关注"修心"的社会实践效果,唐僧、孙悟空等的西天取经既是为了能使"法轮常转",更是为了"祈保我王江山永固"(第十二回)。因此,所谓"阐三教一家之理,传性命双修之道"[①],其重点还是在宣扬儒家的"存心养性之学",其入世的倾向是十分明显的。

肯定《西游记》受到佛教、道教和宋明理学主要是王阳明"心学"的影响,并不意味着否定这部作品的价值。因为一部以宗教故事为题材的作品,不可能不涉及宗教思想,何况宗教思想中确实有值得吸取的思想营养。至于宋明理学,本来可以一分为二,王阳明"心学"就在客观上促进了明代后期的思想解放,何况《西游记》也不是王阳明"心学"的简单图解,它通过塑造孙悟空等一系列艺术形象,在许多方面表现了比王学更为进步的思想,对佛教、道教也都有所借鉴和批判。笔者在《〈西游记〉与宋明理学》[②]和《〈西游记〉与〈心经〉》[③]两文中有过比较详细的讨论,这里不再重复。

二

尽管"心性"之学是《西游记》最为关注的问题,作者对此问题也给出了形象的回答,并有自己的情感态度和思想倾向。然而,"心性"问题毕竟主要属于宗教问题和哲学问题,对社会现实尤其是对社会政治的影响不是那么直接和有效。从社会

---

① 刘一明.西游原旨序[M].//蔡铁鹰.西游记资料汇编:下册.北京:中华书局,2010:601.

② 王齐洲.《西游记》与宋明理学[J].天津社会科学,1992(4).

③ 王齐洲.《西游记》与《心经》[J].学术月刊,2000(8).

政治的角度来看，最值得注意的是《西游记》作者对封建统治的态度①。虽然总的说来，《西游记》作者并不否定封建政治制度，也不反对建立正常的统治秩序，但是，他并不满意当时的社会政治和统治秩序，于是借孙悟空形象对当时的社会政治和统治秩序提出了强烈的抗议和勇敢的挑战，起到了张扬自我价值、呼唤个性解放的积极作用，这是需要我们正视并予以充分肯定的，也是我们阅读《西游记》时可以鲜明而真切地感受得到的。

孙悟空是受天地灵秀、日月精华而生的"天生圣人"，曾四海求学、寻师访道，终于在须菩提那儿学会了腾云驾雾、七十二般变化。按理说，他已修成仙道，应该享受神仙待遇。可是，实际情况并非如此，他受到了不应有的冷遇甚至迫害：阎王派小鬼来勾魂，龙王不愿借宝物，玉皇大帝骗他上天封他做了个未入流的弼马温。悟空凭着一身过硬本领，入冥府强销死籍，闯龙宫拔走定海神珍铁，闹天宫争得了"齐天大圣"名号，以致最后被逼"大闹天宫"，让玉皇大帝着实受到了威胁。作者用同情和赞美的笔调描写了一幕幕使人义愤填膺而又激动人心的故事，借悟空之口表达了希望选贤任能、量才授职的政治主张。

孙悟空"大闹天宫"的主要原因，用他自己的话说是因为"玉帝轻贤"（第五回），没有尊重和善待他这个"天生圣人"。其实，他并不从根本上反对天宫的神仙世界，不然他就不会两次接受玉皇大帝的招安了。然而，他却不满意玉帝的嫉贤妒能，蒙哄欺骗，他要用自己的力量争取应有的社会地位。在这一方面，《西游记》作者对悟空是同情的，对他的某些反抗也是肯定的。不过，当悟空提出"皇帝轮流做，明年到我家""强者为尊该让我，英雄只此敢争先"（第七回），要玉皇大帝让出天宫给他时，作者却是不赞成的，有保留的，因为这可能会引起天宫秩序的混乱。作者显然对现存的天宫秩序是不满的，但他又不主张彻底打乱这种秩序。悟空对于不公正、不合理的天宫秩序的大胆反抗，以及要求获得与自己的能力相当的社会地位的坚定信

---

① 对于传统社会如何概括，是否可以称秦汉以来的传统社会为封建社会，学术界有不同的看法。为叙述方便起见，本文以封建社会指称秦汉以来的传统社会。

念,体现了人的主体意识的增强,给人以鼓舞和力量,因而受到读者的普遍欢迎。然而,"大闹天宫"毕竟以失败而收场,这就说明,作者已经认识到悟空与天宫的矛盾不可能以这种大闹的方式来获得根本解决。

既然外部的冲突不能解决现实的矛盾,那就只有转而寻求内在的修养,以此来缓和现实矛盾了。于是,孙悟空就从"修身"("名列宝箓")转向了"修心"("明心见性")。促成孙悟空转变的外在动力有两种:一是如来佛将他压在五行山下,使他认识到自身力量的有限性;一是唐僧西天取经,给他提供了得成正果的机会。本来,悟空在做"齐天大圣"时,玉帝就在齐天大圣府内设有二司,一为安静司、一为宁神司,并差五斗星君送悟空到任,"外赐御酒二瓶,金花十朵,着他安心定志,再勿胡为"(第四回),但悟空未能做到。而在西天路上,悟空"见心明性归佛教",懂得"心净孤明独照,心存万境皆清。差错些儿成惰懈,千年万载不成功。但要一片志诚,雷音只在脚下"(第八十五回),一心一意降妖伏魔,终于修成正果。所谓降妖伏魔,其实就是"修心"。因为按照唐僧的说法:"心生,种种魔生;心灭,种种魔灭。"(第十三回)孙悟空在西天路上打死的第一批妖魔是两界山的"眼见喜""耳听怒""鼻嗅爱""舌尝思""意见欲""身本忧"(第十四回),这"眼、耳、鼻、舌、身、意",正是佛教所说的"六根"(或"六处")。而打死了"六贼",就能够"六根清净",走上佛教的"修心"之道,"六根清净"的孙悟空也才真正完成了从外在修身向内在修心的转变。正是由于孙悟空完成了这一转变,他才能够在西天路上降妖伏魔,所向披靡。以致当唐僧在西天路上害怕虎豹豺狼时,孙悟空还能给他以开导。孙悟空说:"师父,出家人不说在家话。你记得那乌巢和尚的《心经》云'心无挂碍,无挂碍,方无恐怖,远离颠倒梦想'之言?但只是'扫除心上垢,洗净耳边尘。不受苦中苦,难为人上人'。你莫生忧虑,但有老孙,就是塌下天来,可保无事。怕什么虎狼!"(第三十二回)当唐僧离开灭法国又遇高山而惶恐不安时,孙悟空再次提醒唐僧记诵乌巢禅师传授《心经》时的四句偈子:"佛在灵山不远求,灵山只在汝心头。人人有个灵山塔,好向灵山塔下修。"(第八十五回)所有这些,都无可辩驳地说明,孙悟空西天路上的降妖伏魔其实就是"修心",他在这一方面的理解,丝毫不亚于他的师父唐僧。对"修心"的

关注,常常不是唐僧教导悟空,反而是悟空提醒唐僧。

在《西游记》主题的讨论中,孙悟空与神魔的关系曾引起过长期而激烈的争论,争论的焦点集中在孙悟空与神魔究竟是一体的还是对立的。笔者也曾撰写《孙悟空与神魔世界》,提出了自己的看法。①那么,孙悟空与神魔到底是什么关系呢?其实,在《西游记》里,神魔既非对立,也非一体,他们既有联系,也有矛盾。一般来说,上天为神,下界成魔;神可以做魔,魔也可以成神。西天路上的妖魔,绝大多数来自神佛世界。他们有的是犯了错误被贬下界成魔的,如猪八戒原是天河水神天蓬元帅,因酗酒调戏嫦娥被贬下界成魔;沙僧原是玉皇大帝的卷帘大将,因在蟠桃会上失手打碎了琉璃盏被贬下界成魔;白龙马本是敖闰龙王三太子,因纵火烧了殿上明珠,被父亲上天告了忤逆遭贬下界成魔。有的是偷跑下界成魔的,如碗子山黄袍怪本是天上奎木狼星,因与披香殿侍香玉女私通而下界成魔;天竺国假公主本是天上广寒宫里的玉兔,为报素娥一掌之仇下界成魔。此外,观音菩萨莲花池里的大金鱼,弥勒佛祖面前司磬的黄眉童子,太上老君的青牛,文殊、普贤菩萨的神兽,南极老人的脚力,太乙天尊的坐骑,等等,都下界成了魔。这些由神佛世界而来的妖魔,不管他们下界犯了多大罪恶,最后都无一例外受到神佛的保护,每当孙悟空要将他们打死的时候,神佛都会及时来解救他们,并带领他们重新回到神佛世界。即使不是神佛世界下来的妖魔,如果被神佛看中,也常常幸运地被神佛带入神佛世界,如黑风山的黑风怪做了观音菩萨的守山大神,号山的红孩儿怪做了观音菩萨的善财童子,黄花观的多目怪被毗蓝婆菩萨收去看门,牛魔王夫妇也终于一个降伏归顺,一个隐性修行,终成正果了。只有极少数几个土生土长的没有被神佛看中的妖魔,如白虎岭的白骨精之类,才被孙悟空打死。

孙悟空与神魔的关系是复杂的。他前期是魔,接受了神佛的招安,却因得不到应有的待遇而与神佛发生冲突,直至"大闹天宫"。他的反抗精神和正当要求是作者肯定的,但他缺少内心约束的自由放任又是作者不能完全赞同的。后期的孙悟

---

① 王齐洲.孙悟空与神魔世界[J].学术月刊,1984(7).

空皈依神佛,懂得了"修心"的道理,他在西天路上的降妖伏魔,正是"明心见性"的艰苦实践。事实上,西天路上的妖魔,除了象征自然险阻或毒虫猛兽的侵害,如双叉岭的寅将军、熊山君、特处士,荆棘岭的十八公、孤直公、凌空子、拂云叟,七绝山的红鳞大蟒,隐雾山的南山大王,等等之外,还有不少妖魔是神佛们派下界来考验唐僧师徒"取经"的决心或磨炼他们"修心"的意志的,如平顶山上的金角大王、银角大王本是太上老君的看炉童子,被观音菩萨借了三次,才托化为魔来考验唐僧和孙悟空等;流沙河收悟净后,唐僧、孙悟空等又被黎山老母等四位菩萨化做半老孀妇及其女儿真真、爱爱、怜怜等考验了一回。即使不是神佛安排或幻化的妖魔,也是作为磨炼孙悟空等人的"心性"而设计的。正因为如此,当唐僧问孙悟空几时可以到达灵山时,悟空才这样回答:"你自小时走到老,老了再小,老小千番也还难;只要你见性志诚,念念回首处,即是灵山。"(第二十四回)也就是说,孙悟空对每一个妖魔的降伏,都是对自身"心性"的一次磨炼。从这一意义上说,《西游记》的确是一部"修心"的寓言。明清人说《西游记》反映了儒、释、道三教的"存心养性之学""修心炼性之功""明心见性之旨",应该是说出了这部作品的一些真谛的。

悟空与神魔的关系,反映出《西游记》作者关于"正"和"邪"的观念,表达了作品的主题思想。作者不仅在作品中安排有"心猿归正"(第十四回)、"邪魔侵正法"(第三十回)、"外道施威欺正性,心猿获宝伏邪魔"(第三十五回)、"婴儿问母知邪正,金木参玄见假真"(第三十八回)、"法身元运逢车力,心正妖邪度脊关"(第四十四回)、"外道弄强欺正法,心猿显圣灭诸邪"(第四十六回),等等情节,还在作品中经常用"正""邪"标准来进行价值评判。一般都以为,作品是以神佛为"正",以妖魔为"邪"。细读作品,我们就会发现,作品中的"正"和"邪"还不能这样简单理解。悟空"大闹天宫"之时,他还是个没有被神佛完全接受的妖猴,当然就是"邪"了,玉帝自然是"正",然而,作品的同情显然在悟空一边。作者以诗论道:"大圣齐天非假论,官封'弼马'岂知音?"(第七回)由于对玉帝"轻贤"的不满,作者才热情歌颂悟空的反抗精神,揭露天宫神佛的欺骗,嘲讽天兵天将的无能。说作者仅仅以神佛为"正",显然不完全符合作品的实际描写。

其实，在《西游记》作者心目中，"正"有两层含义，既包括正统，也包括正义；"邪"也有两层含义，即非正统和非正义。作者理想的社会秩序，当然是既代表正统，也代表正义，也就是正统和正义的统一。然而，现实往往不能做到正统和正义的统一。前期的孙悟空虽然不是正统，却代表着正义，所以作者对他给予理解和同情，对他的"大闹天宫"进行了有保留的赞美。皈依神佛以后的孙悟空按照神佛的指引保护唐僧取经，自然代表正统，而取经是为了"劝人为善"，当然代表正义，所以作者对孙悟空的降妖伏魔进行了无保留的歌颂。如果说"大闹天宫"反映了正统与正义的分裂，是作者不愿看到的现实；那么，"西天取经"就是要达到正统与正义的统一，而这正是作者所要努力追求的社会政治理想，也是《西游记》所要表达的主题思想。

三

《西游记》顾名思义，描写的是"西天取经"的故事。唐僧决定"西天取经"，既是受了观音菩萨的感化，也是领了唐朝皇帝的圣旨。当唐太宗问："谁肯领朕旨意，上西天拜佛求经？"唐僧施礼道："贫僧不才，愿效犬马之劳，与陛下求取真经，祈保我王江山永固。"（第十二回）在离开长安前与众僧告别时，唐僧又说："这一去，定要到西天，见佛求经，使我们法轮回转，愿圣主皇图永固。"（第十三回）这便明确告诉我们，唐僧"西天取经"有两个目的：一个是宗教目的，即"与陛下求取真经"或"使我们法轮回转"；一个是政治目的，即"保我王江山永固"或"愿圣主皇图永固"。这样的两个目的既是现实的，又是理想的。或者换一种说法，这样的两个目的在《西游记》的描写里是客观存在的，也是相辅相成的，甚至可以说是小说作者刻意安排的，它反映着作品的基本情感态度和思想倾向，亦即反映着作品的主题思想。

"求取真经"，就是"修真""正善"，或者说是"劝化众生"，其实就是"求放心"。因为只有这样，才能使"法轮回转"。如来佛祖曾对众菩萨讲："我有《法》一藏，谈天；《论》一藏，说地；《经》一藏，度鬼。三藏共计三十五部，该一万五千一百四十四卷，乃是修真之经，正善之门。我待要送上东土，叵耐那方众生愚蠢，毁谤真言，不

识我法门旨要,怠慢了瑜伽之正宗。怎么得一个有法力的,去东土寻一个善信,教他苦历千山,询经万水,到我处求取真经,永传东土,劝化众生,却乃是个山大的福缘,海深的善庆。"(第八回)观音菩萨自告奋勇,到东土找到了金蝉子转世的唐僧,感化和引导他接受了"西天取经"的任务,让他赴西天"求取真经,永传东土,劝化众生"。唐僧也向太宗皇帝当面立下誓言:"我这一去,定要捐躯努力,直至西天;如不到西天,不得真经,即死也不敢回国,永堕沉沦地狱。"(第八回)其实,如来佛祖所说的佛教"三藏"并不真实可信,因为《经》乃佛教之教义,《论》乃教义之解说,《法》(《律》)乃佛教之教规,并非"度鬼""说地""谈天",且"三藏"也绝非"共计三十五部",更非平均每部经典有430卷之多。这种毫无根据的诳语让佛祖说出来,的确有对佛祖不敬之嫌,这里暂且不论。我们只要指出,唐僧历经"九九八十一难"到达西方净土——灵山后,佛祖并没有兑现他当初许下的诺言,就足以说明作为西方"正善"化身的如来其实是一个不值得信赖也即"不善"的人,他所传"真经"也就失去了应有的光彩。他对唐僧师徒说:"汝等远来,待要全付与汝取去,但那方之人,愚蠢村强,毁谤真言,不识我沙门之奥旨。"于是要阿傩、伽叶"将我那三藏经中,三十五部之内,各检几卷与他,教他传流东土,永注洪恩"(第九十八回)。这实在令人纳闷:难道不正是因为东土之人"愚蠢村强,毁谤真言",才需要传授完整的真实的未经删改的西方"真经"吗?如果只在西方"真经"中"各检几卷与他",那不就是"盲人摸象",各是所是,又如何保证取回的真是西方"真经",能够成为"正善"法门呢?

正是因为受到如来佛祖的这种"不善"(第十三回)态度的影响,阿傩、伽叶向唐僧传经时便索要"人事",明目张胆地索贿。由于唐僧没有贿赂,阿傩、伽叶就传给他们无字经书——"白纸本儿",以致惹恼悟空在大雄宝殿嚷道:"如来!我师徒受了万蛰千魔,自东土拜到此处,蒙如来吩咐传经,被阿傩、伽叶掯财不遂,通同作弊,故意将无字的白纸本儿教我们拿去,我们拿他去何用?望如来救治!"(第九十八回)然而,如来不仅没有责备阿傩、伽叶,反而笑着回答悟空:

你且休嚷。他两个问你要人事之情,我已知矣。但只是经不可轻传,亦不可以空取。向时众比丘圣僧下山,曾将此经在舍卫国赵长者家与他诵了一遍,保他家生者安全，亡者超脱，只讨得他三斗三升米粒黄金回来。我还说他们忒卖贱了，教后代儿孙没钱使用。你如今空手来取，是以传了白本。(第九十八回)

原来，阿傩、伽叶的索贿是得到如来默许甚至怂恿的，其实他们索贿早有前科，难怪他们会那样有恃无恐，也难怪唐僧要对悟空、八戒说："徒弟呀！这个极乐世界，也还有凶魔欺害哩！"(第九十八回)唐僧的感慨，其实是对所谓"修真""正善"的反省，也是对西方"真经"的某种程度的怀疑，甚至一定意义上的否定。尽管如来对东土进行过指责，他说："你那东土乃南赡部洲。只因天高地厚，物广人稠，多贪多杀，多淫多诳，不遵佛教，不向善缘，不敬三光，不重五谷；不忠不孝，不义不仁，瞒心昧己，大斗小秤，害命杀牲，造下无边之孽，罪盈恶满，至有地狱之灾；所以永堕幽冥，受那许多碓捣磨舂之苦，变化畜类。有那许多披毛顶角之形，将身还债，将肉饲人。其永堕阿鼻，不得超升者，皆此之故也。虽有孔氏在彼立下仁义礼智之教，帝王相继，治有徒流绞斩之刑，其如愚昧不明，放纵无忌之辈何耶！"(第九十八回)如来对东土的指责的确也是事实，然而，西方净土的"凶魔欺害"与东土其实并无不同，只不过五十步笑一百步而已，这便将如来所吹嘘的三藏"真经"能够"劝化众生"的可信性和有效性彻底击碎了，至少是打了一个大大的折扣。而唐僧师徒不畏艰险、九死一生的"求取真经"的努力也因此化为幻影。作品的这种描写表明作者对"修心"的作用是存在某种程度的疑虑的。

《西游记》通过唐僧师徒"西天取经"的艰苦卓绝和西天净土"也还有凶魔欺害"的形象描写，从宗教的角度思考了"心性"问题，却给予了我们并不满意的答案。一个指引人们求善的佛祖，居然容忍甚至纵容下属索贿和欺骗；人们梦寐以求的西方极乐世界，原来也有坑蒙拐骗，行贿受贿，这实在令人沮丧。然而，这并不是作者思想的混乱，而是作者思想的深刻。因为《西游记》作者不愿用廉价的尽善尽美来麻痹我们的思想，"极乐世界，也还有凶魔欺害"，这才是客观真实的存在。这种存在昭示我们，不能对宗教"劝人为善"的说教寄予过高的期望，因为这些宗教团体包括

其精神领袖自身也没有能够很好解决"心性"问题。"极乐世界,也还有凶魔欺害",使得我们"求放心"的努力和对"至善"的追求失去了依凭,对是否有所谓"真经"产生了怀疑。这种怀疑并非是对"心性"问题本身的怀疑,更不是对妥善解决"心性"问题的彻底放弃,而是对理解"心性"问题的复杂性和解决"心性"问题的艰巨性的理性思考,是对明中后期王阳明"心学"困局的形象演绎。无论是儒教的"存心养性之学",还是道教的"修心炼性之功"和佛教的"明心见性之旨",它们宣传的目标也许是诱人的,而如何具体实现这些目标以及能否完全实现这些目标,却是值得我们每一个人深入思考的。这样,小说就把"心性"这样一个宗教问题和哲学问题,转变成了一个现实问题和实践问题,其所具有的思想价值和社会价值就不是降低了,而是被显著地提高了,它给人们留下了更深入思考"心性"问题和"政治"问题的思想空间。对于希望从作品中找到"心性"问题答案的人,也许真的失望了;而对于关心"心性"问题,希望这一问题可以在社会实践中去寻找解释路径和解决办法的人,无疑又是富有启发的。小说作者的这种处理固然凸显了作品的内在矛盾,但也增强了作品的思想张力和现实品格,是需要我们细心体会的。

从宗教的角度来看,"西天取经"难以使得"法轮回转"。而从政治的角度来看,"西天取经"又是否可以确保唐朝的"江山永固"呢?答案同样是不能确定的。

前文已经谈到,按照《西游记》所给出的逻辑,只有正统与正义的统一,才能确保社会行为的合法性、正当性和有效性,也才能让统治者"江山永固"。西天路上,孙悟空的降妖伏魔,便是贯彻神佛意旨的正统且正义的行为,因为妖魔阻扰佛祖所安排的唐僧"西天取经"的正义事业,这自然是不能容忍,需要进行坚决斗争的。然而,已经获得正统支持的孙悟空的降妖伏魔并不必然都是正义的,至少在对待牛魔王夫妇的问题上,孙悟空就显得不那么正义,读者也并不认可他的所作所为。孙悟空与牛魔王本是花果山时期的结义弟兄,悟空尊其为兄长;火焰山的火也不是牛魔王夫妇放的,而是悟空"大闹天宫"时蹬倒八卦炉,"落下几个砖来,内有余火,到此处化为火焰山"(第六十回)。而要熄灭火焰山之火,只有牛魔王之妻铁扇公主的芭蕉扇可以奏效。然而,悟空不是降低身份,请求兄嫂的援助,而是钻进铁扇的肚子

里胁迫她交出芭蕉扇。未能成功,又变成牛魔王欺骗尊嫂,骗取芭蕉扇。这些做法,显然并无正义之可言。因此,我们不能说孙悟空的降妖伏魔都是正统且正义的行为,因为正统并非必然体现正义,孙悟空早期被正统的天界神仙打压已经说明过这一点。

　　在对待全真道人的态度上,孙悟空也只是从正统方面考虑的,同样并不那么正义。按照作品描写,在乌鸡国王治下,"天年干旱,草子不生,民皆饥死",而在全真道人治下三年,"风调雨顺,国泰民安"(第三十七回)。尽管全真道人的国君之位是阴谋所得,不是正统,而乌鸡国民却得其恩惠,生活幸福。悟空救出乌鸡国王,赶走全真道人,他的理由竟然是:"我把你这大胆的泼怪!皇帝又许你做?"(第三十九回)这显然是将正统摆在了正义之上,或者说是用正统来压制正义,并没有实现正统和正义的统一。这说明,如何实现正统和正义的统一,仍然是一个很难得到圆满解决而需要进一步探讨的问题。或者换一种说法,它并不是一个理论问题,而是一个实践问题。《西游记》作者提出这样的问题,形象地展示现实的困境,其思想无疑是十分深刻的。没有正统和正义的统一,任何王朝都是不可能有"江山永固"的。这样的思想,的确超出了同时的许多思想家的认识,是《西游记》留给我们的宝贵思想遗产,所以值得特别珍惜。如果因为《西游记》是小说而忽视其思想创造,那就是"买椟还珠"了。

(特约编辑:徐向顺)

《西游记》文本阐释的新突破

——序竺洪波《西游释考录》

陈文新[①]

"西游三论"是竺洪波教授拟逐一完成的《西游记》研究系列成果，包括学术史、文本阐释和西游学等各自独立而又相互关联的三部著作。十年前，"西游三论"之一、国内第一部《西游记》学术史专著《四百年〈西游记〉学术史》（复旦大学出版社2006年12月）出版，注重实证，但不止于实证，而是在实证的基础上从事分析和阐释，受到学界的广泛好评。2014年，洪波教授又完成了"西游三论"之二《西游释考录》一书，其宗旨是在文本阐释方面取得较为显著的突破。"回顾十余年前撰写《四百年〈西游记〉学术史》，在文本阐释方面已有所涉及，只是囿于学术史体例的限制，所论不过一鳞半爪、浅尝辄止而已。引入阐释学等'他者性'现代西方视阈，借用'文学—文化'跨学科研究方法，贯穿古今，融会中西，对《西游记》作多方位深层次'价值阅读'和客观、合理的文化阐释，突破过往既有论断，另立新论异见，实现《西游记》研究的'创新驱动'，正是笔者此番著作的立意所在。"洪波教授的这一学术祈向和学术气象，令我佩服而且兴奋。在书稿出版之际，他命我作序，真是乐何如之！

就我的阅读感受而言，《西游考释录》在三个方面给我留下了深刻的印象。

其一，《西游考释录》充分关注《西游记》内涵的复杂性。

《西游记》是一部可以从宗教角度加以解读的书，这源于小说与佛、道二教的复

[①] 陈文新，武汉大学中国传统文化研究中心教授、博导；教育部长江学者。主要研究方向：中国传统文化。

杂关系。《西游记》在流传过程中经历过一个被全真教化的环节,因而其中存在大量的道教诗词、术语,只有那些精通内丹之学的人士,才能举重若轻地将这些诗词、术语融入叙事文本之中。与这种道教痕迹随处可见的情形形成对照,《西游记》中不仅存在大量的佛教内容,而且明显表现出扬佛抑道的倾向,小说中几乎没有好道士。这种情形,与《西游记》经历了一个道教介入的环节,而最终又成书于隆万之际某一天才作家之手有关。在隆万之际扬佛抑道的社会氛围中,作者一方面参考了道教化的某种"底本",另一方面又以游戏之笔表达"扬佛抑道"的倾向,他并不留意也不在乎佛教内容与道教内容之间的矛盾。在对《西游记》的解读中,过分重视小说的宗教内涵,以为这是一部佛教或者道教的教科书,由来已久,至今仍余波荡漾。显然,这种解读方式是不妥当的。

《西游记》也是一部可以从政治角度加以阐释的小说,小说中的许多描写,很容易让人联想到现实政治的种种情形。比如,美猴王大闹天宫,与现实中反对政府的革命便极为相似。又如祭赛国、朱紫国、灭法国等九个人间国度,所用多为明代官职,国王又多为宠信道士的昏君,很容易让读者联想到嘉靖皇帝。不过,作者的目的,并非有意识地将孙悟空写成陈胜、吴广式的造反者,也并非以那些昏君影射本朝天子。孙悟空和玉皇大帝的矛盾,萌发于他在地府将自己的姓名从生死簿上勾掉,明朗于弼马温的头衔不能满足其虚荣心,激化于王母设蟠桃宴只请有俸禄的仙人,而不请身居闲职的悟空。不过,《西游记》的作者不是一位整天板着脸讥弹时政的作家,如果《西游记》中确有讥弹时政的意味,那也是妙手偶得,并非刻意为之。

《西游记》还是一部可以从哲理角度加以阐释的小说,与"求放心"相关的术语、诗词、情节等比比皆是,心学色彩颇为鲜明。《西游记》对佛教经典《心经》有浓墨重彩的强调(《摩诃般若波罗蜜多心经》,本为《心经》,《西游记》误为《多心经》)。《心经》所揭示的无挂碍恐怖的生命意境,实际上是心性修炼臻于炉火纯青的人生意境。《心经》以引导人"远离颠倒梦想"的方式消除取经途中的魔障,这提示读者:西去途中的种种妖魔,可以视为人内心的种种纷扰的象征。

明清时代的学者,如明末幔亭过客(即袁于令)的《李卓吾先生评本西游记题

词》从三教合一的立场出发谈"修心"主旨,清初汪象旭评本《西游证道书》所冠署名虞集的序文站在道教立场上谈"修心"主旨,清初尤侗从佛教立场出发谈"修心"主旨,张书绅《新说西游记总论》从儒家立场出发谈"修心"主旨,立场虽别,但所揭示的修身养性的意蕴则是一致的或大体一致的。《西游记》兼容三家的心性修养理论,故时而谈禅,时而说儒,也常有道家术语。所以,明清时代的部分学者确认《西游记》具有哲理意蕴,这并没有错。但他们说得太拘泥、太严肃,便与《西游记》的戏谑风格明显冲突。《西游记》确实带有心学色彩和佛道内容,但不必求之过深,尤其不必处处比附。

《西游记》的政治意涵、宗教功能和心学色彩,在《西游记》"以文为戏"的整体风格中融为一体。《西游记》的内涵因此显得复杂而丰富。对于《西游记》文本内涵的复杂性,《西游考释录》予以了充分关注,并做出了有理性、有深度的揭示。这从该书的章节目录就可以看得出来。如第一章《传统文化释真》中有这样四节:"《西游记》的儒学精神""《西游记》的佛教旨意""《西游记》的道教蕴藉""佛道论衡与《西游记》的宗教倾向",第二章《现代意识烛照》中有这样两节:"'游戏'背后的多重隐喻""重评《西游记》的反抗主题",都致力于揭示《西游记》的复杂内涵。

其二,《西游考释录》对《西游记》的主导倾向做了独到的阐释。

《西游考释录》第三章中的第二节,"自由:《西游记》主题新说",集中就《西游记》的主导倾向展开阐发,多有令人耳目一新之处。"从人类原初的生命形式上看,人类对于自由有着先天的爱好和追求,人的本质即是自由的本质,人类实践活动的基本特点是追求自由,人类发展的终极目标即是对自由的高度和无限的占有,人类的历史就是追求自由的生命形式、和谐的社会关系的历史,借用哲学术语,即是从必然王国进入自由王国的历史。因此,自由(和谐)必然是一个人类文化史上反复出现和被反复印证的母题,也必然是文学作品反复歌咏的'永恒'的主题,一部《西游》大书,正是围绕这一古老的母题展开的。""提出《西游记》主题的'自由'说,其意义即在:突破以往政治性和宗教性主题观的樊篱,建立符合文学本体论的哲理性主题观,以发掘《西游记》的审美文化蕴涵。"这样的论述,平实而又睿智,对于理解《西游记》尤有助益,比如,在"自由"的视野下解读孙悟空的形象,就令人感到格外亲切。

《西游记》中,孙悟空常常被称作"妖猴""妖仙",这不是众神对悟空的"诽谤",悟空确实有过做妖怪的经历。悟空本人对此也毫不掩饰,公开承认"我是历代驰名第一妖"(第十七回)。悟空的妖怪经历大概得从其出世算起,一直到皈依佛门为止。其间,花果山称王、荡海学艺、龙宫强索金箍棒、大闹幽冥界、逼封齐天大圣、搅闹蟠桃会、大闹天宫等,种种惊天动地的事件奠定了悟空在神、佛、妖等各界的赫赫威名,也把悟空的"妖性"展现得淋漓尽致。

悟空的勇敢是与生俱来的,他自告奋勇探察水帘洞就体现了这一特点。《西游记》第一回,众猴发现了一股瀑布飞泉,想探清这水的源头何在,有猴出主意:"那一个有本事的,钻进去寻个源头出来,不伤身体者,我等即拜他为王。"那石猴应声答道:"我进去!我进去!"这一方面体现了孙悟空争强好胜的心理,另一方面也表现了他敢于接受挑战、乐于承担责任的勇气。有必要给予注意的是,猴子并不擅长玩水,即便后来练就了一身神通的悟空,对水仍有三分忌惮。但石猴还是勇敢地接受了生与死的考验。最后,他成功了,给花果山众猴找到了一个天然的家居环境,并因此坐上了花果山的头把交椅。勇敢其实就是一种冒险精神,这种精神是每个人都需要的,不过对于伟大人物来说,这种需要往往更为急切。

心高气傲是导致悟空大闹天宫的性格方面的原因。初任弼马温,悟空并不清楚其级别之低,没有什么不满的表示。一天,御马监的同僚们告诉他,他才知道:"这样官儿,最低最小,只可与他看马。"悟空得知,不觉心头火起,咬牙大怒道:"这般藐视老孙?老孙在那花果山,称王称祖,怎么哄我来替他养马?养马者,乃后生小辈,下贱之役,岂是待我的?不做他!不做他!我将去也!"(第四回)忽喇的一声,把公案推倒,取出金箍棒,打出天门去了。回到花果山,因愤慨于"玉帝轻贤",遂自封为"齐天大圣"。天兵天将屡次征讨无功,太白金星建议采取招安之策,"就教他做个齐天大圣"。悟空得到"齐天大圣"的空头衔,自以为官至极品,"遂心满意,喜地欢天"。但王母设蟠桃宴一事使他明白:他又被骗了。蟠桃宴只请那些领

取俸禄的仙人,悟空没有俸禄,不在被请之列。他自以为"我乃齐天大圣,就请我老孙做个席尊,有何不可?"(第五回)却居然连列席的资格也没有。一怒之下,他"将仙肴仙酒尽偷吃了,又偷老君仙丹,又偷御酒若干,去与本山众猴享乐"(第六回)。从八卦炉里逃出之后,他"因在凡间嫌地窄,立心端要住瑶天"(第七回),索性教玉皇大帝搬出天宫。凡此种种,都是心高气傲、不知天高地厚的表现。所以,观音菩萨作诗嘲讽他:"堪叹妖猴不奉公,当年狂妄逞英雄。欺心搅乱蟠桃会,大胆私行兜率宫。十万军中无敌手,九重天上有威风。自遭我佛如来困,何日舒伸再显功。"(第八回)所谓"当年狂妄逞英雄",即心高气傲、不知天高地厚是也。

　　谈到悟空,不能不说说他的七十二般变化。一方面,它是悟空用来制服妖怪的主要手段,是小说的精彩之处所在;另一方面,七十二般变化与悟空的形象有着密切的联系,它有助于我们更好地理解悟空。悟空的原型是猴,生性灵巧,因此,悟空能够适应各种变化,大、小、俊、丑、男、女等样样不在话下,尤其擅长变化小巧的机灵物;八戒的原型是猪,生性笨拙,因此,他的变化受到很大的限制,不像悟空那样达到随心所欲的境界,只能变一些笨重的东西。悟空总是使人想起他的"巧",八戒则总是让人不忘他的"笨"。

　　悟空降妖捉怪都很有"情趣",他不乐意一棒就把妖怪打死,而是想方设法先捉弄一下妖怪,开开心,然后再下手。这是悟空的顽皮个性使然。做任何事情,哪怕与妖怪赌斗这么危险而严肃的事情,悟空也不放过拿对手取乐的机会。这与八戒的风格很不相同。八戒胜妖的几率很低,一旦哪个妖怪碰巧不是猪八戒的对手,它就倒霉了,总是被八戒"一钯筑死"。所以,八戒与妖怪交手,一向程序简明,要么逃跑,要么尽快把对手干掉,一钯可以打死的绝不用两钯。八戒没有悟空那份拿对手"玩"的心情,八戒只讲实效,悟空则在注重实效的同时还追求情调,力求完美地演绎他的顽皮!

　　《西游记》的作者为什么喜欢这样一个悟空?对这个问题的回答其实涉及《西游记》的主题问题。洪波教授的答案是:人们喜欢悟空,其实是源于对一种自由境界的向往。也许有人乐意选择别的解释,但拙见以为:"自由说"不失为一个较好的

角度。洪波兄提到:"钱锺书、林庚、师陀、黄裳等著名学者就先后发表过高度评价《西游记》的意见。钱锺书甚至视其为中国文学中最伟大的作品,因为迄今为止人类两大难以实现的梦想——飞天与入地(包括潜海)——只有在神话小说《西游记》中得到完全的实现[①]。林庚以《西游记》为'最爱',称它的理想精神和'童心主义'鼓舞、陪伴自己'度过一生中最困难的日子'[②]。这是一种宝贵的文学史评价的新声。"他沿着前辈学者"文学史评价的新声"继续推进,取得了引人注目的收获。

其三,《西游考释录》自觉引入"他者性"视角,以深化对小说文本的解读。

"我"与"你"的对照是文化比较的一种普遍现象,一种形象的产生无疑建立在"我与你"两极化的基础上。换句话说,只有在对话思维中,"我们"的存在才有意义。所以,借用西方视角或西方理论,不是一个权宜之计,而是深化对中国文化和中国文学理解的一个不可或缺的途径。如洪波兄所说:"中国文化走向世界,为世界注入了中国元素;现代西方文化纷纷流入,引发了我国文艺学科的诸种变革与文学观念的刷新。诸如文学场、多元价值系统、价值阅读、阐释学等现代性文学观念和文学方法论的流行,为我们提供了文学研究的新视野、新尺度、新方法,从而使得这种价值发现和全新评定具备了可行性条件。比如,按照'文学是社会生活与历史的再现'这种传统理念,《红楼梦》的深刻性是无与伦比的,因为它在康乾盛世就已预见到封建社会必然崩溃的历史规律(所谓"外面的架子虽未甚倒,内囊却也尽上来了"),但如果按照'文学是一种文化载体'这一全新的文学定义,文学经典必须承载、反映特定民族的思想和文化,那么《西游记》以其特有的儒、释、道三家文化蕴含,最为充分地再现了中国的传统主流文化,其与中国主流文化的深度契合,是任何其他作品都无法比肩的。"这样的视角,这样的结论,对读者都是有启发的。

---

① 杨绛一文称钱锺书十分痴迷《西游记》孙悟空"腾云遁地"的神通。杨绛.记钱钟书与《围城》[M].长沙:湖南人民出版社,1986.

② 原文为"十年动乱时期,夜读《西游记》曾经是我精神上难得的愉快与消遣。"林庚.西游记漫话[M].北京:人民文学出版社,1990:140.

对于"他者性"视角的应用,我在不同场合发表过意见。这些意见,表面上不完全一致,但确有其内在的一致性。借此机会,顺便做一个说明。

2010年10月15日,我在《光明日报》发表了《不能用非理性的方式批评"国学"》一文,其中一个要点是:对中国传统学术的研究,应致力于接近其本来面貌,不能只是强调与西方接轨。"中国传统学术向现代学术转变,在学术理念上的重要区别是:传统学术重通人之学,现代学术重专家之学。中国传统学术的分类,大类项是经、史、子、集四部之学。一般人认为,史部为史学,集部为文学,子部大体属于哲学,但这种分类是比照现代学科分类而做出的,传统学术并未建立对文史哲加以明确区分的框架。对各种学科加以分类,在高等学校中设立中文系、历史系、哲学系,在学术机构中设立文学所、历史所、哲学所,在学术刊物中区分出综合类、文学类、历史类、哲学类,这是现代学术的显著标志,现代学者的学科意识因而也异常强烈。与这种学科意识相伴随,他们所研究的'中国思想史',是'在中国的思想史',而不是'中国的思想史';他们所研究的'中国古代文学史',是'在中国的古代文学史',而不是'中国的古代文学史'。所谓'在中国的思想史''在中国的古代文学史'……即根据西方的学科理念和学术发展路径来确立论述的标准,并用这种标准来裁剪中国传统学术,筛选符合这种标准的材料,研究的目的是为了与西方接轨;所谓'中国的思想史''中国的古代文学史',……即从中国传统学术的实际状况出发,确立论述标准,梳理发展线索,选择相关史料,研究的目的是为了尽可能地接近经典,接近中国传统学术的本来面貌。在现代的学科体制下,中国传统学术研究中这种'在中国的'研究一直居于主导地位,而'中国的'研究则隐而不彰,或处于边缘地带。现代学科体制下这种旨在与西方接轨的研究,它所造成的负面后果是极为严重的。"

2012年6月,《天中学刊》发表了拙作《叙事文化学有助于拓展中西会通之路》。在这篇短文中,我强调了中西会通的必要性。"20世纪的中国古代小说研究,在理论工具的运用上,面临着两种不同的选择。一方面,中国古代的主流学术,关于'小说'已有一套共识,只认可今人所谓笔记小说才是'小说';另一方面,20世纪

的中国学术界,在西学东渐的时代背景下,又形成了一套新的共识,认为传奇小说、话本小说、章回小说才较为符合小说的标准,而笔记小说顶多只能说是小说的雏形。面对这两种共识,不同学者有不同的取舍,这是正常的;大多数学者认同20世纪形成的新的共识,这也是正常的。但简单套用甚至滥用这种新的共识,其负面后果却不能不引起我们的关注。第一个后果是,中国传统的'小说'经典,如《世说新语》《酉阳杂俎》《阅微草堂笔记》等,在近几十年来的小说史中被边缘化,在文学史知识体系中处于无足轻重的位置,古今评价的差异之大,触目惊心;第二个后果是,即使有学者研究到这几部著作,也是以20世纪的新共识作为裁断的依据,论人物、论情节、论虚构,不甚切合作品本来的特征,大多没有说到点子上;第三个后果是,在上述两种共识之间,学者们通常只注意其间的差异或冲突,却没有注意到沟通二者的可能性,中西会通之路在无意中被堵塞了,很少有学者自觉考虑中西会通的可能性。""任何学术研究都有一个预设的前提。本文的预设是:上面说到的两种不同的共识,其间存在差异是显而易见的,但其间也一定存在沟通的可能性。'东海西海,心理攸同',所谓文化的差异,其实是以文化的相似性为基础的。没有相似,也就谈不上差异。具体到小说这种文体,作为一种把握世界的方式,两种小说观确实在某些方面赋予了它不同的功能或实现功能的不同方式,但至少在两个层面,两种小说观大体上是吻合的:一、小说文本以叙述作为主要的存在方式;二、小说作为一个叙述文本是有文化意味的,它传达出某种人生经验,表达了作者对社会人生的某种理解。两种共识的区别仅仅在于,在叙述和传达意味的具体途径上,它们有不同的选择或侧重。这种不同的选择或侧重,正如中国人和英国人在着装上存在差异一样,其共同点('着装')是比较其差异的前提。既充分明了两种共识之间的差异,又密切关注两种共识的相通之处,以期在中西会通之路上向前迈进一步,这是我们这一代学者义不容辞的使命。"

所以,在为洪波兄的大著所作的序中,我特别强调"他者性"视角的意义,这与以往的表述是否不够吻合?其实,这三段表述之间,确有其内在的一致性,即我始终认为:在中国传统学术的研究中,借鉴西方理论或视域,乃是极其必要的。事实

上,20世纪以降,凡在中国传统学术的研究中做出了卓越成就的学者,大都兼通中西,大都受到了"他者性"视角的启迪。我所不满的只是:简单套用"他者性"视角,漠视中国传统学术的本来面目。从实际情形来看,这种简单套用的负面后果也确乎相当严重。有时候,为了纠偏,我会把嗓门提得很高,但并不表明我是一个国粹论者。

我之所以强调"他者性"视角的意义,当然不只是为了完整地宣示我的学术立场,更是因为,洪波兄对"他者性"视角的采用,旨在以"他山之石"攻中国之"玉",旨在接近《西游记》的本来面目,旨在阐发出新意。如洪波兄所说:"对于《西游记》这样具有长达四百年学术史(阐释史)的文学母体,无论是人物、环境、情节三要素,还是描写、叙述、对话等叙事构件,以及隐喻、象征、复调等表现手法,评论早已过剩。只有把文学的符号系统视为一个'异质—开放的结构',采用多元开放视野,阐释才有可能深入其不断滋生而又为我们未知的意蕴,实现文本意义的'陌生化'演绎。在'社会—艺术批评'也即恩格斯倡导的'历史—美学批评'的基础上,阐释视野多元开放,涉及哲学、政治、宗教、民族认知心理(民俗)和文化人类学诸多方面,贯穿古今,融会中西,没有禁区,不留死角。但另一方面,多元视野并非杂乱无序,无边游说,为阐释而阐释,那种图解概念,强作新论,或择取一叶半简,妄议私猜,绑架古人,颠覆文本的批评,是显然不行的。所以,对于一次特定的文学阐释活动,有必要划出确定的疆域——即'文学(文本)置身其中的位置空间',在相对封闭的范围有序(通常表现为合乎逻辑和既定目标)进行。结合《西游记》的文本实际,以及自身学术个体性的固有取向,我们的诠释聚焦为传统文化、现代意识、美学精神和学术史论四个维度。——这也是我此番学术活动的先验性理论预设。"这样一种预设和祈向,是值得推许的;而洪波兄的具体阐发,则尤其值得细细体会。

《西游考释录》是采用"他者性"视角的一次成功实践。

(特约编辑:徐向顺)

编者按:

《西游释考录》,竺洪波著,上海文艺出版社2017年5月出版。本书是作者继《四百年〈西游记〉学术史》之后又一部《西游记》研究专著。

本书引入阐释学等"他者性"现代西方视阈,借用"文学—文化"跨学科研究方法,贯穿古今,融会中西,从传统文化释真、现代意识烛照、美学本体探寻、学术史论抉微等四个维度对《西游记》作多方位、深层次"价值阅读"和客观、合理的文化阐释,以实现《西游记》科学、合理的价值评估与文学史定位。同时对《西游记》作者、成书、版本等学科基础问题,以及"玄奘西游故事缘何最终演变为神话小说""《西游记》为何被清代道教徒攘夺""灵山究在何处""唐僧所取经书果为何物"一类学术命题及其史实作必要的辨析。

《西游释考录》(节选)

竺洪波[①]

"互文六法":《西游记》世代累积的文学指向

作为现代西方文论中最具创意、生机和影响力的新术语、新理念,互文性出自克里斯特娃和罗兰·巴特的以下经典论述:

任何一篇文本的写成都如同一幅语录彩图的拼成,任何一篇文本都吸收和转换了别的文本。[②]

[①] 竺洪波,华东师范大学文学院教授、博导。主要研究方向:古代文学、文学批评史。

[②] 克里斯特娃.符号学,语意分析研究.转引自蒂费纳·萨莫瓦约.互文性研究[M].邵炜,译.天津:天津人民出版社,2003:4.

任何文本都是互文本；在一个文本之中，不同程度地并以各种多少能辨认的形式存在着其他文本：例如先前文化的文本和周围文化的文本。①

这是指出文学创作的互文现象，并把这种现象上升到文学的普遍性。它通常包括两个层面的意思：一是指两个或多个文本之间的间性关系；二是指某一文本通过记忆、重复、修正，向其他文本产生的扩散性影响，而就后世某一个"其他文本"而言，指的是对先时文本的吸纳、兼容和改造。互文性通过创作现象的揭示关乎文学本体的宏旨。

《西游记》是世代累积型巨著，以最早的版本明万历二十年（1592）金陵世德堂《新刻出像官板大字西游记》（世本）为参照，经历史记载（《大唐西域记》《慈恩传》）、民间艺人讲说（包括各类话本与戏曲作品）和文人创编（百回本长篇巨帙《西游记》）等几近千年的演化，是以往全部丰富"西游"故事的历史积淀。关于"世代累积集体创作"说，学界通行的表述如下：

> 所谓明代小说四大奇书《三国》、《水浒》、《金瓶梅》、《西游记》并不出于任何个人作家的天才笔下，他们都是在世代说书艺人的流传过程中逐渐成熟而写定的。谁也说不清现在我们所见的版本是出于谁的手笔。任何一个说书艺人都继承原有的模式或版本而有所发展。②

对照上述互文性与"世代累积集体创作"说两种话语系统，其所指——对前代艺术资源的吸纳和整合——完全一致。围绕《西游记》的创作实践，中西理论可以相互印证，相互阐释，相互发明。

但问题不仅于此。进一步说，"世代累积"说可以说明《西游记》的演化进程，顺带解释作品思想的丰富性、芜杂性，却无法揭示其在演化过程中何以成为经典。在

---

① 罗兰·巴特.文本的理论.转引自王瑾.互文性[M].桂林：广西师范大学出版社，2005：40.

② 徐朔方.小说考信编[M].上海：上海古籍出版社，1997.

过去，我们恰恰满足并停留于对前者的叙说，如较多较好地解释了儒、释、道三教并尊互渗、渐次"嵌入"《西游记》的问题；对后者的描述却无能为力，《西游记》经典化机制至今认识不清。其表面原因是《西游记》虽然版本繁复，但在明清两代始终没有产生像金圣叹评改《水浒传》、毛宗岗评改《三国演义》和张竹坡评改《金瓶梅》这样的经典文本，来作为完成自身经典化的标志。究其真实原因则在"世代累积集体创作"说的内在理论性缺失：它只是对中国早期小说创作的现象描述，却不是对这一演化规律性的理论抽绎。互文性却可以深入到演化机制内部，揭示其世代累积进程中积极向上的文学指向，从而解释《西游记》经典化的最终实现。且看蒂费纳·萨莫瓦约的表述：

> 重写神话（任何一个文本）绝不是对神话故事的简单重复；它还叙述故事自己的故事，这也是互文性的功能之一：在激活一段典故之余，还让故事在人类的记忆中得到延续。对故事作一些修改，这恰恰保证了神话故事得以留存和延续。①

关于如何实现以往文本资源的"留存和延续"——终极的目的是创新、提升，在提及"激活"和"修改"这些一般意义上的目的和方法以外，他转述了由法国叙事学者热奈特归纳的具体步骤和方法：浓缩法（剔除和简略）、扩充法（希律迪亚斯把《圣经》里仅仅几行的故事发挥到三十多页），应用法（对情节和蓝本的改编）、升级法（增加人物的英雄特色）、跨越主题法（掺入非传统的现代主题）、跨越动机法（挪用或修改以往版本中业已存在的故事起因）。应予指出的是，这些步骤和方法"不止是在旧题下作新诗，它们还允许作者重新整理、排列素材的层次，这些层次虽然互相有别，但也不是互相孤立的。"其实质就是把以往文本的不同元素（它们在差异中显示着自身价值）重新整合，铸就全新的、更高更纯的经典文本。以上内容谓之"互

---

① 蒂费纳·萨莫瓦约，互文性研究［M］.天津：邵炜，译.天津人民出版社，2003：108.

文六法"。①

考察《西游记》的累积阶段和创作主体性实际，这些方法悉数齐备，并与现代性写作的"互文六法"没有二致。现予分列对照如下：

其一，浓缩法：世本作者吴承恩（？）削删前代西游文本中大量与唐僧取经无关或关系不大的西域见闻，保留并"浓缩"西游故事的精华。

其二，扩充法：如世本作者将典籍所载"神僧传心经"故事扩充改造为乌巢禅师授《心经》大段关目。关于《心经》来历，《慈恩传》作"蜀僧传《般若心经》，《诗话》为"定光佛传《心经》"，《太平广记》为"罽宾国老僧传《多心经》"，文字都极简单，仅数十字。《西游记》经扩充化为整整一大回文字（第十九回"浮屠山玄奘受心经"），而且《心经》成为取经人的精神之魂，乌巢禅师（如来佛祖的象征）成为精神导师，极大地突出了《心经》的重要性。又如，早期《诗话》只有树人国破妖术、火类坳杀白虎精、九龙池斩九头鼍龙等三个除妖故事扩充、延伸为四十一个，斩妖杀怪成为《西游记》的情节主体。

其三，应用法：如将敦煌变文《太宗入冥记》改为取经缘起故事。"太宗游地府"是与"明皇游月宫"齐名的民间故事（神话），蓝本见于唐人小说和敦煌文书（变文），都是与西游故事无关的独立写本。世本作者信手拈来，嵌入孙悟空大闹天宫与唐僧西行之间，事叙唐太宗因拯救泾河老龙无果，被告至地府，阎君法外开恩平添一记阳寿，太宗承诺还阳后即"海选"高僧做水陆道场。——玄奘大师由此登堂说法，并立志赴西天求取大乘真经，普度众生。应用法的基本立场是不择源流，不拘一格，化人为己，为我所用。

其四，升级法：在既有西游故事中提炼升级。如唐僧由凡人（陈玄奘）升级为神僧、圣僧。取经保护神由史载（《慈恩传》）中的胡人石槃陀、《诗话》中的毗沙门大梵天王，升级为佛教第二号人物大慈大悲灵感观世音菩萨，其羽翼者为取经护法孙悟空。与此相适应，取经途中的种种磨难由一般的自然灾难和人间盗贼升级为无所

---

① 蒂费纳·萨莫瓦约所论甚繁，这里对内容与次序作了归并和调整。

不能的妖魔鬼怪。

其五,跨越主题法:吴承恩深谙文艺之道,自觉地在单纯取经故事中体现为其时受众关注和认可的文化主题,主要是儒、释、道各类文化精神的注入。《西游记》从此成为一部承载伟大中华民族文化的宝典。

其六,跨越动机法:以往西游故事零散、丛脞,起因不一,与跨越主题法类似,对其发生的动机必须予以必要的改造,使其符合作品的更新更宏大的主题。显著的如:玄奘西行动机从佛教徒求解真经改为"启民智、保大唐"。再如:据《慈恩传》记载,玄奘出流沙后,受到高昌王麴文泰礼遇,引为"御弟",并"又作二十四封信,通屈支二十四国",打通前方所有关节,于是玄奘一路论辩讲经,"番人远近咸尊伏之",成了名副其实的"阔留学"(胡适语)。为了神化玄奘西行伟业之艰辛,世本作者对此予以删削,将"麴御弟"改为"唐御弟",与"启民智、保大唐"的西行动机想呼应。

上述"互文性六法",在以往《西游记》成书研究中已间或有所涉及,如胡适《〈西游记〉考证》曾指出玄奘西行动机的变化,郑振铎《〈西游记〉的演化》曾论到对唐僧身份及出身故事的改造等,但作为整体性归纳未经人道,以互文性理念印证世代累积的演化过程更是首次。举其意义有三:一是将已有之认识予以新颖的表述,借用"陌生化"话语系统化陈旧为新奇,尽可能发掘《西游记》演化过程中的新线索、新问题;二是将各种零星的认识上升为理论抽绎,使现象和事实的揭示具有概括性、系统性,其中现代性文学理念的贯穿无疑为考察《西游记》成书提供了更新颖、更宏阔和更有效的视野及方法;三是以术语命名的方式赋予一些模糊的认识以明确的说法,从而使之言简意赅、由模糊变得清晰。总而言之,"互文六法"可以基本囊括世代累积之文学指向——实现《西游记》经典化的种种努力,包括方法及其功能,其揭示的文学指向无疑是在西游故事的滚动累积、演化中向文学经典挺进。考察实际的效果,更是如此。

"脱冕"与"加冕":反抗的途径——以巴赫金狂欢学说为参照

巴赫金的狂欢化诗学来源于古代欧洲的狂欢节。而民间狂欢节以特殊的方式

——如痛饮狂醉以后戴上面具、穿着奇装异服在大街上游行、歌舞,纵情欢乐,尽情地发泄自己的原始本能,因此狂欢化诗学就与生俱来带有反抗正统、挑战秩序、蔑视权威的特征,呈现宣泄性、颠覆性、草根性的艺术精神,这与《西游记》的"反抗"主题尤其吻合无间。比如巴赫金认为民间狂欢节背后隐喻着"强大的蓬勃的改造力量"和"无法摧毁的生命力"。孙悟空大闹天宫,把巍巍天庭打得稀巴烂,一切威严和等级秩序荡然无存,充分显现出"改造世界的强大力量"。

"脱冕"与"加冕"是狂欢节的两种仪式,巴赫金用来说明文学正统与草根、高雅与低俗的互换关系,提倡不同文学体裁的平等地位。对此,朱立元界定说:"巴赫金发掘人类的狂欢化文学价值,在很大程度上是在向传统的诗学体系挑战,是要颠覆旧的诗学理论,为传统的高雅体裁'脱冕',而替所谓的低俗体裁'加冕'。"[1]这里,借用这两个术语来阐释《西游记》反抗的途径。

孙悟空对正统秩序的反抗首先表现为"脱冕",剥去其伪装,撕破其尊严,甚至将其打出原形。玉帝号称"高天上圣大慈仁者玉皇大天尊玄穹高上帝",三界主宰,何等威严,但是面对孙猴子的搅乱,束手无策,躲在灵霄宝殿龙椅下歇斯底里地狂叫"依他依他,落得天庭太平是幸",丑态毕露,斯文扫地。如来佛祖法力无边,却只能使诡计才能收服孙悟空,落下个"胜之不武"的诟病,顽皮的悟空在如来佛手心里撒尿,佛祖居然无法回避,无奈捏着鼻子闻了一阵"猴尿臊气"。孙悟空与观音菩萨联手降妖,悟空突发奇想引诱菩萨化身妖精,大慈大悲大智慧者观音菩萨不识"诡计",直到被讥讽为"妖精菩萨""菩萨妖精"时才恍然大悟,真个是"高贵者最愚蠢,卑贱者最聪明"。唐僧身为师尊,对《心经》的理解反不及徒弟,几次放下身段,自愧不如,称赞悟空"解的是无言语文字,乃是真解"。有人说,唐僧的前身是金禅子,本是如来佛祖的第二位大弟子,因偶尔犯错(听经时瞌睡)被打入凡尘。他童年时代即遭受遭贬、出胎、抛江、抱怨四难,即九九八十一难的前四难,高僧出身如此不堪也是一种"脱冕"的表现。只是觉得唐僧父亲之官路上无辜遭害,母亲惨遭蹂躏,

---

[1] 朱立元.当代西方文艺理论[M].上海:华东师范大学出版社,1997:265.

"脱冕"未免太过残忍。——聊备一说。

最可笑的是太上老君。他信誓旦旦,要将孙悟空关在八卦炉中,以文武火锻炼,"炼出我的丹来,他身自为灰烬矣",结果七七四十九天之后,孙悟空不仅没有变为灰烬,反而炼成一双识辨妖邪的火眼金睛。书中写道:

> 那大圣双手侮(捂)着眼,正自揉搓流涕,只听得炉头声响。猛睁眼看见光明,他就忍不住,将身一纵,跳出丹炉,呼啦一声,蹬倒八卦炉,往外就走。慌得那架火、看炉,与丁甲一班人来扯,被他一个个都放倒,好似癫痫的白额虎,疯狂的独角龙。老君赶上抓一把,被他一捽,捽了个倒栽葱,脱身走了。

自此之后,太上老君作为道教一代宗师,常被孙悟空冷嘲热讽,玩弄于股掌,见着悟空就心里发怵,不是作揖相迎,就是丹丸赠送,纯粹一个"屑小之徒,现世小丑"。——"脱冕"何其彻底。

再说"加冕"。

"加冕"是"脱冕"的反面,两者相反相成,一方的"脱冕"必定是另一方的"加冕"。正是在对玉帝、如来、老君、唐僧等正统人士的"脱冕"过程中,完成了悟空们人格或精神的"加冕"。

首先是身份的"加冕"。相对于上述上层人士,孙悟空没有高贵的血统,甚至无父无母,只是个天生石猴,名不见经传。然则,孙悟空果真无一字来历?否,否,不然。且看《西游记》的叙说:

> 那座山正当顶上有一块仙石。盖自开辟以来,每受天真地秀,日精月华,感之既久,遂有通灵之意。内育仙胞,一日迸裂,产一石卵,似圆球样大。因见风,化作一个石猴。五官俱备,四肢兼全。便就学爬学走,拜了四方。目运两道金光,射冲斗府。

原来孙悟空是一个"自然之子",天父地母,风雨雷电等自然力是他的助产婆,血统比任何人更高贵,他的年岁孕育期从盘古开辟算起,玉皇大帝苦历一千七百五十劫二亿二千六百八十万年,简直是小巫见大巫。顺便提及,"天真地秀、日精月华"这八个大字,简直就是一部漫长的生命起源和发展史,"金猴出世"正是五十亿年生命孕育、诞生史的缩影。《西游记》对孙悟空身世与诞生的描写不失为文学史上一次最宏伟的艺术构思。通过诠释孙悟空身世的秘密,即能发现其中的"加冕"意义。

其次看行动的"加冕"。孙悟空的"政治行动"分为两个方面:闹三界与保护唐僧西天取经。"闹三界"是孙悟空的"英雄传奇",胡适称其为"失败英雄齐天大圣传"[①]。闹龙宫抢夺东海至宝定海神针,四海龙王凄凄惨惨;闹地狱强消猴属生死簿,十代冥王战战兢兢;闹天宫袭扰蟠桃胜会,王母娘娘花容失色,玉皇大帝手足无措——都是惊风雨、泣鬼神的英雄业绩,完全可以与阿基里斯的十大功业相媲美。西天路上,孙悟空一路斩妖杀怪,苦历九九八十一难,度尽劫波,终于保护唐僧取回三藏真经,教化东土人民,创获无上正果。唐太宗特作《圣教序》赞誉曰:"方冀真经传布,并日月而无穷;景福遐敷,与乾坤而永大。"《圣教序》虽为唐僧而作,但人尽皆知取经功臣第一人实为悟空。如意金箍棒、火眼金睛、腾云驾雾、十万八千里筋斗云诸般神技异能,闹天宫、火焰山、女儿国、真假美猴王、无字真经诸般其人其事,《西游记》采用神话方式为孙悟空的行动"加冕",作为艺术精神和文学风格,符合巴赫金"怪诞的现实主义"与"颠倒的世界"[②]的理念。

最后为人生命运的"加冕"。取经功德圆满以后,孙悟空被封为"斗战胜佛",与唐僧的旃檀功德佛平起平坐,甚至超越了观世音菩萨的果位[③]。"斗战胜佛"的佛号

---

① 胡适.《西游记》考证[M]//胡适.胡适古典文学研究论集.上海:上海古籍出版社,1988:915.

② 朱立元.现代西方美学史[M].上海:上海文艺出版社,1993:931.

③ 观音菩萨曾发下宏愿,要度尽天下众生,自己最后成佛。《大智度论》卷二十七:"(观音)大慈,与一切众生乐;大悲,拔一切众生苦。"大众悲苦无尽,观音无法成佛。所以在民间,观音崇拜远超佛祖释迦牟尼。如明代谢肇淛《五杂俎》卷十五说:"佛氏之教,一味空寂而已。唯观音大士,慈悲众生,百方度世,亦犹孟子与孔子也。"评价高于三千诸佛。

不见于佛经,当为吴承恩(?)游戏之笔,猜测如来佛祖因不喜悟空本不愿以佛号相赠,无奈害怕他当庭反将起来,自己再次露丑才不得已而权矣。所以说,孙悟空"斗战胜佛"的封号象征了以情抗理的最后胜利,从"脱冕—加冕"的二重组合看,则是完成了对如来最后的一次"脱冕"和孙悟空最终人生命运的"加冕"。

总之,巴赫金的狂欢化诗学从根本上说,是一种"反抗"的哲学。运用这一理论检视《西游记》,不仅能发现作品的"反抗"主题和浓厚的狂欢化色彩,而且还能感受到其中"脱冕—加冕"的深层结构,用巴赫金的话说就叫:"复调"。

审丑:《西游记》的另一种美学

丑,是喜剧的孪生子,与悲剧也密切相关。大凡悲剧,都源于冲突,正义的一方被特定条件下强大的邪恶力量所压倒。而当这种邪恶力量被无限放大时,它就可以被称作丑。审丑,作为一种特殊的审美形态或范畴,是现代美学的新术语。其产生的背景,是近代社会审美意识的转向。

波特莱尔的名篇《恶之花》,其立意不在展览"恶",而在揭示"恶之花"——病态、罪恶的时代生活。他宣称:

> 正是恶魔,拿住操纵我们的钱,
> 我们从可憎的物体上发现魅力;
> 我们一天天坠入地狱,每天每日,
> 没有恐惧,穿过发出臭气的黑暗。

非常形象地说明了艺术上美丑包容、相互依存和转化的辩证法和美学精神,成为审丑美学的代表作。《西游记》中的审丑描写及其美感效应,首先源于其背后的"观念力量",如正义、生命、亲情、友谊、人格尊严、反抗奴役等人类理性遭到扼杀,其次则在于这些审丑描写中所体现出的艺术追求和美学取向。这种"有意味的形式"最突出的当推性格美和"载体—形式美"。联系审丑美学——美学上特称"西方的丑

方家回眸

学"——的诞生,可以说写于四百年前的《西游记》正有导夫先路之功。

考察《西游记》的审丑构架:吃唐僧肉。

《西游记》的情节本体是唐僧取经,唐僧取经的情节主体是唐僧历难——九九八十一难,而贯穿八十一难的主要线索是各路妖魔吃唐僧肉。这个"吃唐僧肉"无疑就是作品审丑描写的基本构架。

吃人,自古以来就是最丑陋的主题。人世上诸多丑事,无疑以"人相食"为极致。史书有"人相食"的记载:"易子而食之,析骸而炊之。"(《公羊传·宣公十五年》)"武帝虽有攘四夷广土斥境之功,然多杀士众,竭民财力,奢泰亡度,天下虚耗,百姓流离,物故者半。蝗虫大起,赤地数千里,或人民相食,畜积至今未复。"(《汉书·夏侯胜传》)如果说这些记载中的"吃人"源于饥荒火战乱,尚有被迫无奈的成分,如《潍县志·郑燮传》所言"调潍县,岁荒,人相食",那么《西游记》中的吃人描写就是一种自觉的审丑形态,在神奇的艺术构思中呈现出独特的审美取向。

在《西游记》中,唐僧前世是如来的大弟子金蝉子,是佛身,作品特称"十世修行的好人",是"长生不老,与天地同寿"的佛果的化身,所以说吃了唐僧的肉身,就可以得道成佛——长生不老了。

"吃唐僧肉"的第一个实践者是白骨精。《西游记》第二十七回写到:

> 他(白骨精)在云端里,踏着阴风,看见长老坐在地下,就不胜欢喜道:"造化!造化!几年家人都讲东土的唐和尚取'大乘',他本是金蝉子化身,十世修行的原体。有人吃他一块肉,长寿长生。真个今日到了。"

由于孙悟空的保护,白骨精吃唐僧肉的阴谋很难实现,她几度化妆成少女、老妪,迷惑唐僧,但都被孙悟空火眼金睛识破,最后死在金箍棒下。她也成了《西游记》中最丑陋的妖怪,一个以美色惑人的"共名"。

对于食人者而言,除了唐僧肉,还有一种人肉美味可餐,那就是婴儿。在一般意义上说,婴儿天真可爱,是美的对象,在儒家传统,甚至成为高尚君子的象征,所

谓"含德之厚,比于赤子""大人者不失其赤子之心"。但在《西游记》,婴儿成了无辜戕杀的对象。

《西游记》第七十八回叙比丘国国王为治病而以一千一百一十一个小儿的心肝作药引。据考,比丘国王的"寡人之疾"仅是阳痿(从作品所谓服老道的秘方后,"有千年不老之功"一语可知),无关生命安危,只是为了满足好色的欲望,竟干出如此灭绝人性、丧尽天良的暴行。对于千名鹅笼小儿,堪称惊天悲剧,而对于比丘国王,则无疑是为人不齿的极丑之事。清人陈士斌在《西游真诠》中指出:"揆厥所由,皆因人君昏昧,惑于邪妄所致。"比丘国王"上不能乞真法,下不能乞真食,空有释家乞上之号,不与尼山丹丘同实",偏信妖言,误食小儿,遂有"将无知之赤子而加以牢笼刀俎之惨也"。①他希冀有孙悟空再世,施佛法道术救民众于倒悬。只不过他不曾想到,极丑之事之所以横行,本身即在邪恶势力的无限强大,孙悟空救得比丘国的小儿,却救不得普天下的万千赤子。"金猴奋起千钧棒,玉宇澄清万里埃",只不过是一种美好的愿望而已。

在这个整体框架内,《西游记》还有大量的审丑内容,比如玉皇昏聩、老君迂腐、如来耍奸,比如悟空刁钻、八戒淫荡,比如凤仙郡主人祸导致荒灾"三停饿死两停人"、灭法国王无辜杀戮一千零一百一十一个和尚等等,形形色色,不一而足,构成了《西游记》的另一种美学。

无疑,它们属于丑的范畴,但作为一种审美对象,却有其不可忽略的审美价值。一方面,它来自生活,是对现实的审美反映。另一方面,从历史实践看,丑是历史发展的基本动力,社会进步的遽变常常依赖于丑的推动。恩格斯说过以下名言:

在黑格尔那里,恶是历史发展的动力借以表现出来的形式。这里有双重的意思,一方面,每一种新的进步都必须表现为对某一神圣事物的亵渎,表现为对陈旧的、日渐衰亡的、但为习惯所崇奉的秩序的叛逆,另一方面,自从阶级对立产生以

---

① 陈士斌.西游真诠[M].北京:中国人民大学出版社,1992.

来,正是人的恶劣的情欲——贪欲和权势欲成了历史发展的杠杆。①

这说明了"恶的历史必需"和"丑的审美必需"。结合《西游记》,"吃人"母题具有现实的原型。据考,吃食婴儿历代不乏其人,明代以婴儿入药竟成风气。《万历野获编》卷二十八记载:

近日福建抽税太监高寀谬听方士言:食小儿脑千余,其阳道可复生如故。乃遍买童稚潜杀之。久而事彰闻,民间无肯鬻者,则令人遍往他所盗之送入。②

太监高寀为了恢复阳具,丧心病狂吃食小儿,不过还知道羞耻两字,只好"潜杀之",偷偷摸摸,遮人耳目,而《西游记》里的比丘国王,受妖道蛊惑,居然明目张胆,运用国家公权,大肆征收、抢夺婴儿,搞得天下不得安宁。经此一改,境界大变,不仅暴露了昏君恶政,而且彰显了悟空除妖的正义性和唐僧取经一路传播文明的历史意义,同时由此而具备了以丑为美、化腐朽为神奇的美感效果。仅就审丑描写一端,吴承恩的文思造景,可谓神来之笔。

(特约编辑:程泱)

---

① 恩格斯.费尔巴哈与德国古典哲学的终结[M].北京:人民出版社,1972:28。
② 沈德符.万历野获编·鬼怪食人[M].www.guoxue123.com(福州:国学导航网)

·旧话新说·

编者按：

如果以"近几十年"为时间段，关于《西游记》作者的讨论可以用"纷争频出"形容，不少研究者不仅否认吴承恩具有作者的身份，更提出了各种花式的作者备选人名单；而如果以"近些年"为时间段，那么上述的讨论又可以用"波澜不惊"形容，对吴承恩的怀疑似乎已经销声匿迹。这两者之间其实有很强的相关性——怀疑已经走向理屈词穷，纷争自然趋于平息。客观地说，争议的弱化、消失，既得益于吴承恩研究不断深入，新的证据链正在形成，也得益于研究者对曾经混乱的学理的梳理澄清。

新世纪学术场之"喧嚣"游戏

——关于百回本《西游记》作者研究评论

杨 俊[①]

近数十年来，关于《西游记》作者研究可谓热闹非凡，先有山西运城学院李安纲教授的否定吴承恩说，后有对于吴承恩著作权的质疑，又有陕西胡义成研究员的全真道徒著《西游记》说，[②]又有美国胡令毅的"唐顺之"著《西游记》说，等等，又有湖北

[①] 杨俊，江苏特殊教育学院教授。主要研究方向：古代文学、文学批评。

[②] 胡义成的论文较多，主要有《〈西游记〉作者和主旨新探》《陕西全真道佳话：丘祖孕〈西游记〉》《〈西游〉作者：扑朔迷离道士影》《闫希言师徒是今本〈西游记〉定稿人》《今本〈西游记〉是明代全真道士闫蓬头师徒撰定》《今本西游记姓闫说》，详见知网。因其内容近似，故文中不再一一出注。

旧话新说

张晓康的花萼社群体创作说,莫衷一是,众说纷纭。

客观地衡量,对于《西游记》作者研究,专家、学者们已经走出了20世纪80年代至90年代的围绕《西游记》是否"吴承恩"的争鸣"怪圈",而步入多元化、全方位地探究《西游记》作者的新天地。

学术的研究历程往往走的是一条艰难曲折的路,如果说明代以来,研究《西游记》的学者们拘泥于文字的"僧道"之辨,以点校、点评、行行批点的方式,来赢得读者、研究者们的关注,成为"好事者"的雕虫小技而有意为之,那么,清代的学者则专注于用"真诠""证道""新说"来阐明《西游记》的"义理",恰如胡适所批评"《西游记》被这三四百年来的无数道士和尚秀才弄坏了。道士说,这部书是一部金丹妙诀。和尚说,这部书是禅门心法。秀才说,这部书是一部真心诚意的理学书。这些解说都是《西游记》的大仇敌。"[①]历史的经验教训值得汲取,不能因为片言只语而牵强附会,误入对于名著《西游记》的误读、乱解,辜负美好时光与一片真心。

诚然,《西游记》作为名著,非一时一地之某个好事者之个人独立、首创之作,而是历经800多年的漫长历史积淀,诸多历史、文化、艺术、宗教徒和出版商们的不断参与、敷衍、创作,而后于明代中叶由一位(或多位)艺术才华卓绝的文学家与出版家的合作才构筑成洋洋八十多万言的鸿篇巨制——"新刻出像官版大字西游记"[②],这是按照目前存世的《西游记》作品文本所得出的相关历史信息。

任何无视百回本《西游记》诞生的历史史实的所谓点评、研究家,民间文学爱好者、好事者,以为,只凭对现行出版社出版的一套(本)《西游记》文本的阅读就能揭示出所谓"作者",这犹如痴人说梦而已。因为,《西游记》诞生、演变、出版的过程要异常地复杂,许多问题随着历史的尘埃已经灰飞烟灭了,我们是无法重现历史的,只能凭现有的历史文献、采用科学的方法来还原被历史烟尘覆盖的部分事实而

---

① 胡适.章回小说考证[M].合肥:安徽人民出版社,1994.

② 现存最早的百回本《西游记》版本上,如金陵世德堂本,扉页上均印着"新刻出像官版大字西游记",是为注。

已。秉承历史科学的原则,探究《西游记》作者问题,方能求得科学、合理的解释,任何索引、捕风捉影的所谓"真诠""新解""点评",均不能违背历史的本相。

为了论证的需要,我们特意用知网、百度、360、搜狗、互动百科等相关工具仔细收集了近十多年来对于《西游记》作者研究的相关信息,经过科学、客观比对,留存下比较有代表性的胡义成、胡令毅、张晓康三家,找出其关键论文数据,指出其关键点,揭露其违背学术史、学术规范之处,期望得到方家的指正,也欢迎三家参与讨论,共同推进《西游记》作者研究步入科学、规范化轨道。

一 无视研究历史的"推测"

胡义成、胡令毅、张晓康三家研究《西游记》最大的一致性问题就在于对400年来《西游记》作者研究历史的无视、回避、藐视。

考察发现,胡义成(1945—),陕西凤翔县人,研究员,陕西省有突出贡献专家,国务院津贴获得者,原系陕西社会科学院哲学所所长,后又任职于西京大学。自2000年以来,连续在大陆、台湾等地大学学报、刊物上发表《〈西游记〉作者和主旨新探》《陕西全真道佳话:丘祖孕〈西游记〉》《〈西游〉作者:扑朔迷离道士影》《闫希言师徒是今本〈西游〉定稿人》《今本〈西游记〉是明代全真道士闫蓬头师徒撰定》《今本西游记姓闫说》等20多篇相关论文,提出今本《西游记》作者是全真道徒茅山道士闫希言师徒。

由于胡义成连续十多年来,在这一选题上耗尽心机,杜撰出虚幻的今本《西游记》作者的假象,蒙蔽了全国部分高校学报的编辑、审稿者的眼睛,让其论文(很多都是重复)在哈尔滨工业大学、大连学院、东南大学、南京邮电学院(现更名为邮电大学)、云南民族学院、河北师范大学、江苏教育学院(现更名为江苏第二师范学院)、唐山学院、杭州师院、昌吉学院、运城学院、池州学院、内蒙古科技学院、西北第二民族学院、邯郸师专、安康师专、宁德师专、达县师专、康定民族师专、抚州师专和柳州师专等高校学报相继刊出,详见知网。在国内外学术界造成极大的影响,导致我们不得不面对这样的事实:百回本《西游记》作者研究如何面对这一跨领域、跨区

域、跨界别的挑战,而且,这一挑战人竟然是100年来,尤其是新中国成立以来非文学、非《西游记》研究界的学人(因为他是陕西社科院的研究员),2000年前没有发表过一篇正规的《西游记》研究论文。留给我们的反思是严肃而惨痛的:为什么会有这种现象出现?为什么没有相关研究机构、单位、专家站出来揭示这一虚浮的、违反学理与学术道德的现象?这本身的确说明,我们当今的研究方向、学术导向、学术编辑的素养、研究者的道德伦理存在着严重的问题,是到了必须清理、澄清、拨乱反正的时刻了!

仔细审视胡义成的相关系列论文,我们将其分成几个主要方面来剖析。

(一)无视关于《西游记》研究的学术伦理

胡氏以颠覆胡适、鲁迅关于《西游记》作者研究史为背景,认为茅山道士闫希言作为百回本《西游记》的作者,依据康熙《陇州县志》记载的《重修长春观记》,得出推论:《西游记》是全真教徒在长达数百年的时间内领衔创作推出的,与吴承恩无关。实际是,忽略了20世纪以来,以胡、鲁等学者为代表所开创的现代《西游记》研究的学术伦理、范畴。学术研究贵在遵循历史传承,当年所走的路径,就是让《西游记》从明清以来的"心性""道"和"释"学的圈子里、牢笼之中走出来,还《西游记》作为文学创作经典之作的本来面目。百回本《西游记》的本质属性不容侵犯,尽管明清以来的道徒们试图以"真诠""证道"来为《西游记》装点、粉饰,但,作品在明中叶以后的传播实际上却不是这些道徒所料想的,其冲破了宗教的藩篱,步入民间、世俗社会的层面,成为"明代四大奇书""中国古代四大小说"之一,从而步入经典化的范畴。今日任何专门以明代小说为研究方向的学人均不可无视这一基准的底线与界域。百回本《西游记》的影响,其社会价值就在于超越"儒、道、释"三教本义,而步入世俗的层面,归之于民间宗教信仰的层面,三教混融、五行杂糅,恰如鲁迅先生在《中国小说史略》中剖析:"然作者虽儒生,此书实处于游戏,亦非语道,故全书偶见五行生克之常谈,尤未学佛,故末回至有荒唐无稽之经目,特缘混同之教,流行来久,故其著作,乃亦释迦与老君同流,真性与元神杂出,使三教之徒,皆得随宜附会而已。""讲神魔之争的,此思潮之起来,也受了当时宗教、方士的影响。宋宣和时,即非常崇奉道流;元则佛道并奉,方士势力也不小;至明,本来是衰下去的了,但到成化时,又抬起头来,其时有方士李孜,释家纪晓,正德时又有色目人于永,都以方技杂留拜官,因之妖妄之说日盛,而影响及于文章。况且历来三教之争,都无解决,大抵是互相调和,互相容受,终于名为同源而后已。……当时的思想,是极模糊的,在小说中所写的邪正,并非儒和佛,或道和佛,或儒道释和白莲教,单不过是含胡的彼此之争,我就总括起来给他们一个名目,叫做神魔小说。"[1]否定鲁迅先生的上述分析及结论,必须拿出真凭实据来,纵观之后《西游记》研究学术史,到目前为止,还没有有力的论据与论证推翻上述的分析,可谓是现代《西游记》研究的前提与基础所在。无论日本的太田辰夫、中野美代子,还是澳大利亚的柳存仁,国内徐朔方、章培恒、杨秉祺、张锦池等学者,在其论著中都无法否定、推翻鲁迅先生的"定论"[2]。从新中国后出版的中国社会科学院、北京大学游国恩等主编的《中国文学史》,到21世纪出版的《中国文学史》《明代文学史》等均认可上述鲁迅的"定论",这是《西游记》研究的基础性底线。若要挑战,必须拿出有力的历史证据来,胡义成凭着一条康熙《陇州县志》记载的《重修长春观记》,来推论宋元之际的全真教徒史志经作今本《西游记》,可能是没有底线的胡思而已。况且,胡义成犯了立论"孤证不立"之大忌。细查其立论,发现,他试图证明此《重修长春观记》乃宋代碑文,此碑立于1248年,立碑人是丘处机弟子尹志平任命的长春观观主卢志清。自己也承认此碑现已不存,以此作为证据,试图证明元代《西游记》著者,客观地审视,应当是证据不足,难以令人信服。况且,碑文的记载时间还有待论证,所谓"岁著雍滩",太岁纪年,就变成为南宋淳祐八年(蒙古贵由汗三年)即1248年,有待考证。建立在此基础上,胡义成便试图证明丘处机著《西游记》,又说"当时很可能李志常为进一步宣传自己《长春真人西游记》中的宗教思想,在全国进一步树立全真为大元帝国九死一生的形象,同时也为抬高自己在全真教徒中的声誉和地位,以掌教人身份,指使

---

[1] 鲁迅.中国小说史略[M].北京:人民文学出版社,1973:127、295-296.

[2] 竺洪波.四百年《西游记》学术史[M].上海:复旦大学出版社,2006.

史志经等人撰成《西游记(平话)》托名丘作"[1]。

(二)无视《西游记》研究的现有定论(成果)

任何学科均有研究的基础,《西游记》研究史也有400多年,作为衡量古代、现代学术研究的标志,必然要以1911年"中华民国"建立,1919年"五四"运动为标志性事件,中西文化的交融,催生了一批学人从古代的学术基础步入现代学术研究的科学化路径。任何索引、解谜式的游戏、点评,均得让位于科学、实证的究理、求是,胡适、鲁迅等一代学人最大的贡献在于对《西游记》版本、作者的实事求是的探究与研讨,尽管有时代、材料等无法逾越的瓶颈,但他们所开辟的道路不容违背、诋毁,更不应成为部分别有用心者否定新文化运动的口实与话柄。我们应当旗帜鲜明地反对部分学人等直接以"五四"运动以来的学人的某些片言只语来攻击、否定对于传统旧道德、旧伦理暨旧文化糟粕的批判、评价。"五四"运动所开创的历史传统,走现代的科学、民主之路,历史证明是正确的。而由此所开创的现代《西游记》研究路径也是不容否定的,当然,对于个别细节的纠正不在此列。

现代《西游记》研究史,确定百回本《西游记》的演变经历了唐、宋、元、明,从《大唐三藏取经诗话》开始,进入文学创作领域,元代《西游记》是一块有待考古新资料补充的处女地,专家仅仅从《永乐大典》保存的"梦斩泾河龙"与《朴通事谚解》的残文推测、假想出元代有《西游记平话》。至于《西游记平话》的可信、可采度尚有待确证,因为,《朴通事谚解》的可信年度有待确证,今天《西游记》研究者所引用的是康熙十六年(1677)刊行的经过边暹、朴世华修订过的版本。石昌渝先生认为,应该把正文与双夹注区别开来,双夹注是明正德年间崔世珍做的,而且很可能有清康熙年间边暹、朴世华增益的东西[2]。作为学界非常审慎处理的《西游记平话》,其与百回本《西游记》的关系有待进一步确认,因为时代、典籍内容的确定性因素的难以比对、比较,而得出过早的结论尚有待新的材料发现与确认。这是《西游记》研究界的

---

[1] 胡义成.陕西全真道佳话:丘祖孕《西游记》[J].安康师专学报,2002(14).

[2] 石昌渝.朴通事谚解与西游记形成史问题[J].山西大学学报(社会科学版),2007(03).

通则,然而,却被胡义成钻了空子,从这一历史缝隙中,他却与全真教历史发展相勾连,确证《西游记平话》本的历史存在,拉上丘处机、李志常、尹志平、卢志清,武断地认定:"《西游记平话》确系丘的门徒所写,并被教门中人有意挂在丘的名下。"

为了确证其推论,又翻出清人汪象旭《西游证道书》中的虞集《序》,作为其上述立论的证据。

对于虞集《序》,国内《西游记》研究界早有定论——"伪作"。徐朔方、吴圣昔先生在20世纪80年代就有论文涉及此"序"的可疑:其一,虞集序最后落款的官职错误,"翰林学士",虞集应为"翰林直学士",徐朔方先生查出的,一个连自己官职都弄错的序文,实在是非可信也;其二,吴圣昔先生则遍寻查看虞集的文集,没有此《西游记·序》。于是,从学理、证据的层面,否定该序为虞集所做,可能是后人委托。这是到目前为止最为无可辩驳的铁证。而胡义成先生却冒天下之大不韪,确认虞集《序》的可信,只是在没有确凿证据面前的臆断,主要是为其《西游记平话》立论而张目。从而构成其所谓"全真教领袖丘处机(长春)撰成《西游记》,丘麾下陕西全真道士创作《西游记平话》并伪托丘撰的确证"的结论。

虞集《西游记·序》为清人伪托是不可绕开的"死穴"。要先求证其真实可靠性,必须全面清理虞集的生平、事迹与留存的文集,吴圣昔先生全面清理,得出"伪托"的结论,印证了徐朔方先生的怀疑暨推论。胡义成先生不去认真沿着前辈的路径走下去,验证《西游记·序》的真伪,却直接臆测其真实可信,并作为其论证丘处机及其弟子作《西游记平话》的直接证据,在逻辑上、学理上均是值得引起我们警觉的混乱思维与悖论。

(三)无视宗教与《西游记》关联性之复杂性

众所周知,《西游记》的宗教因子比较复杂,一般很难直接把它归于某一宗教的范畴,因为,小说文本所流露出的故事情节很难与某一宗教直接挂钩。写的是作为佛教徒的唐僧携孙悟空、猪八戒、沙和尚、白龙马戴罪西行、求取真经的过程,但实际却用52个世俗的故事,敷衍了一出猫捉老鼠的狗血故事。一路上,他们与各色妖魔争来斗去,世俗生活的气息让我们不由自主地驻足于此,忘却其宗教事业的所谓神圣不可侵犯性。胡义成所念念的全真道的教义、思想,似乎在《西游记》作品中是讥讽嘲笑全真道徒的故事:车迟国三圣师比斗并败北于孙悟空的事实,让人不得不对所谓的道教高徒的所作所为怀疑起来。全真教的祖师能够让自己的教徒作出毁道灭祖,与虎、狼、鹿为伍的欺师灭祖的伤害、涂炭生灵之事?纵观《西游记》,为非作歹的恰恰是道徒,道教的最高神圣祖师爷太上老君的所作所为似乎不符合道教的"清净无为""太上立德"的基本教义!至于茅山道士的踪影似乎在百回本《西游记》中也难觅一二。谁能够把对本教的教主的嘲笑、挖苦作为文学故事的题材?似乎于理于情于义也不符合啊!不知胡义成先生作何感想?倘若确如胡先生所臆测那样,丘祖孕成《西游记》,那真成了一桩滑天下之大稽、匪夷所思的怪事、奇闻耳!

衡量一部长篇小说的思想基础,尤其是古代小说,不能违背基本的常理与规则,俗话说"没有规矩不成方圆",研究、探寻古代小说思想的基础,只能立足于文本本身,百回本《西游记》洋洋80余万言,100回,50多个文学故事,是明明白白的文字材料。即使有涉及宗教因素的诗词歌赋,也是处于"西游释厄"的主导之下。请看第一回开端:"混沌未分天地乱,茫茫渺渺无人见。自从盘古破鸿蒙,开辟从兹清浊辨。覆载群生仰至仁,发明万物皆成善。欲知造化会元功,须看西游释厄传。"再看扉页上题的"月到清心处"等,无可异议的事实是,百回本《西游记》是文学,非宗教的教科书,更不是某某大师的弘法工具。这种性质的确定至关重要,因为,倘若按照胡义成先生的逻辑,否定了现有自胡适、鲁迅先生所开创的现代《西游记》研究成果,回到明清时代道、释教徒所敷衍所谓"金丹妙诀""禅门心法"老路上,不啻是对西游记研究历史的倒退,更是对百回本《西游记》作为文学艺术文本的亵渎与毁灭,其流毒之极不可理喻也!

二 无根据的猜测、臆测

如果说胡义成先生的对于百回本《西游记》作者的研讨,还立足于全真道相关史籍与传闻基础之上,把全真教的历史发展轨迹与百回本《西游记》的演变比对、较真的话,那么,胡令毅、张晓康的关于《西游记》作者探讨就远远停留在主观假设与揣度之上，缺乏严谨的学术基础与实证材料支撑。

考察胡令毅，1957年10月27日出生于上海，祖籍浙江余姚，现籍加拿大，1984年7月毕业于上海师范大学英语系，1988年5月伊利诺州立大学英语硕士，1992年4月UBC大学亚洲研究系硕士，1999年1月多伦多大学东亚研究系博士。现任教于美国斯克德摩尔学院外文系，主要从事明代小说翻译及研究。关于《西游记》研究代表作品有：《论〈西游记〉校改者唐鹤征——读陈元之序（一）》《〈西游记〉作者为唐顺之考论》等①。

胡令毅先生在前文中，以世德堂本《西游记》陈元之序为立论基础，通过陈序与《庄子》，立足序文，推衍出唐光禄就是唐鹤征，经材料比对分析，认为唐氏=华阳洞天主人，唐氏=陈元之，华阳洞天主人=陈元之，于是推断出他们的"三位一体"，陈元之如同华阳洞天主人一样，只是唐氏的一个化名。看似有一定的合理性，但仔细审察，胡先生的假设存在巨大漏洞，有何准确的材料证明其"三位一体"？没有，仅凭一定的人物关系，采取"拉郎配"的随意性方式，把序文中的关键人物链接起来，异想天开，没有任何书证、物证的佐证与支撑。因此，我们也可反向推论：唐光禄、华阳洞天主人、陈元之，本就是三个不相关联的书坊的没落书生，因经济困境，为了养家糊口，多赚钱，才临时联成一体；或者是，本身就是世德堂、荣寿堂、书林熊云滨三家合作，最后归结到世德堂，或荣寿堂，或书林熊云滨之一家合三家所为，或又由某家书坊接手，最终成为"新刻官版大字西游记"。任何不确定的因素，都可以按照理论者的主观好恶而推衍出不一样的结论。因此，这种研究方法值得质疑与批判，没有奉行"一份材料说一份话""实事求是"的考据学原则、宗旨，于是，这种一厢情愿的所谓"新论"便成为"歪论"。后文，就更加不耐推敲了，说"通过对世德堂本《西游记》的陈元之序的分析，唐光禄就是唐鹤征，鹤征的父亲唐顺之是唐宋古文大家，既擅作古文，也擅作今文，《西游记》既是一部证道书，更是史书，其史的性质在于三

---

① 胡令毅.论《西游记》校改者唐鹤征：读陈元之序（一）[J].昆明学院学报，2010（01）；《西游记》作者为唐顺之考论[J].洛阳师范学院学报，2010（03）.

藏隐射的是嘉靖皇帝，三藏取经故事隐射的是嘉靖皇帝南巡，孙悟空是唐顺之的自我写照，《西游记》的原作者就是唐顺之"。在这一证据链中，关键因素是为什么陈元之序就可以如此坐实，序文本身并没有确切地说唐光禄就是唐鹤征，有待考证唐光禄与唐鹤征之关系，仔细看论文，其并没有一条能够站得住的过硬实证、书证材料，即使是同时代某某友人的诗文、序文等也行，可惜，胡先生的通篇文章似乎不着意于此，采用的仍然是前文"无中生有""硬扯拼贴"暨无关宏旨的所谓讲故事、"戏说"的方式，把毫不相干的文学作品——小说与嘉靖皇帝的事迹联系在一起，貌似有点关联，实际是无法自圆其说，作者是谁都无法确定，按照"以意逆志"的方式，何能做到对于相关史实、细节的一一对应？即使有偶合，历史上偶合的事情太多了，如何就能一定指证与当朝天子——嘉靖帝有关？当然，文学作品作为反映时代的"晴雨表""指南针"，也许有一定的细节能够与时代的某人某物有惊人的相似，但其毕竟不是历史记录，不是如二十四史的秉笔直书，那样的话，就变成了没有艺术价值的个人隐私大展览，还有可能被列于"四大名著"吗？！况且，即使能够找到某某作家的生平与作品内容惊人地相似，也仅仅是戴着相关的有色眼镜而已，一旦摘下眼镜，可能就不是原意念、遐想中的某某物象了。因为，我们在唐鹤征、唐顺之的现有文集中实在难以找到与百回本《西游记》一丁点的关联材料，更不要说嘉靖皇帝与百回本《西游记》文本的任何直接联系。倘若按照胡令毅先生的研究方法，我们的研究人员还可能找出比二唐更过硬的所谓推论，也许，更有可能按照陈元之序文的推测"或曰出今天潢何侯王之国，或曰出八公之徒，或曰出王自制"，按照《西游记》的某个片段故事推衍出某王是作者，于是，就推翻了胡令毅先生的所有推论。因此，对于百回本《西游记》作者研究还是应当按照实事求是的态度，少点臆测，多点实证，方能取得一定的收获。

考察张晓康（1954—），湖南长沙人，南方建材股份有限公司经营管理部助理经济师，关于《西游记》研究的主要论文有：《荆府纪善、花萼社与〈西游记〉》《再论〈西游记〉的湘方言》《论〈西游记〉中的"名实论"思维体系》《略论〈西游记〉中"美猴王"

的历史意义与现实意义》等①。

张晓康先生对《西游记》作者的研究可谓另辟蹊径,通过研究《西游记》中的哲学(意象或精神现象)问题,找出"花萼社"概念,认为,"花萼社"很可能是《西游记》的创作者们精心安排的,通过"花萼社"中读书人群体的"发心",才能创造出百回本《西游记》,也只有通过后世读书人的群体"发心",才能够真正解读出《西游记》的谜底。按照蔡铁鹰在20世纪80年代中叶考察荆王府的经历,推出湖北荆王府的"花萼社",按《明史》记载:载塎于明嘉靖三十六年(1557)袭封樊山王府的王爷(但未请封王号),万历二十五年(1597)薨;为人"尤折节恭谨,以文行称";其"四女皆妻士人,不请封";喜"读《易》穷理,著《大隐山人集》"。有三王子,"子翊鈂、翊鎁、翊鋬皆工诗,兄弟尝共处一楼,号"花萼社"。如果按明代人陈元之这个"出自王府"的思路推论,湖北蕲州(今蕲春)荆王府的支系王府,即樊山王府的王爷载塎,以及三位小王子和府中的其他读书人,是对在此之前已有的《西游记》进行再"发心"的创作者,我们今天所看到的百回本《西游记》,应该出自这个藩王府的"花萼社"。研究《明史》发现:吴承恩极有可能是配进了荆王府的支系,即在樊山王府载塎那里出任纪善(荆王府于明正统十年,即公元1445年由荆州迁来蕲州,吴承恩出任荆府纪善时已是第六代荆王了,在蕲州则为第五代)。如果以《西游记》中存在部分淮安方言为线索推论,吴承恩在这里与载塎、三位小王子,以及一些经常往来的读书人一起读书穷理,吟诗作赋,很有可能参与过百回本《西游记》创作的群体"发心"过程。在第八十八至第九十回中写悟空等在玉华县授徒的故事,已有学者论证为,这就是吴承恩任荆府纪善时的生活描述。另外,学界较一致认为,百回本《西游记》的成书时间大约是在1568年至1578年间,直至万历二十年(1592)才从王府传出,由南京世德

---

① 张晓康.荆府纪善、花萼社与《西游记》[J].郧阳师范高等专科学校学报,2003(05);再论《西游记》的湘方言[J].湖南广播电视大学学报,2003(04);论《西游记》中的"名实论"思维体系[J].淮海工学院学报,2004(02);略论《西游记》中"美猴王"的历史意义与现实意义[J].淮海工学院学报,2005(02).

堂书店得到书稿刻印。因此，从时间上分析，吴承恩在任荆府纪善时参予了百回本《西游记》的创作也较符合史实。这样，百回本《西游记》中出现淮安方言，以及出现诗词水平、文字功底参差的问题也就理直言顺了。试想，当时三位小王子只有习作水平的诗词，其他读书人（也包括吴承恩）是不敢擅自批评与改动的，只能按三位小王子的意思编入《西游记》故事中，从"玉华县授徒"的故事中便可见一斑。这个"花萼社"就是百回本《西游记》（或称"西游释厄传"）的诞生地。百回本《西游记》很有可能是樊山王载墭及三个小王子与吴承恩等文人墨客群体"发心"创作的成果，最后的编修写定者则很可能就是"鈂"——翊鈂。

张晓康先生的研究可谓别开生面，对于百回本《西游记》作者的研究，能够在前人已有的成果基础上，注意选择一个不为人知的"花萼社"，把相关资料荟萃一体，得出新的结论——樊山王府集体创作百回本《西游记》，颇有一定的价值。

但是，该研究最主要的关键问题是，没有从百回本《西游记》的文本出发，而是先假定一个樊山王府"花萼社"集体创作前提，在作品的第一回"花果山"，第九回"姓陈名萼"，第十五回地名"乃里社祠"中找出"花萼社"，采用先入为主的假定、有选择性地汲取片言只语，试图从吴承恩任职荆府纪善的经历、玉华国的遭际，得出所谓的樊山王府集体创作百回本《西游记》的结论。实际是，缺乏《西游记》版本流变知识积累，没有读懂文本，第九回本是清人增补的，在明代的世德堂本《西游记》中不存在；而唐僧父亲的"姓陈名萼"，是从现存最早的元末明初杨景贤《西游记》杂剧流出的，而明代繁本系列《西游记》中并没有关于唐僧身世的细致完整篇章，这说明，张先生缺乏最起码的《西游记》版本史素养与功夫。用清代版本中的"姓陈名萼"来论证明代的"姓陈名萼"集体创作史实，实际就颠倒了时序，于是，所得出的结论也就没有说服力了！况且，小说作为成熟的文学样式，需要的恰恰是作家非同寻常的独立、私密的创作经验与把握，忽略文学艺术创作的独立性、非同寻常性，在某种意义上就割裂了作家个人创作的独创性、个性。作为艺术创作的规律而言，古今一理，中外同源，纵观世界文学发展史，集体创作而成为经典的艺术作品不多，而百回本《西游记》作为名著恰恰体现的是作家独立、个性与非凡的创造，与所谓"花萼社"难以扯到一起耳!

三 结论

综上所述,以胡义成、胡令毅、张晓康先生为代表的学人对百回本《西游记》作者研究的探究为新时期《西游记》研究打开了一扇新的窗户,开辟了作者研究的新视域、新路径,其勇于探索、不畏艰难的精神值得肯定。对于现有作者研究资料的勘误、判定,从相关的细节着眼,试图开辟纠正前人研究失误的新路,尤其是胡义成先生,秉承为全真道张目的风范,从相关碑文资料入手,重新审视《西游记》形成史,与探寻全真教史的重要事件、人物历程同步,试图建立其元代《西游记平话》研究的史实轨迹,其勇敢的探索精神值得尊敬。但是,由于对百回本《西游记》研究历史的把握不准确,把前人研究中否定的材料如虞集《序》拿来作为论证的依据,试图为丘处机说翻案,违背了学术研究的基本伦理规范与准则,并越走越远,采用偷梁换柱、随意组合的方式,把基本观点、相关材料用数学组合方法,敷衍成二三十篇相关论文,一个观点、一个目标,为全真道弟子著《西游记》张目,在部分985、211、一般本科、一般专科学校学报上玩"天女散花""一稿多投"游戏,居然越过这些高校的审稿系统得以刊发,在学术界造成极为不良影响,构成新世纪《西游记》作者研究的逆流,其引起的教训应当永远铭记。而胡令毅的所谓作者新探,完全是建立在主观臆测的基础上,忽略前人对陈元之《西游记·序》、虞集序等研究成果,有意采用刻意回避、有选择性论证的方式,以所谓的书证材料来掩盖其主观性、臆测性企图,的确应引起我们反思。而张晓康的关于《西游记》作者研究,则是借助于对《西游记》文本材料的非准确性把握,采用移换角度、概念、词语的方式,试图提出《西游记》作者的新见,无奈由于其选材的不准确性,加上缺乏对《西游记》版本、历史研究线索的把握,于是就变成以大炮打蚊子的虚张声势、而没有集中到靶心的失误。这不由让我们想起台湾学者魏子云的治学箴言"从事考据的治学工作,若是欠缺了历史基、社会因、训诂方这三大原则,势必会忽略了论点之有无历史基础,势必不会去按察论点相关的社会因子之符不符合论点立说,要是再欠缺在训诂上的训练,其论著纵有文辞与丰富的材料完成的理念结构,亦是海市蜃楼,见不得太阳的"(《金瓶梅的作者问题》)①。

  历史的经验教训值得汲取,我们期望通过对新世纪十多年来关于《西游记》作者研究的梳理,为《西游记》研究史增添别样的风采,呼唤回到20世纪初叶以胡适、鲁迅先生所开辟的现代《西游记》研究的正确轨道上,大胆假设,小心求证,以实事求是、一切从实际出发的态度扎扎实实研究文本,推动研究步入科学化轨道。

(特约编辑:王玉梅)

---

① 转引自:欧阳健.文耀千章后昆裕,基因三项鹄钥悬:追忆与魏子云先生的相识相交[C]//中国《金瓶梅》研究会(筹).金瓶梅研究:第十二辑.郑州:中州古籍出版社,2016:319.

《西游记》作者考证的方法论问题

竺洪波①

现阶段《西游记》作者研究呈现多元认定的趋势，跳出"丘处机VS吴承恩"单一命题，另辟蹊径寻找新人选，先后提出的候选人名单已达十余人。不过，在肯定研究深入的基础上，我也隐隐觉得其中的危机：《西游记》论坛"天下大乱"，离开揭示作者真相似乎不是更近，反而变得更远了，一些考证文章提出的新人选，虽然不乏新意和亮色，但几乎都没有充足的理由，或者在孤证上立论，或者是间接推证，又或者竟是凭空假设。其中情形不一，但究其作者考证的方法论，都存在一些先天的缺陷，值得检讨和反思。

一 确立必要而统一的前提

考证小说作者，固然具有共同性规律，如史料至上（傅斯年），以事实求真相（胡适），等等，但最重要的是具体作品的特殊规定。考证《西游记》作者，须从《西游记》的实际情况和原始文献出发。现存最早的《西游记》版本万历二十年（1592）金陵世德堂《新刻出像官板大字西游记》（世本）卷首陈元之《刊西游记序》是最早的《西游记》研究文献，其提供的信息具有最高的可信度。关于作者，该序文中说到：

> 《西游》一书，不知其何人所为。或曰"出今天潢何侯王之国"；或曰"出八

---

① 竺洪波，华东师范大学文学院教授、博导。主要研究方向：古代文学、文学批评史。

公之徒";或曰"出王自制"。①

很明显,世本刊刻时作者已告佚名,这三个"或曰"(猜测)共同指向藩王府。我前文已经说过,万历二十年离《西游记》的写作不算太远,按理应该不至于作者佚名。究其原因有二:一是其时小说为稗官野史、丘里之言,不登大雅之堂,作者不愿署名;其二,《西游记》不乏敏感话题,如苏兴先生所谓讽刺"今上"和时政②,书商不敢署名。所以,陈《序》是秉承世德堂主人唐光禄的授意有意识地"造局",这三个"或曰"就有了十分重要的文献价值,作为后人我们毋庸置疑,"与明代藩王府有关"理应成为探寻《西游记》作者的必要和统一的前提,也即考证的先决条件。

事实上,这一"必要和统一的前提"时时在《西游记》作者考证中体现出来,有学者甚至直接从鲁藩、周邸等藩王府中寻找实际的人选,即是显例。其中能充分说明这一理论意图而又有较大影响的作者观有:

其一,鲁迅、胡适论定吴承恩。吴承恩曾任职湖北荆宪王府,为八品纪善。应予指出,这是后人对鲁迅、胡适的补充证据,吴氏任荆府纪善一事见诸吴国荣《射阳

---

① 黄永年先生提出世本刊刻时间不是万历二十年(1592),而是一个甲子以前的嘉靖十一年(1532),而且世本也非《西游记》初刻本,而是"第二次刻本","《西游记》百回原本的初刻本是山东鲁王府刊刻的藩府本,刊刻的年代在嘉靖十一年刊刻陈序本之前,可以姑且定它为嘉靖初年"(黄永年:《论〈西游记〉的成书经过和版本源流——〈西游证道书〉点校前言》,《古代文献研究集林》,陕西师范大学出版社1992年版;又见中华书局1998年版《黄周星定本西游证道书——西游记·前言》)。或有比陈《序》更早的文献存在。此论因只是推测,本文不采纳。又,曹炳建先生提出明人孙绪(1474—1547)《无用闲谈》一文提及西天取经,"有着重要的版本和史料价值",当为最早的《西游记》文献(曹炳建《〈西游记〉版本源流考》,人民出版社2012年版,第85页)。但我以为孙文所论只是"西游"故事,并非百回本小说《西游记》,故仍以陈《序》是最早之《西游记》研究文献为近是。

② 苏兴.《西游记》对明世宗的隐寓批判和嘲讽[C]//《西游记》及明清小说研究.上海:上海古籍出版社,1989.

先生存稿跋》，随《存稿》1929年发现于北京故宫博物院，鲁迅、胡适未能涉及。现已有地上地下之多重证据，已习为常识，广为学人所知，这里不赘。

其二，自清初汪澹漪首提《西游记》作者为丘处机①，虽受鲁迅、胡适驳斥、推翻，但至今还有人顽固坚持"丘作"说，其中重要原因除了《西游记》与全真教的内在联系，还在于：丘处机曾远赴雪山与成吉思汗策对，为王师，受册封为"神仙宗伯"，掌管天下道教，丘祖之尊虽然不完全等同于藩王府，但毕竟其情势大有仿佛之处。

其三，沈承庆先生考证《西游记》作者为李春芳。其考证理路是，《西游记》系华阳洞天主人校，在古代撰述与编校时有混淆，如遇著者佚名即以校者替而代之，李春芳号"华阳洞天主人"，所以李春芳即是《西游记》作者。但是，世本陈元之《序》又说《西游记》出自王府，或说与藩王府有关，李春芳为有明朝著名"青词宰相"，高居庙堂，身份明显不合。那么，怎么建立李春芳与藩王府的联系呢？请看沈承庆先生的办法：

> 唐光禄（世德堂主）因盗印贼赃，不敢直说来源与作者，而又要表白书稿来路不凡，窃标"官板"。故对陈元之隐约透露，说个"出王侯之国""出八公之徒"，最后一句说："出王自制"，以"王"印"相"，不是说得已很露骨了吗？李春芳以宰辅谥"文定"，尊称"李文定公"。王、公、相平级，唐光禄给《西游记》作者"套级"与实际相差不远，尚不辱没。②

将王、公、相"套级"是沈承庆先生的创举，他对陈《序》"与藩王府有关"的重视和遵循是值得肯定的，他的"从权"也颇显创意。"李作"说没有成为定论，原因止在：

---

① 据曹炳建先生指出，最早将《西游记》作者误为丘处机的是明人伍守阳（1574—1644?），其《天仙正理》卷下有云："丘真人西游雪山而作《西游记》以明性，曰心猿，按其最有神通。"（《〈西游记〉版本源流考》，人民出版社2012年版）。这里为了叙说方便，姑且从众从俗，采"清初汪澹漪首倡'丘作'说"。

② 沈承庆.话说吴承恩[M].北京：北京图书馆出版社，2000：212.

旧话新说

第一,校者能否等同于著者,只在两可之间,还不好确定;第二,李春芳是否即是"华阳洞天主人",尚没有可以确定的证据。结论:即使证明李春芳与藩王府有关,也无助于问题的解决。因为"与藩王府有关",是先决条件,并非充分条件。当然,以"王"印"相",套级是否成立,也值一问。

上述第一例"吴著"说直接与藩王府有关,第二例"丘作"说以成吉思汗政权比附藩王府,第三例"李作"说通过"套级"的办法与藩王府建立联系,情形不一,征信度也不一,但倡导者都在自觉迎合"与藩王府有关"这一"必要和统一的前提",庶几不言自明。

但是另一方面,还有许多《西游记》作者人选的提出,却是无视"与藩王府有关"这一"必要和统一的前提"。不说明清人提出的许白云、史真人弟子两说,只说当下学者提出的唐光禄、李春芳、陈元之、刘渊然、唐新庵、闫希言(闫蓬头)、唐鹤征(唐顺之)等人,都与《西游记》有或大或小、或近或远若干关系,但无一例外都与藩王府风马牛不相及。其中,唐光禄是刊行世本《西游记》的金陵世德堂主人,李春芳暂且作为世本校者"华阳洞天主人"的坐实者,陈元之是唐光禄延请的世本《西游记》的推销人——《刊西游记序》作者,刘渊然是明代被明仁宗赐号"长春真人"的道门中人,唐新庵是明代全真教史真人(即尹真人尹志平)门下弟子,闫希言(闫蓬头)父子则是明代茅山乾元观全真道龙门派高道,唐鹤征(唐顺之)显系清初黄虞稷《千顷堂书目》"唐鹤征《南游记》三卷"的记载引申而出。顺便提及,即使如丘处机、李春芳,虽然经过论者的提示,可以说与藩王府有所关联,但并不是直接的关系,严格说,他们依然不符合"与藩王府有关"的先决条件。至于最近有学者提出《西游记》作者为蕲州顾大训[①],虽然蕲州是明代荆宪王府所在地,但没有证据显示蕲州才子顾大训与王府有何实质性的联系,他如何熟悉王府云云完全是随意引申,似是而非。

可想而知,这些考证因为不合《西游记》作者的"必要和统一的前提",提出的人

---

① 王巧林.《西游记》作者是蕲春人顾大训[C].西游记文化论丛(3).徐州:中国矿业大学出版社,2016.

选就不能与《西游记》作者实际完全谋合,甚至是完全相悖。就像旅行,第一步就走错了方向,是断然难以到达目的地的。更有甚者,还有的学者竟然读不通"三个或曰",不知"今天潢何侯王之国"为何物,读成"今天—黄河—猴王—之国",不仅贻笑大方,而且使其提出的作者人选顿时沦为荒谬之说。

二 立论应以原始文献的正面记载为先

因为《西游记》作者的复杂性,考证可以有不同的切入点,但无疑应以原始文献的正面记载为先。所谓"正面记载"就是文献中直接指明"《西游记》为谁某所作",或"谁某著有《西游记》"。然后,运用既有证据和考证手段或从正面详细申述、考定,或从反面予以质疑、否定。似乎在鲁迅、胡适之前,《西游记》作者考证都是从"正面记载"出发,现阶段则有所突破,有些学者开始从文本内证如《西游记》与全真教的内容重叠关系、《西游记》文字和故事的隐喻和象征含义等来探寻新人选,并不看重文献的"正面记载"。这是一个考证方法的变化,在我看来,这一变化有利有弊,弊大于利。

"丘作"说有文献正面记载,那就是清初汪澹漪《西游证道书》卷首虞集《原序》明确指出《西游记》为元初全真教丘处机所作:

> 余(虞集)浮湛史馆,鹿鹿丹铅。一日有衡岳紫琼道人,持老友危敬夫手札来谒,余与流连浃月,道人将归,乃出一帙示余,曰:"此国初丘长春真君所撰《西游记》也。"

"丘作"说之所以流行三百年,就在于有元代大文豪虞集言辞确凿的记载:"此国初丘长春真君所撰《西游记》也";之所以被推翻,是因为后来学界公认这则《原序》是汪澹漪辈伪托,同时已有铁证显示丘处机所作《西游记》与百回本《西游记》小说为同名异书。当然,这一"否定"经历了从清代纪昀、钱大昕到"五四"之际鲁迅、胡适长达百余年的不懈努力。

旧话新说

"吴著"说的根基即在文献的正面记载,那就是天启《淮安府志·卷十九·艺文志一·淮贤文目》明确记载吴承恩著有《西游记》:

吴承恩:《射阳集》四册□卷、《春秋列传序》《西游记》

学界对"吴著"说的质疑,不在《府志》记载的真实性,而在《西游记》书目下没有注明几卷几回和具体的文体样式,它未必是百回本小说,而可能只是一部通常意义上的文人旅游记。

《府志》所记吴承恩《西游记》是否是小说,当然也在两可之间,在没有见到原本之前谁也不能绝对判断。如此以来,"吴著"说就具备特殊的复杂性。一方面,它存在立论的天然缺陷,需要运用其他文献证据组成"证据链"予以弥补才能最后确立。事实上这正是后世学者——当然是持"吴著"说的学者——所做的主要工作。而另一方面,彻底否定、推倒"吴著"说也殊为不易,如果你不能找到吴承恩旅游记的原本,或者确凿证明吴承恩《西游记》是一部文人游记,就不能取消吴氏《西游记》作为百回本小说的可能性。现在所见"吴承恩不懂佛教,不可能创作《西游记》""吴承恩不精道教,不可能是阐释金丹大道的《西游记》的作者""吴承恩一生忙于科举、做官,没有时间写作皇皇巨著《西游记》"等意见,虽不乏道理,但在考证的学理上说层次较低,都没有击中"吴著"说的要害。据此,我特别赞同叶德均、张锦池先生的意见,在没有确切证据之前,把问题适当"悬置",仅以吴承恩为《西游记》作者的一个指代。我也特别钦佩章培恒先生,他20世纪80年代在日本访学,最先接触到海外学界否定"吴著"说的观点和材料,但他提出的问题是"百回本《西游记》是否吴承恩所作?"止在质疑,询问在吴氏之外是否还存在其他人选,而不是全然否定和推倒"吴著"说,培恒师的大作《百回本〈西游记〉是否吴承恩所作?》立论中肯、考证严谨、说理透彻,至今还是《西游记》作者研究的典范之作。

纵观当下学界的一些新见,提出的《西游记》作者人选基本没有文献明确、直接

97

的"正面记载"。其中唐光禄、陈元之、李春芳三人组成一个系列,他们与《西游记》作者有密切关系,但尽于推理,没有文献明指他们就是作者。考虑到小说史上大量书商参与文本创作的事例,唐光禄参与过创作的可能性较大,但陈《序》中"唐光禄既购是书,奇之,益俾好事者为之订校,秩其卷目梓之,凡二十卷数千(十)万言有余,而充叙于余"之语又完全排除了他是《西游记》原作作者的可能性。陈元之作为序者,大名印在扉页上,他不是作者,但知道一些作者的情况和《西游记》的某些创意,所以他对《西游记》思想的揭示和关于作者的暗示(即指向藩王府的三个"或曰")就具备了很高的可信度。李春芳如果真是"华阳洞天主人",而又假定校者就是作者,那么他作为《西游记》作者的可能性就大大增加。为此,兴化市(李春芳的故里)成立了李春芳研究会,连年举行"李春芳与《西游记》"研讨会,重点研究李春芳、华阳洞天主人和《西游记》三者的关系,惜乎至今没有满意的结果。顺便提及,李春芳系吴承恩一生挚友,如果他果真是"华阳洞天主人",是完全可以作为"吴著"说的有力印证的。

至于刘渊然、唐新庵、闫希言(闫蓬头)、唐鹤征(唐顺之)这一组人,又等而次之。他们作为《西游记》作者的候选人都源自间接材料,或凭借论者假设而来。刘渊然、闫希言(闫蓬头)是从《西游记》与全真教的关系推演出来,似乎都不见有实际的文献支撑。唐新庵一说倒是有文献来历:明人陈文述《西泠仙咏自序》中称"世传《西游记》则丘祖门下史真人弟子所为,所言多与《性命圭旨》相合"。李安纲先生据此推断:《性命圭旨》是道家经典,《西游记》则是金丹大道的"文学化",所以"二书的作者可能是一个人":唐新庵。[①]问题是《西游记》是否与《性命圭旨》相合?史真人门下弟子也未必仅指唐新庵,而陈文述《西泠仙咏自序》又仅是孤证,还是"世传",有此几番疑虑,所以"唐作"说也难以立论。剩下的唐鹤征(唐顺之)一说,文献来自黄虞稷《千顷堂书目》,查《千目》记载唐鹤征所著为《南游记》,仅与吴承恩《西游记》

[①] 李安纲.《性命圭旨》与《西游记》[J].山西大学学报,1996(01);《性命圭旨》是《西游记》的文话原型[J].山西大学学报,1996(04).

并列一叶,原本与《西游记》完全无关,再从唐鹤征拓展到前代大文豪唐顺之,实在是天马行空般的主观臆想,基本不符合《西游记》作者考证的逻辑。总之,上述《西游记》作者人选,皆因缺乏文献的"正面记载",都是无本之木,用《西游记》的话说,是"无根水",缺失学理渊源,可采信度极低。

三 "吴著"说:构筑证据链展开综合考证

"吴著"说的确立,天启《淮安府志》的记载是基石,决定性因素则在构筑相应的证据链。

所谓"证据链"指的是各类证据的集合,其实质是揭示各种证据的相互关系,共同指向考证目标。就"吴著"说而言,它存在直接证据不够完善——即《府志》所载吴承恩《西游记》没有指明是否是百回本小说——的缺陷,但经过许多学者持之以恒的努力,广泛搜寻各类证据,并揭示其相互关系,业已建立起两条有较高可信度的证据链:第一条证据链围绕《淮安府志》展开:1.《府志》卷十九《艺文志》"淮贤文目"有"吴承恩《西游记》"的记载,又"近代文苑"有"(吴承恩)所著杂记几种,名震一时"的记载。2.清人丁晏《石亭记事续编》为此条所做的补充:"《西游记》(小说)即其一也。"①3.复参考唐人刘知几《史通·杂述》将小说分为十类,其中即有杂记②。——如将《府志》《石亭记事续编》《史通》三者连环互证,《西游记》作为小说的可能性更大。此《西游记》一旦为小说,则《府志》关于吴承恩著《西游记》的正面记载"所指"确凿,"吴著"说即告成立。第二条证据链围绕世本陈元之《刊西游记序》

---

① 丁晏《石亭记事续编》明确指明吴承恩《西游记》为小说:"小说《西游演义》乃明人所作,而不知为吾乡吴承恩作也。"转引自刘荫柏.《西游记》研究资料[M].上海:上海古籍出版社,1990:680。

② 刘知几将小说划分为十家:"是知偏记小说,自成一家,而能与正史参行,其所从来尚矣。爰及近古,斯道渐烦,史氏流别,殊途并骛,榷而为论,其流有十焉:一曰偏记,二曰小录,三曰逸事,四曰琐言,五曰郡书,六曰家史,七曰别传,八曰杂记,九曰地理书,十曰都邑簿。"见刘知几.杂述[M]//刘知几,史通.上海:上海古籍出版社,2015:246.

展开：1.陈《序》指出《西游记》出自藩王府——准确的表述是"《西游记》作者与藩王府有关"。2.《射阳先生存稿》记载吴承恩任职荆宪王府①，同时又有考古发现作为佐证②。两层叠加，吴承恩完全符合《西游记》作者的"必要而统一的前提"。可以说，吴承恩与荆宪王府的关系，是鲁迅、胡适"吴著"说的强力补充。

此外，"吴著"说的证据链还表现为外证（主要是《存稿》）与内证（主要是《西游记》文本）的链接，但仅此两条，已足以显出"吴著"说超越其他各说的优越性。

再说展开综合考证。

《西游记》作者考证是一个复杂的系统工程，必须展开多层面综合考证才能有望解决。

首先是"吴著"说与"非吴著"说的综合。就我而言，"吴著"说是正面立论，基本工作是运用诸多文献予以论证，建构"吴承恩著《西游记》"的证据链；但对于"非吴"说的质疑应抱有敬畏的态度，对它的诸种意见予以认真的清理、回应和驳斥，尽可能做出令人信服的解释。比如"将吴承恩《西游记》作为百回本小说，没有直接证据"一向被视为"吴著"说的"死结"，直指要害，现在以"证据链"应之，但很难说已经解开了"死结"，并没有使对立阵营信服，"吴著"说远非定论。总之，作为"吴著"说的反衬和砥砺，"非吴"说的存在具有重大的学术意义，对不同意见不予理睬，不作回应，只是单方面自说自话，一意孤行，既不符合学理，也注定没有学术生命。正如蔡铁鹰先生指出："质疑本身是学术研究合理而必须的选项，也是动力，正是在不断

---

① 吴国荣：《射阳先生存稿跋》："顾屡困场屋，为母就长兴倅，又不谐于长官，是以有荆府纪善之补。"转引自刘荫柏.《西游记》研究资料[M].上海：上海古籍出版社，1990:555.

② 张建军《吴承恩的面貌复原》介绍：20世纪80年代淮安地区相关文物的发现：先是发掘吴承恩墓地，出土了吴承恩所作《先府宾墓志铭》和写有"荆府记善射阳吴公之柩"十个字的半截棺材头挡板（现收藏于南京博物院）。随后又找到了吴承恩夫妇三人的头颅骨和一部分其他部位的骨骼，经著名考古学家、中国科学院古脊椎动物与古人类研究所贾兰坡教授鉴定，根据现代基因技术确认其中男性老年头骨者即为吴承恩。转引自.化石.1983:01.

的质疑与应答中,吴承恩与《西游记》的研究得到了长足进展。"①

其次是作者、校者、序者与书坊主的综合。张锦池先生持"非吴著"说,认为"吴著"说尚缺乏"过硬的外证和旁征材料",但他并没有完全排除吴承恩,提出既然世本没有作者署名,而署有"华阳洞天主人校",那么作者考证就理应只能从"华阳洞天主人"着手。如果假定作者无名氏即是校者"华阳洞天主人",那么,"华阳洞天主人"究是何人?与世本有关的序者陈元之、书坊主唐光禄,还有吴承恩都有莫大之关联②。所以,结合"吴著"说实际,将吴承恩与《西游记》校者"华阳洞天主人"、序者陈元之和世德堂书坊主唐光禄笼而统之予以全盘考虑,作综合考察,确实不失为一条揭秘《西游记》作者真相的可行之路。

再次是作者、成书、版本研究的综合。因为《西游记》是一部经过几近千年的漫长演化的世代累积型巨著,有太多的历史线索影响着作者认定,所以作者问题其实不是一个单一的考证问题,而是一项系统工程,具体指认某人往往会面临"按下葫芦飘起瓢"——部分证据相合,部分证据相悖——的尴尬。即以明代百回本而言,不仅文字差异较大,甚至连一些基本的出版信息都模糊不清(如出版单位世德堂与荣寿堂缠夹,出版时间万历二十年与嘉靖十一年两说并峙),这样,关于《西游记》作者,就很难得出确定性的对象,其结果便只能是"陷入渺无结果的拉锯战"。为此,吴圣昔先生提出了一种新的研究思路:将作者问题"与研究《西游记》源流演变紧密结合起来,与研究《西游记》成书和版本史紧密结合起来",特别是"从版本的系统研究中找坐标"。他的具体设想是:"从成书史和版本史上选定一部或两部重要者为对象,具体地共同地目标一致地来探讨它或它俩的作者为谁,也许这倒能成为突破口,有效地推进作者之争的发展"③。应该说,将作者、成书、版本作综合研究,有利

---

① 蔡铁鹰先生此番论述见诸"2017西游记高端论坛"(上海华东师范大学)论文.

② 张锦池著.论《西游记考论》的著作权问题[C].西游记考论(12).哈尔滨:黑龙江教育出版社,1997.

③ 吴圣昔.究竟谁是造物主:《西游记》作者辨证[J].明清小说研究,2002(04).

于打开考证《西游记》作者的思路和空间,发现新材料、新学术,产生新的认识和结论。

四 《西游记》作者考证乱象举例

当下《西游记》作者研究有显著推进,但也有不少违背学理的乱象存在。举其要者,似在以下诸端:

其一,由文本无端生发。

由于《西游记》文本演变中的"道教化"取向,《西游记》客观存在大量全真教内容,于是有学者就认为作者必定是道门中人。或认为是丘处机,全然不顾"丘作"说已被纪昀、钱大昕等清代学者和鲁迅、胡适等"五四"新文化大师合力推倒的事实。或认为是刘渊然、唐新庵、闫希言(闫蓬头)等明代全真教道士,都在其人与《西游记》全真教内容的关系上立论,而所论全凭主观阐释,基本没有文献支撑。对此,我曾先行指出:至于"《西游记》有道教内容,作者即为道教中人",此论并不靠谱。众所周知,《西游记》是中国文化宝典,三教共处,九流杂存,具有多元化文化底蕴,儒释道,抑或诸子百家,任何一方都无法以此将《西游记》揽入独家彀中。殊不知,《西游记》神魔世界,精魅故事,其中竟掺夹不少儒家言论,我们难道可将《西游记》视为《论语》《孟子》,断定出于孔孟之手?

这是结合《西游记》的文本实际和世代累积的演化实际而言的。《西游记》(世本)有道教内容,但不是道教小说;即使是道教小说,作者也未必是道门中人。这样的论述实际上已经揭示出上述考证方法的弊端,宣告这些作者论断的破产。

其二,预设创作条件按图索骥。

创作《西游记》这样的文学巨著,作者无疑需要一定的条件,于是有论者就预设一定先验性条件,如精通道经、佛经等,然后以丘处机、刘渊然、顾大训等各方名士和才子坐实之。这样的反向思维显然不合文学创作的规律。文学创作是充分个性化、直觉化的工程,"条件"是一个虚拟化的概念,谁也无法确定创作《西游记》需要必备何种条件;实际应是,在创作《西游记》之前,谁也不能说已经具备这个"条件"。

旧话新说

所以说,创作《西游记》需要一定条件,但不宜把这个"条件"说得太死、太实,以"条件"立论没有确定性,对不同的作者人选也没有排他性,所以完全不能成立。曲波、高玉宝等作家近似文盲,却创作了各自的文学名典。以今度之,《西游记》作者也不能以所谓"条件"论之。

其三,任意索隐不及其余。

索隐是传统的学术方法,晚清《红楼梦》研究显示了可观的实绩,至今学界也依然流行。按胡适的说法,索隐是"大胆假设,小心求证"的过程,而不是纯粹的猜谜,他还把那些无理的索隐称为"猜笨谜"。遗憾的是,一些学者的《西游记》作者考证,恰恰是在"猜笨谜",任意索隐,不及其余,缺乏证据的完整性。如沈承庆先生力主"李春芳"说,竟然从一首所谓"怪诗"里猜出了作者李春芳的秘密,美其名曰"钢证"——比铁证还铁证,实在是异想天开。查这首《七律·缤纷瑞雪满天香》既不是卷首诗,又不是卷尾诗,只是平常除妖故事中展现环境和气氛的普通诗篇,其中也没有直接镶嵌李春芳的姓名,而是作者联系纬书《春秋·元命苞》,借用明人杨慎拆解《越绝书》作者的方法,几经周折拐弯,才搞出个所谓"李春芳老人留迹"来。请问这不是"猜笨谜"是什么?

至于后来又有人拾人牙慧,仿照杨慎和沈承庆先生的方法来索隐《西游记》作者,在明代全真教高道中寻找人选,更是等而下之,不值采信了。

还有,这些方法不仅用来正面提出新人选,还被用来否定"吴著"说,如李安纲先生不断表述:"吴承恩绝对不是《西游记》小说的作者。"因为:创作《西游记》这样的皇皇巨著,需"若干年布想,若干年储才,又复若干年点窜",吴承恩一生忙于科举做官,"没有写作《西游记》的时间";《西游记》是一部演绎金丹大道之作,"吴承恩是一位儒生,没有接触过玄门释宗,没有学过佛修过道,家中没有佛道之书,更不要说读过《道藏》了",所以没有这样的能力。李安纲先生是后期"非吴"说的主要代表,影响巨大,但是对这段话明眼人一看即知,考证不成为方法,其谬误同上,也已遭到太多的批评。

(特约编辑:王玉梅)

谈《西游记》作者之争的学理与方法论

蔡铁鹰①

诗人王维有描绘早春的诗句云"桃李虽未开,荑萼满芳枝",我想这可以借来形容《西游记》作者问题的目前研究状况——我认为,经过近百年来几代人的努力,围绕《西游记》作者的主要质疑已经得到澄清,吴承恩具有作者身份的证据链已经形成,作品与时代与社会互通解读的基本条件也已经具备,可以预见,《西游记》作为神话魔幻文学的顶级样本,"西游文化"作为中国古代社会的百科全书,吴承恩作为文学巨匠的绝代风标,都会在不久迎来二月阳春三月芳菲的好时光。

当然这个判断一定会被质疑——且不论一直对"吴著"持怀疑、反对态度的各路大神,即使我们"吴著说"同一战壕内的战友,也都会认为我的判断太乐观。我们认为,再质疑、再反诘没有太大的意义,因为那样很容易纠缠于片言只语、细枝末节,从而在若干似是而非的概念上恍惚周旋。我想做的,就是谈谈方法论的问题,我认为两种观点产生差异,并非有关原始依据的实证,而是所持方法不同。

一　回顾问题,全面客观最为重要

很多人在讨论作者问题时,都要回顾一下历史,这其中是大可弄点春秋笔法的,很多时候这种回顾会有意无意地丢掉点什么,多说点什么,也就是在按照自己的预设挖坑或者绕路。

全面客观地回顾,是正确结论的基础。

---

① 蔡铁鹰,淮阴师范学院文学院教授,文化创意研究中心研究员。主要研究方向:古代文学、文化创意产业。

旧话新说

明万历二十年(1592),南京一个叫金陵世德堂的书坊开始发售一种新的唐僧取经故事书《西游记》。此书书名前冠有"新刻出像官板大字"字样,分二十字分卷,每卷五回,计一百回。这就是我们要讨论的百回本《西游记》,通称为"世德堂本"或"世本"。原书没有标注作者,只是在标题之后,刻有"华阳洞天主人校"一行。书的正文前,有一篇"秣陵陈元之"应邀所作的序,其中提到,《西游》一书"不知其何人所为。或曰'出今天潢何侯王之国';或曰'出八公之徒';或曰'出王自制'"。此后:

明末市面上流行的各种版本,基本都是世德堂本的翻刻(暂不涉及杨本、朱本的讨论),不署作者名,现今习惯上将这类翻刻都称为世本系统。

清初汪澹漪刻成一部《西游证道书》,前有署名元人虞集的《序》,首次提到《西游记》作者为"丘长春真君",并称其所据者为一种久已失传的大略堂古本西游,这造成了"丘处机说"二百多年的流行。目前学界普遍认为所谓的"大略堂古本"子虚乌有,虞集《序》则是一本正经的伪造。

清中叶,纪昀、钱大昕等学者已经看出"丘处机说"作伪故意弄出乌龙的把戏,指出丘的《西游记》其实另有其书,是一本地理游记,与唐僧取经的小说《西游记》完全不同;又有淮籍学者如阮葵生、吴玉搢、丁晏等根据《淮安府志》"淮贤文目:吴承恩 西游记"的著录和其中方言,指出流行的《西游记》作者实为淮安乡贤吴承恩。

进入20世纪20年代,胡适、鲁迅等开始现代意义上的《西游记》研究,对于他们那样的学者,把《西游记》植名于丘处机名下显然是一个很容易被识别的错误。胡适在《西游记考证》中说得非常明白:"《西游记》不是元朝的长春真人丘处机作的。"他们跟踪线索追寻到天启《淮安府志》,认为其中"吴承恩 西游记"的记录当属可信。这就定下了"吴著说"的基调,稍后,董作宾、郑振铎等附议,1929年故宫发现吴承恩诗文集《射阳先生存稿》,1936年赵景深撰成《西游记作者吴承恩年谱》,1957年刘修业完成《吴承恩诗文集》笺注,1980年苏兴出版《吴承恩年谱》《吴承恩小传》,都促成了至今近百年来"吴著说"的"一统天下之势"。

到20世纪80年代,章培恒先生的《百回本〈西游记〉是否吴承恩所作?》一文对"吴著说"表示怀疑。其意见集海内外学者疑问之大成,大要认为《淮安府志》著录

105

的吴承恩《西游记》是一个孤证；且并不能指实为是一本通俗小说，而很可能属于地理游记；其中又有吴地方言，因此写百回本《西游记》的也许另有其人。此说一经提出，即刻便引起广泛关注，争论陆续延续十余年，逐步形成了"疑吴""否吴"的观点。

再以后，也就是进入21世纪，按照竺洪波、李天飞二位的意见，是"一些学者乘胜追击，进一步提出了全面否定吴承恩和吴承恩研究主张"，"非吴倾向渐成气候"的阶段。而就在本文撰写的时候，传来了《西游记》德文译本被署"无名氏"的消息，似乎是在为二位的观点作佐证。但我认为，众说纷纭属实，但所有的质疑都不能构成具有实质意义的新说，谈不上形成阶段的问题。更多时候，所谓的质疑并不属于学术。

二 请拿证据来，质疑也要讲学理

我认为，对于"吴著说"的最初的质疑，是非常正常的学术研究，经过十多年轰轰烈烈的争辩，讨论实际上在进入新世纪时已经结束。理由是：当年章培恒先生提出的质疑意见，经过各种角度的讨论，已经有了明确的答复，之后并没有新的具有实质学术意义的证据出现，因此可以认为由于有价值的讨论已经结束。当然，明确的答复不一定就是指附议、赞同，驳回、搁置也都算得上是一种答复。

我们不妨梳理一下，看哪些质疑起到了积极作用，促成了研究的进展；哪些已经得到回复，但却被刻意忘记；又有哪些所谓质疑不合学理，是不能登堂入室的。

代表性的质疑主要有三点：

质疑之一，天启《淮安府志》的著录是一条不容否定的证据，但却又是一条孤证，孤证不立。

答：这条质疑成立，但可以补救。构建一条从世德堂本陈元之《序》开始到吴承恩任荆府纪善结束的证据链，正是"吴著说"努力的方向，且成效显著。

世德堂本陈元之的《序》，说到了三个"或曰"，也就是提示作者与王府有关，是证据链的一端；文献关于吴承恩曾出任荆王府纪善官职的记载，和出土吴承恩刻有"荆府纪善"字样的棺头板，是证据链的另一端；而关于吴承恩曾经在湖北实际出

任,并把荆王府作为背景写进《西游记》"玉华国"的研究,近年来取得重大进展,这就补齐了证据链中间的缺失环节。平心而论,"吴著说"者对于质疑非常认真,且选择了一条正确的研究方向即不断充实自己的证据,释疑解惑,目前《吴承恩集》《吴承恩年谱》《吴承恩传》等基础资料整理已经做完,上述证据链包括玉华国以荆王府为背景的考订和表述,我认为基本上到了无懈可击的程度。详情请见下一节。

质疑之二:天启《淮安府志》的著录并未说明吴承恩的《西游记》是什么性质的著述,这就有了同名异书的可能,特别是清人黄虞稷的《千顷堂书目》将"吴承恩 西游记"归入地理类,似乎可以作为佐证。后来又有质疑者围绕《淮安府志》作了很多衍生,如说"通俗小说不算杂记,因此吴承恩的杂记不包括《西游记》""《西游记》很可能是诗文《西湖记》的笔误""通俗小说惯例不入府志",等等。

"吴著说"曾经回复:这条质疑是不成立的。

第一,天启《淮安府志》的著录非常明确,怀疑其"西游记"同名异书只在理论上成立,但如果要指实,必须找出"异书"作为证据——就像当年钱大昕从《道藏》中找出丘处机的地理《西游记》,立刻就让"丘处机说"现形一样——而这类的证据我们始终没有看到。

第二,《千顷堂书目》的黄虞稷说虽然可以参考,但黄说自身也不是确证。当年苏兴、谢巍等先生曾指出,《千顷堂书目》由于篇幅庞大,收录数目众多,黄虞稷没有亲见,误收误录的并不少见。谢巍先生列举的《千顷堂书目》的错误非常具体,其中很多就出现在地理类中。记得当时还有人问,黄虞稷把吴承恩《西游记》归在地理类,他的证据何在?这本地理游记书黄虞稷见过吗?既然并没有见到"异书",为什么就那么肯定《淮安府志》的《西游记》是地理书呢?难道就不会是黄虞稷的误记吗?凭学理而论,天启《淮安府志》早,《千顷堂书目》则晚出;府志是增补条目有限的"纂修",千顷堂的书目则是千万种的汇集;府志还有另外的资料作证(下详),书目则至今没有见到任何相关内容。两者在文献学上的可信度根本就不在一个等级上,谁更应该优先采信,一目了然。

第三,天启《淮安府志》除了"淮贤文目:吴承恩 西游记"之外,还在"近代文苑"

中有一段关于吴承恩的描述文字:"性敏而多慧,博极群书,为诗文下笔立成……复善谐剧,所著杂记数种,名震一时。"同样凭学理而论,这段描述与"淮贤文目"相互关联,互为注脚,是一种非常合理的搭配。现在质疑者既然认为吴承恩的《西游记》可能是地理书,那就应该解释吴承恩"善谐剧"是什么意思,他所著的"杂记"是哪些,又怎么个"名震一时",质疑者做到了吗?没有。如果不能,怎么就敢说"西游记"是异书了呢?难道《淮安府志》和我们开历史玩笑吗?

第四,关于"通俗小说不算杂记,因此吴承恩的杂记不包括《西游记》""《西游记》很可能是诗文《西湖记》的笔误""通俗小说惯例不入府志"之类,我们说,这都是一种或然性的疑虑,甚至纯属臆想,完全不能算质疑证据,不知道质疑者真不明白还是故意不明白。"通俗小说不算杂记",谁这么规定过?明清人文字中把杂记和通俗小说归为一类的并不少见;关于笔误说,很有些质疑者津津乐道,但吴承恩压根就没有《西湖记》这么一本诗文集,怎么会有笔误;通俗小说进入府县志的情况确实较少,但谁规定就是不可逾越的惯例?前面提到的纪昀、钱大昕、阮葵生、吴玉搢、丁晏都是乾嘉年间赫赫有名的学者,鲁迅、胡适也是大师,他们没有对《淮安府志》收录《西游记》感到奇怪,怎么到了质疑者这里就变成了严重的违例问题?

这里要把我新近的一段发现报告一下,也许有助解释。我们现在可以见到正德、万历、天启、乾隆、光绪五种《淮安府志》,除天启外,其余四种都没有"近代文苑"这个栏目;而天启志的这个栏目,只记载了两个人,除吴承恩外,另一位也是"英敏博学,议论风生,然不耐举子业",最后在府衙做点文字服务糊口,提学使者为他题了块匾,称"外史问奇",看样子也是位不务正业的才子。这就有意思了。还有点意思的是,其时距吴承恩逝世约40年,距世德堂本问世约30年,距当时淮安头号乡绅、由吴承恩培养成才的表外孙、光禄寺少卿丘度逝世也就是三五年。丘度逝世前,刚刚带领一批吴承恩的崇拜者轰轰烈烈地修订了《射阳先生存稿》。这么想一想,编撰天启府志的那一批人,因为《西游记》而为吴承恩破个例是否可能?也许这个"近代文苑"的设立就有特例的性质。

质疑之三,《西游记》使用的是吴方言,章先生在他的文章中还特意列举了10

个方言词。围绕方言问题,也衍生了很多质疑和所谓的新说,如"《西游记》中淮安方言并不典型""方言判断作者并不可靠",等等,也有人热衷于采撷《西游记》中的一些词汇,以证明《西游记》使用的是"晋南方言"或"湘南方言"之类。

"吴著说"回复:这是误解。

在有关《西游记》作者的讨论中,使用方言证据是一个突出现象,也是可行的办法。殆因《西游记》使用的是比较纯正的口语白话,其中带有方言特征,容易形成带有地域特征的证据,据此判定作者的生活地域是非常可靠的,有强烈的指向性。但误解实在太多。有些质疑者根本不懂方言研究也是一门科学,置基本的研究要素不顾,信口开河地认为找几个方言词加以解释就是方言研究,有几个我懂的方言词它就是我本地方言,形同恶搞。

其一,"《西游记》中淮安方言并不典型"。答:得出这个结论是受了误导,需要依据方言来做出某些结论时,有些校本是绝对不能使用的。

其二,"《西游记》中有很多吴方言词"。答:淮安方言属于江淮次方言,本来就有北方方言向吴方言过渡的性质,大量方言词汇都是南北共有,《西游记》出现吴方言词应属正常。

其三,"小说不是声音记录器,几个书面上的方言词没有意义"。答:这完全忽视了音韵学的科学性。每一种方音都有它音韵学上的特征,在变成文字或者发声时都会有所反映。

方言研究绝非读懂几个方言词那么简单,方言系统的成立,至少要具有以下几个条件:方言的音韵特征、方言词的独有义项和方言词的数量。近些年,"吴著说"者在这方面做了大量的工作:如刘怀玉、力量、王毅等作了基础的实地调查,找出了数百个可以明确限定为江淮方言或者淮安土语的方言词;本人用方言区划的既有成果和实地调查、义项排除等方法,绘出了若干可以确认的淮安方言词的等语线,并且以古今文献书面证明之。这里特别想推荐的是语言学家颜景常的成果,颜先生首先发现《西游记》几百首韵语——即所谓的诗词——押的是方言韵;然后他归纳这些韵语的韵脚,与《中原音韵》对照,再根据宋元明音韵变化的规律,逐一排除

《西游记》属于北方方言、吴方言的可能;最后再根据音韵特征,确认《西游记》的作者只能是淮海地区人。这篇文章名为《〈西游记〉诗歌韵类与作者问题》,发表在《明清小说研究》1988年第3期。相反,到目前为止,我没有见过一篇能够从语言学的层面上证明《西游记》并非江淮方言或者淮海方言、淮安土语的文章。也许孤陋寡闻。

总的说来,20世纪80年代的大争论非常有益,各方学者把可疑的问题都讨论了一遍。但对后来的许多质疑者来说,古代大学者黄虞稷的话被记住了,现代大学者章先生的话也被记住了,但苏兴、谢巍等一众"吴著说"者的努力却被有选择地忘记了;许多质疑不讲学理,不讲证据,把娱乐圈里的八卦风气带进了学术讨论,吸引眼球成了目的,标新立异成了手段,似乎质疑的才是学者专家。我们举几个逻辑混乱、信口开河的例子:

如有人说"吴承恩不懂道教,因此不可能是《西游记》的作者","李春芳祖籍句容,句容古称华阳,因此李春芳应该就是华阳洞天主人,就应该是《西游记》作者"。这类质疑者大约连吴承恩的文集都没有翻过,恐怕也不知道李春芳究竟是什么样的人,当然就更不会知道当时还有一位与句容无关的写小说的李春芳。如有人说"《西游记》的描写像某山某地,所以吴承恩不可能是作者""本地也有一位吴承恩,所以《西游记》可能是本地人所著",等等。这类理由经常出自地方官员之口,不可当真但倒是可以理解。

在李天飞先生的《前言》中,还谈到两个貌似学术但却更奇葩的例子。

第一,有质疑者认为,《西游记》中妇女发髻和物品价格反映的是嘉靖前期的状况,当时吴承恩还年轻,因此不可能是《西游记》的作者。这简直是把千万种可能都圈成了铁定唯一,以明代社会生活进化的速度,时尚和价格的变化能精确到区隔二三十年的程度吗?嘉靖前期妇女的发髻到后期就绝迹了吗?即使是,又怎能证明吴承恩头脑里就不会冒出老旧的印象,难道民国妇女以旗袍为时尚特征那穿旗袍的就一定是民国妇女?

第二,有学者考证,"《西游记》中未必有那么多淮方言",这位学者我不知道是谁,但我看得出他的这句话本身不合学理逻辑——只要有淮方言,还在乎多少吗?

有了这些"质疑",看起来似乎热闹,但绝不是学术研究之福,也不可能恒久永流传。竺洪波、李天飞先生把类似质疑都恭而谨之地列为"某某说""某某论",我觉得实在自贬身价,有点不值。

三 综合评判才是确认作者的正途

所谓学理,既不虚无,也不缥缈。就《西游记》作者之争而言,在没有更多文献资证的情况下,我们应该做包括"作品"与"作者"两者间可能发生联系的各个方面的综合评判,包括作者的生活经历、文学修养、人生道义、语言风格;影响作品主题和内蕴形成的社会、文化、宗教倾向、历史背景;渗透着现实生活元素的故事来源和情节。当所有的这些方面都显示出共同的指向性时,质疑也许就消失了。

(一)作者的人生经历不容忽视

构建一条从世德堂本陈元之《序》开始到吴承恩任荆府纪善结束的证据链,向来是"吴著说"研究者努力的方向。

前面述及,世德堂最初刻印《西游记》时,曾邀陈元之写了一篇《序》,其中说到了三个"或曰",提示作者与当时的某个王府有关。这很重要,是整个证据链下桩立柱的第一环;吴承恩确实有"荆府纪善"的任命,也就是在荆王府担任纪善这个八品官职,这见诸文献,20世纪80年代淮安县政府也已经调查到吴承恩的墓地,找出了他写有"荆府纪善"字样的半截棺头板,它是证据链另一端的环节;但它与第一个环节之间还缺少一个连接,变成问题就是:吴承恩他到任了吗?过去曾经认为他仅获得了这一名誉补偿但并未实际任职,但现在我们已经能够证明吴承恩确实到了湖北荆王府,做了具有清客意味和八公之徒一般的纪善,并且描写了荆王府。这就补齐了证据链中间的缺失环节,指实吴承恩把自己的经历写进《西游记》的问题。

读者先回忆一下:《西游记》唐僧取经经历九九八十一难,实际有约41个故事,其中有大约10个发生在人间国度。有妖魔的那些人间国度,国王非昏即庸,只有一个贤明,那就是玉华国国王。玉华国的故事发生在《西游记》的八十八至九十

回,说唐僧师徒路过此地,此地国王甚有贤名,对唐僧师徒也甚为礼敬。该国有三个小王子,愿意拜孙悟空、猪八戒、沙和尚三人为师学艺。因为悟空等三人的兵器太重,不适宜凡夫俗子使用,于是国王就请了工匠减轻分量照样打造,但金箍棒的光芒惊动了附近山中的妖魔,于是一窝狮子精偷走了兵器,引来一场大战。为什么说这玉华国就是吴承恩眼里的荆王府呢?

首先,看玉华王的身份。《西游记》说玉华王为皇室宗裔,封在此地玉华县或称玉华州为王,自称"孤在此城,今已五代","也颇有个贤名在外",《西游记》的所有国王中,只有这位玉华王既不昏也不恶,是个尊师重教的好王。荆王,自然是皇亲,最初封在江西南昌,后来迁至湖北蕲州,到吴承恩任"荆府纪善"的隆庆初年时,其在蕲州恰是五代,也有贤名,这在《明史》里有记载。

其次,看玉华国的地位。这玉华国虽然称国,但却是个藩国,即诸侯国,所以必须有个明确的封地。《西游记》里一会儿称它是玉华州,一会又称它是玉华县,正是指封地的建制。这荆王府所在的湖北蕲州,在明代恰也是一会儿称州,一会儿称县。

第三,看玉华国的名称。以下图片来自一部叫《荆藩家乘》的蕲州朱氏族谱。"荆王宫殿考"中最应该注意的就是"玉华宫"和"谨身殿",这一条实际上已经不能有任何其他解释了,"玉华"的名称其实就是荆王府的代名词;"谨身殿"在《西游记》中则是比丘国王的寝宫。

第四,看玉华王府的大门。《西游记》说玉华王王府"府门左右,有长史府、审理厅、典膳所、待客馆"。这是典型的王府配置,与《荆藩家乘》"荆藩职官考"的描述几乎连顺序都一样。王府并非各地都有,王府的制度也并非常识,如果没有王府的任职经历,能有如此精确的描述吗?

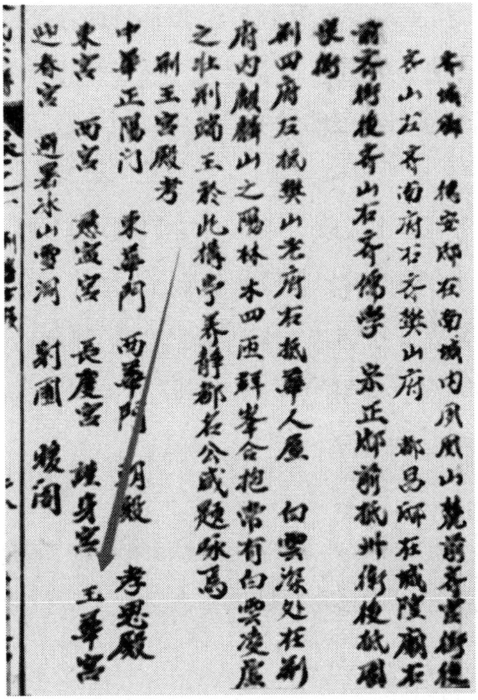

图1　荆藩宫殿考

图2　荆藩职官考

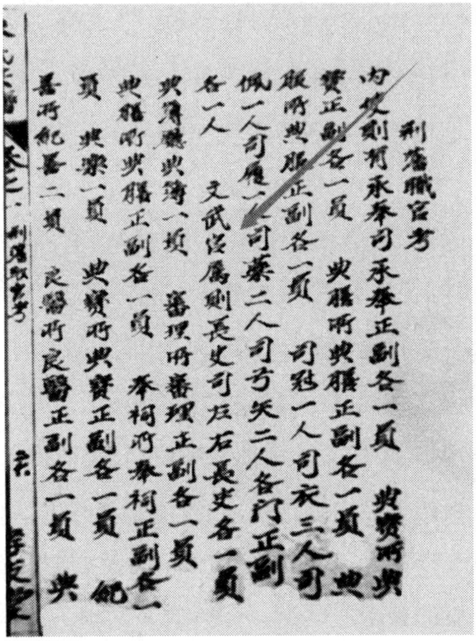

第五,看吴承恩的地位。《西游记》说玉华王府有三位小王子,因仰慕而拜孙悟空兄弟为师,而荆王府恰也有三个小王子。更巧的是,玉华国三个小王子拜唐僧师徒为师,而荆王府的三个小王子恰恰是吴承恩名义上的学生,《明史》说"凡宗室年十岁以上,入宗学,教授与纪善为之师"。

旧时工匠逢有得意之作,总会郑重其事地留下题款。碰到不适宜留款的东西,也会设法在隐蔽处留一点自己的印记,比如在画卷的山水枝叶里写下自己的名字,在陶瓷器具的里壁敲一个印章,这都很容易理解,毕竟是自己的心血。在《西游记》中,吴承恩忍不住弄了点痕迹:他把荆王府写进了《西游记》,他也用了自己的方式,在《西游记》中为旧日东家恩主荆王府留一个千古"贤名"。

(二)作者的文学素养不容忽视

对于读者来说,《西游记》首先是一部文学作品,乃是由于主题的深邃、人物的精彩、情节的丰富、语言的特色等而跻身名著行列。很自然,其作者必须全方位地具备完成这些创造的文学素养。

具体而言,可以归纳为一个问题:谁能写得了《西游记》?其实《西游记》的文本已经提供了若干硬性的规定。我认为,到目前为止,所有被提名的作者候选人没有一位具有文学资格。包括李春芳——据说李春芳善写青词,但我们没见过,现在在他集子中见到的诗歌,也还是以平实为主,即使抒情,也都有一种内敛的意味,绝无《西游记》那样的张扬。我也看过丘处机的所谓"西游记",其中记录了很多丘处机的诗,不论其水平的高下,就这些诗的文笔风格而言,丘处机平实、纪事的文风,与神话《西游记》根本就不是同一回事。

我们理解《西游记》的作者从文学上来说,必须符合下列条件:

首先,《西游记》具有儒释道三教色彩却不改变世俗文学作品的本质:题材来自佛教,但作者于佛理并不精通;配角道士始终出现,但作者的态度甚为不恭;儒家的道德不显山不露水,但却是无处不在的最终评判标准。

其次,《西游记》的情节奇特如幻,语言幽默诙谐,性格鲜明滑稽,往往有匪夷所思的神来之笔,与《三国演义》《水浒传》《金瓶梅》等绝无混淆之虞。这些方面的特

色是天生成就,不可模仿,并不是等闲的读书人可以做到的。

再次,《西游记》涉及社会文化生活的很多方面,如写到了围棋,说到了绘画,谈到了诗词,引用了神话,而且均非泛泛,其根底的深厚在行家眼里一目了然;在不经意中,涉及三教九流、五花八门,堪称无所不通,无所不精,其生活氛围的复杂性全在其中。

最后说,文人风格的养成受多种因素的影响,学不得,仿不来。与吴承恩同期兼同事的归有光,号称大家,声名赫然,其《项脊轩志》《寒花葬志》深情绵邈,催人泪下,但却绝无半句在《西游记》中信手可以拈来的吴式才气。朱曰藩,吴承恩的好友,在进士中以诗文见长,被认为是明嘉靖间"金陵六朝诗派"的领头人之一,但在他33卷的《山带阁集》中,几乎找不到一首有这种风格的诗文。这就是差别,不可弥合,什么样的风格范式与《西游记》更匹配,不能说毫无标准。

吴承恩恰恰具备了完成《西游记》的最合适的文学条件——少年神童,官民惊艳,笔走龙蛇,上下九天,那种俊逸豪迈,前人已经评价与李白、苏轼走了同一条路子,打开他的《射阳先生存稿》看看,应该套得上一句俗话"信不诬也";而又"善谐剧",也就是具有滑稽幽默的才能,写过一些包括志怪故事在内的"杂记",且"名震一时"。

(三)作者的社会意识不容忽视

一部影响深远的作品,必然有一些显著的特色和内蕴,这主要由作者的社会意识以及提供这些社会意识的环境所决定——有什么种子才有什么样的果,有什么作者才有什么样的书——这些,都是研究作品与作者关系的切入点。

《西游记》对社会的映射方式和其他的名著是不一样的:它既不正面描述所谓天下兴亡如《三国演义》,也不去揭华丽外衣后面的脓疮如《红楼梦》;既不"诲盗"如《水浒传》;也不"诲淫"如《金瓶梅》,它昭示的是唐僧虔诚的信念追求,悟空善恶分明的暴力,如果不是八戒有点小市民的恶俗,一部《西游记》简直就是满满的正能量;但即使有猪八戒的市侩狡猾,有孙悟空的暴力倾向,有盘丝洞那么一点小小的色情,我们也不能说《西游记》就不深刻,就不隽永。因此,《西游记》的作者在人生

态度上,总体上应该积极正面。

还有,《西游记》的作者显然不是罗贯中那样的江湖艺人,江湖艺人要把大众关心的天下兴亡讲得直白易懂,《西游记》的情节虽神奇,但却有很多文人情调和诗词歌赋,不适宜在酒楼茶馆开讲;显然也不是张士诚、施耐庵那样的暴政批评者,因此没有那种视人命如草芥的戾气,没有喊一声"逼上梁山"的勇气,对暴政虽有批评,不过开个"皇帝轮流做,明年到我家"的玩笑;他也不是曹雪芹那样的世家贵公子,所以《西游记》里再多几次各级宴会,也没有刘姥姥面前的茄子酱和妙玉那般饮茶,所谓的皇宫筵席也不过是泛泛的说说而已;他甚至不是秦楼楚馆的留恋者,更不会是帮派黑社会的参与者,你看《西游记》社会百姓的主体都是很干净规矩的生意人或者读书人,如旅店老板、寇员外等。我们不能说这和作者的身份地位、社会环境没有关系。具备这样社会意识的人,又应该是什么样子?

其实吴承恩正是能够满足这些条件来的人。为什么他会有完成《西游记》的念头,吴承恩曾经正面为我们提供过答案。在他的《射阳先生存稿》中,有一篇不长的《禹鼎志序》,非常值得注意:他自称自己从小就爱读杂书,积攒零花钱偷偷地买,还往往要躲起来读,以逃避师父的呵责;尤其喜爱讲神鬼故事如《酉阳杂俎》《玄怪录》那样的志怪;为什么喜爱?因为其"善摹写物情",也就是使用了文学的手段,天性喜欢;时间长了,自己就立志写一本,这种文学的冲动一直延续到需要为科举奔忙的中年,"斯盖怪求余,非余求怪也",多么明确的文学激情!他的目标是"虽然吾书名为志怪,盖不专名鬼,时纪人间变异","微有鉴戒寓焉",又是多么明确的文学标准!最根本的原因,在于他并立志要做一个使读者"慄然易虑"的"野史氏"。这样一个人,划归《西游记》名下不是很适宜吗?

很可惜,《禹鼎志序》往往被忽视,有时甚至是故意被回避。

(特约编辑:王玉梅)

附录

编者按：

为了配合本专栏关于作者问题的讨论，以下特附蔡铁鹰教授的《吴承恩集》《吴承恩年谱》《吴承恩传》三部著作的前言以供参考。

《吴承恩集》的整理得到了全国高校古籍整理委员会的资助。该书收集了吴承恩诗文集《射阳先生存稿》、唐宋金元词选集《花草新编》和新发现的若干佚文，至此吴承恩所有已知存世的作品均被收入其中。其《射阳先生存稿》底本为国内学者近数十年未曾见过的台北"故宫博物院"馆藏万历刻本，此为海内孤本；《花草新编》的底本是上海图书馆馆藏珍本明钞本，不仅是海内孤本，还是首次面世。书由中国社会科学出版社于2014年出版。

《吴承恩年谱》的编订得到了教育部人文社科基金的资助，收集了从胡适大师最早四行字的年表，到赵景深先生的第一个吴承恩的年谱，再到刘修业先生具备基本规模的年谱、苏兴先生影响甚巨的年谱、刘怀玉先生拾遗补阙的年表，最后在前贤成果的基础上，形成了较为完备的谱系与生平研究。书由中国社会科学出版社于2014年出版。

《大道正果——吴承恩传》是一部纪实性文学传记，属于中宣部主办、作家出版社承办、《光明日报》全国招标的"中国历史文化名人传"系列。著名文史专家、原故宫博物院院长、全国政协文史委副主任郑欣淼先生，著名作家、原人民日报文艺部副主任王必胜先生担任了本书的审稿专家。该书于2016年由作家出版社出版。

说明，这里使用的均为底稿。由于编校的原因，可能有少量文字与出版物有差异，使用时敬请以原著为准。

《吴承恩集》前言

蔡铁鹰

吴承恩，字汝忠、以忠，号射阳居士，或又号淮海浪士、野史氏，人多称吴射阳、射阳先生。明淮安府山阳县（今江苏省淮安市淮安区）人，生于正德元年（1506），卒于万历八年（1580）。

这部《吴承恩集》包括了吴承恩的诗文集《射阳先生存稿》、词选集《花草新编》和近年发现的一些佚诗佚文，在目前情况下堪称搜罗全面；同时也使用了最直接可靠的底本，尽可能地保证了最为基础也是研究者最为看重的文献价值。

现将有关情况简要介绍如下。

一 关于《射阳先生存稿》

《射阳先生存稿》四卷本殆无异议，有关记载屡见于天启《淮安府志》这类可靠的文献之中。大致说来，这部诗文集在吴承恩逝世后的第十个年头即万历十八年（1590，庚寅）由其表外孙丘度整理刻印行世，前有曾任淮安知府的"五岳山人"陈文烛万历十八年的序，后有自称"通家晚生"的吴国荣万历十七年（1589，己丑）的跋，是为初刻本；又二十多年后在万历四十年（1612），丘度再次增补重刻，又约请当时文坛名家李维桢题序，是为重订本。案，据说另有《续编》一卷，然而虽有记载却都似是而非，既没见到传本也没见到详备的描述，故学界多搁置不论。

上述版本关系本来非常简单，但后来却由于一些特殊的原因变得复杂起来。

从现存数据来看，明末至清初的一段时间内《射阳先生存稿》的流播还算广泛，因为曹溶的《明人小传》、陈田的《明诗纪事》、朱彝尊的《明诗综》中均有介绍或收录。但进入中叶之后我们就已经是只闻其名而难见其书了，比较确切的线索也只

是《山阳艺文志》收录的吴进的一段话中,提到乾隆四十二年(1777)曾经见到过一个残本。再以后所有的消息大约就都是转录了。

1929年,北平的故宫博物院在藏书中发现了一部《射阳先生存稿》。当其时,吴承恩的大名已经由于鲁迅、胡适等的《西游记》研究而变得有点响亮,所以故宫方面对这部两册四卷品相不错的《射阳先生存稿》颇为重视,随即从本年的十二月开始,在《故宫周刊》上连续选载若干各体诗文直至次年即1930年的十一月,随即又刊出了一个完整的铅排本以应付各方的研究所需。

1949年,北平故宫文物迁往台北,《射阳先生存稿》的原本随迁,留在大陆的就只有1930年的铅排本了。很显然,铅排本属于过录,可靠性自然要打折扣,而由于当时排印匆忙并未作认真校勘,这其中的折扣打得就有点令人遗憾了。但这是历史的宿命,毫无办法。新中国成立后,学者刘修业先生整理出了一部《吴承恩诗文集》,1958年由当时的古典文学出版社出版,所据就是这个铅排本。1991年,上海古籍出版社约请刘怀玉先生在刘修业前本的基础上再作笺校,出版了《吴承恩诗文集笺校》,其底本仍然是故宫的铅排本。二位刘先生为这部《吴承恩诗文集》的校勘付出了很大的努力,除以《故宫周刊》的选载参校以外,还找出了几乎所有能见到吴承恩诗文的各类文献如《淮安府志》《山阳县志》《山阳诗征》《楚州丛书》,等等,在当时的条件下,校勘应称精审。但由于故宫铅排本的先天缺陷,从文献整理的角度看,遗憾仍然殊多。

由于研究的需要,我对吴承恩诗文向来比较留意。2009年秋天赴台湾东吴大学讲学期间,便利用东吴大学与台北"故宫博物院"隔双溪相望所距仅一箭之遥且交往密切的便利,在台北"故宫博物院"的图书文献馆查到这部已是海内孤本、数十年间大陆学界无人目睹的万历本《射阳先生存稿》传本,并且花费了半个多月的时间将其录回。按故宫规定,善本不可复印,不可拍照,但在相处数日之后,管理人员网开一面,破例允许拍了两张示例照片,大致情况可见一斑(见附图)。其余描述如下:

《射阳先生存稿》传本四卷分为两册,两册的封面上分别注有"卷一至二""卷三

至四"字样,纸张虽已发脆,但品相还不错。全书高26.5厘米,宽16.5厘米;版心高20.5厘米,宽13.0厘米。半叶10行,行22或23字,除补版的少数外,绝大部分刻工精细,字迹清晰。第一卷目录前有陈文烛落款万历庚寅的《吴射阳先生存稿叙》,三叶;李维桢无年月款的《吴射阳先生集选序》,四叶,半叶6行行12字。第四卷末有吴国荣落款万历己丑的《射阳先生存稿跋》,草书半叶6行。

正如俗语所云:眼见为实。找到《射阳先生存稿》的传本,不仅解决了我们这部《吴承恩集》的校勘问题,还使得围绕吴承恩诗文的一些疑团迎刃而解,主要有以下三点:

首先,确认了《射阳先生存稿》曾经重订的事实。如前所述,《射阳先生存稿》有万历庚寅(十八年)的初刻本和万历四十年左右的重订本。以往研究者根据前有李维桢序和序中的相关叙述,已经断定传本属于重订本,但这个重订本与初刻究竟有多大区别,则还是一个待查的问题。

而现在查看传本实物,发现有不少挖版、补刻的痕迹,这就说明传本确实是一个大部分利用了初刻的旧版但也经过二次整理的重订本。根据挖补造成的字体、纸张、页码等方面的差异,特别是重订时未作改动的目录,我们可以轻松辨认出重订本与初刻本的差别。主要在于:

1. 重订本卷一"赋"增加了《述寿赋》《陌上佳人赋》两篇。依据是目录没有这两篇,而在正文中有这两篇,且能判断出是补版,页码重复但重复的部分有"又"字样以示区别。

2. 重订本卷一"七律"挖去《挽赵菊丛》《寿蒋雪鹤》两首而补刻了《赠子价》《庚戌寓京师迫于归志呈一二知己》。依据是目录中有前者无后者,正文中有后者无前者,且这一页有明显的挖补痕迹。

3. 卷四增加了13篇障词——前13篇都是后增。依据是原目录缺这13篇且正文中页码也是从第十四篇开始编排,插入的这13篇也编了页码,但均加"前"以示区别。

4. 卷四增加了17首词(12个词牌)以及一个由9支曲子组成的套曲。依据是

原目录无,且增加的部分字体、纸张均有差异。

顺便提一下,这次笔者还纠正了台北"故宫博物院"的一个小小错误,那就是由于李维桢序的落款没有年月,台北"故宫博物院"没有细读李序内容而仅根据陈文烛序言的落款便将这个本子署为"万历庚寅",实在是搞错了。

其次,一个顺理成章的结果就是打消了我们成批发现吴承恩佚文的期待。吴承恩诗文的数量应该很多,但大多早已亡佚,所以吴国荣的《射阳先生存稿跋》说丘度搜集到的仅仅是"存十一于千百"。对早年亡佚者我们本来难存复见奢望,但李维桢在重订《射阳先生存稿》时说"丘公(案:丘度)……复搜集玉叔(按:陈文烛字)所未及录者,已,病其太繁,属不佞校删而为之叙",这句话很有想象空间:既然有增有删,动作不能算小,原刻本是何样子,删掉哪些,被删的还能见到吗?因此研究者们下意识中也留下了有朝一日那些曾经刻进《射阳先生存稿》初刻本而后又被删去的诗文能重见天日的念想。而现在初刻本的面貌已经清楚,重订本增多删少,所反映的基本就是吴承恩去世时存世诗文的全貌,李维桢的"病其太繁",所指仅仅是丘度后来补充的部分而不是初刻本吴承恩诗文的全部,因此成批发现吴承恩佚作的可能已不存在,哪怕再有初刻本《射阳先生存稿》被发现。

再次,基本排除了《续集》存世的可能。清代淮安学者吴玉搢在《山阳志遗》中提到他曾经搜集到《射阳先生存稿》四卷的全部和一卷续集,对吴玉搢的话不能轻易表示不信,但我们却又一直没有见到传本或其他的证据线索,甚至吴玉搢自己录出的吴承恩诗文中也未见到超出我们所知者。根据现在初刻本、重订本基本清晰的面貌,我怀疑是否还有《续集》存在的空间。因为重订本补入的部分分量不轻,通常情况下编为一卷已经足够,在此之后再形成续集一卷的已经不太可能。或许,所谓《续编》就是重订本补入的内容,在补入之前曾经单独存在;或许,吴玉搢搜集的《射阳先生存稿》四卷是初刻本,那些重订本补入的内容对他来说就是续集。

二 关于《花草新编》

吴承恩曾经以《花间集》和《草堂诗余》为底本,编纂过一本唐宋金元词选集《花

草编》,由于《射阳先生存稿》卷二收有《花草新编序》,陈文烛《二酉园续集》卷一也有一篇《花草新编序》,对读互证,《花草新编》的存在已经没有疑问。从陈《序》看,丘度似乎曾经准备刻印此书,时间与刻印《射阳先生存稿》大致同时,也就是在万历二十年左右。但我们后来却没有见过任何刻本的消息,因此是否真的已经雕版印制,还有疑问。

但钞本存在。清末民初,非常留意乡邦文献的淮安学者段朝端查询到一个钞本:

> 吾友汪君澄伯,为粟庵先生玄孙,老屋数椽,楹书世守。予见其书目有吴某《花草新编》一种,诧为得未曾有,亟假以来,仅一残钞本,霉烂几不可读。盖射阳所辑历代词选。……第一行"《花草新编》卷之几",次行"射阳吴承恩汝忠甫篹辑"。凡三卷:卷三中调,卷四、卷五长调。前二卷已不存,后不知尚有若干卷。间附评注,……不知过录,抑明经自著?惟纸墨敝渝,蠹蚀纠结,展读不易,传钞料必更无此事,亦徒归零落而已。然犹幸为予所见,得以其名附见于此,自矜创获。……此册极厚,约百余叶,半叶九行,行十八字,虽行楷而古意可掬。每句旁识以小朱规,上下阕中隔大朱规,至为精审。奈触手粉碎,叹惋弥日。蔗叟附记。(《椿花阁文集·书残抄本〈花草新编〉后》)

这个钞本后来的去向不明。

到20世纪50年代,传出上海图书馆收购到一部《花草新编》残钞本的消息。但当时这部钞本似乎未曾对读者开放,因此在此后的半个多世纪里,很少有人述及此事,大约只有《全明词》的编者和刘怀玉先生等很少几位见过;而且由于他们的所见也很有限,所以后来《全明词》和《吴承恩诗文集笺校》的介绍都很简略。但当2010年我抱着试试看的想法去上图查询时,竟然发现这部残钞本已经经过整修可以借阅了。然后又是十多天的枯燥比对,终于抄出了这部同样是海内孤本的吴承恩词选集的全部内容。

我觉得上图的残钞本很可能就是段朝端见到的本子,因为除段朝端所谓的"每句旁识朱规"外,其余两者都非常吻合,极有可能是段朝端将偶见于书眉和行间的朱批误记为"每句旁识"。

上图藏本书影如附图。所见并非如段朝端所述是一大厚本,而是经过重新封装分为四册,第三卷中调一册,第四卷长调两册,第五卷长调一册——第一、二卷原缺。透过装裱可以看出原书当初漫灭不堪的状态,所幸除少量边角略有缺失外,主要内容尚完整。其余则基本如段朝端所述:半叶9行,行18字,楷书,算得上精审。由于钞本中有不同的字迹出现,我曾经认为此钞本可能与吴承恩无关,但近来以吴承恩手书的《沈公合葬墓志铭》为样本仔细对照,觉得此钞本为吴承恩手迹的可能性非常之大。此论姑且先留存照,具体容后再证。

三卷共收唐、宋、金、元代的词394阕(第三卷135阕,第四卷161阕,第五卷98阕),以宋代为主,略为点缀唐代及金元词作;使用了211个词牌,全部是中调、长调;其中取自《花闲集》的6阕,取自《草堂诗余》的约160阕。透过这些基本统计,我们可以发现:

1.《花草新编》原本的篇幅就是五卷,缺失的仅是前两卷小令部分。得出这个结论的主要参照是《类编草堂诗余》和陈耀文编的《花草粹编》,他们的编排体例及分类比例与《花草新编》基本相似;到第五卷末,收录的已经是四片长调如《三台》《哨遍》《戚氏》之类,不再有延展的空间。

2. 以三、四、五卷及《花草粹编》的篇幅比照,缺失的第一、二卷小令应该有400阕左右。这样全部《花草新编》应该选词约800阕。

3.《花草新编》虽然号称以《花间集》和《草堂诗余》为底本,但实际所采并非如想象中的那样有足够分量,吴承恩自选增补的倒占了一大半以上,这在很大程度上可以显示吴承恩本人的爱好和审美,有一定的研究价值。

对于《花草新编》,学界一贯不太重视,追根寻源者少,大抵认为这就是一部含金量平平,明代常见的词选集,选来选去都是他人的作品,对吴承恩研究价值有限。《花草新编序》提到其中有若干采录和自撰的批评,曾经多少留下一点想象的空间,但后来刘怀玉先生在《吴承恩诗文集笺校》里以附录的形式刊出了全部34条批语,让人大失所望的是,这些批语真的没有多少新意。

但我在得到残钞本全部并作初步研读之后,却认为如果换一个角度,即从词学、词史、选词史的角度看,这部《花草新编》自有非同小可的意义。

首先,对照《花草新编》与《花草粹编》则可以肯定,现在大有名声,已经成为明人选词代表的《花草粹编》,确实是在《花草新编》的基础上形成的,陈耀文大量占用了吴承恩的成果,攘夺了吴承恩应有的地位。

陈耀文(1526？—1607),字晦伯,号笔山,嘉靖二十九年进士,授中书舍人,后外任淮安府推官、宁波苏州同知、淮安兵备副使等职。在他万历十一年写的《花草粹编叙》里,提到他动手编选这部词集的时间是在二十多年前,即嘉靖间任职淮安,与吴承恩相识之后：

> 嗣以漂泊东南,纳交素友淮阴吴生承恩、姑苏吴生岫,皆耽乐文艺,藏书甚富。余每得之假阅,辄随笔位序之,久之遂成六卷。

查天启《淮安府志》,陈耀文任淮安府推官是在嘉靖三十八年(卷五《秩官志·二》)。这时陈耀文认识了已经入岁贡,挂名在南监读书的吴承恩,并开始与吴承恩讨论对词的共同感受。这是一种什么性质的讨论？20世纪50年代整理吴承恩诗文集的刘修业先生曾怀疑：

> 教我不能不猜疑陈耀文的《花草粹编》,也就是用他(吴承恩)的稿子改编而成的。

是否如此？确实！

证据一：《花草新编》残钞本选录的近400阕中长调,几乎全部被《花草粹编》所收入。对这种同源关系的解释,只能是后者吞并前者,而不可能是前者浓缩后者。

旧话新说

因为嘉靖三十八年(1559)吴、陈二人相识时,吴承恩54岁,陈耀文34岁;这时候吴承恩的《花草新编》完成(至少是基本完成,下详)已近20年,而陈耀文《花草粹编》的杀青是在24年之后的万历十一年(1583),其时吴老先生已长眠于淮安祖茔。

证据二:陈耀文的《花草粹编叙》脱胎于吴承恩《花草新编序》。将两篇序分录如下:

吴承恩《花草新编序》:

选词众矣,唐则称《花间集》,宋则《草堂诗余》。诗盛于唐,衰于晚叶。至夫词调,独妙绝无伦,宋虽名家,间犹未逮也。宋而下,亦未有过宋人者也。然近代流传,《草堂》大行,而《花间》不显,岂非宣情易感,而含思难谐者乎?余尝欲柬汰二集,合为一编,而因循有未暇者。今秋逃暑,始克为之。因复益以诸人之本集,诸家之选本,记录之所附载,翰墨之所遗留,上溯开元,下断至正,会通铨择,录而藏之。其义例:则以大小差后先,以短长为小大。字数相悬,虽同宫不必合;如《浣溪沙》《华胥引》同是黄钟宫而有先后之别之类。曲名本一,虽异拍不必分。如《锦堂春》《雨中花》有古近之类。一曲而作者众则取之严,作者希则待之恕。取之严,所以表式;待之恕,聊以备员。重其人兼重其言,如韩、范、司马、文文山之类。惟其艺,不惟其类,如《教坊使》《丁仙现》之类。丽则俱收,郑、卫可班于《雅》《颂》;洪纤并奏,邹、曹无间于齐、秦。仍复批评窃比于郑《笺》,原本上希于卜《序》。句度中分,庶咏歌之无误;菁英旁点,示警策之当知。所愧爽彼咸酸,狭于渔猎,盖从吾好,只据家藏。呈诸俊赏,庶或有同余者乎?昔人审音乐府,故律吕须精;今兹取玩文房,辞而已矣。是编也,由《花间》《草堂》而起,故以《花草》命编。

陈耀文《花草粹编叙》:

夫填词者,古乐府流也。自昔选次者众矣。唐则有《花间集》,宋则《草堂

125

诗余》。诗盛于唐而衰于晚叶。至夫词调,独妙绝无伦。然世之《草堂》大行,而《花间》不显,固知宣情易感,而含思难谐矣。余自牵拙多暇,<u>尝欲铨粹二集,以备一代典章。故以纪辑《天中》,因循有未果者</u>……(略46字,叙述生平,见前引)移疾归来,游息竹素,综缀正业之余。<u>因复益以诸人之本集,各家之选本,记录之所附载,翰墨之所遗留,上溯开、天,下讫宋末,曲调不载于旧刻者,元词闲已由之。其义例:以世次为先后,以短长为小大。</u>为卷一十有二,计词三千二百八十余首。<u>丽则俱收,不无有乖于大雅;</u>文房取玩,略窥前辈之典型。……(略70字,叙述生平)是编也,由《花间》《草堂》而起,故以《花草》命编。时万历癸未冬日之吉。

下画线部分表示内容完全相同。两篇序文都只有400字多一点,但完全相同的部分竟达200字以上,因此我们也不难确定它们同源的关系,陈耀文的叙完成于万历十一年,谁是源,谁是流,不言自明。事实是,除去陈耀文叙述个人经历的两小节之外,其余谈词的内容全同! 这是任何理由、假想都不能解释的,不能不让刘先生怀疑。如果刘先生当年能看到《花草新编》的钞本,一定会将怀疑更换为肯定。

虽然如此,我想我们最好不去全盘否定《花草粹编》的价值,也不说陈耀文剽窃抄袭了吴承恩的成果,等等,《花草粹编》毕竟搜集了3000余阕词、800多词牌(调),数量是《花草新编》的4倍,这确实耗费了陈耀文的若干年精力,值得肯定;但《花草粹编》最初受启发于吴承恩,并且沿袭了吴承恩编选词集的设想、体例和已经选好的约800阕作品,甚至占有了吴承恩的序言,这是不争的事实。最后仅以"纳交素友淮阴吴生承恩……藏书甚富。余每得之假阅"作为交代,显得陈耀文人品上还是有点瑕疵。《花草新编》本应有的历史地位已经不可能完全恢复,这点也许不能太多责怪陈耀文;但我们至少应该把创意的荣誉还给吴承恩。

其次,说到吴承恩编选《花草新编》的创意设想和编排体例,这其实是更值得探讨的问题。

近有论者以《粹编》刻成于万历十一年,《新编》刻成于约万历十八年(实际未见

旧话新说

刻本,如前述),便以此排列二者的前后关系,取了《粹编》在前的立场发言。这显然是一个很低级的错误,无须再说。但这里引出一个问题,即吴承恩的《花草新编》究竟完成于何时?

陈耀文说他在嘉靖三十八年于淮安府任推官时认识了吴承恩并开始有编词选的念头,研究者们一般都认为这可以理解为是他受到了吴承恩启发,而吴承恩的《花草新编》此时至少应该已经有了思路和框架。这种分析很有道理,当时是,陈的地位高,吴的年龄长,二人相处,合理的关系就是吴有值得炫耀的东西,就是有了使陈耀文感兴趣的《花草新编》,否则怎么可能设想年轻却身居高位的陈耀文会去向吴承恩这位老贡生请教?

而我觉得《花草新编》形成的时间应当更早,嘉靖三十八年只是最后的时限。《射阳先生存稿》卷三有一篇《答西玄功启》,苏兴先生《吴承恩年谱》考出这是吴承恩为推辞聘请而作。西玄,马汝骥号。马曾在嘉靖十七年至十九年担任过南京国子监祭酒,大约因看中吴承恩的文才而有意延聘其担任书记之类的职务,吴承恩婉拒。其中有这么一段:

> 承恩淮海竖儒,蓬茅浪土,倚门骯脏,挟策支离。……徒夸罗鸟之符,误悉屠龙之伎。囊底新编,疎芜自叹,怀中短刺,漫灭谁投。真怀下里之羞,讵意当涂之赏。

这是自谦,大意说自己华而不实,都是屠龙之伎,在别人看来并非实学,所以不堪重任。请注意"囊底新编"这一段,大家都认为这是说自己有了一本颇为得意但别人并不会赏识的新书,这没有疑义。但这是什么书?通常都认为是《西游记》。但我在看到了《花草新编》之后,忽然悟到:"新编"不就是《花草新编》吗!在与任国子监祭酒的前辈打交道时,吴承恩怎么可能炫耀《西游记》?他明示珍爱、暗作炫耀的书只能是《花草新编》!看到钞本之后我也才理解到编这东西确实是需要花大力气用足功夫的,确实值得珍爱;而编选《花草新编》虽然不是丢人的事,但在科举功名没有着落的情况下，耽乐于此，也不会受到欢迎，吴承恩此时就此事表现出来的哀怨（别人不理解）和固执（坚持对文学的喜爱）实在可以理解。

如果此说当真，那《花草新编》最迟在嘉靖十九年前就已完成，至少已经在进行中。这样以来，那就不仅需要我们讨论《花草新编》与《花草粹编》的关系，而且要讨论它与《类编草堂诗余》的关系。

如所周知，最有影响的宋词选集是《类编草堂诗余》，何士信编成于南宋。其编排的体例后人称为分类，也就是将入选的词以春、夏、秋、冬四季分类，以下再细分情、景、思、恨等，如春情、春景、春思、春晚、春恨等；以后，词选渐多，但仍不出旧例，直到嘉靖二十九年顾从敬刻出的《类编草堂诗余》，才有了分调的进化——也就是使用小令、中调、长调的概念，再按词牌将词作归类。这种体例，此后一直延续，成为明以后选词的主流。

对顾从敬在词史上的创新地位，到目前为止几乎没人怀疑。"明人重编《草堂诗余》的一个重大突破是嘉靖二十九年（1550）顾从敬分调本的出现。其后，明人对分类本的改选重编活动虽未停止，但分调本迅速为词坛所接受，在明的近百年里，各种分调编排的《草堂诗余》出现了近二十余种。而且《草堂诗余》的各种续编、扩编本大部分都采用了分调编排的形式，这种编排体例遂成为规范，对清人直至现代词选都产生了深刻的影响。"（刘军政《明代〈草堂诗余〉版本述略》，《南阳师范学院学报》2004年第2期）"明嘉靖之后按调编排似乎成为通例，各种重编本《草堂诗余》以及《花草粹遍》《古今词统》等无不如此。"（梁颖校点《精选古今诗余》"本书说明"，吉林教育出版社2003年出版），明清具体采用分调体例的词选集，可以参看余意的《词谱的出现及其词学史意义》一文（《南阳师范学院学报》2007年第7期）。而现在把这种倡导重大变革的荣誉加之于顾从敬，我觉得有点不那么可靠，因为吴承恩的《花草新编》正是分调的，而它完成的时间，几乎可以肯定是在嘉靖二十九年之前，早于《类编草堂诗余》，这倡导分调选词的第一人完全可能是吴承恩。

如果说《花草新编》因没能付印而不被人知可以理解，但谁是"第一人"就是学术上值得注意不容忽略的问题了。恕浅陋，笔者费了点周折查到了包括嘉靖二十九年原刻《类编草堂诗余》在内的若干词选集,但没有查到多少顾从敬的生平事迹,还弄不清这是一位什么样的人物,不知道这位词史上留下一笔的人物,是否可能与吴承恩有某种沟通。如果顾从敬仅仅是编书的商人或者枪手,那他书稿的来源就值得推敲了。有待高明。

最后说一下整理方面的问题。

由于版本的优势,《射阳先生存稿》校订较为简单,只有少数几处明显的笔误、手误,参照故宫铅排本和其他地方史志作了订正。自认为较有价值的是附于篇后的案语。这其中汇集了自《西游记》研究开展以来各位学术前辈如赵景深、刘修业、苏兴等先生和著名吴承恩研究专家刘怀玉先生等的成果——凡重要发现当然照例——一明示——其中也包括了我的一点研究心得,供研究者参考。

《花草新编》的主要问题是所选前人词作中异文较多,作者的标示也多有不同。我认为这应当也是其研究价值的一部分,有些完全可以补现在各种词选之不足,所以在整理时注意做到尽量保持原貌,在此前提下再对照《花间集》《草堂诗余》《全宋词》《全金元词》等一一出注。

至于"辑佚"部分,应当已经包括了至今为止我们知道的所有发现。对这些诗文,突出注重了其来源出处的介绍。

由于自身水平的限制,错误与疏忽在所难免,欢迎方家指正。

(特约编辑:程㳘)

《吴承恩年谱》前言

蔡铁鹰

吴承恩是旷古奇书《西游记》的作者，也是明代一位成就与声誉都很不错的诗文作家，其中障词一体无疑可以进入代表性人物的行列；而最近的研究发现，他在明词史上也应该占有重要一席。

为吴承恩编制年谱，始于胡适的《〈西游记〉考证》。当时《西游记》的作者还普遍署作"长春真人"丘处机，只有少数几位学者刚刚把目光转向吴承恩并开始关注他的生平事迹，因此胡适当年列出的吴承恩行状，仅有四行文字。嗣后经过鲁迅、董作宾等前辈的共同努力，资料渐丰，至1935年由赵景深先生编制出了第一部初见规制、占有12个页码的"吴承恩年谱"（收入《中国小说丛考》）。1958年，刘修业先生在整理《吴承恩诗文集》时，于书后附录了她在40年代编订的一部"吴承恩年谱"，所附数据的篇幅达到3万字左右，已经大致覆盖了吴承恩生平的主要节点，形成了基本的学术框架。1980年苏兴先生出版了第一部详备具体、独立成书的《吴承恩年谱》。其后，1991年刘怀玉先生在《吴承恩诗文集笺校》的附录中又推出了一部由其本人在刘修业年谱基础上重订的"吴承恩年表"，这部年表的特点是简明扼要，篇幅不大，但却以刘先生为吴承恩诗文作笺校和完成《吴承恩论稿》时的大量积累为基础，学术价值自是又进一步。

随着研究的深入和资料的日渐丰富，不断地续编、重订年谱自然成为一种必需和后人的责任。从影响甚巨的苏兴《吴承恩年谱》问世至今，时光已经流逝了30余年，这其间，新的研究又提供了更多的资料，发明了更多的新说，在演进的意义上显示出了以往著述的局促，如苏兴先生考出吴承恩嘉靖四十五年任长兴县丞，蒙冤下狱后得到荆府纪善一职的补偿，这对吴承恩生平研究产生了重要的促进作用；但苏先生同时误认为吴承恩并没有实际赴湖北任职,这又对后人产生了一定的误导。前人进展的被肯定和缺陷的被发现,是一种我们应该期待的良性循环。为了将近30年研究者们的最新成果反映出来,也为了将散布的资料汇集起来,本人不揣浅陋,编订了这部新的吴承恩年谱。

新谱中的吴氏生平可简述如下:

吴承恩,字汝忠、以忠,号射居士人,或又别号淮海浪士、野史氏,人多称吴射阳、射阳先生。明淮安府山阳县(今江苏省淮安市淮安区)人,其先祖约在明初时由涟水县迁入落籍,择居于山阳县治北五里处古镇河下之打铜巷。谱系如下:

先世涟水,三世以上谱牒不能详。
高祖吴鼎,生平不详。
 曾祖吴铭,曾任余姚训导。
  祖吴贞,例贡,曾任仁和教谕,但到任不久即病逝于任上。
   娶梁氏。
   父吴锐,字廷器,号菊翁。布衣,经营彩缕文縠。
    娶徐氏,生女承嘉。
     吴承嘉嫁沈山,有女沈氏。
      沈氏嫁丘岚,有子丘度。
    娶侧室张氏,生子承恩。
     吴承恩娶叶氏,有子凤毛。吴凤毛订沈坤女,未婚早殇。
     娶侧室牛氏,无子。

吴承恩的高祖可能是小商人或者是小手工业者,事业略有小成后弃商习儒;其曾祖、祖父都通过纳捐的渠道做了学官。但由于祖父去世很早,家道复归艰难,其父吴锐则因贫未能继续学业,娶了经营小饰品的徐氏老板的女儿为妻,并承袭了妻家职业经营一爿店面。家庭这种角色身份的转换,对吴锐的影响贯穿一生,对吴承恩的影响也持久而深刻。

吴承恩出生于正德元年(1506),自幼聪颖好学,大约于十六七岁时进学,成为淮安府学的一名少年生员;学中成绩优异,有"工制义"的考语并被督学使者评价为"得一第如拾芥耳"。不久,凭借神童的声誉,吴家与淮安望族叶氏联姻,吴承恩就此进入淮安上流的社交圈,成为一颗众人寄予厚望的未来之星。

但他的科举之途却很不顺畅。在以后的二十多年中,吴承恩理论上有九次参加乡试的机会——实际上他也确实不离不弃地参加了六至七次——却始终未能获得举人的功名。这个问题是吴承恩生平中最大的"谜"。这个谜恐怕不能用"科场黑幕""文齐福不齐"之类的托辞来解释,也不仅是由于他多才多艺,才艺压身。他喜爱文学,酷爱小说,甚至在科举压力最为严重的时候还完成了一部文言志怪小说的创作和一部唐宋金元词集的编选,这对他的注意力有一定影响,但更重要的是,他希望借文学来张扬道义,完成人生的政治理想,这其实已经远远超出了才智、能力、爱好等范畴而成为一个人生观的问题。吴承恩所选择的这种人生观,与科举的要求根本就无法契合,因此他的科举经历看起来似乎像是一个神童的带有极大偶然性、令人唏嘘的命运悲剧,但实际上却代表了儒学本质上的使命意识和真正的文学所必需的思维方式,与科举这种政治手段之间必然的博弈结果——尽管吴承恩自己未必意识到。

嘉靖二十九年(1550)45岁时,吴承恩不得不放弃科举的主渠道而以岁贡生的身份赴北京谒选,试图选出个教谕、训导之类的学官或者其他的佐杂职务;未能如愿后被分配至南京国子监读书,之后经历了长达十余年的南京坐监生活,苦苦等候不知何时可能会降临的做官机会。之所以他耿耿于一官半职并能作如此长期的坚守,殆因老母的不懈坚持,而老母的意见其实又是老父的遗志——他们认为家中必须要出一个官员,以恢复"业儒"的身份,因此吴承恩必须坚持。

嘉靖四十三年(1564)59岁时,吴承恩青年时的朋友,时任礼部尚书的李春芳了解到吴承恩的窘境,于是伸出援手,热心"敦喻"吴承恩再次进京选官,并帮助他

谋得了一个长兴县丞的职务。嘉靖四十五年(1566),61岁的吴承恩欣然到任,但由于相当复杂的包含政治、文学等多种因素的纠纷,吴承恩与他的长官归有光关系"不谐";隆庆元年(1567)年底,又很不幸地做了归有光的政治牺牲品,被上司以贪赃的罪名逮系下狱。还是已成为内阁首辅的李春芳援手相救,为他重新安排了一个可以恢复名誉的八品新职——蕲州荆王府纪善。

纪善的职责是负责王府的礼仪监督和小王子们的教育。这是一个闲差,有点类似于清客或者八公之徒,陪王爷或者小王子玩玩就可以了。吴承恩利用这个机会仔细回顾了自己的一生,并在王爷的支持下,捡回了自己的人生夙愿,好好地玩了一把文学,完成了百回本小说《西游记》。

在王府呆了大约两年半之后,吴承恩于隆庆四年(1570)回到了自己的家乡,诗文自娱,过上了不很宽裕但很受尊敬的致仕乡绅的生活,直至万历八年(1580)75岁时仙逝。他回乡后精心训练的表外孙丘度在万历四年(1577)老人家七十一岁时中举,次年连捷进士。这位表外孙后来以最隆重的方式对他的舅公表示了感谢——在吴承恩逝世10年后的万历十八年(1590)整理刻印了老人家的诗文集《射阳先生存稿》。

或许,荆王府某位王爷曾经许诺刻印《西游记》,因此吴承恩并未将《西游记》手稿带回淮安。后来手稿流出王府,被一位以"世德堂"为店号的书商唐光禄购得,并斥巨资刻印,于万历二十年(1592)在南京面市。世德堂本《西游记》的卷首有一篇陈元之的序,约略记载了这个过程。

由于时代观念的局限,当时的《西游记》并未署出吴承恩的姓名或者射阳先生之类的别号,这导致他老人家的著作权长期被不相干的他人攘夺。但浸润在《西游记》字里行间的道义和性格,甚至一些特有的个人经历毕竟不会泯灭,家乡淮安也毕竟还有丘度之类的知情者。

大约万历四十年(1612)左右,以光禄寺卿身份退休在家的丘度再次整理刻印了吴承恩的《射阳先生存稿》,并由当时文坛领袖李维桢作序;李维桢对吴承恩的诗文给予了高度评价。又十年,天启《淮安府志》开始编纂,鉴于吴承恩的"谐剧""杂

记"虽然不称雅文但毕竟又"名震一时"的情况,新版府志终于打破旧例,特设"近代文苑"一栏,对这位乡邦奇才和他的《西游记》作了正式介绍。此后地方府县文献循例,对"吴承恩《西游记》"代有著录。

吴承恩因《西游记》而享盛名,但他的文学成就并不仅限于《西游记》。他还是明代嘉靖、隆庆、万历年间(1522—1572)江淮一带交际广泛、颇有名气的诗文作家。现所知他的著述除《西游记》外还有:

《禹鼎志》:文言志怪小说,已佚,类唐人传奇集。

《射阳先生存稿》:诗词文作品集,四卷,存。收入各体诗、词、文、赋293篇(首)。加上近年发现的各类佚作12篇(首),目前实存诗文315篇(首)。

《花草新编》:唐宋词选集,分调选集唐、宋、金、元词近800阕,原五卷,现存三、四、五卷。选录中调、长调词392阕。完成后未见刻印。

这些诗文,本身既有很高的文学价值,同时又是研究吴承恩和《西游记》的重要资料。

吴承恩交往的官宦乡贤前辈有胡琏、蔡昂、潘埙、叶荃、朱应登等;他在官府中结识的亦师亦友的官员有先后任漕督唐龙、万表,多任淮安知府葛木、邵元哲、陈文烛,以及曾任推官的陈耀文等;他自幼相知的学伴挚友有朱曰藩、沈坤、张侃、倪润、李春芳、冯焕及胡氏、潘氏家族的青年才俊;他在文坛上交往的有文征明、王宠、徐中行、归有光等名流时贤及何良俊、何良傅、文彭、文嘉、黄姬水等一代江南才士。

现就几个相关的具体问题说明如下:

一、本年谱毫无疑问承袭了前人的大量成果,但对重要的发现发明,仍会特别提示。提示中除第一次外,为避繁一般采用简称表述,如将赵景深的《西游记作者吴承恩年谱》简称为"赵谱",将刘修业的《吴承恩年谱》简称为"刘谱",将苏兴的《吴承恩年谱》简称为"苏谱",将刘怀玉的"吴承恩年表"简称为"刘表";对散见的单篇论文,一般在第一次引用介绍时随文出全注,其后则只列文章篇名。对各位前贤也略去"先生"之称呼,唯将敬意存留心中。

二、本谱对于引用的一般数据，同样出于避繁的考虑不一一随文出注，但在全书最后准备的"参考书目"中，将会提供所引数据的详备信息。如有进一步需要，还可参考拙编《西游记数据汇编》（中华书局，2010年），本谱涉及的重要资料在其中都有详细反映。

三、本谱中涉及的吴承恩诗文作品，除特别需要外，绝大部分均没有原文引述，殆因本人辑校的《吴承恩集》，将会与本谱同时出版，如有需要请翻检。

四、本谱中所涉人物的自然状况如籍贯、名号、生卒年等，如不能直接从文集或墓志铭等首选数据中采集，则均依据《历代名人生卒年表》等及今人的各类工具书，恕不一一出注。

以下引出本年谱所使用的基础数据以供参考：

一、吴承恩《先府宾墓志铭》（《射阳先生存稿》）卷三

先府宾墓志铭　　　　　　　　孤哀子吴承恩泣血撰次并书篆

乌乎！孤小子承恩不惠于天，天降严罚，乃夺予父。然又游荡不学问，不自奋庸，使予父奄然没于布衣，天乎？痛何言哉！天乎？痛何言哉！乌乎！有父生不能养，今没矣！孤小子又何忍怀世俗之情嫌，不执笔，俾先美旷队，不昭于世焉。乌乎！孤小子又何敢陵驾润色，不模放事实，使后世览予文辞者，闷然不信予父。于是顿首系述曰：先君讳锐字廷器。先世涟水人，然不知何时徙山阳。遭家穷孤，失谱牒，故三世以上，莫能详也。曾祖讳鼎；祖讳铭，余姚训导；皇考讳贞，仁和教谕。两世相继为学官，皆不显。方仁和君教谕仁和时，先君四岁矣。仁和君梁夫人则挈之如仁和。数月，仁和君丧，则又挈之归山阳。家世儒者，无资，且颠沛宦游，归益贫。是时先公已有性资，不妄啼哭笑言，但时时向梁夫人索书读。以贫故，逾数岁，始遣就社学先生。社中诸学生率岁时节朔持钱物献社学先生，吴氏不能也，社学先生则勤勤教诸学生书，不教先君书。先君辄从旁听窥，尽得诸学生所业者，于是通《小学》、《论语》、《孝经》矣。

社学先生反以为奇,欲遣就乡学。梁夫人闻之叹曰:"嗟乎!吴氏修文二世矣,若此耳,斯孤弱奈何?"于是泣,先公亦泣。弱冠昏于徐氏。徐氏世卖采缕文縠,先君遂袭徐氏业,坐肆中。时卖采缕文縠者,肆相比,率酒食邀熙,先公则不酒食邀熙。时众率尚便利机械善俯仰者,先公则木讷迟钝循循然。人尝以诈,不之解,反大以为诚;侮之不应亦不怒。其贾也,辄不屑屑然,且不贰价。又日日读古人书。于是一市中哄然以为痴。凡里中有赋役当出钱,公率先贯钱待胥。胥至曰:"汝钱当倍",则倍,"当再倍",则再倍。曰:"汝当倍人之庸",则倍人之庸。人或劝之讼理,乃窃叹曰:"吾室中孰非官者?然又胥怒,吾岂敢怒胥又犯官哉?"于是众人益痴之。承恩记忆,少小时入市中,市中人指曰:"是痴人家儿"。承恩归,恚啼不食饮。公知之,笑曰:"儿翁诚痴,儿免为痴翁儿乎?"及承恩冠矣,先君且年老,见旧时易侮先君者,尽改节为敬恭。里中有争斗较量,则竞趋先公求平,面折之,亦欣欣去。或胸怀有隐匿难人知者,即不难公知,且诉以臆。乡里无赖儿相聚为不善,卒遇公,一时散去,皇皇赤发面也。承恩于是喜,从容言曰:"此殆痴效与?"先君方食,投箸起曰:"儿以我为夷外钩中攫人情乎?"愀然不悦也。承恩益惭愧,恐惧失言焉。先公尝自言:"百不及人,但未尝有机心。故形神不劳,衣食稍温饱,止矣。"不顾虑有无,唯日饮酒,然不取醉,三爵后便颓然啸歌。遇好风日,即徐徐负手去,遍历近郊古寺中或大林下,俯仰徘徊焉。盖终其身未尝入州府。郡太守厄山公,闻之以为贤,乡饮召为宾;不至,三命然后赴,然频频自谓不敢当也。性一无所好,独爱玩群籍,不问寒暑雨旸,日把一编坐户内,大官过亦不知,前驺呵之;乃徐起。自《六经》诸子百家,莫不浏览,独《尚书》、左丘明《春秋》,未尝一日置也。于诸书训诂声切,不甚通悉,然独得大旨要归焉。居尝逡逡,口不能道辞,及与人谭说史传,上下数千载,能竟日不休。每读书至屈平见放,伍大夫鸱夷,诸葛孔明出师不竟,周子隐战没,檀公见收,岳鄂武穆死诏狱,未尝不双双流泪也。又好谭时政,意有所不平,辄抚几愤惋,意气郁郁云。晚年特爱菊,自号菊翁,然又不种菊。生来寡疾病,一日买船泛城西大泽中,意欣欣出门去矣,归即不起,盖嘉靖十一年三月十九日也。天乎！痛何言哉！距生时为天顺五年七月二十一日，寿盖七十二云。以是岁十二月二十九日，葬灌沟先茔。公壮岁时，置侧室张，实生承恩，娶叶氏。徐夫人生一女承嘉，适同郡沈山。乌乎！德音容仪，昭昭在也，然则吾先君何往矣乎？

铭曰：乌乎！苍者天乎！黄者泉乎！吾父于此潜乎！

二、吴承恩《花草新编序》（《射阳先生存稿》卷二）

花草新编序

选词众矣，唐则称《花间集》，宋则《草堂诗余》。诗盛于唐，衰于晚叶。至夫词调，独妙绝无伦，宋虽名家，间犹未逮也。宋而下，亦未有过宋人者也。然近代流传，《草堂》大行，而《花间》不显，岂非宣情易感，而含思难谐者乎？余尝欲束汰二集，合为一编，而因循有未暇者。今秋(1)逃暑，始克为之。因复益以诸人之本集，诸家之选本，记录之所附载，翰墨之所遗留，上溯开元，下断至正，会通铨择，录而藏之。其义例：则以大小差后先，以短长为小大。字数相悬，虽同宫不必合；如《浣溪沙》、《华胥引》同是黄锺宫而有先后之别之类。曲名本一，虽异拍不必分。如《锦堂春》、《雨中花》有古近之类。一曲而作者众则取之严，作者希则待之恕。取之严，所以表式；待之恕，聊以备员。重其人兼重其言，如韩、范、司马、文文山之类。惟其艺，不惟其类，如《教坊使》、《丁仙现》之类。丽则俱收，郑、卫可班于《雅》、《颂》；洪纤并奏，邹、曹无间于齐、秦。仍复批评窃比于郑《笺》，原本上希于卜《序》。句度中分，庶咏歌之无误；菁英旁点，示警策之当知。所愧爽彼咸酸，狭于渔猎，盖从吾好，祗据家藏。呈诸俊赏，庶或有同余者乎？昔人审音乐府，故律吕须精；今兹取玩文房，辞而已矣。是编也，由《花间》、《草堂》而起，故以《花草》命编。

三、吴承恩《禹鼎志序》（《射阳先生存稿》卷二）

禹鼎志序

余幼年即好奇闻。在童子社学时，每偷市野言稗史，惧为父师诃夺，私求隐处读之。比长，好益甚，闻益奇。迨于既壮，旁求曲致，几贮满胸中矣。尝爱唐人如牛奇章、段柯古辈所著传记，善模写物情，每欲作一书对之，懒未暇也。转懒转忘，胸中之贮者消尽，独此十数事，磊块尚存。日与懒战，幸而胜焉，于是吾书始成。因窃自笑，斯盖怪求余，非余求怪也。彼老洪竭泽而渔，积为工课，亦奚取奇情哉？虽然吾书名为志怪，盖不专明鬼，时纪人间变异，亦微有鉴戒寓焉。昔禹受贡金，写形魑魅，欲使民违弗若。读兹编者，傥慄然易虑，庶几哉有夏氏之遗乎？国史非余敢议，野史氏其何让焉。作《禹鼎志》。

四、陈文烛《吴射阳先生存稿叙》（《射阳先生存稿》)卷首

吴射阳先生存稿叙

吴汝忠卒，几十年矣。友人陆子遥收其遗文，而表孙进士丘子度梓焉。问叙于陈子。往陈子守淮安时，长兴徐子与过淮，汝忠往丞长兴，与子与善，三人者，呼酒韩侯祠内，酒酣，论文论诗不倦也。

汝忠谓文自六经后，惟汉魏为近古；诗自三百篇后，惟唐人为近古。近时学者，徒谢朝华而不知畜多识，去陈言而不知潄芳润，即欲敷文陈诗，溢縹囊于无穷也难矣！徐先生与余深题其言。今观汝忠之作，缘情而绮丽，体物而浏亮，其词微而显，其旨情而深。《明堂》一赋，铿然金石，至于书记碑叙之文，虽不拟古何人，班孟坚、柳子厚之遗也；诗词虽不拟古何人，李太白、辛幼安之遗也。

盖淮自陆贾、枚乘、匡衡、陈琳、鲍照、赵嘏诸人，咸有声艺苑，至宋张耒而盛；乃汝忠掘起国朝，收百代之阙文，采千载之遗韵，沉辞渊深，浮藻云峻，文潜以后，一人而已。真大河、韩山之所钟哉！

汝忠与宝应朱子价自少友善，其文名与之颉颃，乃子价为太守，而汝忠沉下寮。兹稿出，当与《山带阁集》并传，射阳、射陂之上，有两明珠也。因缀数语，冠于简端。

万历庚寅夏日五岳山人沔阳陈文烛撰。

五、吴国荣《射阳先生存稿跋》（《射阳先生存稿》)卷末

射阳先生存稿跋

射阳先生髫龄，即以文鸣于淮，投刺造庐乞言问字者恒相属。顾屡困场

屋,为母屈就长兴悴,又不谐于长官,是以有荆府纪善之补。归田来,益以诗文自娱,十余年以寿终。奈绝世无继,手泽随亡。乌乎伤哉！昔人谓生前富贵,死后文章,先生所值,一何奇也！文福难兼齐,而造物忌多取,信矣！

丘子汝洪,亲犹表孙,义近高弟,从亲交中,遍索先生遗稿,将汇而刻之,庶几存十一于千百,为先生图不朽耳。谋诸荣,荣以张子以衷、蔡子世卿,皆辱先生忘年交者,相与校焉。夫三子何能供是役哉？鱼豕之讹,不免矣。独念先生尝谓近之刻者,类博而不精,嗟乎斯刻也,倘日精焉,世必有知先生者矣。

万历己丑仲春七日通家晚生吴国荣顿首书。

六、李维桢《吴射阳先生集选序》（《射阳先生存稿》)重订本卷首

吴射阳先生集选序

嘉、隆之间,雅道大兴,七子力驱而近之古,海内翕然乡风。其气不得靡,故拟者失而粗厉；其格不得逾,故拟者失而拘挛；其蓄不得俭,故拟者失而糅杂；其语不得凡,故拟者失而诡僻。至于今而失弥滋甚,而世遂以罪七子,谓李斯之祸秦,实始荀卿。

而独山阳吴汝忠不然。汝忠于七子中所谓徐子与者最善,还往倡和最稔。而按其集,独不类七子友,率自胸臆出之,而不染于色泽,舒徐不迫,而亦不至促铉而窘幅。人情物理,即之在耳目之前,而不必尽究其变。盖诗在唐与钱,刘,元、白相上下,而文在宋与庐陵,南丰相出入。至于扭织四六若苏端明,小令新声若《花间》,《草堂》,调宫征而理经纬,可讽可歌,是偏至之长技也。大要汝忠师心匠意,不傍人门户篱落,以钓一时声誉,故所就如此。

昔齐己好韦苏州,即为苏州语以见,苏州不善也；他日进其故草,苏州大相赏,"子奈何舍故吾而似我？"张率年十六,作二千首,虞讷见而诋之,更为诗托之沈约,讷便向之嗟称。人情好名,而酷欲中人之好,从来久矣。天下方驰骛七子,而汝忠之为汝忠自如。以彼其才,仅为邑丞以老,一意独行,无所扳援附丽,岂不贤于人远哉？

汝忠善吾鄢人陈玉叔,玉叔行其集,盛有所称引。今勋卿丘公汝洪者,母

夫人于汝忠为出礼称离孙。丘公念母，而念母之舅氏，复搜集玉叔所未及录者。巳，病其太繁，属不佞校删而为之叙。吴有遗爱于丘，丘所以报吴，久而不忘，皆人伦懿美，出于是集之外。嗟乎！此不佞所贵于汝忠能自为汝忠者也。

南新市人利瓦伊桢本宁父撰。

七、陈文烛《花草新编序》（《二酉园续集》卷一）

花草新编序

此亡友吴汝忠词选也，命名以"花草"，盖本《花间集》、《草堂诗余》所从出云。夫词自开元以逮至正，凡诸家所咏歌与翰墨所遗留，大都具备，乃分派而择之精，会通而收之广；同宫而不必合，异拍而不必分；因人而重言，取艺而略类。其汝忠所究心者与！拔奇花于玄圃，拾瑶草于艺林，俾修词者永式焉。汝忠既没，计部丘君抱渭阳之情，深宅相之感，奉使九江，捐俸梓行。遇不佞，语曰："吾舅氏有属于先生否乎？"忆守淮安，汝忠罢长兴丞，家居在委巷中，与不佞莫逆，时造其庐而访焉。曾出订是编而幸传于世，汝忠托之不朽矣。汝忠讳承恩，号射阳居士，海内操染家无不知淮有汝忠者。生有异质，甫周岁未行时，从壁间以粉土为画，无不肖物；而邻父老命其画鹅，画一飞者，邻父老曰："鹅安能飞？"汝忠仰天而笑，盖指天鹅云，邻父老吐舌异之，谓汝忠幼敏，不师而能也。比长，读书目数行下，督学使者奇其文，谓汝忠一第如拾芥耳。汝忠工制义，博极群书。宝应有朱凌溪者，弘德间才子也，有奇子曰子价，朱公爱之如子，谓汝忠可尽读天下书，而以家所藏图史分其半与之，得与子价并名，射湖之上，双璧竞爽也。子价后守九江，汝忠脏肮终身，仅以贡为长兴丞。长兴有徐子与者，嘉隆间才子也，一见汝忠即为投合，把臂论心，意在千古。过淮，访之。谓汝忠高士，当悬榻待之，而吾三人谈竹素之业，娓娓不厌，夜分乃罢。汝忠舐笔和墨，间作山水人物，观者以为通神佳手。弱冠以后，绝不落笔。家四壁立，所藏名画法书颇多。人谓汝忠于王方庆之积书，张弘靖之聚画，俾诸秘府者可十一焉。且也，平生恬淡自守，廉而不秽。其诗文出入六朝三唐，而词

140

尤妙绝,江湖宝之。其稿与所藏,泯灭殆尽,而家无炊火矣。余于汝忠有人琴俱亡之痛云。幸此编之行,而述其大概,俟续高士传者采焉。

八、《淮安府志》

天启《淮安府志》

卷十六人物志·文苑·近代文苑

吴承恩,性敏而多慧,博极群书,为诗文下笔立成,清雅流丽,有秦少游之风。复善谐剧,所著杂记几种,名震一时。数奇,竟以明经授县贰,未久,耻折腰,遂拂袖而归,放浪诗酒,卒。有文集存于家,丘少司徒汇而刻之。

卷十九艺文志·淮贤文目　吴承恩:《射阳集》四册口卷、《春秋列传序》、《西游记》。

乾隆《淮安府志》

卷二十二人物志·文苑

吴承恩字汝忠,山阳人。嘉靖中岁贡生,官长兴县县丞。英敏博洽,凡一时金石碑版嘏祝赠送之词,多出其手。家甚贫,又老而无子,遗稿多散逸失传。承恩谓文自六经以后,惟汉魏为近古;诗自三百篇后,惟唐人为近古。近时作者,徒谢朝华而不知畜多识,去陈言而不知漱芳润,即欲敷文陈诗,难矣。官长兴时,与徐子与善,沔阳陈玉叔守淮安,子与过淮,三人呼酒韩侯祠内,酒酣论诗,终日不倦。时又有吴万山者,善诗及草书,玉叔皆折节交之;得《娑罗树》旧拓本于承恩家,即属万山双钩刻诸石,子与常与玉叔书云:二吴高士,咄咄仲举,设榻待之可也。万山名从道,沭阳人,世居山阳。

九、吴玉搢《山阳志遗》

卷四

嘉靖中,吴贡生承恩字汝忠,号射阳山人,吾淮才士也。英敏博洽,凡一时金石碑版嘏祝赠送之词,多出其手,荐绅台阁诸公,皆倩为捉刀人。顾数奇不偶,仅以岁贡官长兴县丞。贫老乏嗣,遗稿多散佚失传,邱司徒正纲收拾残缺,得其友人张清溪、马竹泉所手录,又益之以乡人所藏,分为四卷刻之,名曰《射阳存稿》……读其遗集，实吾郡有明一代之冠，惜其书刊版不存。予初得一抄本，纸墨已极渝敝，后陆续收得刻本四卷，并《续集》一卷，余尽登其诗，入《山阳耆旧集》。择其杰出者，各体载一二首于此，以志瓣香之意云。

天启《旧志》列先生为近代文苑之首，云"性敏而多慧，博极群书，为诗文下笔立成，复善谐谑，所著杂记几种，名震一时。"初不知杂记为何等书，及阅《淮贤文目》，载《西游记》为先生著。考《西游记》旧称为证道书，谓其合于金丹大旨，元虞道园有序，称此书系其国初邱长春真人所撰。而《郡志》谓出先生手，天启时去先生未远，其言必有所本。意长春初有此记，至先生乃为之通俗演义，如《三国志》本陈寿，而演义则称罗贯中也。书中多吾乡方言，其出淮人手无疑。或云有《后西游记》，为射阳先生撰。

十、《山阳县志》

同治《重修山阳县志》卷十二人物志·二

吴承恩字汝忠，号射阳山人。工书。嘉靖中岁贡生，官长兴县丞。英敏博洽，为世所推，一时金石之文，多出其手。家贫无子，遗稿多佚失。邑人邱正纲，收拾残缺，分为四册，刊布于世，太守陈文烛为之序，名曰《射阳存稿》。又《续稿》一卷，盖存其十一云。

由于条件和能力的限制，疏漏错误在所难免，专祈师友同好指正，不胜感激之至。

（特约编辑：程泱）

旧话新说

《大道正果——吴承恩传》前言

蔡铁鹰

四百多年前的某一天,一个叫世德堂的书店不经意间将自己写进了历史:这一天它开始出售墨香沁脾的《西游记》。这是一个标志,从此中国文学的殿堂增加了了一座丰碑,世界文化宝库多了一缕光辉。

大明万历二十年(公元1592年),南京夫子庙附近一家叫做"金陵世德堂"的书坊忽然热闹起来,不大的店面已经有点拥挤。书坊主人唐光禄站在台阶上,殷勤招呼着熙熙攘攘的顾客,不时还满脸微笑地帮伙计送送客。天气有点热,脸上汗涔涔的,他也只是很不文雅地用袖子擦一擦。紫砂大提壶就放在柜台的那头,早晨小伙计沏好的雀眉已经见底,但店里忙吵吵的,谁也没想到去续水。好在这个时候谁也不会去计较茶水了。

从这个不大店面里出去的客人,每位都带走了一个用油纸捆扎好的的大包。那是一套书,一套叫做《西游记》的志怪(按:现在称神话小说),厚厚的二十本。此刻,在唐老板眼里,那就不是书,而是定心丸,是开心果,是白花花的扔了出去又回来还下了崽的银子。对他来说,煎熬终于结束了。

老板年纪不大,三十来岁,身形单薄,瘦得有点可怜,但眉宇间透出一股精明。这间书坊是他家的祖业,是他的曾祖父从福建建阳带过来的。建阳虽然是闽北山区的一座小城,但向有刻书的传统,从南宋以来就是家家都刻书,也都藏有几套书版,一家人就靠这几套书版谋生;各家的书版并无一定之规,就看你能弄到什么,有四书五经,有科场墨程,也有农书医案,有什么就印什么,市场叫好就行。书在自家的后院印出来,自然有等候的小贩车拉人扛弄走,所以当时建阳在全国的书商同行

143

中很有点名气，都说订书一定要去建阳。他们唐家的堂号叫"世德堂"，主要印一些佛经、道书、宝卷、戏词之类的杂书，销往金陵和苏杭一带比较富庶佛道信众和读闲书人比较多的地方。后来时代太平了，金陵成了京城，再坐等客商到建阳小地方订书就显得有些不合时宜，于是祖上就变卖了建阳的产业，带了家藏的书版和一块据说是唐家创业时花大价钱请一位进士题写的堂匾，进了已经改称南京的金陵城，在夫子庙开了这家书坊。几十年下来，书坊已经有了点名气，店面虽然不大，但院子却不小，前店后场的格局已经形成。前几年，老店主过世，唐光禄就接下了这份产业。

老店主留下的黄花梨圈椅还没坐热，唐光禄就遇到了一件让他茶饭不思的大事——做老板就是操心的命。

三年前的一天，有位着长衫的老者跨进店门，接了伙计从大茶壶里沏来的盖盅，不声不响地坐了一下午，第二天再来时便拎了个包裹，让伙计们去找老板，说有要事。唐光禄与他拱手见过，凭生意场上练出来的眼力，立马看出来者神色有点诡异但气度却并不猥琐，长衫虽有点褪色但却极整洁，那块包裹皮居然还是块明黄的缎料。唐老板知道是位有故事的主子，于是赶快让至内室，上好茶伺候。寒暄过后，老者开口道："在下为唐老板带来件宝货，只不知唐老板眼力如何。"这话说得显然不那么温柔，但唐光禄听得多了，并不介意，只是示意老者打开包袱。

"这是一部时下流行的志怪，实属稀世少有，至少贵号架上的《三国志》和《水浒传》不得专美。"老者打开包袱，拿出一摞书稿放在桌上，"在下知道世德堂名头不虚，故而才带来给唐老板过目。"然后很优雅的伸手一指，说了声"请"。唐光禄也很客气地说了一声："容在下鉴赏，您老慢慢用茶。"

书稿保管得并不好，有点凌乱，但能看出已经做过整理，略有次第顺序。几页看下来，唐老板有点坐不住了，心跳渐渐加快，那一时间他甚至觉得脸上已经开始发烧。他强忍住，尽量表现得非常淡然，慢慢翻看，其实是在拖延时间，给自己多一点盘算的时间。

他瞄了老者一眼。老者似乎正在聚精会神地端详唐光禄的书案——书案上陈旧话新说

列了世德堂刻书的样本和几件附庸风雅的文房用品。但就在他瞄过去的一刹那，老者开口了："唐掌柜尽可以仔细看，老夫有的是耐心。这书有一百回之巨，但这里只有五回，唐掌柜如果有兴趣，剩下的有机会看到。"

唐光禄忽然发现自己面临着一个必须作出决断的时刻：通常说来，他们书坊人家，书稿是必须吃进的，书稿刻成书版，就是自家的专利和资产，有了一部好的书版，就等于持有了优质资产，就可以子子孙孙地传下去。但寻找一部好的书稿谈何容易，刚才老者提到了架上的《三国》《水浒》，其实倒是戳到了唐光禄的痛处，那并不是他家的书版而是调剂的串货，也就是用了人家的货来妆自己的门面，如果说这种市场畅销书略有薄利，那么利润中的大头并不属于世德堂所有，他唐光禄只是为人作嫁衣裳而已。缺少几套定盘星一级的家藏，尤其是缺一套能占头牌的畅销的志怪传奇，一直是他的心病。眼前的唐僧取经的故事唐光禄并不陌生，各种刻本都是市面上的长销书，但这本有一百回的《西游记》却是破天荒第一次见到，奇思奇想，幻情幻境，文心文笔俱佳，远非时下林林总总、粗而糙之的取经故事可比。他意识到这是自己的旷世奇遇，因此顿时便有一种强烈的兴奋。但是他也凭职业的敏感，意识到诱惑的背后可能就有一个大大的陷阱，因为刻书时每一页都得用一块上好的枣木或者梨木的印版——越是准备珍藏的书版越是如此，一本书所需的印版可能会堆满一间库房；印版上的每一个字都得由写手一笔一划按照排版要求反写出来，再由刻工一笔一划的刻出来；再在后场一页一页的印出来，一本一本地订起来，需要的时间得以年计算；而这部书稿的篇幅之巨实属罕见，决定投资这样一本书，需要很大的勇气和绝对的自信，同时对书店的财力也是极大的考验——必须有足够的钱，这让唐光禄心里只是冒汗。

他本可以继续慢慢地看下去，这事需要仔细盘算一番，但他也知道老者已经看透了他的心思，装下去已经没有意思，现在只能选择放弃或者赌一把，因为老者一旦走出他世德堂的门，这部书稿大概他姓唐的就再也不会见到了，给他留下的很可能就是一辈子的后悔。他用不着再瞄那老者，已经大致猜出了来者的身份和来意，所以狠狠地杀了一把，最后用一百两纹银买下了这部书稿。老者的来从去往，他曾

145

试图探问,但老者只是告诉他自己原在王府供职,在一位过世老王爷的书房里看到了这部已经散乱的书稿,因为喜欢,顾而不忍其在王府湮灭而带了回来,希望借助世德堂使其传世。老者说,其实他已经在夫子庙附近转悠非止一日,直是看唐光禄有几分书卷气,店里的书版也还精致,所以才把书稿送来。至于书稿究竟出于何人之手,他只是淡然一笑,回答了一句:"既与在下无关,也与阁下无关,不说也罢。"唐光禄其实也不关心,他知道此书既然出自王府某位官员,那就一定心存忌讳,否则决不会在这个价位出手,所以不必深究。后来他请了位别号华阳洞天主人的书坊写手把书稿整理了一遍,刻上一行"华阳洞天主人校"了事。

三天前,后场的印刷装订全部完成,该上市了,此时的唐光禄已经心力俱疲。倾全力投资于这本面目陌生的《西游记》,何异生死之博!如今是见分晓的时候了。唐光禄让伙计在东南西北城都贴出大幅告示:

本店新刻出像官版大字《西游记》,百回廿卷,三日后恭迎各路客官

这幅告示唐光禄颇为得意,足可以让他在同行中大大地出一次风头——"官版"暗示出自正牌文人大手笔,市井小说大多出自坊间写手,文字不堪卒读,仅是表述大意而已,经正牌文人之手者极为少见;"出像"是告知配有插图,是时下最流行的排版方式,也是高档货的特征;"大字"则是印刷精美,高端大气的代名词;二十卷,更是超大规模,这种规格在当时的坊刻本中可不多见;为了吊一吊看客的胃口,他特意把上市的日期定在三日之后。

忙碌,让唐光禄的一切纠结都烟消云散。

唐光禄得到了自己的期待,但是我们还得再次感谢他。他以独到的眼光和判断力,终于做出了让后人庆幸的决定。如果没有他,这部手写书稿的存在就困难得多——哪天有人把它视为废纸,它的末日就到了,那些浸润着吴承恩心血的华彩篇章也就会随着千奇百怪的用法——酒徒包点下酒的花生米、街坊小学童练练毛笔字、老太太搓成火媒子等等——而灰飞烟灭。

四百多年过去了,世德堂早已悄然湮灭,但百回本的《西游记》传了下来——唐光禄这位小老板也没有被忘记。

这本《西游记》似乎天生就有王霸之气,自从世德堂将它推出之后,各种其它形式的《西游记》顿时销声匿迹。唐僧取经的故事曾经在民间以各种形式流传,但在大明万历二十年之后,无论是创作欲望、表现欲望极强的失意文人,还是从来就有随意增删习惯的艺人,都没人再敢心存妄想试图去修改《西游记》了,因为它每个字、每个章节都让你不敢动手、不能动手。所以我们现在看到的《西游记》,还保持着四百多年前的原貌。

·西游新生代·

编者按：

本栏目专为青年学子所设，以发表在校在读学生的研究文章为主（或与指导老师合作），期待有助于新生研究者的成长。

《汉语大词典》涉及《西游记》词条考释

孙艳梅[①]　王　毅

《汉语大词典》编纂始于1975年，作为一部"古今兼收，源流并重"的巨型汉语词典，广泛收列古、今汉语中的词语、熟语、成语、典故和较常见的百科词，集古今汉语词汇之大成，至1993年11月全书出齐，共12卷。收词37.5万余条，约5000万字。但随着时间的推移，《汉语大词典》的问题也逐渐显现。"我们在充分肯定《大词典》卓越成就的同时，也应当看到这部词典并非白璧无瑕。要编纂一部准确反映古今汉语词汇面貌的大型语文词典，其任务的艰巨性是可想而知的。存在这样那样的问题也是在所难免的。"[②]

《西游记》是中国古代四大名著之一，全书80万字，其中有非常丰富的语料，在汉语史上具有承上启下的作用。《汉语大词典》从《西游记》中引用了大量的词条作为例证，有部分词条甚至是首证，足见《西游记》在汉语词汇史上的重要地位。但《汉语大词典》"只就几个初稿本来看，它还存在着不少问题。例如：根据现有的书证资料，有些应予收录的义项，由于疏忽或认识有所不足而遗漏了；个别已经收录

[①] 孙艳梅，淮阴师范学院文学院2015级学生。

[②] 李申，王本灵.《汉语大词典》研究[M].北京：商务印书馆，2015：14.

的义项,能否真正成立还值得商榷,等等"①。因此,本文现引吴承恩《西游记》词条,从词目漏收、义项失收、书证晚出三个方面对《汉语大词典》进行完善和补充。

本文所引《西游记》中例句出自黄肃秋校注、人民文学出版社1980年5月版的《西游记》纸质版本。

一　词目漏收

"词目漏收"是指应当收入词典条目而没有收入。②确定它作为一个词目,基于它在不同文献中出现三次或三次以上,不足三次者暂不列入。该类词条共14个。

【拜佛】　对佛像虔诚跪拜。

1. 如今脱难消灾,转拜沙门,前求正果,保我这唐朝驾下的师父,上西天拜佛走遭,怕甚么山高路险,水阔波狂!③

拜:表示恭敬的一种礼节。行礼时下跪,低头与腰平,两手至地。后用为行礼的通称;佛:佛陀的简称。本义为"觉"。佛教徒用为对其创始人释迦牟尼的尊称。后"佛"的词义扩大,泛指佛经中所说的一切佛陀。这里指去跪拜西天的众佛。

《元史》中可见该词条:

(1)有十岁女,度其不能自死,则绐之曰:"汝稽颡拜佛,庶保我无恙也。"④

[明]冯梦龙《喻世明言》亦提及该词条:

(2)长老拜佛忏祝,武帝也释去御服,持法衣,行清净大舍,素床瓦器,亲为礼拜讲经。⑤

[明]抱瓮老人《今古奇观》中亦见此词条:

---

① 辞书研究编辑部.辞书研究1981年第1辑[M].上海:上海辞书出版社,1981:32.
② 王毅,范新阳.《西游记》词汇对《汉语大词典》书证研究[M].上海:上海三联书店,2017:6.
③ 吴承恩.西游记[M].北京:人民文学出版社,1980:240.
④ 宋濂等.元史[M].北京:中华书局,1976:4433.
⑤ 冯梦龙.喻世明言[M].北京:华夏出版社,2013:416.

(3)再说宜春见宋金每早必进佛堂中拜佛诵经,问其缘故。①

【吃辛受苦】 承受辛劳痛苦。

2. 行者道:"呆子,你这般言语,似有报怨之心。还象在高老庄,倚懒不求福的自在,恐不能也。既是秉正沙门,须是要吃辛受苦,才做得徒弟哩。"②

吃、受:承受,经受。这里指在取经路上须承受苦难,经受辛劳。曾上炎《西游记词典》中收录该词,释义为:形容禁得住身心劳苦。③

《全元曲》中可见该词条用例二则:

(4)你哥哥为这家私,早起晚眠,吃辛受苦,积成这个家私,非同容易。④

(5)则我那幼年间做经商买卖,早起晚眠,吃辛受苦,也不知瞒心昧己,使心用幸,做下了许多冤业,到底来是如何也呵!⑤

于兆文《梦是疼醒的思念》亦提及该词条:

(6)那时起,二人起早贪黑,吃辛受苦,在土里耕种刨食,在水里捞鱼摸虾,在外面卖力帮工,硬是把几个弟弟妹妹拉扯成人,上学,参军,盖房,结婚,一大家子里里外外操持得井井有条。⑥

【颠劣】 癫狂顽劣。

3. 绒绳着鼻穿,挽定虚空结。拴在无为树,不使他颠劣。莫认贼为子,心法都忘绝。⑦

4. 时借芭蕉施雨露,幸蒙天将助神功。牵牛归佛休颠劣,水火相联性自平。⑧

---

① 抱瓮老人.今古奇观[M].长春:吉林大学出版社,2011:146.

② 吴承恩.西游记[M].北京:人民文学出版社,1980:274.

③ 曾上炎.西游记辞典[M].郑州:河南人民出版社,1994:49.

④ 张月中,王钢.全元曲(下)[M].郑州:中州古籍出版社,1996:280.

⑤ 徐征,张月中,张圣洁,奚海主编.全元曲第4卷[M].石家庄:河北教育出版社,1998:2192.

⑥ 于兆文.梦是疼醒的思念[M].镇江:江苏大学出版社,2015:35.

⑦ 吴承恩.西游记[M].北京:人民文学出版社,1980:238.

⑧ 吴承恩.西游记[M].北京:人民文学出版社,1980:746.

颠:癫狂,疯癫;劣:恶,坏。颠劣即为癫狂顽劣使坏。这里指通过修心,使其不再癫狂顽劣。

陈兵《道教修炼养生学》中可见该词条:

(7)死圜者,四面皆墙,坐圜者在内,将门封闭……亦是强为,如笼闭猿,如绳拴马,去笼绳依旧颠劣,非是自然。①

顾明远总主编《中国教育大系》中亦见此词条:

(8)净紧擒意马,无令颠劣,便把心猿锁。②

[清]闵一得《古书隐楼藏书》亦提及该词条:

(9)浮沈看老嫩,水源别清洁。若逢野战时,猿马休颠劣。③

【金汤巩固】 义同"固若金汤",形容城池或工事无比坚固。

5. 廓的廓,城的城,金汤巩固;家的家,户的户,只斗逍遥。④

金:金属;汤:热水;巩固:坚固、稳固。金汤巩固:比喻城郭无比坚固。

《中国古代建筑文献集要》中可见该词条:

(10)金汤巩固,口口畏威。⑤

[清]曾国荃《曾国荃集》中亦见此词条:

(11)从此西、南又安,全力专注海防,金汤巩固,真大局之幸也。⑥

《汉语大词典》收录了"固若金汤""金汤""金城汤池"三个词条。

3-626(3为该词在《汉语大词典》中的册数,626为页码,下同)【固若金汤】《汉

---

① 陈兵.道教修炼养生学[M].西安:陕西师范大学出版总社有限公司,2015:303.

② 顾明远.中国教育大系历代教育论著选评(1)[M].武汉:湖北教育出版社,2015:1051.

③ 闵一得原著;董沛文主编;汪登伟点校.古书隐楼藏书(上)[M].北京:宗教文化出版社,2010:365.

④ 吴承恩.西游记[M].北京:人民文学出版社,1980:349.

⑤ 程国政编;路秉杰主审.中国古代建筑文献集要明代(上)[M].上海:同济大学出版社,2013:60.

⑥ 曾国荃撰;梁小进主编.曾国荃集(4)[M].长沙:岳麓书社,2008:91.

书·蒯通传》："必将婴城固守,皆为金城汤池,不可攻也。"颜师古注："金以喻坚,汤喻沸热不可近。"后以"固若金汤"谓城池、阵地坚固异常。

11-1154【金城汤池】金属造的城,沸水流淌的护城河。形容城池险固。《汉书·蒯通传》："必将婴城固守,皆为金城汤池,不可攻也。"亦省作"金汤"。

11-1171【金汤】见"金城汤池"。

【冷冷飕飕】 指风冷或寒气逼人,义同"冷嗖嗖""冷飕飕"。

6. 冷冷飕飕天地变,无影无形黄沙旋。穿林折岭倒松梅,播土扬尘崩岭坫。黄河浪泼彻底浑,湘江水涌翻波转。①

飕飕:形容词的后缀,起强调作用,冷冷飕飕:即形容寒冷之意,与"冷飕飕"和"冷嗖嗖"意义相同。该例即是指大风过后天气寒凉。

[明]许仲琳《封神演义》中可见该词条:

(12)怎见得,有赋为证,赋曰:冷冷飕飕,惊人清况。②

吉布鹰升《隐匿山间》亦见此词条:

(13)天空阴云沉沉,飘着若有若无的细丝,带着微寒。风儿冷冷飕飕。③

刘芳晓《禹书》亦提及该词条:

(14)在这个冷冷飕飕的下午,金绍三弯腰不绝,赔笑不断。④

《汉语大词典》收录了"冷嗖嗖""冷飕飕"两个词条。

2-408【冷嗖嗖】冷飕飕。杜鹏程《保卫延安》第四章:"时值盛夏,可是这高原上的夜晚,还是冷嗖嗖的。"

2-411【冷飕飕】形容风冷或寒气逼人。宋汪元量《满江红·吴江秋夜》词:"渔火已归鸿雁汊,棹歌更在鸳鸯浦。渐夜深、芦叶冷飕飕,临平路。"

---

① 吴承恩.西游记[M].北京:人民文学出版社,1980:251.

② 许仲琳.封神演义[M].郑州:郑州大学出版社,2015:486.

③ 吉布鹰升.隐匿山间[M].天津:天津人民出版社,2013:216.

④ 刘芳晓.禹书[M].天津:百花文艺出版社,2008:34.

【泪如泉涌】 眼泪像泉水一样直往外涌,形容悲痛或害怕之极。

7. 行者道:"……望大慈悲,将'松箍儿咒'念念,褪下我这头上箍儿,交还如来,放我弟子回花果山宽闲耍子去罢!"说未了,泪如泉涌,悲声不绝。①

涌:原指泉水从地下向上冒出,引申为眼泪像泉水似地涌了出来。该例即是指孙悟空受紧箍咒之累,悲痛至极,求如来佛祖褪去紧箍,还自由之身。张英沛《汉语成语词典》中收录了该词,释义为:眼泪像泉水一样涌了出来。形容十分悲伤的样子。②

[明]罗贯中《三国演义》中可见该词条:

(15)允曰:"汝可怜汉天下生灵!"言讫,泪如泉涌。③

[明]冯梦龙《醒世恒言》亦提及该词条:

(16)李承祖向灵前叩拜,转念去时的苦楚,不觉泪如泉涌,哭倒在拜台之上。④

[明]凌濛初《二刻拍案惊奇》中亦见此词条:

(17)翠翠见了十分伤情,噙着眼泪,将手去扶他的头起来,低低唤道:"哥哥!挣扎着,你妹子翠翠在此看你。"说罢泪如泉涌。⑤

【千推万阻】 百般推辞或拒绝。

8. 那两个童儿,见千推万阻不吃,只得拿着盘子,转回本房。那果子却也跷蹊,久放不得;若放多时即僵了,不中吃。⑥

推:拒绝、推辞,阻:阻止、阻拦。该例即是指唐僧百般推辞,拒绝吃人参果。萧灼如《汉语成语组群词典》中收录了该词条,释义为:百般推辞与阻止。⑦

---

① 吴承恩.西游记[M].北京:人民文学出版社,1980:938.

② 张英沛.汉语成语词典[M]. 呼和浩特:内蒙古大学出版社,2002:525.

③ 罗贯中.三国演义[M].济南:齐鲁书社,2014:39.

④ 冯梦龙.醒世恒言[M].北京:华夏出版社,2013:398.

⑤ 凌濛初.二刻拍案惊奇注释本[M].武汉:崇文书局,2015:74.

⑥ 吴承恩.西游记[M].北京:人民文学出版社,1980:292.

⑦ 萧灼如.汉语成语组群词典[M]. 青岛:青岛海洋大学出版社,1995:609.

[明]许仲琳《封神演义》中可见该词条：

(18)土行孙曰："若不如此,贤妻又要千推万阻。"①

[明]冯梦龙《醒世恒言》亦提及该词条：

(19)这女待诏晓得海陵是个猜刻的人,又怕他威势,千推万阻,不敢受这十两银子。②

[明]凌蒙初《二刻拍案惊奇》中亦见此词条：

(20)凤官人千推万阻,不肯开门,他直要打进门来。③

【山高路险】 即"山高水险",比喻路途艰险,行走不便。

9. 如今脱难消灾,转拜沙门,前求正果,保我这唐朝驾下的师父,上西天拜佛走遭,怕甚么山高路险,水阔波狂!④

《汉语成语分类大辞典》中收录了该词条,释义为：义同"山高水险"。⑤该例即是指取经路途艰难。

[明]冯梦龙《东周列国志》中可见该词条：

(21)但山高路险,车马不便转动耳。⑥

《清史》中亦见此词条：

(22)东：木皮山,其北接米岭,山高路险。⑦

[清]佚名《粉妆楼全传》亦提及该词条：

(23)只是里面山高路险,多有虎豹豺狼,强徒草寇,难以行走。⑧

---

① 许仲琳.封神演义[M].郑州：郑州大学出版社,2015：272.

② 冯梦龙.醒世恒言注释本[M].武汉：崇文书局,2015：282.

③ 凌濛初.二刻拍案惊奇[M].呼和浩特：内蒙古人民出版社,2014：102.

④ 吴承恩.西游记[M].北京：人民文学出版社,1980：240.

⑤ 蔡向阳,孙栋,艾家凯.汉语成语分类大辞典[M]. 武汉：湖北辞书出版社, 2008：916.

⑥ 冯梦龙.东周列国志[M].长沙：岳麓书社,2014：137.

⑦ 清史编纂委员会.清史第1-8册[M].国防研究院,1971：982.

⑧ 佚名.粉妆楼全传[M].北京：华夏出版社,1995：230.

【伸头探脑】 不断伸着脑袋张望。形容迟疑观望,或做事鬼鬼祟祟。

10. 他在那锅门前,更无心烧火,不时的伸头探脑,出来观看。①

伸:伸开、挺直,探:伸出。伸头探脑:不断伸着脑袋张望,形容迟疑观望,或做事鬼鬼祟祟。该例即是指猪八戒的好奇、鬼祟状。

萧灼如《汉语成语组群词典》中收录了该词条,释义为:连连伸出脑袋张望。②

[清]文康《儿女英雄传》中可见该词条:

(24)那只手撩起了布帘,跨进门去,轻轻的把那块石头放在屋里南墙根儿底下,回转头来,气不喘,面不红,心不跳,众人伸头探脑的向屋里看了,无不诧异。③

清末民初作家李涵秋《侠凤奇缘》亦提及该词条:

(25)及至冯子澄抵了哨船,又不敢擅自上去,只伸头探脑地张望。④

孙晔《上海——灯红酒绿下的沪上风情》中亦见此词条:

(26)见没人就跳了下来,把球拾起来,再爬出去。拾球的时候,免不了要伸头探脑东张西望一番。⑤

【弯弯曲曲】 即"弯曲",曲而不直。

11. 崖后有弯弯曲曲藏龙洞,洞中有叮叮当当滴水岩。⑥

该词即为"弯曲"的重叠形式,白东升《岁月三部曲》中可见该词条:

(27)弯弯曲曲山乡路,山里人用汗水铺。⑦

冰波《外星鸟雷吉》亦提及该词条:

(28)他进入了一条弯弯曲曲的坑道,里面非常黑,所有的光源,仅仅是平凡手

---

① 吴承恩.西游记[M].北京:人民文学出版社,1980:292.
② 萧灼如.汉语成语组群词典[M].青岛:青岛海洋大学出版社,1995:366.
③ 文康.儿女英雄传[M].长沙:岳麓书社,2016:49.
④ 侠凤奇缘[M]//李涵秋.民国通俗小说典藏文库.北京:中国文史出版社,2016:262.
⑤ 孙晔.上海:灯红酒绿下的沪上风情[M].哈尔滨:北方文艺出版社,2016:115.
⑥ 吴承恩.西游记[M].北京:人民文学出版社,1980:243.
⑦ 白东升.岁月三部曲[M].新闻出版社,2010:174.

里的那盏灯。①

吕贵品《蓝血爱情》亦见此词条：

(29)她离开小城沿着海岸找那个声音,弯弯曲曲的沙滩空空荡荡。②

《汉语大词典》收录了"弯曲"一词：

4-162【弯曲】1.曲而不直。唐郑棨《开天传信记》："林甫于正堂后别创一堂,制度弯曲,有却月之形,名曰'月堂'。"

【心痒难挠】 指心中有某种意念或情绪起伏不定,无法克制。

12. 那八戒闻得这般富贵,这般美色,他却心痒难挠;坐在那椅子上,一似针戳屁股,左扭右扭的,忍耐不住。③

痒:比喻某种强烈的欲望;挠:抓、搔。该例即是指八戒为富贵、美色所引诱,忍受不住欲望,无法克制。

岳国钧《元明清文学方言俗语辞典》中收录该词,释义为:喻心情紊乱,不知如何是好。④

[元]王实甫《西厢记》中可见该词条：

(30)[折桂令]着小生迷留没乱,心痒难挠。⑤

[清]曹雪芹《红楼梦》亦提及该词条：

(31)薛蟠听这话,喜的心痒难挠,乜斜着眼忙笑道："好兄弟,你怎么问起我这话来？我要是假心,立刻死在眼前！"⑥

林语堂《京华烟云》亦见此词条：

(32)她一到家,就听见立夫说话的声音,她知道荪亚的声音比立夫字正腔圆,更

---

① 冰波.外星鸟雷吉[M].昆明:晨光出版社,2015:68.
② 吕贵品.蓝血爱情[M].深圳:海天出版社,2016:59.
③ 吴承恩.西游记[M].北京:人民文学出版社,1980:278.
④ 岳国钧.元明清文学方言俗语辞典[M].贵阳:贵州人民出版社,1998:374.
⑤ 王实甫.西厢记[M].北京:团结出版社,2015:29.
⑥ 曹雪芹,高鹗.红楼梦一百二十回全本[M].长春:时代文艺出版社,2016:335.

为悦耳,可是,立夫的声音给她一种快乐,这种快乐几乎是心痒难挠,无法抑制。①

【走遭】 走一趟,去一趟。

13. 如今脱难消灾,转拜沙门,前求正果,保我这唐朝驾下的师父,上西天拜佛走遭,怕甚么山高路险,水阔波狂!②

遭:量词,犹次、趟、回。该例即是指师徒去西天走一趟之意。

[明]施耐庵《水浒传》中可见该词条:

(33)你若不信时,再去走遭,看他和你怎地。③

[明]凌濛初《二刻拍案惊奇》亦提及该词条:

(34)此去那里苦不多远,我每收拾起来一同去走遭,访问下落则个。④

[明]抱瓮老人《今古奇观》中亦见此词条:

(35)张六嫂领了言语,方欲出门,孙寡妇又叫转道:"我晓得你决无实话回我的。我领养娘同你去走遭,便知端的。"⑤

【转意回心】 即"回心转意"。

14. 那大圣见长老三番两复,不肯转意回心,没奈何才去。⑥

转:翻转,回:改变、变易。该例即是指唐僧决心赶走孙悟空,不肯改变心意。曾上炎《西游记辞典》中收录该词,释义为:回心转意。形容改变主意。⑦

[清]石玉昆《小五义》中可见该词条:

(36)好亲戚,好朋友,请来劝解。你爹娘,自悔悟,转意回心。⑧

---

① 林语堂.京华烟云(上)[M].张振玉,译.长沙:湖南文艺出版社,2016:267.

② 吴承恩.西游记[M].北京:人民文学出版社,1980:240.

③ 施耐庵.水浒传(上)[M].长春:吉林出版集团有限责任公司,2009:52.

④ 凌濛初.二刻拍案惊奇[M].西安:三秦出版社,2003:68.

⑤ 抱瓮老人.今古奇观[M].西安:三秦出版社,2008:219.

⑥ 吴承恩.西游记[M].北京:人民文学出版社,1980:333.

⑦ 曾上炎.西游记辞典[M].郑州:河南人民出版社,1994:444.

⑧ 石玉昆.小五义[M].北京:华夏出版社,2015:349.

叶舟《我的帐篷里有平安》中亦见此词条：

(37)念叨多了，爹老子便袖起手，蹲在墙根下晒日头，候着他转意回心。①

东莞群众艺术馆《东莞木鱼书》亦提及该词条：

(38)一句糟糠堂不下，转意回心感宋宏。②

《汉语大词典》收录了"回心转意"一词：

3-609【回心转意】转变心意，改变态度。《京本通俗小说·错斩崔宁》："那大王早晚被他劝转，果然回心转意。"

【真言实语】 真实、不妄不异之语。

15. 行者道："老孙是真言实语，怎么哄他？"③

即真实的言语，该例即是指孙悟空言说的都是实话，并无欺瞒。

谛闲大师《谛闲大师文汇》中可见该词条：

(39)常寂光土中，受用不足；阿鼻地狱内，快乐无涯。的是真言实语，并非大口高夸。④

文彦《红顶商人胡雪岩》中亦见此词条：

(40)一番真言实语，慷慨大度安排，令李治鱼心悦诚服，高叫道："雪岩老弟不必多虑，只看咱神算李手段！"⑤

王朝柱《李大钊》中亦提及该词条：

(41)他说差之远矣，南陈徒有虚名，北李确如北斗。人说，自谦乎他说，真言实语，毫无虚饰。⑥

---

① 叶舟.我的帐篷里有平安[M].上海：上海文艺出版社，2015：70.

② 东莞群众艺术馆.东莞木鱼书[M].北京：大众文艺出版社，2007：234.

③ 吴承恩.西游记[M].北京：人民文学出版社，1980：312.

④ 谛闲大师.谛闲大师文汇[M].北京：华夏出版社，2012：431.

⑤ 文彦.红顶商人胡雪岩[M].北京：中国华侨出版社，2013：357.

⑥ 王朝柱.李大钊[M].北京：作家出版社，2013：615.

二 义项失收

"义项失收"是指对多义词含义的分项注释不全面。[1]该类词条仅见1个。

【整治】 治办食物。

16. 次日天晓,行者去背马,八戒去整担,老王又教妈妈整治些点心汤水管待,三众方致谢告行。[2]

5-515【整治】1.严肃整齐;整齐而有秩序;2.治理;整理;3.办理;4.处理;惩罚,使吃苦头。

《汉语大词典》收录了该词条4个义项。但《西游记》中的"整治"多有治办饭食的意思。

《全元曲》中可见该词条:

(42)(云)伯伯,我去整治些酒菜儿来,与俺父亲饮几杯去。[3]

〔清〕方成培《雷峰塔》亦提及该词条:

(43)〔旦〕放下。你抱了小官人进去安睡,到厨房下整治早膳起来。[4]

〔清〕西周生《醒世姻缘传》亦见此词条:

(44)狄员外忙教家中整治饭食相待。[5]

从以上各例来看,"整治"词条中应该单独列出"治办食物"的义项来。

三 书证晚出

"书证晚出"是指义项首证用例的年代偏晚,不能体现该义项在历史上出现的

---

[1] 王毅,范新阳.《西游记》词汇对《汉语大词典》书证研究[M].上海:上海三联书店,2017:11.

[2] 吴承恩.西游记[M].北京:人民文学出版社,1980:242.

[3] 张月中,王钢.全元曲(下)[M].郑州:中州古籍出版社,1996:1291.

[4] 方成培撰;李玫注.雷峰塔[M].北京:华夏出版社,2000:152.

[5] 西周生.醒世姻缘传(上)[M].哈尔滨:北方文艺出版社,2013:200.

最早时间。① 该类词条共4个。需作说明的是，书证晚出只是一个相对的概念，有的例证甚至比《西游记》还早，只是这些词条集中出现在了《西游记》中，故将其暂且归入一类。

3-198【呆子】 傻子。智力低下，不明事理的人。《醒世恒言·汪大尹火烧宝莲寺》："不知这佳人姓名居止，我却在此痴想，可不是个呆子！"

《汉语大词典》首例使用冯梦龙作品用例，冯梦龙生卒年代为1574—1646年，明显晚于吴承恩（1510—1582）。

17. 行者笑道："呆子不要乱说，把那丑也收拾起些。"②

早在宋代许洞（976—1018）《虎钤经》中已见该词条：

(45)若不学武艺，是不要性命的呆子。③

元曲中亦见此词条：

(46)(旦唾)打脊！不晓事底呆子，来伤触人。打个贫胎！④

以上两例均明显早于冯梦龙。

9-318【苦功】 1.刻苦用功；2.刻苦的功夫；瞿秋白《乱弹·谈谈〈三人行〉》："要好好的勤恳的忍耐的下一番苦功，往上爬，总有一天出头的日子。"

《汉语大词典》义项2首例使用瞿秋白作品例证，瞿秋白生卒年为1899–1935年，明显晚于吴承恩。

18. 只须下苦功，扭出铁中血。⑤

〔清〕王永彬《围炉夜话》中可见该词条：

(47)读书不下苦功，妄想显荣，岂有此理？⑥

---

① 王毅，范新阳.《西游记》词汇对《汉语大词典》书证研究[M].上海：上海三联书店，2017：13.
② 吴承恩.西游记[M].北京：人民文学出版社，1980：241.
③ 许洞著.四库家藏虎钤经[M]. 济南：山东画报出版社，2004：277.
④ 张月中，王钢.全元曲（上）[M]. 郑州：中州古籍出版社，1996：2364.
⑤ 吴承恩.西游记[M].北京：人民文学出版社，1980：238.
⑥ 王永彬.围炉夜话图文版[M].北京：中国社会出版社，2003：8.

〔清〕曾国藩《曾国藩全集》中亦见此词条:

(48)尔以后当从间架用一番苦功,每日用油纸摹帖,或百字,或二百字,不过数月,间架与古人逼肖而不自觉。①

〔清〕张杰鑫《三侠剑》亦提及该词条:

(49)金头虎乃是十余年的苦功,跟那弼昆长老所学,有三十六手进手的招法,极其高明,三十六手招数使完了,他就算老太太熬粥,混搅一回。②

以上三例均为清代,明显早于瞿秋白。

1-1305【来历】 1.经历;履历;2.指记载经历、履历的书面材料;3.来由;原委;4.指人的身份或背景。〔清〕李渔《意中缘·悟诈》:"兄弟,照他这等说来,像是有些来历的,你便进去说一声。"

《汉语大词典》义项4首例使用李渔作品用例,李渔生卒年为1611—1680年,明显晚于吴承恩。

19. 他看见一匹白马,一担行李,都在他家门首喧哗,不知是甚来历,都一拥上前问道:"做甚么的?"③

〔明〕罗贯中《三遂平妖传》中可见该词条:

(50)如有外方之人,须婴询问乡贯来历。④

〔明〕凌濛初《二刻拍案惊奇》中亦见此词条:

(51)主翁成婚后,云雨之时,心里晓得不是处子,却见他美色,甚是喜欢,不以为意,更不曾提起问他来历。⑤

〔明〕抱瓮老人《今古奇观》亦提及该词条:

(52)黄节告诉其事,众人道:"李三原不曾有儿子,抱来时节,实是有些来历不

---

① 曾国藩.曾国藩全集家书(上)[M].石家庄:河北人民出版社,2016:242.
② 张杰鑫.三侠剑珍藏版[M].长春:吉林大学出版社,2011:26.
③ 吴承恩.西游记[M].北京:人民文学出版社,1980:241.
④ 罗贯中.三遂平妖传[M].呼和浩特:远方出版社,2000:23.
⑤ 凌濛初.二刻拍案惊奇[M].呼和浩特:内蒙古人民出版社,2014:60.

明,却不知是押司的。"①

以上三例均为明代,明显早于李渔。

12-16【门楼】1.城门上的楼;2.指观阙上的楼;3.大门上边牌楼式的顶。《醒世恒言·赫大卿遗恨鸳鸯绦》:"大卿径望东首行去,见一座雕花门楼,双扉紧闭。"

《汉语大词典》义项3首例使用冯梦龙作品用例,冯梦龙生卒年1574—1646年,明显晚于吴承恩。

20. 呆子一顿,把他一家子饭都吃得罄尽,还只说才得半饱。却才收了家火,在那门楼下,安排了竹床板铺睡下。②

元曲中已见该词条用例:

(53)你看那前堂后阁,东廊西舍,走马门楼,琴棋书画,条凳椅桌,幔幕纱厨,香球吊挂,好房舍,好房舍!无酒吃。③

以上出自《全元曲》,明显早于冯梦龙。

《汉语大词典》自2012年开始第二版修订,从以上所列举的词汇来看,《汉语大词典》在词目释义上确实存在着一定的不足,应加以补充完善。另外尚有部分词条如"呆呆挣挣""点头幌脑""胡说散道"等,《汉语大词典》不见收录,其他文献亦未见用例,本着孤证不立的原则暂不讨论。

(特约编辑:李晓华)

[基金项目]:2016年教育部一般项目:近代汉语词汇对汉语大词典书证研究,16YJA740034;江苏高校哲学社会科学重点研究基地重大项目,项目编号:2015JDXM033;江苏省高校哲学社会科学重点研究基地文化创意产业研究中心经费资助;淮阴师范学院优势学科文化传承与文化创意学科经费资助。

---

① 抱瓮老人.今古奇观[M].长春:吉林大学出版社,2011:202.
② 吴承恩.西游记[M].北京:人民文学出版社,1980:242.
③ 张月中,王钢.全元曲(上)[M].郑州:中州古籍出版社,1996:2027.

·新课题·新观点·

编者按：

  随着时代不断进步《西游记》研究也在不断在新的领域推进,新的课题、新的观点都在不断展现。2015年,江苏省教育厅发布了重大招标课题"《西游记》文化传播研究及数据库建设",这是一个在已经具备数字化基本条件的情况下,倡导对《西游记》研究进行全面梳理的课题,发布之后受到了各高校和研究机构众多研究者们的广泛注意。淮阴师范学院范新阳教授组织的团队在竞争中一举中标,并且在其后的两年时间里取得了一系列引人注目的课题成果。

江苏省教育厅重大招标课题
《西游记》文化传播研究及数据库建设

王 毅[①] 张 莉[②]

  2015年11月,江苏省教育厅发布了《关于开展2015年度江苏高校哲学社会科学重点研究基地重大项目招标工作的通知》,发布的重大项目包括了"《西游记》文化传播研究及数据库建设"研究课题。经过评审,淮阴师范学院范新阳博士领衔的团队获得立项资助,项目号:2015JDXM031。这是首个以基地形式发布的课题,也是首个在宏观视野里兼顾数据库建设的课题,现将有关情况介绍如下。

---

① 王毅,淮阴师范学院文学院副教授,课题组主要成员。
② 张莉,淮阴师范学院图书馆助理馆员,课题组主要成员。

一 国内外研究背景及本课题需要解决之问题

进入新时期以来,如何从传统的文本研究和基础理论研究中拓展新的范畴及方法,产生新的文化形式和社会效应,更好地满足社会的物质文化生活需求,成为新的趋势和课题。《西游记》是中国最具文化底蕴和实际社会价值的古典文学名著之一,也是文化、艺术、学术各界给予持久关注,其自身研究成果不断创新的研究领域,据统计近十多年来仅国家社科基金给予资助的课题就达十余项,在其所涉古今中外单一文学作品中绝无比肩。《西游记》先后被翻译为日、朝、英、法、德、意、西、俄、捷、罗、波、越南等十来种文字流行于世。《美国大百科全书》评价它是"一部具有丰富内容和光辉思想的神话小说",《法国大百科全书》中则这样表述:"全书故事的描写充满幽默和风趣,给读者以浓厚的兴味。"目前日本、韩国、美国、法国等国家的《西游记》文化研究水平与文化创意产业开发的力度都有较大的提升,以日本的太田辰夫、小川环树、矶部彰、中野美代子为代表的学者们是其中的佼佼者。国内在这方面更是当仁不让,如淮安市2013年申报了以《西游记》文化为核心的大型主题公园建设项目并获国家和江苏省批复,并连续入列2014、2105年度江苏省重大建设项目;如目前这一题材的影视作品层出不穷,若干新的影视项目正在筹备或拍摄,上线的动漫作品已达数十部之多。

本课题面对《西游记》文化在新的社会、经济环境中传播、延伸所面临的问题,立足深化《西游记》文化传播研究,并在此基础之上建设《西游记》文化研究的数据库。本课题着重完成以下几方面的工作:

(一)自唐代玄奘西行印度以来九百多年间取经故事的形成演变和文本、文学、文化范畴内重要成果收集、归类、整理与数字化工程;

(二)以变文、说话、宝卷、戏剧等传统形式的传播过程和现代以影视、动漫等为代表的互联网时代的文化传播方式的研究;

(三)新经济模式下《西游记》传播方式的理论研究,新形式的文化产品——包括主题公园、动漫作品、网络游戏及智慧旅游产品开发等——的开发与应用。上述

各项工作完成之后,客观上将会是数百年来古今《西游记》研究成果的一次重要汇集和回顾,也是新社会条件、新经济模式下对未来研究方向的一次思考与尝试,既会对未来的基础理论研究有重要促进,更会对《西游记》文化的应用开发产生积极的推动。

相对于各种层出不穷的科研成果,《西游记》数据库建设一直以来都是一个空白。不仅国内缺少这方面的建设,国际上也没有相关的建设基础。这和《西游记》作为四大名著的文学地位不相符合,也不利于文化与学术研究的进一步开展。一旦《西游记》数据库成型之后,将可以实现以下几个方面的功能:

首先是强大的搜索引擎功用。拒不完全统计,目前《西游记》相关研究论文共计有四万余篇,只要我们设计了合理的搜索方式,就可以方便读者在最短时间内从海量文献中获得需要的资料,对于《西游记》文化学术研究意义重大。

其次是电子化后的文献在利用率提高的同时,也最大限度地延长了文献的使用寿命,这对于《西游记》相关文献资料的积累和收藏意义是不言而喻的。这其中还涉及到文献的同时使用率的问题,过去的纸质文献受数量制约,多人阅读时只能依次翻阅,而一旦实现电子化,就可实现无限人次的同时阅读。

再次是《西游记》相关文献资料的应用与整理对于彰显地方特色、弘扬地方文化、助推文化创意产业的发展具有不可估量的作用。《西游记》是淮安的文化名片,作为淮安最高学府的淮阴师范学院有责任也有义务在淮安建立起一个具有地标性意义的《西游记》文化研究的数据库。

二 本课题研究的相关基础

本课题组成员多年来在西游记研究领域已经积累了相当丰厚的经验。

课题组成员代表性的项目

姓 名	年代	名 称	级 别
蔡铁鹰	2004	《取经故事与〈西游记〉原生状态考察》	江苏省教育厅
蔡铁鹰	2006	《〈西游记〉的诞生——关于成书的新说新证》	江苏省社科基金
蔡铁鹰	2007	《吴承恩评传》	江苏省教育厅
曹炳建	2009	《西游记版本流变研究》	国家社科基金
竺洪波	2010	《〈西游记〉学术史研究》	上海市社科基金
蔡铁鹰	2011	《吴承恩年谱编订与诗文集整理》	教育部
蔡铁鹰	2011	《吴承恩集辑校笺注》	全国高校古委会
王 毅	2011	《西游记词汇研究》	江苏省教育厅
蔡铁鹰	2012	《西游记成书的田野考察与成书史研究》	国家社科基金
王 毅	2015	《西游记语法研究》	江苏省教育厅

课题组成员代表性著作

姓 名	年代	名 称	出版社
蔡铁鹰	2006	《西游记成书研究》	中国文史出版社
竺洪波	2006	《四百年西游记学术史》	复旦大学出版社
蔡铁鹰	2007	《西游记的诞生》	中华书局
蔡铁鹰	2008	《西游记的前世今生》	新华出版社
竺洪波	2008	《趣说西游人物》	上海人民出版社
曹炳建	2010	《〈西游记〉版本源流考》	人民出版社
王 毅	2012	《西游记词汇研究》	三联书店
王 毅	2015	《西游记语法研究》	三联书店

其他论文及获奖若干,所有这些研究都为《西游记》数据库建设奠定了良好的学术基础。我校早在十多年前就成立了"西游记与地方文献研究所"(现改名为"西游记文化研究中心"),培养了一批研究骨干;2015年获批的省级重点研究基地"文化创意产业研究中心";2016年"西游记文化研究会吴承恩研究专业委员会"入住淮阴师范学院,这些团队以《西游记》文化研究为主要学术方向,聚集汇拢了目前国内研究《西游记》的主要力量,多年来浸淫并引导《西游记》文化与学术研究的大方向,积累了极其丰富的学术资料。同时还积极介入了江苏省重大建设项目"西游记文化体验园"的论证、设计、建设工作,部分成员担任了他们的文化顾问和挂职副总经理,这些条件客观上将会给社会文化创意产业发展带来良好的理论基础与使用价值。

三 本课题目前的进展情况

到目前为止,本课题进展顺利,初步完成专著4部、考察报告1篇、论文8篇,数据库收录文献近4万种。简述如下:

专著一:《西游释考录》作者:竺洪波　2017年上海文艺出版社出版

内容简介:该书引入阐释学等"他者性"现代西方视阈,借用"文学—文化"跨学科研究方法,贯穿古今,融会中西,从传统文化释真、现代意识烛照、美学本体探寻、学术史论抉微等四个维度对《西游记》作多方位、深层次"价值阅读"和客观、合理的文化阐释,以实现《西游记》科学、合理的价值评估与文学史定。

同时对《西游记》作者、成书、版本等学科基础问题,以及"玄奘西游故事缘何最终演变为神话小说""《西游记》为什么被清代道教徒攘夺""灵山究在何处""唐僧所取经书果为何物"一类学术命题及其史实作必要的辨析。故本编所述,虽以阐释为主,而时有考辨,史论并举,释考相间,题名《西游释考录》云。

专著二:《西游记词汇对汉语大词典书证研究》作者:王毅　2017年上海三联书店出版

内容简介:《西游记》是中国古代四大名著之一,其语言通俗,词汇丰富,涉及面广，比较真实地反映了明代社会语言的实际状况，在汉语词汇发展史上起着承上启下的作用。《汉语大词典》从《西游记》中引用了大量的词条作为例证，有部分词条甚至是首证，足见《西游记》在汉语词汇史上重要地位。但百密一疏，智者一失。本书从词条漏收、书证晚出、义项实收、释义有误、缺少书证五个方面研究了《西游记》词汇对《汉语大词典》的书证意义，为2020年前对《汉语大词典》第二版的全部修订完善提供了合理的参考。

专著三：《〈西游记〉成书的田野考察报告》作者：蔡铁鹰 王毅 2018年中州古籍出版社出版

内容简介：作者在其国家社科基金资助课题《西游记成书的田野考察和成书史研究》结题成果的基础上，针对新的研究目标作了一定的补充和调整。以数据库中"成书"子课题的建设为目标，全面介绍了近数十年来发现的有关《西游记》成书的遗址、碑刻、文献、古籍等各种形式的资料，并公布了自己对其中绝大部分实地考察的结果，翔实可靠，图文并茂，具有很强的新颖性和资料性，将会对今后《西游记》研究的深入，尤其是纠正由于资料匮乏形成的误说误读有重要作用。

专著四：《吴承恩与〈西游记〉》作者：蔡铁鹰 2018年中州古籍出版社出版

内容简介：本书是目前为止介绍吴承恩和《西游记》最为全面详尽的学术著作。本书不仅介绍了对吴承恩作者身份的诸多质疑，而且第一次深入剖析了产生质疑的原因；不仅介绍了吴承恩的生平经历，而且第一次从道义角度探讨了完成《西游记》的动力；不仅介绍了《西游记》的文学艺术成就，而且第一次完整地展示了九百年间故事形成的全过程；不仅介绍了《西游记》若干精彩故事的来龙去脉，而且深度解读了故事背后的文化底蕴和社会背景。

本书的亮点之一，是结合上述课题，从文化传播的角度罗列了《西游记》成书后的若干方面，如第一次社会反应、第一次读者议论、第一次列为奇书、第一次官方记载、第一个批评本、第一个署名本、第一次记录大众流行……

论文一：《新见石刻画像唐僧师徒取经归程图辨识》作者：蔡铁鹰

新课题·新观点

吴明忠 载《淮海工学院学报》2016年第5期,人大报刊复印资料《古代、近代文学专题》2016年10期全文转载

  内容简介:悄然现身的《唐僧师徒取经归程图》虽然缺失了确凿的年代证据,但仍可判为金代石刻画像,它是现在所见最早的一幅四人一马取经图,对于《西游记》成书研究有重要意义。判其为金代画像的证据:一是山西金元《礼节传簿》中的队戏《唐僧西天取经》和元代磁枕取经图证明,四人一马取经图在元代之前已经产生;二是该图表现的是明确的归程故事,以白马驮经为主要特征,至元代白马的功能已开始向骑乘转化,因此它无疑为早期作品;三是孙悟空头戴的"东坡巾"盛行在宋金,具有鲜明的年代特征,元代变异汉服,已经少有这种巾帽。

  论文二:《试论汉译梵词在西游记英译本中的体现和翻译》作者:王镇 载《中国翻译》2017年第2期

  内容简介:中国佛教术语多来自古印度佛教的梵文译词(以下简称汉译梵词),如何处理汉译梵词将决定《西游记》英译文能否真实地呈现佛教文化的魅力。本文试通过对最具代表性的英国詹纳尔版《西游记》全译本与美国余国藩版《西游记》全译本(以下简称《西游记》英译本)中汉译梵词的英译进行举例和分析,探讨汉译梵词在《西游记》英译本中的体现及其翻译方法。

  论文三:《从西游记词汇看汉语大词典释义疏漏》 作者:王毅 马超越 载《宁夏大学学报》2017年第4期

  内容简介:《西游记》是明代作家吴承恩的代表作,语言通俗,词汇丰富,涉及面广,在汉语词汇发展史上起着承上启下的作用。但是该书中的部分词条的义项却并没有被《汉语大词典》以及其他大型语文工具书收录,特作补录,以期为汉语词汇史的研究提供必要的素材,亦为《汉语大词典》今后的修订补目提供书证。

  论文四:《尘俗喧嚣的风景线:西游记世俗风格论》作者:杨俊 载《淮海工学院学报》2017年第5期

  内容简介:百回本《西游记》披着神魔仙道的外衣,以谈禅语道的形式,假神魔而言情,托鬼怪而寓意,揭示出明中叶以来社会风俗的万花筒世界,调侃佛道,戏谑

儒生,游戏之中暗传谜底,嬉笑怒骂皆成文章,描绘出一道"三教合一"、佛道轩侄之世俗风景画,借文学之酒杯浇忧世愤世之块皇,寄寓着对于社会、世俗、人生的种种奇情异响。

论文五:《西游记野菜词条考释》 作者:王毅 范新阳 载《淮阴师范学院学报》2017年第5期

内容简介:《西游记》语言通俗,词汇丰富,涉及面广,比较真实地反映了明代社会语言的实际状况,在汉语词汇发展史上起着承上启下的作用。但是该书中的部分野菜词条没有被《汉语大词典》以及其他大型语文工具书收录,特作补录,以期为《汉语大词典》今后的修订补目提供书证,同时为中国传统饮食文化与中草药文化的推广提供科学依据。

论文六:《西游记英译本在英美的文化传播》作者:王镇 载《淮海工学院学报》2018年第1期

内容简介:《西游记》英译本为"中国文化走出去"发挥了不可估量的作用,其在英美的传播经历了从简本的文化缺失到全本的文化专注的发展过程,说明《西游记》英译本的文化传播应以中西合作为基础。随着译学的"文化转向"和跨文化交流的推进,中西合作已成《西游记》英译的必然选项,从而推动"文化相通"。

论文七:《西游记"东方七宿"星宿异名词考释》作者:王毅 范新阳 载《淮海工学院学报》2018年第6期

内容简介:《汉语大词典》在收词释义上存在一定的误差,本文以《西游记》中出现的星宿异名词条为考察对象,一方面将星宿异名词目归类,一方面就《汉语大词典》星宿异名词目漏收、义项缺失、互训不切等问题加以讨论,以期为《汉语大词典》第二版修订补目提供书证。

数据库:《西游记专题数据库》

内容简介:该数据库为本课题组委托专业公司制作的专业性学术数据库,目前已经收集整理近4万篇各种类型的学术成果及文化产品(含影视剧),还处于雏形阶段,大体具备了以下一些简单的功能。(说明:以下图表只表示数据库概况,细节

待技术人员修饰调整后才能确定。)

(一)科学分类。本数据库针对不同检索人群的需求共分"专题首页""专题简介""视听文献""科研成果""数据分析""新闻资讯"计六个板块,每个版块下面以后还会细分出若干个支版块。

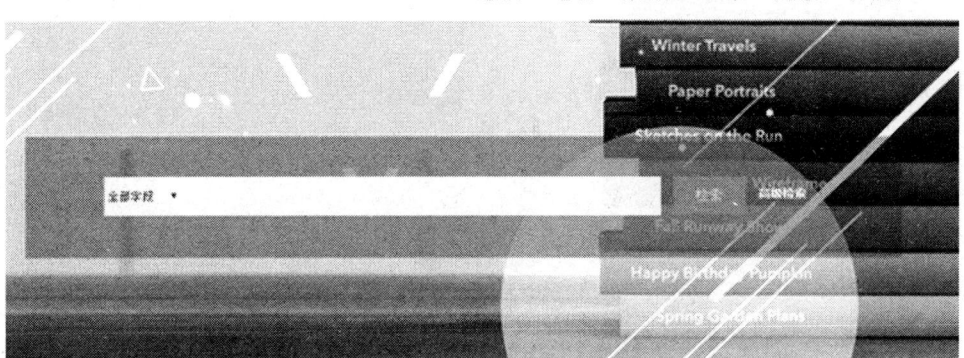

(二)建立了强大的检索功能。只要主题中含有"西游记""孙悟空""猪八戒""沙和尚(沙僧)""唐僧(玄奘)""白龙马"等关键词,均被收录入数据库以备检索。如以"西游记"为全部字段做出的检索,可以检索出654条文献。

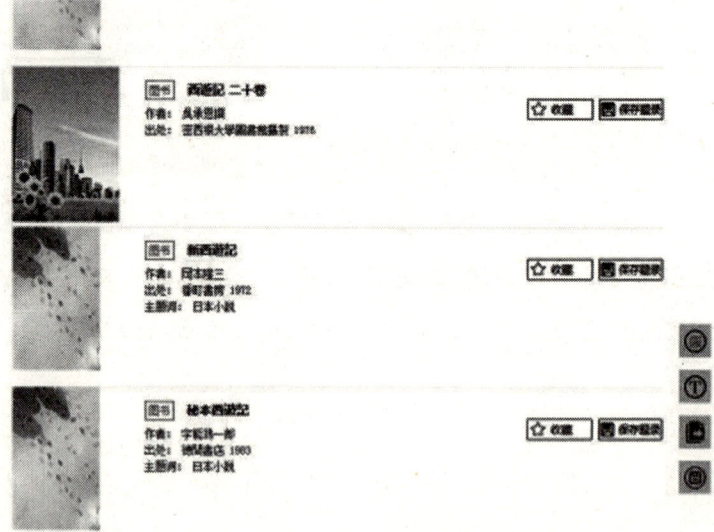

(三)在科研成果中收录了与《西游记》主题相关的"国家社科基金""国家自然科学基金""教育部基金""省市基金""科技计划项目"等内容。

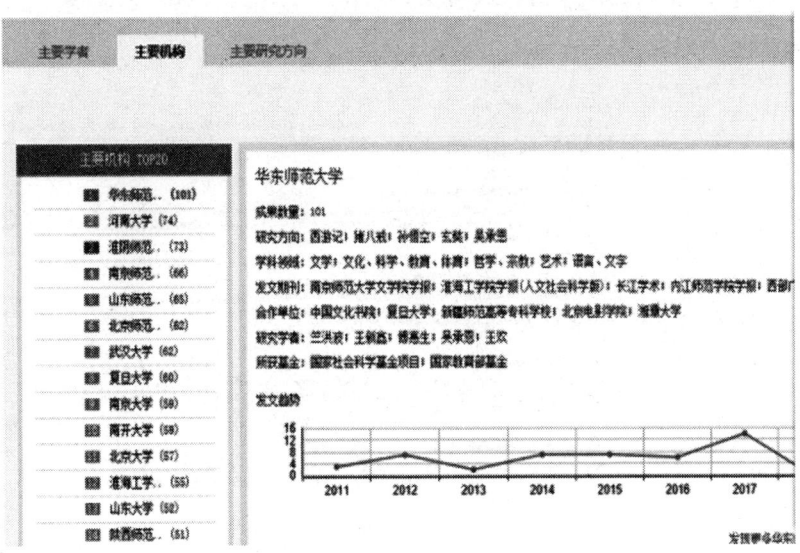

(四)建立了简易的数据分析,可以对比相关研究成果,从主要学者到主要研究机构都做了定量统计。

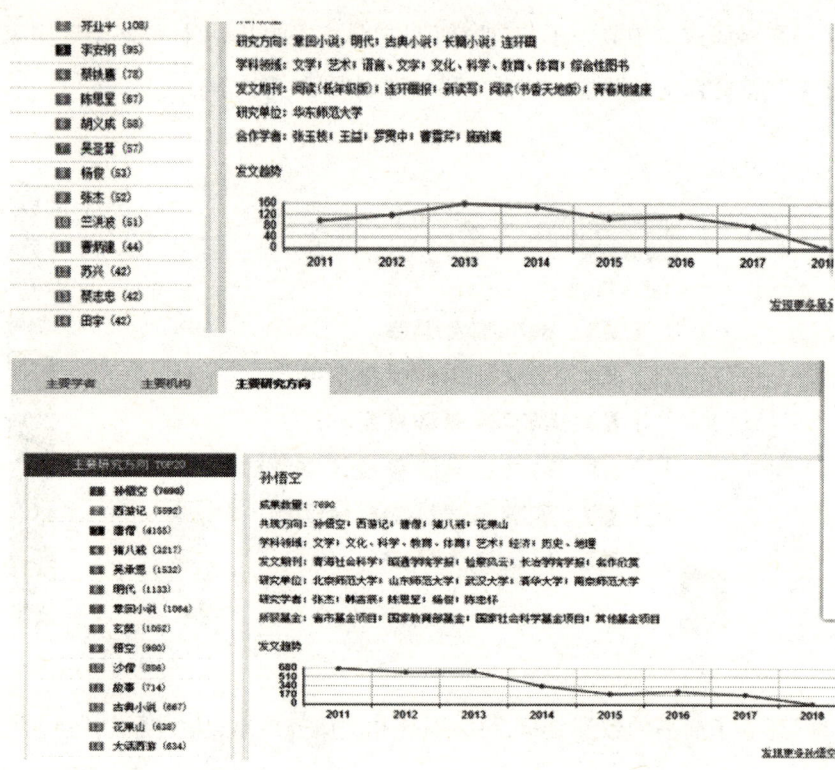

（五）设立"新闻资讯"栏目，及时发布与西游记相关的各种文化信息。

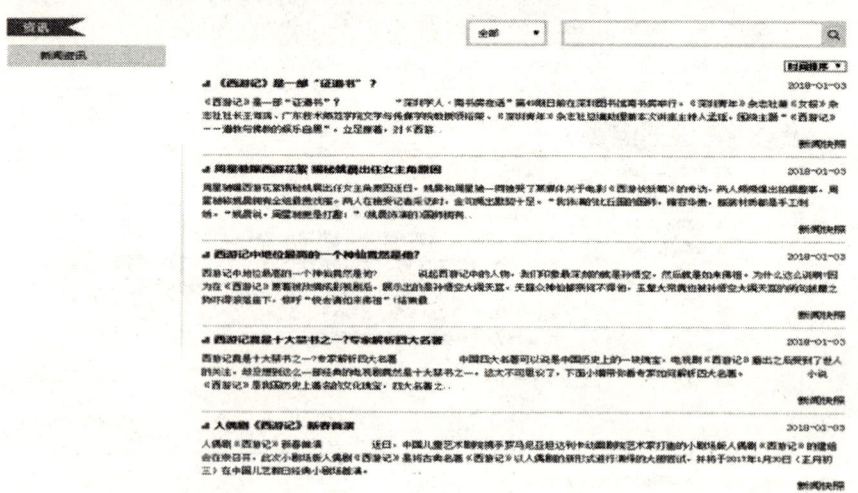

（特约编辑：李晓华）

子课题成果：《西游记》成书研究综述

程　泱[①]　李晓华[②]

从20世纪初开始的《西游记》现代研究,可以认为肇始于对《西游记》成书的探讨,其主要内容就是探讨唐僧取经故事的本来面目以及后来故事化的过程,鲁迅、胡适、郑振铎等前辈学者都是开拓者,《中国小说史略》《西游记考证》《西游记的演化》都非常著名,但受限于当时的资料条件,只能认为当时的成书研究只是大致勾勒了一个框架。"文革"结束后的最初十年,对《西游记》研究而言算是一个黄金时代。当其时,版本、形象、语言、作者,等等范畴内的每一个论题都会有声浪如潮的讨论,其中魅力最为持久,也走得最远的则是成书研究。不经意中已经悄悄地孕育了一次意义重大的变革,即研究的视点投向了取经故事的真正发源地西域,投向了由"西域"这个概念扭结起来的历史、地理、宗教、民俗等领域——蔡铁鹰先生称之为"视点西移",认为这是《西游记》的成书研究在走了一段弯路之后重新取得突飞猛进进展的开始。[③]

蔡铁鹰先生提出"视点西移",认为对《西游记》成书研究的新的概括,由纠正对《大唐三藏法师取经记》的误读开始,认为王国维的误读是近百年来《西游记》研究踟蹰不前的根本原因;而纠正误读之后,《西游记》研究打开了相当宽广的全新领域,一个复杂丰富,舒展有序而又能够融受现有基础资料的成书演化线路也被初步勾勒出来。我们同意这种表述。本子课题在蔡铁鹰"视点西移"论述的基础上,对

[①] 程泱,淮阴师范学院文学博士,课题组成员。主要研究方向:文献学、汉语史。
[②] 李晓华,淮阴师范学院文学博士,课题组成员。主要研究方向:中国古代小说、小说文献。
[③] 蔡铁鹰.《西游记》研究的视点西移及其文化纵深预期[J].晋阳学刊,2008:(1).

近数十年来《西游记》成书研究的状况和进展作一点概括。

为了清楚说明"视点西移"的背景及其意义,我们先要对《西游记》成书研究中的误说误解作简要介绍。

1915年,罗振玉影印了在日本发现的《大唐三藏取经记》,拉开了现代意义上的《西游记》研究的帷幕。而附于影印本之后的王国维的一篇《跋》文,则当然成了现代《西游记》研究的第一份成果。

王《跋》文字不长,主要内容就是两点:第一,考定《大唐三藏取经记》刊刻于南宋时临安的书坊;第二,认为《大唐三藏取经记》是南宋流行的说话之一种。[1]由于王国维、罗振玉均为一时大家,且在接受、传播的意义上占尽先机,因此这两点在此后所有的文学史、小说史中都是不刊之论。但今天回首来看,这两点都有值得商榷的误说因素,导致后来者对《大唐三藏取经记》形成了严重的误读,由此而种下了《西游记》成书研究中的百年之痒。

首先,关于《大唐三藏法师取经记》的书名问题。在日本发现的原本有同样内容的两种,一种是大字本,题为《大唐三藏法师取经记》;一种是小字本,题为《大唐三藏法师取经诗话》,由于大字本缺失较多,所以罗振玉影印时用了小字本,书名也就如今日所见。这本无可厚非,但是王《跋》对这个书名作了不恰当的引申,他说:"其称诗话,非唐、宋士大夫所谓诗话,以其中有诗有话,故得此名;其有词有话者,则谓之词话。……此有诗无词,故名诗话。"这是非常随意的误说,以"诗话"作为通俗文学作品的书名,仅此一见,别无旁证,时至今日,"基本上可以排除宋元话本中还有一种诗话体的说法"。(关于大小字本的书名及文字缺失情况,蔡铁鹰先生有截然相反的说法,见其《吴承恩与〈西游记〉》中州古籍出版社2018年版第147页。大约是资料来源不同所造成的。)

其次,关于《大唐三藏法师取经记》的性质问题。王《跋》称"此书与《五代平话》《京本小说》及《宣和遗事》,体例略同",又称"皆《梦粱录》《都城纪胜》所谓说话之一

---

[1] 王国维.跋[M]//李时人,蔡镜浩.大唐三藏取经诗话校注.北京:中华书局,1997:55-56.

新课题·新观点

种也",这一意见也太过随意,今天想来竟不知老先生从何说起,证据何在。不幸的是,这一说不仅影响了后来者,而且很快被后人延伸,坐实所谓"说话之一种"是指"说经"一家,陈汝衡《宋代说书史》、程毅中《宋元话本》、胡士莹《话本小说概论》均作如是论。临安说话中有"说经"一家,并无可疑,但包括《梦粱录》、《都城纪胜》在内,除"演说佛书"数字以外,没有一处有关于"说经"作品的进一步记录,以致至今所有关于"说经"的论述,都仅以《取经记》为证,未见有其余任一部作品得到确认。以一个假定的理由来证明其本身,这不仅是考证上忌讳的孤证,在逻辑上也犯了虚假理由条件下循环论证的错误。

再次,关于《大唐三藏取经记》刊刻时间与成书时间的问题。王《跋》据原文卷末"中瓦子张家印"的题款,考出该书刻印于南宋临安的书坊,这本身无误,但王《跋》潜意识中将这一本《取经记》的刊刻时间当成了该书形成的时间,忽视了在中瓦子张家刊刻这个本子之前,《取经记》完全有可能存在一个漫长的形成过程的问题,犯了一个将"发现"当成"发生"的错误。同样不幸的是,这一错误也被后人继承了,从鲁迅的《中国小说史略》、胡适的《西游记考证》直到今天所有的文学史,讨论《取经记》从来都没有跳出王《跋》圈定的范围。

"话本""说经""南宋""临安",构成了一个似乎顺理成章的证据链,为《取经诗话》圈定了一个狭小而封闭的地理、时间和性质范围;而头戴这四顶帽子的《取经诗话》又恰好与元代的杂剧《西游记》、明初的平话《西游记》构成了一个同样似乎顺理成章的证据链。《西游记》成书程序的铁案由此铸成,再难撼动。

我们应该能够了解这个封闭范围所造成的局促和尴尬。举例如下:

其一,鲁迅和胡适就孙悟空原型问题的争讼至今未息。这个问题如果在舒展的成书过程中来谈,几乎不成问题,道教也罢佛教也罢,外来也罢本土也罢,都在取经故事形成的不同阶段中对孙悟空的形象产生过影响,探寻不同文化影响的脉络并不需要相互排斥。但在"话本""说经""南宋""临安"这些概念限制之下,在《取经记》和杂剧《西游记》等等之间的关系已被严重扭曲的情况下,这个与原本不复杂的问题便演变为延续近百年的争讼。

其二，20世纪80年代山西戏剧界发现了一本重要的戏剧史资料《礼节传簿》，其中有一个队戏剧本《唐僧西天取经》的详细情节概要。队戏是戏剧的早期源头形式之一，戏剧史研究者已经基本认定这是宋金时期的一个剧本。①但对这份资料响应者寥寥。这种滞后反应，其根源仍是传统成书过程思维定势的封闭性、排他性难以突破。

近些年来，相当多的研究者认为，与《三国演义》《水浒传》相比，《西游记》的成书过程比较简单透明。但其实《西游记》的成书过程被压缩了，扭曲了，其丰富多彩的内容被掩盖忽略了，或者说被我们先入为主地排斥了，因而给出了一种简单透明的假象。当我们将视点西移至取经故事的真正起点，我们将会看到一个异常复杂丰富但舒展有序的成书过程；而且会看到这个赏心悦目的演变过程确定后，对于《西游记》研究将会产生多么大的影响。

1980年第9期的《文物》发表的王静如先生的《敦煌莫高窟与安西榆林窟中的西夏壁画》一文，首次提到榆林窟的第2窟、第3窟、第29窟中有三幅唐僧取经壁画，第一次向我们揭示了以猴行者为标志的同一系统的取经故事在"南宋""临安""话本"之外的存在。

这是取经壁画的第一次披露，因此我们将它视为视点西移的开始。

但王静如先生只是公布了一个发现，而真正有意识试图纠正成说的是1982年发表的两篇文章：李时人、蔡镜浩的《〈大唐三藏取经诗话〉成书时代考辨》和刘坚的《〈大唐三藏取经诗话〉写作时代蠡测》。②这两篇文章的出现，堪称佳话：一是目标一致，都对所谓《取经诗话》乃南宋说经话本说提出强烈质疑；二是自然分工，各展所长，几乎涵盖了考订其年代所需涉及的各个方面；三是同时发表，结论明确清晰

---

① 山西师大戏曲文物研究所编辑.中华戏曲·第三辑[M].太原:山西人民出版,1987.该辑有多篇关于《礼节传簿》的专题研究文章可参看。

② 刘坚.《大唐三藏取经诗话》写作时代蠡测[J].北京:中国语文,1982(05);李时人,蔡镜浩.《大唐三藏取经诗话》成书时代考辨[J].徐州师院学报,1982(03).

且几乎完全相同,自然地形成了相互之间的印证,非一个巧字所能解释。具体的论证这里不再复述,但其结论是要强调的,即:《大唐三藏取经诗话》使用的是唐代西北方言,其特殊的体制与变文非常接近,应当是晚唐五代时期在西北(敦煌一带)形成的寺院俗讲——这与在敦煌附近发现早期的取经故事的壁画,正好形成呼应。

八十年代后期,蔡铁鹰首先对有关《大唐三藏取经诗话》的重新探讨发出了回应。他从孙悟空形象的探源入手,认为确定《大唐三藏取经诗话》为晚唐西域作品有重要意义,"外来说""本土说"的针锋相对其实都是受困于《西游记》取经故事旧说的结果。他认为,根据猴行者的出现地域和宗教背景看,"猴"的身份特征可能有三个来源:1.根据与同在榆林窟发现的佛教猴形神将的壁画,认为猴行者有可能由佛典中常见的猴形神将转化而来;2.针对《罗摩衍那》没有传入中土渠道的传统意见,提出藏传佛教中不仅有《罗摩衍那》的故事,而且可以证明经由唐蕃古道(也称麝香之路)传入了敦煌;且藏族人自己也有久远的猿猴崇拜文化,间接影响到西域取经故事的可能也是存在的;3.西域一带的原住民是古羌族,古羌族的氏族图腾是猴。如果能够进一步证实取经故事原生于西域,那么猴行者的形象特征受羌族图腾的影响并非不可思议。①同时,夏敏先生也瞄上了同样的方向,他认为事实上存在着"取经故事部分内容来自西藏的可能性",并"试图在玄奘取经故事和西藏之间构筑一道能够沟通起来的桥梁"。②

再一个展开是夏敏先生对沙僧形象原型的研究。他的《沙僧与西域因缘考释》认为,"稽索沙僧原型,一定要与西域联系,……历代取经故事提供给我们的关于沙僧形貌的描绘和勾勒,约略能够说明这个人物在相貌和穿戴上均反映西域之人的特点。"具体地说,就是沙僧从最初开始,相貌、装束、称呼以及角色,都表明他具有明显的异域、异族特点,是作皈依佛教的异教、异族神的代表而进入取经队伍的。

---

① 以上意见开始由蔡铁鹰的系列论文表述,后在其著作《西游记的诞生》中有集中讨论。蔡铁鹰.《西游记》的诞生[M].北京:中华书局,2007.

② 夏敏.玄奘取经故事与西藏关系通考[J].西藏研究,1991(2):96–103.

他还提到《取经诗话》中深沙神项下的骷髅，其习俗来源于印度，在玄奘《大唐西域记》描绘外道时曾经提到。①夏敏的研究别具一格，且非常具有启发意义。西域一带的佛教尤其是密宗，从印度的婆罗门教中带来很多神的形象，这些被佛教显宗称为外道的神后来很多都在西域一带被本土化，与佛教混为一家。最典型的就是《取经诗话》中的毗沙门大梵天王，它正是由婆罗门教进入佛教密宗而成为西域佛教大神。

另外，张锦池先生在20世纪90年代初也提出了关于孙悟空形象来源的"石槃陀说"，即认为原型是《大慈恩寺三藏法师传》中提到的玄奘在瓜州收留的弟子石槃陀。张先生认为是北宋人从《慈恩传》的文字中吸收营养，以基本上独立创作的状态完成了《取经诗话》。张先生显然已经察觉了关于《取经诗话》旧说的拘束局促，所以他将《取经诗话》的年代提前到"北宋中后期"。②

张乘健对《大唐三藏取经诗话》的研究向我们展示了另外一种完全不同的思路。首先他使用的是《取经诗话》的另一个名称《大唐三藏法师取经记》，他认为这本《取经记》的前身是中唐著名密宗僧人不空三藏的取经记，记录的是不空由海路前往印度取经的经历，只是到晚唐密宗消退后，零散的玄奘取经故事才乘机侵入将其改造成一本新的换了主人公的取经记。③

进入21世纪后，《西游记》研究的新领域渐次被打开，"视点西移"对《西游记》研究的整体影响已经显示出来。以下两个方面加以评介。

第一个方面：关于敦煌地区取经壁画的继续发掘。在敦煌发现唐僧取经壁画，对于重新定性《大唐三藏法师取经记》有非常重要的旁证作用，因为它用时间、地点、实物的确定性无可辩驳地证明了取经故事至少在西夏已经被绘成了壁画。

继榆林窟取经壁画被广为关注之后，1989年敦煌学著名学者段文杰先生再

---

① 夏敏.沙僧与西域因缘考释[J].西域研究,1998:70-78.
② 张锦池.《西游记》考论[M].哈尔滨:黑龙江教育出版社,2003.
③ 张乘健.《大唐三藏法师取经记》史实考原[J].文史,38辑.

次介绍说在敦煌一带榆林窟、东千佛洞已经发现唐僧取经图6幅(但实际只见介绍了5幅),即除榆林窟第2窟、第3窟、第29窟的三幅外,还有两幅出现在东千佛洞第2窟的水月观音图中,左右相对各一幅,描绘"唐僧、猴行者及白马驮经步行于海边"。①

在山西稷县青龙寺后来也发现了一幅唐僧取经壁画,这幅画的发现经过当时没有见于正式的文字记载,但在1996年的一次学术会议上,经李安纲先生引领,全体代表都曾亲见。这幅壁画与上述敦煌壁画大致相似,据说可以确定早于明前期,因为寺院有一处墙面上记载着明代前期重新绘制壁画的日期。从壁画实物看,笔者也相信这是较为古朴的故事,应当是敦煌取经壁画向内地流传的产物。

近年来,有研究者在西北发现了更多的取经壁画,比如张掖大佛寺壁画、童子寺壁画、红崖寺壁画等。首都师范大学攻读美术史的研究生于硕2011年提交了题为《唐僧取经图像研究——以寺院洞窟为中心》的博士论文,其中包括了相当数量的、对西北一带的佛教寺院洞窟进行了走访的所得资料。又如兰州大学张同胜老师出版的《〈西游记〉与大西域文化关系研究》②对"西域"取了广义概念,搜索资料的范围更为宽广。但这些新见的资料绝大部分都比较晚出,有可能是百回本《西游记》回流产生的影响,学术价值并不高,比如张掖大佛寺壁画、临泽童子寺壁画,都可确认是晚期衍生作品。当然,百回本之后流行的衍生品也有传播意义上的研究价值,但不在本课题定义的范畴之内。

第二个方面:在新的基础上融受新资料的问题。前已述及,队戏《唐僧西天取经》至迟是元代的剧本,很可能是宋元、宋金甚至更早。这一意见,既有被采纳的例证,也有不同的观点。

福建顺昌发现通天大圣、齐天大圣民间崇拜的问题,近年可以佐证的资料越来越多,证明这个崇拜于宋元时期曾经广泛流传已经不成问题。我们课题组在顺昌

---

① 段文杰.榆林窟党项、蒙古时期的壁画艺术[J].敦煌研究,1989(04).

② 张同胜.《西游记》与大西域文化关系研究[M].北京:中国社会科学出版社,2013.

市和附近的县市亲眼见到了许多分布在荒山野岭中的祭祀碑,有些祭祀碑碑身即有明确的宋元年份记录,有的具有典型的宋元风格,明清的则比比皆是。它们都有一个共同的特点,即不与唐僧取经和孙悟空发生联系,这就很质朴地证明了通天大圣、齐天大圣崇拜在民间的独立性,为我们研究这个崇拜在元末明初时融入取经故事——以杂剧《西游记》为标志——提供了原始状态的样本。到本报告提交为止,仅顺昌一地就发现了类似实物一百多处,而且还发掘出了整套的祭祀仪式,央视国际频道"走遍中国"栏目曾专为制作过一集纪录片题为《拜猴奇俗》;顺昌县政府已经举办过四届文化与经济挂钩、面向海峡两岸和东南亚的"齐天大圣文化旅游节"。

还有一件非常值得注意的资料是20世纪末在日本发现的大型画册《唐僧取经图册》(日本二玄社2013年出版)。此图册由三十二幅绢画构成,以连环画的形式首尾完整地表现了唐僧玄奘西行取经的全过程。日本著名学者矶部彰、板仓圣哲,中国学者黄霖、曹炳建先生已经对图册做了基础研究。据介绍,图册的作者为元代画家王振鹏,曾经被清人梁章钜收藏,后不知何时流落日本。尽管后来蔡铁鹰在《西游记的诞生》等著述特别是在《西游记资料汇编》中,对图册及上述学者的研究作了详细的介绍,但至今却还没有见到更多的新成果面世,殆因这个图册介绍的唐僧取经故事与现在所知的杂剧《西游记》、平话《西游记》、百回本《西游记》均有极大的区别,甚至可以认为完全不属同一体系。这就把我们带进了一个更复杂的学术环境,也为《西游记》的成书研究增添了一个难解之谜。

这些应该说都是近三十多年来《西游记》研究的新进展。

就目前的状况而言,"视点西移"对《西游记》研究的整体影响已经显示出来,《西游记》研究的新领域渐次被打开。

首先是新的《西游记》成书演变过程的轮廓被描绘出来,"原生的取经故事"这一全新的概念被提出,并且得到了肯定,在学术会议和学术网站上反响都属热烈,新的演化线路图即成书过程六个阶段也得到了更多的接受。

2001年,蔡铁鹰以《大唐三藏法师取经记》的重新研究为基础,将前此的孙悟空探源研究扩展,试图绘制新的《西游记》取经故事演化的线路图。这种尝试得到

了肯定,在学术会议和学术网站上反响都属热烈。2003年之后,这一尝试逐步被完善,一份新的基本自圆其说和能够融受现有基本资料的取经故事演化线路,渐渐成形。①这六个阶段的划分,显然还有缺陷,比如我们现在还不能肯定白话语体的西游记故事和戏曲的西游记之间究竟是什么关系,但作为一种探索,《西游记》成书的轮廓已经得到了初步描绘。

新的演化线路图将《西游记》成书过程划分为六个阶段:

第一阶段:原生的取经故事阶段。时间:初唐开始到晚唐五代;对象:原生的取经故事。"原生取经故事"的概念,是认为把《大唐三藏法师取经记》放在晚唐、西域的背景下考察,可以发现存在更古老的零星取经故事的蛛丝马迹,有些甚至可能就产生于玄奘归国的途程当中,如火焰山(西域自燃煤田大火)、车迟国(车迟,西域古国车师的异译)、深沙神、毗沙门大梵天王(西域本土化的佛教神),等等。

第二阶段:取经故事初成集结阶段:时间:晚唐、五代;对象:《大唐三藏取经诗话》和榆林窟壁画。在这一阶段,孙悟空(猴行者)诞生于佛教的文化背景下已无疑问,需要关心的是由什么因素决定了帮助取经的是个"猴"而不是其他,即猴行者身份特征的文化来源问题。

第三阶段:初入中原的戏剧形式阶段。时间:宋金、宋元(?);对象:队戏《唐僧西天取经》。队戏《唐僧西天取经》能够提示、解决以下几个问题。第一,取经故事从西域进入内地的渠道、形式、时间顺序——五代时敦煌和五台山地区佛教的密切联系;第二,取经故事文化内涵的变化——从比较纯正的佛教走向混杂的民间宗教;第三,取经故事的情节变化——猴行者演化为孙悟空,增加了朱悟能、沙悟净。

第四阶段:元代戏剧发展阶段。时间:元代;对象:杂剧《西游记》等。通过对传统文化中"齐天大圣"的追寻,我们可以清晰地看到,道教文化在这个时候渗入了取

---

① 主要论述包括:西游记成书研究[M].北京:中国文联出版社,2001;唐僧取经故事原生于西域之求证[J].明清小说研究,2004(02);从西域到中原:渐行渐近的《西游记》[J].淮阴师院学报,2005(04);"齐天大圣"活水有源[J].学海,2006(01);三晋钹铙打造了孙悟空[J].晋阳学刊,2006(02)。

经故事,这也是以取经故事改以《西游记》为名的内在原因。

第五阶段:元明平话故事阶段。时间:元明;对象:《西游记平话》。这是取经故事白话形式的形成期,由于条件问题,这个阶段的文化沿袭与形式演变都还比较模糊,有待进一步探讨。

第六阶段:章回百回本阶段。时间:明代;对象:百回本《西游记》与吴承恩。由于前面已经澄清了佛教、道教对于取经故事的进入与作用,因此《西游记》最终体现的儒学精神就当然是吴承恩社会意识的体现,这就让我们意识到冠以美猴王,带有新的人文精神的孙悟空事实上经历了又一次脱胎换骨的改造。

其次是在研究领域上的重要开拓。2003年在河南大学承办的"《西游记》与中国文化国际学术研讨会上",胡小伟先生的一篇题为《从〈至元辩伪录〉到〈西游记〉》的论文引起注意,该文由元蒙初期蒙哥汗八年(1258)忽必烈主持的一次史称"戊午之辨"的僧道论辩说起,追溯了中国历史上的佛道相争对中国思想史、文学史的影响,认为这样的争斗对《西游记》故事的形成有广泛的影响,应是某些情节如车迟国斗圣等等的来源。①该文的思路和引用材料的范畴,都是以往很少涉及的。2005年,胡小伟发表了上文的姊妹篇《藏传密宗与〈西游记〉》,比较系统地介绍了密宗的三次输入及其对中原文化的影响,进而介绍了唐僧取经故事演变中密宗成分的渗透。②至此,胡先生的思路已经比较清楚,就是在把眼光放宽到唐代以来佛、道教之间的文化争斗与变异,在长达千年的背景上看宗教思想的演变对取经故事丝丝缕缕的影响,其整体感和深度较之以往点对点的细节对应比较,已不可同日而语。

领域的开拓还表现为对西域点点滴滴取经遗迹的搜寻。2002年杨国学先生发表了《丝绸之路〈西游记〉故事情节原型辨析》一文,稍后又在学术会议上,与朱瑜章合署提交了题为《玄奘取经与〈西游记〉"遗迹"现象透视》的论文。③这两篇文章

---

① 胡小伟.从《至元辩伪录》到《西游记》[J].河南大学学报,2004(01).

② 胡小为.藏传密宗与《西游记》[J].淮阴师院学报,2005(04).

③ 杨国学.丝绸之路《西游记》故事情节原型辨析[J].明清小说研究,2003(03).

粗看之下,所谓"遗迹"全似附会,但细读却不尽然。其一,作者曾长期在安西县工作,数次前往榆林窟和东千佛洞等地考察。其二,作者对处理这些资料的原则非常清楚:希望明确分辨出哪些出于对玄奘取经经历的附会,哪些则可能产生于《西游记》成书之前,属于《西游记》创作过程中的重要素材。在前述于硕的博士论文中,涉及的北方及西北一带的取经壁画已经达到了数十处,其中虽然看起来大部分产生于百回本《西游记》之后,但不排除这些数量可观的壁画中蕴藏着对历史回应的因素。

如前所述,"视点西移"打开了《西游记》取经故事研究的广阔空间,如果从西域玄奘东归途程说起,那么在百回本《西游记》问世之前,取经故事就有了九百多年的演变时间;在地域上,则呈现了从极西极远向内地渐次过渡的演进线路;而在文化上,也体现了从纯正的佛教逐步本土化,并一步步与道教、儒教融合的进程。这对我们来说,其中相当多的内容还是陌生的。但经过近三四十年相当一批研究者的努力,我们毕竟已经摸索出了一个方向,可以预期,在以下的领域里,将有可能看到研究的迅速进展和向纵深的深入。

(特约编辑:王玉梅)

子课题成果：百年《西游记》电影改编综述

蒋启超[①] 王 毅

《西游记》从1592年金陵世德堂本刊行至今四百余年，雅俗共赏，妇孺皆知，是读者最多的一部古典名著。《西游记》从百回本小说成书刊行之后，就有各种文艺形式的改编和传播，改编的形式和数量居文学经典之首。自新时期以来，随着《西游记》研究的拓展深化和影视改编的广泛流行，学界开始重视这部名著的改编研究，主要涉及戏曲、影视、动画、绘画、网络漫画等方面。

就《西游记》电影改编来看，其出现和发展存在必然性。中国古典名著博大精深，源远流长，承载着华夏民族的历史与文明。它们的传播方式主要有两种：一是民众之间的口耳相传，另一种是纸质媒介传播。对于很多不识字、经济条件不好的人来说，基本上是无缘这些文化瑰宝了。然而电影的出现无疑解决了这一难题。电影作为一种传播媒介，将传统文化从纸质媒介中脱离出来，以银幕表演的方式展现在大众面前，观众可以通过演员的服饰、语言、动作、神情等方面直观的了解古典名著。此外，电影银幕宽大，音响强烈，冲击力强，让观众有亲临其境之感，效果逼真，印象特别深刻。古典名著通过电影改编的形式出现在大众面前，可以让更多的人了解它们，继而传承它们。

赵敏在《福建师范大学学报》（哲学社会科学版）2015年第6期发表的《〈西游记〉改编研究的进展与思考》一文中提及了《西游记》影视改编的历程：

《西游记》影视改编继"西游戏"之后，肇始于电影传入中国之际，盛行于近三十年电视普及时代，已成为《西游记》当代改编的主要形式和改编研究的主要对

---

① 蒋启超，淮阴师范学院文学院2015级学生。

象。程季华主编的《中国电影发展史》,所附《影片目录》已著录1926—1930年间上海各影片公司出品的《西游记》改编影片二十多部(程季华主编:《中国电影发展史》,北京:中国电影出版社,1983年第2版,第517—635页。),主要有:天一影片公司的《孙行者大战金钱豹》《女儿国》《唐皇游地府》《铁扇公主》《西游记莲花洞》,大中国影片公司的《猪八戒招亲》《孙悟空大闹天宫》《孙行者大闹黑风山》《无底洞》,上海影戏公司的《盘丝洞》和《续盘丝洞》,明星影片公司的《车迟国唐僧斗法》和《新西游记》(三集),长城画片公司的《火焰山》和《真假孙行者》,元元影片公司的《西游记十殿阎王》,合群影片公司的《猪八戒大闹流沙河》,月明影片公司的《朱紫国》,复旦影片公司的《通天河》,暨南影片公司的《混世魔王》,大东金狮影片公司的《大破青龙洞》等。李少白在《中国电影历史分期》中也指出这时期"出品的神怪武侠片,多改编于《西游记》"①陈延荣在《〈西游记〉影视改编研究》附录中补录了1957—2012年《西游记》影视改编作品五十多部(陈延荣:《〈西游记〉影视改编研究》,华东师范大学硕士论文,2012年),主要有:1960年代上海天马电影制片厂的《孙悟空三打白骨精》,香港邵氏公司的《西游记》《铁扇公主》《盘丝洞》《女儿国》和《红孩儿》,1982—1986年中央电视台杨洁导演、六小龄童主演的《西游记》电视连续剧22集及其2000年续拍的15集,1994—1995年香港彩星电影公司和西安电影制片厂合拍、刘镇伟编导、周星驰主演的《大话西游》之《月光宝盒》和《仙履奇缘》,1996—1998年香港无线台刘仕裕导演、张卫健主演的《西游记》第一部30集和第二部26集,2008—2010年浙江永和影视制作公司程力栋导演的《西游记》52集,北京慈文影视制作公司张纪中导演的《西游记》60集。

几百年来,西游记被改编成了各种地方戏曲、动画、电视、电影,版本繁多。戏曲改编是《西游记》改编史最早出现的一种改编形式,兴盛于明清时期,延续至现当代,有清宫大戏、京剧、绍剧、川剧、赣剧、湘剧、话剧等,可以说是戏目繁多,品种丰富,传播广泛,雅俗共赏。《西游记》是中国古典小说史上被改编成电影最多的故事

---

① 李少白.中国电影历史分期[M]//李少白.电影历史及理论.北京:文化艺术出版社,1991:50.

了,据不完全统计,中国、日本、韩国、美国等国在20世纪先后拍过近百部《西游记》电影,近20年还呈现出增长的势头。几乎任何技术、任何年代,都可以将《西游记》改拍成影片,如默片、黑白片、彩色片、剪纸动画、戏曲片、粤语片、科幻片、时装片……

一 《西游记》电影改编简要描述

目前我们能够看到的最早的一部电影叫《盘丝洞》,该片由上海影戏公司于1926年拍摄,导演但杜宇和妻子殷明珠在当时也是上海滩电影圈响当当的大人物。两个人在1926年结婚,婚后第一年就创作了《盘丝洞》。该作品取材于西游记第七十二回,该回中唐僧不顾悟空劝阻,自去化斋,路遇盘丝洞蜘蛛精,蜘蛛精将唐僧捉去献给洞主。悟空见师傅久去不归,遂出去搜索,探得唐僧被捉,悟化为蝴蝶,混入妖怪之中,暗地里打听消息。而八戒则色心大发,化为鲇鱼与众女妖心中嬉戏,众妖又将八戒也捉回洞去。悟空赶到盘丝洞,与众妖打斗起来,却无功而返。观世音赶来,教授悟空降魔之术。悟空在洞主与唐僧即将成婚的关键时刻赶到,施以观音所教之术,大败妖怪,救出了唐僧等人。这是一部无声电影,在国内早已无迹可寻。直到21世纪初期才在挪威国家图书馆中的国家档案馆被发现。

《西游记》电影改编一览表

序号	片　名	生产年份	导　演
1	《盘丝洞》	1926	但杜宇
2	《猪八戒招亲》	1926	陈秋风
3	《孙悟空大闹天宫》	1927	陈秋风
4	《孙行者大战金钱豹》	1927	邵醉翁、顾肯夫
5	《猪八戒大闹流沙河》	1927	洪济
6	《西游记十殿阎王》	1927	张石川
7	《车迟国唐僧斗法》	1927	郑小秋

新课题·新观点

(续表1)

序号	片 名	生产年份	导 演
8	《猪八戒游沪记》	1927	汪优游
9	《唐皇游地府》	1927	余清泉
10	《女儿国》	1927	裘芑香、李萍倩
11	《铁扇公主》	1927	邵醉翁、李萍倩
12	《孙行者大闹黑风山》	1928	陈秋风
13	《火焰山》	1928	杨小仲
14	《朱紫国》	1928	任彭年
15	《真假孙行者》	1928	李泽源
16	《古宫魔影》	1928	姜起凤
17	《西游记莲花洞》	1928	李萍倩
18	《西游记无底洞》	1928	陈秋风、李元龙
19	《通天河》	1928	任彭年
20	《西游记》	1929	任彭年、伍天游
21	《新西游记》	1929	张石川
22	《续盘丝洞》	1929	但杜宇
23	《混世魔王》	1929	任雨田
24	《大破青龙洞》	1929	汪福庆
25	《新盘丝洞》	1940	吴文超
26	《孙悟空》	1940	[日]山本嘉次郎
27	《铁扇公主》	1941	万籁鸣、万古蟾
28	《孙悟空大战猪八戒》	1948	[美]彼得
29	《马骝精大闹女儿国》	1950	顾文宗
30	《马骝精大战金钱豹》	1950	洪仲豪
31	《哪吒大战红孩儿》	1950	梁琛、叶一声、邝光

189

(续表2)

序号	片名	生产年份	导演
32	《铁扇公主》	1951	陈子平
33	《大闹天宫孙悟空》	1952	[日]加户敏
34	《猪八戒招亲》	1953	叶一声
35	《西游记》	1956	顾文宗
36	《孙悟空》	1956	[日]佐伯清
37	《猪八戒招亲》	1957	吴回
38	《西游记》	1958	杨培
39	《猪八戒吃西瓜》	1958	万古蟾
40	《孙悟空》	1959	[日]山本嘉次郎
41	《西游记》	1960	[日]薮下泰司、手塚治虫、白川大作
42	《孙悟空三打白骨精》	1962	杨小仲、余仲英
43	《唐三藏取西经》	1962	陈中坚、雷英
44	《红孩儿》	1962	杨江
45	《马骝精出世》	1962	陈中坚、雷英
46	《火焰山》	1962	莫康时
47	《哪吒三斗红孩儿》	1962	黄鹤声
48	《孙悟空闹龙宫》	1962	陈焯生
49	《孙悟空》	1962	金洙容
50	《孙悟空七打九尾狐》	1964	黄鹤声、萧笙
51	《大闹天宫》	1964	万籁鸣、唐澄
52	《孙悟空大战群妖》	1964	黄鹤声
53	《孙悟空大斗八大仙》	1965	黄鹤声
54	《孙悟空三戏百花仙》	1965	黄鹤声

(续表3)

序号	片 名	生产年份	导 演
55	《孙悟空大战黄蜂怪》	1966	[日]手冢治虫
56	《西游记》	1966	何梦华
57	《铁扇公主》	1966	何梦华
58	《盘丝洞》	1967	何梦华
59	《女儿国》	1968	何梦华
60	《孙悟空大闹香港》	1969	唐煌
61	《孙悟空智取黄袍怪》	1970	凌云
62	《孙悟空再闹香港》	1971	唐煌
63	《红孩儿》	1975	张彻
64	《新孙悟空72变》	1976	傅清华
65	《飞啊!孙悟空》	1977	[日]平山贤一
66	《太空西游记》	1978	[日]菊池城二、案纳正美
67	《李世民游地府》	1978	金陵仁
68	《人参果》	1981	严定宪
69	《新西游记》	1982	陈俊良
70	《孙悟空大战飞人国》	1982	陈俊良
71	《真假美猴王》	1983	方荧
72	《孙悟空大闹无底洞》	1983	李则翔
73	《金猴降妖》	1985	严定宪、特伟、林文肖
74	《哆啦A梦:大雄的平行西游记》	1988	[日]芝山努
75	《孙悟空大战牛魔王》	1989	吴春万
76	《手冢治虫物语:我的孙悟空》	1989	手冢治虫
77	《西行平妖》	1991	张彻
78	《西游记》	1993	[日]和泉圣治

(续表4)

序号	片 名	生产年份	导 演
79	《大话西游》	1995	刘镇伟
80	《天庭外传》	1997	陈志华
81	《春归花果山》	1999	杨智杰、刘炎均
82	《齐天大圣》	2001	[美]彼得·麦克唐纳德
83	《情癫大圣》	2005	刘镇伟
84	《西游记》	2007	[日]泽田镰作
85	《情癫大圣2:魔兽传奇》	2007	张敏
86	《功夫之王》	2008	[美]罗伯·明可夫
87	《孙悟空大战蜘蛛精》	2009	[美]赖瑞德
88	《西游记归来》	2011	[韩]申东晔
89	《唐皇游地府》	2012	李珞
90	《金箍棒传奇1:夺宝幸运星》	2012	哈磊
91	《西游降魔篇》	2013	周星驰、郭子健
92	《西游记之大闹天宫》	2014	郑保瑞
93	《西游记之大圣归来》	2015	田晓鹏
94	《万万没想到:西游篇》	2015	易小星
95	《西游记的故事》	2015	武珉
96	《金箍棒传奇2:沙僧的逆袭》	2015	哈磊
97	《大唐玄奘》	2016	霍建起
98	《西游记之孙悟空三打白骨精》	2016	郑保瑞
99	《八戒降妖》	2016	刁璐璐、梁凯
100	《西游记之锁妖封魔塔》	2016	苗金光
101	《西游记之再显神威》	2017	张书耀
102	《西游降魔篇2》	2017	徐克

二 《西游记》改编与原著的比较

在《西游记》电影改编过程中,这些制作精良的改编之作与原著小说相比,整体改编忠实于原著,演员的表演细致入微地诠释了这部经典作品中经典性的人物形象。然而,电影毕竟不是小说。小说可以天马行空,凭着作者无穷的想象力进行最大空间的创造,不受任何外部环境影响,只要作者想的,都可以跃然纸上。但是一部电影由多个环节组合而成,不仅仅体现在情节内容、人物形象塑上,还体现在演员的表演、场景的设置、影片画面的构成、摄像手法的运用等方面,这些客观因素造成了电影拍摄的许多局限。比如小说中孙悟空形象"真个是生得丑陋:七高八低孤拐脸、两只黄眼睛、一个磕额头;獠牙往外生,就像属螃蟹的,肉在里面、骨在外面"。可以说是十分丑陋的,一个非人的形象,但在各改编版本中,孙悟空的形象可以说是颠覆了小说中的原有形象,根据当时人们的审美标准、妆容以及拍摄水平的高低,进行了一定程度的修饰美化。小说中,孙悟空有七十二般变化,一个跟头便是十万八千里,各路神仙也是法力无边,这些在影视中,只能依靠影视技术给观众呈现,所以《西游记》的影视效果始终和影视技术息息相关。

正所谓"金无足赤,人无完人"。小说中主要人物既有优点,也存在不足。孙悟空敢于斗争、有勇有谋、无私无畏、积极乐观,有时心高气傲、争强好胜、容易冲动、爱捉弄人。唐僧心地善良、信仰坚定、不畏艰难、勇往直前,有时是非不分、盲目慈悲、固执迂腐、懦弱无能。猪八戒本性憨厚淳朴、关键时刻能发挥重大作用,有时好吃懒惰、迷恋女色、使乖弄巧、搬弄是非、贪图安逸、好占便宜。沙僧恩怨分明、坚持原则、忍辱负重、顾全大局,有时优柔寡断,缺乏个性。

在改拍的电影中,影片中重要人物形象与原著基本贴切,但也并不是所有的电影中的形象都一成不变。如在《大话西游》中,从一开头就表达了悟空对唐僧的愤怒:"大家看到啦,这个家伙没事就长篇大论,婆婆妈妈,唧唧歪歪,就好像整天有一只苍蝇,嗡嗡嗡……对不起,不是一只,是一堆苍蝇围着你呀!飞到你的耳朵里面,救命啊!救命啊!所以呢,我就抓住苍蝇,挤破它的肚皮,把它的肠子扯出来,再用

它的肠子勒着它的脖子,用力一拉。各位,整条舌头都伸出来了。我再手起刀落,哗!整个世界清净了。现在,大家明白为什么我要杀他了吧。"在《八戒降妖》中,孙悟空轻易吃了白骨精的毒馒头,造成法力尽失,只能任妖精宰割。在《大话西游》中,观音在唐僧对金刚圈发表喋喋不休的长篇大论时,忍不住了,叫他闭嘴,甚至出手扼住唐僧的咽喉。但是,她立刻发现了自己的失态,并收手忏悔说:"罪过,罪过。"在《情癫大圣》中,唐僧为了救自己的爱人美艳而大闹天宫被打成重伤,满身是血却挣扎着伸出三根指头。在《八戒降妖》中,唐僧师徒四人在西天取经途中遭遇白骨精圈套,只有猪八戒侥幸逃出,猪八戒学悟空搬救兵,后又以厨师的身份卧底妖洞伺机营救师父等,从未有过退缩。在《金箍棒传奇2:沙僧的逆袭》中,沙僧身负谜团,而且还在写日记,这本代表了记录着超凡观察能力的日记,让沙僧可以凭借对敌手的细致入微地观察而取胜。

三 《西游记》电影改编的发展创新

《西游记》电影改编过程中,在保留原书的基本情节、人物性格,或者审美理想的基础之上,这些影视作品为迎合当时观众心理期待,融入传统艺术、时尚、娱乐等因素,对《西游记》进行了新的演绎和定位。如香港邵氏公司的《西游记》《铁扇公主》《盘丝洞》《女儿国》《红孩儿》5部影片体现了邵氏影片上乘的道具、取景、服装,还穿插黄梅调、山歌调、数来宝,时代曲几乎全了,如在《西游记》(1960)中,唐僧在悟空手心唱黄梅调,猪八戒对高小姐的对唱。在《红孩儿》中,影片后半小时加了戏曲纪录片段《金钱豹》《界牌关》。在《盘丝洞》中,蜘蛛精唱黄梅调,猪八戒唱扬州小调(不很正宗的扬州话,歌词也有改编),配乐还有妈妈讲过去的故事。在《铁扇公主》中,吸收了中国古典艺术的养分,如片中的远景大山就带着中国山水画的风格,还有铁扇公主的脸部刻画也颇为古典,人物的阴阳画法,京剧过场的插科打诨,传统剪纸艺术等等。其次,邵氏西游只要有打斗戏份,就会敲锣打鼓,戏曲味十足。此外邵氏西游用了不少光学特技,大陆版借鉴了其化妆、特效和表演艺术。在中国第一部剪纸动画片《猪八戒吃西瓜》中,将中国民间剪纸艺术运用到美术片设计制作

新课题·新观点

中。猪八戒跟孙悟空回去路上的对话,则展现了他戏味十足的唱功,古典韵味浓郁。

在《西游记之大圣归来》中,不仅在题材上民族化,其中国化的细节也制作相当精良。片中山水和建筑极富中国特色。高山流水、重峦叠嶂、小桥流水、飞檐斗拱,都是中国观众所熟悉的景与物,且中国建筑之美是具有神秘与抽象意味的,片中的长安城用了层层叠叠,突破常规透视的方式营造了古代城市的意境。人物动作是中国传统风格,江流儿讲述"齐天大圣,身如玄铁……"的时候,自然而然地做了一个京剧的亮相动作。人物造型也具中国特色。片中和尚那种月白色的僧袍、绑腿、草鞋等,都是中国独有的。街道上女子的发型,都是中国古代仕女图上的模样。影片中的音乐采用了多种中国古典乐器,如歌曲《筝锋》中的古筝,《皮影艺人》中的月琴、硬弦和板胡等等。《大闹天宫》从我国三代铜器、汉代画像石、六朝造像,以及民间皮影、玩具等多方面汲取养分,古今中外,兼收并蓄,融会贯通,化而用之;进而突破它,创出自己的造型法则。影片不仅在人物动作表演上融入了京剧的程式动作,人物对白既不完全像京剧的道白,也不像话剧的对白,有时将尾音拉长,在对白上带有韵味。同时在音乐上采取具有民族色彩的乐调,运用了戏曲的锣鼓打击乐来加强音乐的效果,使锣鼓点同人物动作和镜头的衔接自然,又使人物动作具有较强的节奏感,有起有伏,浑然一体,民族特色鲜明。在结构形式上,《大闹天宫》比较自由,不讲究严密的戏剧章法,更多地保留了原著章回小说的形式。与此同时,在情节处理上,影片注重配合剧情发展,节奏明快,不拖泥带水,多采用蒙太奇的手法。如猴王拔取了定海神针,拱手转身就走,龙王气得直跺脚,指着远去的孙悟空说道:"你强借我镇海之宝,我要到玉帝面前告你一状。"话刚了,场景迅速转到天廷,龙王匍匐在玉帝面前诉道:"求玉帝为小臣做主。"场景的迅速变换对开展情节深化矛盾起到很大的推动作用。

《西游记》的影视改编越来越趋向于普通人的情感和经历,越来越强调人物情感的普遍性和个性,因而在创作中不断充实原著中最为缺乏的"七情六欲"。小说《西游记》主旨之一是宣扬宗教,因此作家在内容上加大了"禁欲"的色彩,其中唐僧、孙悟空、沙和尚都是不近女色的,只有猪八戒好色,但是他又常常被人戏弄,是作家批评的对象。因此,小说《西游记》缺乏男女之情的描写。而西游电影创作则

在这一方面有所突破,除了典型化人物的性格外,就是充分展示人物的情感世界。如在《大话西游》之《月光宝盒》和《仙履奇缘》中,讲述了孙悟空前世的爱情;在《西游记之锁妖封魔塔》中,讲述了孙悟空成佛之后的爱情;在《情癫大圣》和《西游降魔篇》中,讲述了唐三藏的爱情传奇;在《八戒降妖》中,讲述了猪八戒和白骨精五百年前的爱情;在《金箍棒传奇2:沙僧的逆袭》中,讲述了沙僧的爱情。《西游记》的电影创作继承了小说的世情化倾向,除了完善人物的不完美之外,更重要的是增加了人物的感情世界,加强了人物性格和心理的丰富性,泛化人物形象的普通性。

三 背后的深意

万籁鸣曾经说过:"动画片一在中国出现,从题材上就与西方分道扬镳了。在苦难的中国,为了让同胞迅速觉醒起来,我们根本没有时间开玩笑,因而形成了中国美术片与外国动画迥然不同的特色,我们为了明确教化作用而强调鲜明的创意,在某种程度上忽略应有的含蓄、幽默与娱乐性。这是优势,但客观上对我们后来的发展形成一定限制。"由于特定的历史时期,这部《铁扇公主》的创作也就具有一定的象征意义。比如把原著中三借芭蕉扇的主角孙悟空的戏份给分解了,让徒弟三人来共同承担,在三个人都没借到芭蕉扇之后,通过唐僧之口引出本片的主旨:要齐心合力方能成事。影片最后孙悟空、八戒、沙僧以及火焰山附近村民同心协力一同战胜了牛魔王,象征着只有中华儿女团结一心,共同抗日,才能取得抗日战争的胜利。

在《金箍棒传奇2:沙僧的逆袭》中,人物语言很是现代化,如"心如死水""高端大气上档次""PM2.5""炮灰"等,该影片情节虽然在原著中找不到原型,但是它却有自己的存在意义,它反映了当代社会出现的各种问题。比如网瘾问题、环境问题、协作问题,等等,都值得我们深思。在具有教育意义的《西游记的故事》中,影片中所有形象都很可爱。此外金鱼之所以会成为鱼怪,是因为没人注意它,它没有玩伴,孤单寂寞,这便让它的影子有了可乘之机,使其与金鱼本身分离出来,这可以看作是有些孤闭青少年儿童会患有的人格分类症的一种侧面反映。这应当引起家长的高度重视,要多陪伴我们的孩子,让我们的孩子在健康快乐的环境中长大成人。另外,鱼怪抓的童男

新课题·新观点

童女并未将其吃掉,只是将他们留在身边陪伴自己,可见它是太寂寞了,也让我们小朋友知道,即使是坏人它的品行中还是有善良的一面,我们不能因为别人做过错事而用带有异样的眼光看待他,还是可以和他做朋友的,就像鱼怪回到观音的莲花池,依旧可以和其他金鱼一起玩耍。《西游记之大圣归来》的主题是成长和自由主义,所以能实现全年龄层观众覆盖、打破市场固有成见。中国动画一直秉承动画片是儿童片的观念,面向12岁以下的观众,在动画的取材和情节创作上都受到限制。纵观当今国际动画市场,通常是宽年龄层的受众定位,倡导全家观影的行为。《西游记之大圣归来》通过西游记的故事,将其定位为"合家欢"电影,儿童可以从中看到喜爱的动画人物,成人则在其中找到自己成长的轨迹,引起共鸣。

在《西游记之孙悟空三打白骨精》电影中,白骨精想吃唐僧肉绝对不仅仅是想长生不老或者是不想在"千年大限到来之际灰飞烟灭"这么简单,还有一个层面是她在看透了人性的恶之后,想一直为妖根本不想通过修行投胎转世为人。另外,国王这个角色的加入让白骨精的形象更加丰满,让师徒们更加深入的理解了取经的意义,也让影片的主题有了很大程度上的升华。对于白骨精这种极少数的妖精,国王作为人类世界一个国家的统治者作的恶才是更大的,因此更需要被真经度化。另外,他对孙悟空的质问也是直指其内心最深处——"你一路斩妖除魔不都是在杀戮嘛?取的什么经?度的什么人?"也许,人心才是这个世界上最险恶的东西……

鲁迅在《中国小说史略》第十七篇中把《西游记》列为"明之神魔小说","神魔皆有人情,精魅亦通事故"。《西游降魔篇》则把鲁迅的这一"神魔"元素挥洒得淋漓尽致。孙悟空、猪刚鬣、沙悟净三人的暴戾无边,这也正是未剃度之前的形象。正如周星驰所说:"故事是从《西游记》里延伸出来的,跟原著有一定关系,但人物设定和故事的整个方向是完全不一样的。"制片人王中磊也说:"《西游降魔篇》的片名应该分两部分理解,'西游'是指周星驰用《西游记》改编出他的想法,'降魔'则是这个电影的故事。"《西游降魔篇》除了唐僧师徒这四个主要角色外,几乎与《西游记》没有多大关系,因而该片是对于原著的一次另类还原。原著《西游记》中唐僧这一人物形象有一显著特点,就是受难。世人多对那个一遇艰险、就"坐不稳雕鞍,翻跟头跌下白马"或是被吓得"战战兢兢""泪落如雨""魂飞魄散"的"脓包"的唐僧形象持否定的态度,却忽略了他冒死求取真经的信心和决心,不受美色的诱惑,不怕妖魔的残害,一心向佛,永不动摇。《西游降魔篇》中的陈玄奘又何尝不是如此呢。这是一个初出茅庐怀有理想的驱魔人,一个在师父的教诲下刚刚走上降魔道路的驱魔人,一个拿着《儿歌三百首》口口声声说用爱来感化妖魔的驱魔人,却让观众看到了他对妖魔独特的教育方法和教育关怀:"一刀杀"并不是真正的驱魔道理,要除魔性留善性,坚信魔的可教育性。可以说,陈玄奘对妖魔善性未泯灭的信任,完美地诠释了一名教育者对学生"不抛弃、不放弃"的爱心、耐心和信心。在降伏水妖、猪妖和猴妖的过程中,有过失败,有过困惑,但始终不变的是对世间"大爱"的执着与追求。

人性本善,电影中鱼妖原本是个善良热心的人,然而他的救人善举却被村人误解,他被打死然后抛进水中,肉身被鱼儿食之。在极度怨恨中他化为鱼妖,行凶作恶报复村民。恶由心生,因何而生? 误解、价值观的扭曲、嫉妒,等等,《西游降魔篇》正是剖析了人性本来的面貌,直面丑恶的人性,用大爱感化,终能唤醒人性中的善;以暴制暴,以恶制恶只会陷入恶性循环,也只不过治标不治本罢了。

四　结语

在古代小说改编成影视作品中,《西游记》改编的影视作品最多、最成功。究其原因,《西游记》是古代神魔小说的代表。神魔小说以奇幻的想象、高度的夸张来描绘神仙妖魔的故事,往往扣人心弦,满足了人们猎奇、娱乐的需求。同时,神魔斗争最终往往以正义的一方取胜,传达了人们追求美好幸福生活的愿望。神魔小说的主人翁经常利用聪明智慧和高强本领化险为夷,除妖斩魔、扶危救困,这既满足了人们追求真善美的愿望,又能使人们摆脱现实中的束缚,恣意想象。

在西游电影改编历程中,不难看出编剧、导演的超凡想象力,以及影片所寄予的深意。西游改编之路没有尽头,未来我们还能继续在"西游"这一题材上开发出新的作品,将"西游精神"发扬光大。

(特约编辑:程泱)

· 校本精品 ·

编者按：

百回本小说《西游记》的最早刻本出现于明万历二十年（1592），由金陵世德堂刻印，正式名称为《新刻出像官板大字西游记》，简称"世本"或"世德堂本"。这是此后一切百回本的祖本。经过四百多年时光的雕刻，世德堂本又衍生出14个（或说16个）版本，这些版本尽管现在大部分只具有文献意义，但在曾经的流通传播过程中都产生过重要影响，如《李卓吾先生批评西游记》《西游证道书》《西游原旨》《西游正旨》《新说西游记》等，都一度是市场的主流产品，引人注目。除此之外，还有两种因形态怪异而被学者牵挂，即俗称"朱鼎臣本"的《西游释厄传》和俗称"杨致和本"的《西游记传》。

1949年之后出版的各种版本形态的《西游记》已达数百种之多，其中影响最大的则毫无疑问属于人民文学出版社推出的一个版本，简称人民文学版本。这个版本1955年首见，1979年由黄肃秋先生重新整理，然后沿用直至今天，其印数无虑数百万册计，而很多其他出版社的版本其实也是挪用了这个版本，因此其实际影响还要大得多。这个版本通行的主要原因是追本溯源，用了当时十分罕见的世德堂本胶片为底本（当时认为唯一存世的纸本保存在台湾），这就保证了学术上的可靠性和权威性；究其整理校点，算权威也算精心，做到了当时条件下能做到的一切，因此深得信任。

但从20世纪80年代开始，对这个版本的批评也逐渐增多，主要是认为校点不精，参考的校本不多，较多的错讹仍然存在，对一些词语的解释，尤其是对方言和宗教词汇解释不够准确，已经影响到《西游记》研究的进展。进入21世纪之后，深入研究的呼声终于催生了新的版本。近几年，得到读者认可和学界好评的版本主要有两种，以下我们加以介绍，并约请整理者撰文叙述整理中的主要原则和感受体会。

一、李洪甫先生整理的人民文学出版社第3版《西游记》和人民出版社出版的《西游记最新整理校注本》

特别说明一下,这两个版本容易混淆,其中有渊源关系但并不是同一回事。大概是这样的:李洪甫先生2006年便倾注精力,专注于纠正人文版《西游记》的各种错讹。2009年6月,人民文学出版社决定采用其成果,邀请李先生签订了新的整理本出版协议,2010年新的整理本即人民文学出版社第3版《西游记》出版。同在2009年,国家社科基金批复列李先生的"人文本《西游记》勘误"课题为后期资助项目,李先生在前期人文本的基础上又进行了新的更精细的整理,这个项目于2013年全部完成,再由人民出版社出版了全新的整理本。这个新的整理本又分为两种版式,学术版称《西游记整理校注本》,有注释和插图的普及版称为《西游记最新整理校注本》。

这两个版本都以明万历金陵世德堂刊本"新刻出像官板大字西游记"为底本,对400多年来历代流行的《西游记》版本做了一次全面地整理、勘误、注释和修订,更正的校记达12000多条,约45万字,严谨、大体量地恢复了明代《西游记》的原生态。参校本中有5个明刊本、6个清刊本和3个现代本。底本残缺、衍夺和疏误以及参校本相互抵牾者,依照成书的年代首依明刊本,次参清刊本,择善而从。鉴于人民文学出版社整理本(简称"人文本")的广泛影响,就其所作的勘误也在各回的校记中注出。通过反复的比对和斟酌,校记分别置于各回回末;另有相关的特别提示和存疑备考的节点、字词,简述于正文的脚注。

该版本主要从以下几个方面进行整理:

1. 增改。此次整理,发现世本目录唯缺少"第九回"的回目序号,并有挖改的痕迹,此为明刊本有唐僧家世的重要佐证。实际上,与世本同出于明万历间的"朱本"用整整一卷八个章节、9400多字的篇幅讲述了从"唐太宗诏开南省"到"殷宰相为婿报仇"的唐僧家世全过程,比流行本来自《西游证道书》的6700字的唐僧家世更加详尽丰富。

2. 勘误。就古本及当今流行本11个方面的疏失作了全面的勘误,改正了底本缺字,后人误读;自相矛盾,文字混乱;择字疏失,情节相悖和题材史料抵牾、随意改换和增删等各类问题。

二、青年才俊李天飞整理的中华书局版《西游记》

这个版本也是采用世德堂本为底本,参校杨闽斋本、朱鼎臣本、李卓吾评本、《唐僧西游记》、《唐三藏出身全传》、《西游证道书》和《新说西游记》等。这个版本的特点是对《西游记》中大量名物、典制、文化现象,尤其是宗教现象作了仔细的考订并加以详细注释,不仅检校出了此前版本大量的文字错讹,且订正了旧注中的不少名物文化错误,解决了不少小说释读中的疑难问题。

这个版本最大的优点是校勘中发现的很多问题,都具有探微发幽的价值,有助于以名物、词汇、称谓等的变化,切入更深入的文化研究。

这个最新的注释本有较为突出的现代气息,可以帮助现代读者深入了解和理解《西游记》这部生动的神魔小说。

尊重文学　　呵护经典

——如履薄冰的重整"西游"路

李洪甫[①]

我本没有主笔重新整理《西游记》的奢望。据我所知,重要古籍的整理多由"国务院古籍整理领导小组"统管。比如,"红楼"的整理,就是由这个领导小组的组长李一氓先生和曾任职文化部的袁水拍副部长倡导,诚请叶圣陶、吴世昌、吴恩裕、吴组缃四位先生为顾问,约请了全国各地的"红学"泰斗乃至文坛耆宿30多人协力;

[①] 李洪甫,淮海工学院特聘教授,连云港市博物馆原馆长。

袁水拍任校注组组长,冯其庸、李希凡任副组长,并亲操刀笔……如1994年冯其庸先生在人民文学出版社《红楼梦校注本再版序》中所说:"正式立项并由政府拨款。"

2006年退休,我领着几个弟子继续理弄积存多年的《西游记》文献资料。因为不满于清代士子、书商乃至各路关注这本奇书的"好事者"对明刊《西游记》的随意切割和隔代拼补,开始对明刊本进行"汇校"。2007年,淮海工学院"招募"我为"特聘研究员",使我能在较好的条件和资金扶持下,就《西游记》当代流行本的代表、学界称为"人文本"的人民文学出版社《西游记》的疏误,写出5368条校注,并协助人文社改版推出第3版。2009年,全国社科规划办公室将这一阶段性成果作为国家项目立项,与立项通知书一起下发的"文学二组"专家的书面意见,要求我们"重新校点、整理新的《西游记》版本"。

出于20世纪50年代的人文环境和文化生态,推崇古籍整理通俗化、大众化;加之仅凭胶片作底本,人文本第一、二版的疏失和误改,在所难免。得益于政治的渐趋清平和学术的繁荣,回归原著,似乎不难;难的是,必须交代回归的文献依据。尤其紧要的还有:被誉为最佳底本"世德堂本"自身的讹误,如何对待?400年的流变和异化,如何正本清源?比如,四海龙王和哪吒六件兵器的名称以及八戒和沙僧道学别号的错乱,虽然属于低级的错失,改起来仍要反复考量。过去的错,尚可责之书商或刻工,校勘学演进至今,若再错上加错,无可宽恕!

《西游记》是拥有最广泛读者群的古典小说之一,除了少数的研究者,广大读者心目中的《西游记》名著以及被译成近20种其他文字的《西游记》中文底本,都是人民文学出版社据明刊金陵世德堂本"新刻出像官板大字西游记"(以下简称"世本")的整理本(以下简称"人文本")。"人文本"的整理者和出版者,为《西游记》文化的广泛传播做出了贡献。该书自1955年初版、1980年再版,至今已半个多世纪,在国内外影响深远。除人民文学出版社以外的其他出版社出版的《西游记》,大多照搬人文本,以致人文本的疏失和讹误在许多家出版社"校勘、整理"的《西游记》中,惊人的一致。

2009年,我们就《西游记》当代流行本的代表"人文本"的疏误,写出5368条校记,附于各回回末。

2009年6月,人民文学出版社决定采用我们的成果,与我们签订了第3版的出版协议。同年全国哲学社会科学规划将我们申报的项目"人文本《西游记》勘误"立项资助,要求我们:

> 探讨利用这些校勘成果,重新校点、整理新的《西游记》版本,将成果付诸应用。

> 有利于为广大民众提供这一中国古典文学重要经典的最完善最权威的版本。

经全国哲学社会科学规划办公室批准,2010年5月,人民文学出版社依据我们提交校记中的3100多条,对第2版《西游记》作了修订,出版了第3版(见人民文学出版社2010年5月第3版《西游记》的"修订说明")。

鉴于全国哲学社会科学规划办已经立项,我们根据项目评审专家组的《国家社科基金项目评价意见》,在对全部校记进行深入分析的基础上,又立即投入对《西游记》的重新校点、整理。

本次整理以世本为底本,唐僧家世部分以明刊《唐三藏西游释厄传》(简称"朱本")为底本。底本的缺文和明显的讹误首依明刊《鼎锲京本全像西游记》(以下简称"杨闽斋本")、明刊《李卓吾先生批评西游记》(以下简称"李本")、明刊《新刻增补批评全像西游记》(以下简称"闽斋堂本"),诸本间差异又难以裁夺的,又比对了明刊朱本和明刊杨致和的《西游记传》(以下简称"杨本");次参清刊本《新说西游记》(以下简称"新说本"),并在回末的校记中逐一注明。鉴于"人文本"的广泛影响,就其所做的勘误也在各回的校记中注出。底本、参校本等相互抵牾、又皆不能允当者,再依次比对清刊《西游证道书》(以下简称"证道书")、《西游真诠》(以下简称"真诠")、《西游原旨》(以下简称"原旨")等,做出准确的选择。通过反复的比对和斟酌，出注12000余条。如本书仍有选择不当者，由于现存所有《西游记》善本的相关信息皆一一呈现于校记中，出版者、学者乃至读者可以不经检索，重新做出更好的判断。期望为《西游记》的不断完善提供准确可靠的文献依据；为研究者、读者省却翻检之劳。

"世德堂本"在现存《西游记》的各种古本中，是最接近百回本原著的善本，几乎无可比拟、甚至无可替代。对待这样的文学古籍，我们应当审慎地维系世本的"原生态"——对于原著，尤其是涉及带有成书时代社会背景和语言特色的文字，不能确认讹误、勉强可通的，可以存其旧观，以备考订；凡有更改，必有校注。

"人文本"在1979年10月《关于本书的整理情况》里写道：

> 本书是根据明刊本金陵世德堂"新刻出像官板大字西游记"摄影的胶卷并参考清代六种刻本校订整理的。初版于一九五五年，以后印过多次，这次重排，又用世德堂本作了复校，并用明崇祯本作了校核。

就是说，人文本整理的参校本只选择了清刊本。其基本内容从一开始就缺少除世本之外的明刊本《西游记》的原始信息，包括虽然简略却与世本的问世年代相当的万历刻本《唐三藏西游释厄传》《西游记传》和晚于世本仅10年的"杨闽斋本"以及时代尚不够清楚的明刊本《唐僧西游记》（以下简称"唐僧本"）、闽斋堂本。直到1979年，才从中国历史博物馆得到明末崇祯年间的李本"作了校核，订正了一些文字"。遗憾的是，1980年第2版里的许多讹误又正是因为盲从了李本。

上述除世本外的6种明刊本的文献价值是人文本选作主要参校本的"清代六种刻本"难以替代的，明刊本在传存明代的语言特色、习俗俚语、文物制度乃至衔接相关西游故事的元、明代杂剧、戏曲等方面，更是不容忽视的。

整理过程中，底本文字，只要勉强可通、可懂，无大谬者，存其旧观。与杨闽斋本、李本、闽斋堂本、新说本等以及人文本有差异的重要文字，在校记中说明。对底本讹误、缺漏、衍生字词的校改或增删，每处必出校记。底本应有而实际没有的字

词,注明"世本无"或"朱本无",补配的文字用斜体写在【】里;底本因刻面缺损、模糊致无法辨别的字词注明"世本缺"或"朱本缺",缺字位置用"□"标示,补配文字写在其后的【】中;底本衍生多出的字词注明"世本多""朱本多",在"【】"外再加框标示为〖【】〗,并出注;确认底本讹误须改换的字,在底本原字上加框,在其后的【】里更正,并在校记里注出。如第四十回回目"婴儿戏化禅心乱　猿马刀归【圭】(十九)木母空";又如第三十四回回目"魔王头(十五)巧算困心猿　大圣誉(十六)那骗宝贝"。

底本中的繁体字、异体字、俗写字、刻体字,从现行的规范文字,一般不出校注。特殊情形的处理原则是:底本中混用、古今皆可通用者,各从底本。如"淹"与"渰"等;但弃用在现代汉语中已经十分冷僻的字词,如意为"筋骨"的"觔"。

古不可通用的两个字,汉字简化改革为同一个字,但不同用途时读音不一,为避免混淆,从底本,底本混用时,做出更正,如"扇"与"搧"。古代互为通用但现代汉语中不可通用,但通用不易产生歧义、误读者,为反映当时的书面文字情状,各从底本,如"傍"与"旁""返"与"反""总"与"纵""轮"与"抡""班"与"斑""觔斗"与"筋斗""腾那"与"誊那"等。古代互为通用但现代汉语中不可通用,如通用则易生歧义者,从现代汉语改,如:"幌"与"晃""风"与"疯""驼"与"驮""侮"与"捂"……在全书中出现过于频繁者,各回首次出现时出注,如"那"与"哪"。就单字的意思古代可通,但组词后的意义有差异,择善而从,如:"甚"与"甚么","甚"从世本,"甚么"应作"什么"。其字义古时本不可通,虽曾经通同过,应予改正,如"鍾"与"盅""驲"与"驿"等。合理地趋从现代汉语,遵循改繁从简、改冷从熟的原则。如世本第三回的"同寮","寮""僚"古代互为通同,可从底本。但与底本同属于明刊本的参校本杨闽斋本、闽斋堂本皆作"同僚",与现代汉语一致,则可从参校本。世本有时又将"寮"用作"寮牙",杨闽斋本、李本、新说本作"膫牙",而闽斋堂本作"獠牙",可与现代汉语对接;于是,择闽斋堂本而从。版面、段落,除横排、简体字外,尽可能从世本和朱本。底本的正文夹注和特殊的排字格式,在页脚出注。底本中题材、史料、情节、地望等方面重要的讹舛以及杨闽斋本、李本、闽斋堂本、新说本、人文本的沿袭其误或

改正成误,在校记中作简约的考订并逐一注出。需要提醒注意的重点的字、词,加圆点。"补录"(关于唐僧家世)的校记中,需要将朱本与证道书以及真诠、新说本、人文本的差异逐段比对之处,为了不致混淆,"朱本""证道书""真诠、新说本、人文本"分别用粗体字标出。

重新校点、整理稿于2013年2月完成,共出校记1.1万余条,45万字。由全国社科规划办安排到人民出版社"双版"同出——附有校记的学术版为《西游记整理校注本》,有注释的普及版和世德堂本插图的为《最新整理本西游记》。

"西游"原著的语言择字堪称讲究,展现了作者的修辞功底和语言智慧。世本第一回写猴子从花果山飘海登岸,把"海边人""嚇得丢筐弃网"。此处的"嚇",流行本将其作为"吓"的繁体字改去。众所周知,淮海人不说"吓",说"hé"。"嚇"字早在著名的《庄子·秋水》及唐马吉甫的《蜗牛赋》里出现;明清两代《西游记》的校评皆认同而沿用,说明它不属于典型的语汇变体,也不能简率地判定为方言;即便是方言,也不该轻易舍弃、掩盖语言的地域特点。在"吓"的意义上,第一回的"嚇",只是改变了原著的读音。第八十三回的"嚇",流行本的更改则与原著的表意大相径庭。猪八戒见妖精再次摄走师父,依照经验,深知妖精必除,故而张嘴仰天而笑;与下文所写"事无三不成","再进去一遭,管情救出师父来也!"相呼应。取经路上,大凡这种情况,猪八戒常常大笑。"嚇得(地)仰天大笑",此"嚇",指张开嘴的样子。如郭璞《江赋》:"或爆彩以晃渊;或嚇腮乎岩间。"人文本却将"嚇"改作"忍不住",又特意在卷首《关于本书的整理情况》中强调:"'仰天大笑',似乎不应由'吓得'而来,我们就根据《西游真诠》把'吓得'改作'忍不住'。"这是没有注意"嚇"的另一释读,不是"吓xià"。面向文学经典的这一斧,砍得人不寒而栗。古籍中的时代特色更是珍贵的人文存留,轻易一改,抹去了经典品位的历史坐标。如原著第二十回的"吾当不是别人,乃是黄风大王部下的前路先锋","吾当",即"我";第一人称的单数。如元白朴《梧桐雨》:"却是吾当有幸,一个太真妃倾国倾城。"人文本将"吾当"改作"吾党",理解为第一人称的复数,违背情节,导致歧解。从《西游记》学术史的立场出发,此次校勘针对题材史料的讹误、人物、地望、情节的错位、字词的误解和错读、消减世本语言的时代特色、淡化戏曲、说唱、杂剧等古代文学形式对世本的影响以及改简为繁、掩盖世本的方言现象等11个方面的疏失作了一次空前"盘点"。

有些是世本本身的错误,我们怀疑是书商或一些抄手所为;我们也经过再三斟酌,谨慎地作了修订。如第九十三回唐僧的毗卢帽被妖精抛绣球打歪,唐僧应赶快扶正帽子,却写作"忙扶那球"。精神象征的毗卢帽已被打歪,还要先去"扶"女妖的"球"!是八戒?明清诸本及流行本皆未修正。

我们在整理过程中,经过细审比对,发现世本目录中唯缺少"第九回"的回目序号,并有挖改的痕迹,显然与世本删除唐僧家世相关。因为没有与明刊本唐僧家世衔接,人文本的附录与第九回之间出现了明显的重复。这一重复成为推断世本应该有唐僧家世的佐证。人文本"附录"的开头是:

  话表陕西大国长安城,乃历代帝王建都之地。自周、秦、汉以来,三州花似锦,八水绕城流,真个是名胜之邦。彼时是大唐太宗皇帝登基,改元贞观,已登极十三年,岁在己巳,天下太平,八方进贡,四海称臣。

人文本从世本第九回的开头又写道:

  都城大国实堪观,八水周流绕四山。多少帝王兴此处,古来天下说长安。此【单表】陕西大国长安城,乃历代帝王建都之地。自周、秦、汉以来,三州花似锦,八水绕城流。三十六条花柳巷,七十二座管弦楼。【华夷图上看,天下最为头,】真是奇胜之方。今却是大唐太宗文皇帝登基,改元龙集贞观。此时已登极十三年,岁在己巳。且不说他安邦定国的英豪,与那创业争疆的杰士。却说……

除增添了14个字(见【】内),删除一个"话"字,余皆与明刊本唐僧家世完全一致。世本第八回的末尾所写是观音和木叉"变作两个疥癞游僧,入长安城里""隐遁

"真形"寻取经人,却没有关于长安城的描述,因为没有唐僧家世一节,只好在第九回开头截取了明刊本唐僧家世的帽子,虽然戴得勉强,却又因用了一句"且不说他安邦定国的英豪,与那创业争疆的杰士"作为转折而与下文衔接,转入第九回的正题,看不出明显的重复累赘。作为流行本的人文本,却因照抄清刊本的第九回为"附录",造成了相连着的"附录"和第九回之间的重复,而且皆是在开头出现的重复,犹如头脸上的赘生物,就一部经典而言,是难以容忍的。

为了在交代长安盛况、朝廷大政之后,转写山野江湖的渔翁、樵子,世本用一句话调转了笔锋,作为上下文拼合的接口后,与朱本卷五的开头相同:

却说长安城外泾河岸边,有两个贤人:一个是渔翁……

通过我们就朱本与世本的逐字比勘,其间的一致性及其紧密的内在联系,还清晰地体现在朱本的第一卷至第七卷和世本的第一回至第十五回后半(即观音收伏小白龙后),两者在情节、造句、选词甚至择字上的相同,使我们相信:二者可能出于一人之手,至少是同出于一个底本。指说朱本是粗率的删节本,难以成立。朱本不仅较世本多出许多词句,而且多得并不"蹩脚",也不盲目。如:朱本卷五多出的四句韵语:

禁鼓声催永夜阑,五更朝内马嘶寒。绛纱影里堪所处,犀角金鱼系玉鞍。

朱本的卷五《太宗昭魏征救蛟龙》和卷六《还受生唐王遵善果》在叙述唐太宗的两班文武时,皆比世本多出了陈光蕊,显然是照应比世本多出的唐僧家世。因为,朱本中唐僧家世的末尾,陈光蕊已被"宣"为"丞相"。世本刊落了唐僧家世与在文武排班中没有了陈光蕊一样,出发点一致。但是,世本在老龙托梦、太宗梦醒后的第一次写文武排班时,与朱本一样,皆排出了陈光蕊的岳父、江流儿的外公殷开山。认定包括唐僧家世在内、写得十分从容的朱本前七卷可能早于世本并与世

校本精品

有最为紧密的内在联系,这些证据是值得重视的。

关于世本、朱本、杨本各自的属性及其间的关联,已有鲁迅、胡适、郑振铎、孙楷第诸公的多次考订,加之今人的详加论证,建树很多。但至今尚未确立一个公认的结论。现在,仅依唐僧家世的相关差异去推断世本与朱本之间的袭承关联,还过于单薄。可是,通过明刊本《西游记》的初步汇校和《西游记》的重新整理,世本与朱本的前七卷最接近原著的生态特质有了比较清晰的凸显,在没有发现到其他明刊《西游记》中的唐僧家世之前,重新整理本《西游记》以朱本的卷四为底本补录唐僧家世当是较好的选择。

因为能够确认明刊本中有唐僧家世,此次重新整理本,去"附录",设"补录"。回题从朱本卷四的第一节和最后一节的节题:"唐太宗诏开南省""殷宰相为婿报仇";全面比对与之相关的清刊本《西游证道书》《西游真诠》《新说西游记》等文字。在维系明刊本唐僧家世故事之完整及其原始风貌的同时,就具有重要价值的问题,提出必要的考订;比对人文本的"附录"所做的勘误,也在校记中陈述。

2017年11月10日,《新华日报·人文周刊》发表我的一篇文字,题目是编者改的,改得很生动:《我是怎么给〈西游记〉挑错的》。但我很担心读者会怀疑我"大言不惭",因为我们决不敢"冒天下之大不韪"随意改动这部中华经典的一个字,只希望让我们的读者今天看到的《西游记》,是最接近、最忠实于原著的《西游记》,我们是在坚定不移地一步步向明代万历二十年面世的金陵世德堂本的原生品质靠近。

《最新整理本西游记》自2013年10月首版以来,得到海内外学者、读者、出版家的关心以及相关明刊《西游记》善本的一些信息。2014年春,整理者开始再次就全书做了通校。期间,分别就一些疑难的裁夺和资料的取舍进行了商榷、研讨;就前言、正文和注释的文字及标点又修订了共81处。遵从全国社会科学规划办公室关于"为广大民众提供这一中国古典文学重要经典的最完善、最权威版本"的立项要求,期望再次坚定不移地向经典名著的原生品质靠近。

(特约编辑:李晓华)

浅谈世德堂本《西游记》常见的校注问题

李天飞①

现在社会上通行的《西游记》读本，以人民文学出版社《西游记》最为著名（以下简称"人文本"）。此外各家出版社均有出版，且大多声明为"世德堂本"。笔者目前在作《西游记》的整理研究，同时也发现，市面上的这些读本均或多或少存在着校勘、注释上的错误，一些《西游记》研究者，也正是因为没有读到校勘精善的本子，对一些问题失之眉睫。故用明世德堂本为底本，参以其他版本，重新校勘一过。《西游记》之成书，距今至少已有五百年，其中的思想、名物、典制、文化现象若不加注释，则不易领会，故为之作了较为详细的注释（此校注本即将于今年在中华书局出版），试图进一步解决这些遗留的校、注两方面问题。今就校勘和注释两方面谈一谈本书的情况，并和同类校注本作一对比，以明数十年来《西游记》整理之得失。由于各出版社所出《西游记》的文本大同小异，甚至小出版者抄袭、复制大出版社的文本，网络续有流传，造成以讹传讹甚多；随意翻检一本《西游记》，其错误基本相类。故此处指摘原文错误时除非必要，皆仅称"通行本"，不指称具体出版社和具体校注者。读者自可覆勘。

一 常见的校勘错误

（一）简单错误

此类错误虽多，但由于不具备太高的校勘价值，只是对校时的疏忽，故仅举两例。

---

① 李天飞，自由学者，西游记研究专家。

1. 第四回：

（通行本：）我等且紧紧防守,饱食一顿,安然睡觉。

校原本①,"饱食一顿",应是"饱飡一顿"。原本"餐"字例作"飡",两点较小,稍不注意即误。

2. 第三十七回：

（通行本：）金銮殿上,五车楼中,或与学士讲书,或共全真登位。

五车楼,世本作五凤楼,不烦改。

（二）因校勘粗略而妄改

此类问题,数量较多。多是不识原字,不知有此词,不知文化现象等妄改致误。这类问题,也是校勘工作尤其需要注意的,举例如下：

1. 第三十七回：

（通行本：）陛下,你是那里皇王,何邦帝主？想必是国土不宁。

"国"字,系整理者妄改,校原书,此字原是辺,是"边"字之俗体,"国土不宁"当作"边土不宁"。

2. 又有不知其语义而妄改的：

（通行本：）行者在匣中默默的念咒。

---

① "原本"即指世德堂本,此用台北天一出版社《明清善本小说丛刊》影印本,下同。

校原本,"默默"原是"魆魆",魆魆即悄悄,《西厢记诸宫调》卷四"背画烛魆魆地哭,泪滴了知多少。"不可写作"默默地哭"。此是"魆魆"不常见而误改。

3. 第三十九回:

(通行本:)那魔侧身躲过,掣宝刀劈面相还。

校原本,当作:

那魔侧身躲过,缠宝刀劈面相还。

缠是武术器械的专有动作,刀法、枪法均有缠之招式,不烦改字。如第二十回"(虎怪)缠两口赤铜刀"即是。

4. 第三十四回:

(通行本:)到老奶奶处,多多拜上,说请吃唐僧肉哩。

校原本,"拜上"当作"顶上",顶上不误。顶乃顶礼。明陈洪谟《继世纪闻》:"凡拜帖写顶上,不敢云拜上,顶上之称自此起。"《金瓶梅词话》第七一回:"夏公又留下了一个双红拜帖儿,说道:多顶上老公公,拜迟,恕罪。"通行本改作拜上,是不知"顶上"之义。

5. 第五十四回:

(通行本:)三藏闻言,如醉方醒,似梦初觉,乐以忘忧,称谢不尽道:"深感贤徒高见。"

唐僧见众齐来,十分欢喜道:"贤徒,累及你们了!那妇人何如也?"
唐僧喜道:"贤徒有莫大之功。求此宝贝,甚劳苦了。"

以上诸处"贤徒"均系妄改,原本均作"贤弟"。贤弟本是对弟子或年岁较幼之友的敬称。如《儿女英雄传》第四十回乌克斋对学生安龙媒说:"老贤弟,你倒不可乱了方寸,努力为之。"不当改作贤徒。

6. 第四十七回:

(人文本:)八戒掬着长嘴,喝道:"那和尚,念的是甚么经?"

校原本,"念经"当作"会经"。实会经即念经。《禅苑清规》第三卷"藏主":"藏主掌握金文。严设几案。准备茶汤油火香烛。选请殿主街坊表白供赡本寮及看经大众。……会经僧应于藏内烧香礼拜。殷重捧经路中。不得与人语笑。案上不得堆经。"这里所谓"会经",亦即书中屡屡所谓"看经"。看经非止默读,须出声,义与念经同。唐欧阳炯《贯休应梦罗汉画歌》有"看经弟子拟闻声,瞌睡山童疑有梦"的诗句,也说明看经应读出声。此处不烦改"会经"为"念经"也。

7. 第五十二回:

(通行本:)这番若拿住那贼,只把刮了点垛,方趁我心。

人文本注释"点垛"为点天灯,即把人放在柴垛上点火焚烧。此处有两个问题,第一,不明"点垛"之义,第二,未能注意《西游记》行文的用字特点,误认垛为本字。《西游记》中"垛"常通"剁",如:

玉帝传旨,即命大力鬼王与天丁等众,押至斩妖台,将这厮碎垛其尸。(第六回)

就是砍头垛(剁)脑,剖腹剜心,异样腾那,却也不怕。(第四十六回)

故"点垛"即"点剁",剁肉碎块。《笑林广记·担鬼人》:"钟馗专好吃鬼,其妹送他寿礼，帖上写云："酒一坛，鬼两个，送与哥哥做点剁。"同理第十三回："那伯钦另设一处，铺排些没盐没酱的老虎肉、香獐肉、蟒蛇肉、狐狸肉、兔肉，点剁鹿肉干巴。"应断为"兔肉点剁、鹿肉干巴"，方符合本义和语体风格。

8. 第九十二回：

(通行本:)(太子摩昂)连喊数喊，已是被他把颈项咬断了。

校原本，"数"应作"是"，应作"连喊是喊"，吴语方言"连某是某"，为一特定格式，表示连连做某动作之义（参周志峰《明清小说俗字俗语研究》）。又如第九十九回同此：

八戒笑道："我的蹭蹬！那时节吃得，却没人家连请是请。"

二　利用校勘探微发幽

古籍中的语言现象，往往带有地域、时代的痕迹，若能准确保留，则对于进一步研究其版本、思想、文学特点等，实有莫大好处，但这些问题，若不注意则易略过，今举数例。

（一）袖里乾坤

孙悟空在五庄观偷吃人参果，两次逃脱，都被镇元大仙用"袖里乾坤"的法术捉回。此四字初看无甚蹊跷，但核世德堂本原书，本作"袖褪乾坤"。褪(tùn)，即用袍袖、口袋等装。此说法流行于江淮一带。可能是校者不知"褪"之义，故统统改作"里"，实则"袖褪乾坤"亦不少见。如元高文秀《襄阳会》第三折：

怀揣日月，袖褪乾坤。

"褪"这个意义又可写作"吞"。鼓词《沉香太子雌雄剑》中，沉香师父霹雳老祖也使用过类似的法术：

袖吞乾坤多玄妙，七圣神兵用袖装。

(二)无底洞故事

世德堂本《西游记》有很多处文字，实研究其版本、演化可资注意者，但经勇改而泯没其迹，第八十三回：

(人文本：)天王道："我止有三个儿子，一个女儿。大小儿名金吒，侍奉如来，做前部护法。二小儿名木叉，在南海随观世音做徒弟。三小儿名哪吒，在我身边，早晚随朝护驾。

校世本原书，"金吒"原作"君叱"，而《绘图三教源流搜神大全》①作"军叱"，与此略同。今据《封神演义》等小说、戏剧，天王长子之为"金吒"，与次子"木吒"以金木之序排行，实较晚之名。据柳存仁先生《毗沙门天王父子与中国小说之关系》②，柳氏考订"金吒"名称沿革，独不及世德堂本《西游记》此处"君叱"，当是未见世本而读了妄改后的本子。故柳氏谓金吒来源于天竺僧"金俱吒"及陀罗尼咒"金吒金吒"，其说迂曲，义犹未谛。按"军吒"即"军吒利"，一般作"军荼利"（或"军茶利"），亦名"军持"，原意为瓶。军荼利明王，为著名密教神名，五大明王之一。唐不空大师有《甘露军荼利菩萨供养仪轨》，影响极广；又有"军吒利金刚童子"。《全唐文》卷五百六权德舆《殇孙进马墓志铭》："权氏殇子名顺孙，小字文昌，以被病用桑门法更其字曰君吒。"是军荼利信仰早行世间，且有为小儿命名之习。而其字正作"君"，与世德

---

① 不详时代，据叶德辉称是据元本翻刻。笔者按：版本风格亦似元本。
② 柳存仁.毗沙门天王父子与中国小说之关系[M]//柳存仁.和风堂文集：中，上海：上海古籍出版社，1991：1053.

堂本《西游记》同。

（三）虎先锋

孙悟空收猪八戒之后，即在黄风山遇到黄风怪，其中与黄风怪的先锋老虎精曾有一段交锋，虎精被孙悟空战败后逃窜：

> 行者与八戒那里肯舍，赶着那虎，定要除根。那怪见他赶得至近，却又抠着眼膛，剥下皮来，苫盖在那卧虎石上，脱真身，化一阵狂风，径回路口。

眼膛，各本多作"胸膛"，应误。眼膛即眼眶之俗称，《西游记》中，小妖能与孙悟空兄弟过招者甚少，大多数都是被一棍打死。这一回虎先锋竟能与孙、猪二人相持很久，虽然落败，但也表现不俗，非作者随手捏合的小妖可比。细玩此段文辞风格，亦与他处不类。故此处尚留有《西游记》早期故事痕迹。《大唐三藏取经诗话·过长坑大蛇岭处第六》，记猴行者与玄奘法师遇白虎精，白虎精变作妇人，被猴行者识破，"妇人闻语，张口大叫一声，忽然面皮裂皱，露爪张牙，摆尾摇头，身长丈五"，其变身亦从面部开始。而元杨景贤《西游记杂剧》第十一出"行者降妖"中，孙行者初归顺唐僧，在黄风山降伏了银额将军，也是虎精。则本回中的虎先锋，应承袭白虎精和银额将军而来，原应是黄风山妖首；而在长期演变中被新进"黄风怪"取代而降职为先锋①，但仍保留了妖首的某些特征。又《太平广记》卷四二六"虎"部《易拔》，豫章人易拔忽有一日对人说："汝看我面。"乃见眼目角张，身有黄斑色，化为一只虎，也是从眼部发生裂变，情节正与此相似。按《太平广记》所载虎异故事，人虎互变，极其依赖虎皮，脱下成人，披上成虎。若藏匿之，便不得变。此回书中屡写虎先锋恃虎皮方能完成变化，而非书中常见的"掐诀念咒，摇身一变"，正是此类传说的演化痕迹所在。

---

① 当是从"黄风山"捏合出"黄风怪"故事。

(四)五庄观和镇元大仙

《西游记》第二十四、二十五、二十六三回人参果故事。地名五庄观,人名镇元子,又号与世同君,称为地仙之祖。此数名不见于正统的道教经典,应都与《西游记》刻意敷衍的道教内丹学有关,是作者特意设定的名字。道教据内丹学称,修炼到中级阶段的"金液还丹",会出现"五气朝元"的现象,即五脏五行之气转化成阳神,上聚头部。五脏又写作五藏,藏篆书作匨,与"莊"极似,常混用,算是一个常见校例①。且第十九回"行过了乌斯藏界",世德堂本原作"行过了乌斯庄界",第五十四回唐僧向女儿国王介绍八戒籍贯亦称是"西牛贺洲乌斯庄人氏"。庄、藏书中本有混用现象②,道经中"五脏"常写作"五藏",故"五庄"或即代表五行之"五脏"。

镇元子:"镇元子"之名,不见于道教的神仙谱系,应是隐喻。第一,"镇"可拆为"真、金",此点已有前人提过。丘处机《大丹直指·五气朝元太阳炼形诀义》称"金液还丹变为金,其中纯阳气生,是为气中有气,已是陆地神仙,可与天地同其寿算"。第二,《钟吕传道集》称"地仙厌居尘世,……金精炼顶,玉液还丹,炼形成气而五气朝元、三阳聚顶"等,又同书"永镇压下田,炼形住世而得长生不死,以作陆地神仙,故曰地仙",下田即下丹田,又称关元、丹元,"镇元"似即"镇压关元"之意,影射地仙。可以参考。"与世同君""万寿山"与后文提到门上对联"与天同寿道人家",语意也与所引《大丹直指》"与天地同其寿算"相似。又明周清原《西湖二集》中,屡次引用《西游记》,其文字与今传世德堂本无异,唯卷四《愚郡守玉殿生春》:"就把远志、石菖蒲等样买了数百斤,煎成一大锅,就像《西游记》中五圣观混元大仙要用滚油煎

---

① 如清顾太清《东海渔歌·踏莎行》"非非是是混行庄",行庄即行藏。

② 此类混用,书中常见。第八回观音菩萨寻找取经人,路遇沙和尚拦路"口角丫叉,就如屠家火钵",此火钵二字殊费解。校全书发现,书中火、血二字混用。本书"血""火"二字常通用。第九十回孙悟空在九灵元圣的洞里打死了三个小妖,"只见地下火淋淋的三块肉饼","火淋淋"自当作"血淋淋"。如此,"火钵"同"血钵",即屠户盛血的盆子。民国朱瘦菊《歇浦潮》第五十九回:"世芳半信半疑,教人将猪血钵头拿来,放在洗面架上。"俗语有"尖刀血钵头"之说,其源正出自杀猪之生活体验,谓冤家对头,针锋相对。

孙行者的一般。"五圣观、混元大仙,是民间信仰背景下较合理的道教宫观、人物名称(如《水浒》阎婆惜云"不怕你遣五圣来摄了去"云云。"混元"也是常见词汇,道教有"混元老君",即太上老君的别称),市井说书人可以捏出"五圣、混元","五庄、镇元",却一般捏合不出,也无此必要。五圣变作"五庄"、混元变作"镇元",恰是有道教内丹学背景的人对其原文的点窜。同理,五庄观奉"天地"二字于大殿,清风、明月尚谓:"上头的("天"字),礼上还当;下头的("地"字),受不得我们的香火。"与《钟吕传道集·论真仙》"地仙者,天地之半"异曲同工。

三 《西游记》中若干知识来源

笔者为《西游记》作注,对常见工具书的误释,作了许多订正工作。例如第十回"狚亡"条,即订正了《汉语大词典》的误释。而对其语词、典章、制度、名物等,也力图有所交代,如孙悟空的四健将"马流、崩芭"、孙悟空在御马监养的马"虎䮄""银䮘",以及"用勾刀穿了琵琶骨,再也不能变化","小龙口衔着横骨"等,都做出了自己的解释,均见拙注,恒钉琐碎,此处不赘。现在仅就《西游记》中所见的一些知识,谈一谈自己的看法。

(一)元会运世

第一回大段讲邵雍的元会运世学说,但它有一个更近的来源,即抄自元儒吴澄《答田副使第三书》,吴澄原文如下:

> 故邵子之书以为天开于子,地辟于丑。来书既引朱子所云,是欲闻其说也。今为详陈。一元凡十二万九千八百岁,分为十二会;一会计一万八百岁。天地之运至戌会之中为闭物,两间人物俱无矣。如是又五千四百年而戌会终,自亥会始。五千四百年当亥会之中,而地之重浊凝结者,悉皆融散,与轻清之天混合为一,故曰浑沌,清浊之混逐渐转甚。又五千四百年而亥会终,昏暗极矣,是天地之一终也。贞下起元,又肇一初为子会之始。……自此逐渐开明。又五千四百年,当子会之中,轻清之气腾上,有日,有月,有星,有辰。日月星辰

四者成象,而共为天。故曰天开于子。浊气虽挢在中间,然未凝结坚实,故未有地。又五千四百年,而子会终,又自丑会之始。五千四百年当丑会之中,重浊之气凝结者始坚实。……水火土石四者成形,而共为地,故曰地辟于丑。又五千四百年,而丑会终,又自寅会之始。五千四百年当寅会之中,两间之人物始生,故曰人生于寅。

试比较《西游记》第一回若"到戌会之终,则天地昏蒙而万物否矣"至"人生于寅",就会发现大多数内容和吴澄这封信是一致的,有的甚至一字不差地抄袭。所以,探讨《西游记》中元会运世思想的,不应忽视这段文字的真正来源。

值得注意的是,吴澄的这封信虽然收在他自己的《吴文正集》中,但也见于明初张九韶《理学类编》卷一。而这部书因是"类编",而更容易被作小说者袭用。《理学类编》并非全录吴氏原文,而是作了摘录。《西游记》的这段文字,更近于《理学类编》。

(二)护命妙经

真假猴王打到雷音寺时如来正在讲经,讲道:

> 不有中有,不无中无。不色中色,不空中空。非有为有,非无为无。非色为色,非空为空。空即是空,色即是色。色无定色,色即是空。空无定空,空即是色。知空不空,知色不色。名为照了,始达妙音。

这段文字并非佛典,而是道教经典《太上洞玄灵宝升玄消灾护命妙经》。佛教教主讲道教经典,应为作者借取经故事宣扬道教理论,或者只是一种游戏笔墨而已。

(三)何道全《般若心经注解》

> 法本从心生,还是从心灭。生灭尽由谁,请君自辨别。既然皆己心,何用

别人说?只须下苦功,扭出铁中血。绒绳着鼻穿,挽定虚空结。拴在无为树,不使他颠劣。莫认贼为子,心法都忘绝。休教他瞒我,一拳先打彻。现心亦无心,现法法也辍。人牛不见时,碧天光皎洁。秋月一般圆,彼此难分别。

这首偈子出自第二十回,在一些阐发《西游记》"禅宗思想"的论文中常被提到。但很少有人提到:这首偈语实出自元道士何道全(号松溪道人、无垢子)之手。附于《般若心经注解》书末,前有"注经已毕,更留一篇,请晚学同志详览研穷,二十年后有出身之路,休要忘了老何"云云的题注。何道全系全真派道士,故在《心经》注解中掺杂了许多道教思想。《西游记》对《般若心经注解》的袭用,除此之外还是有许多的。如第二十二回"五行匹配和天真,认得从前旧主人",即"明心见性"之谓。而《般若心经注解》"若能静坐回光照,便见生前旧主人"。又如第五十九回回首词:

若干种性本来同,海纳无穷。千思万虑终成妄,般般色色和融。有日功完行满,圆明法性法性高隆。法性高隆。休教差别走西东,紧锁牢笼。收来安放丹炉内,炼得金乌一样红。朗朗辉辉娇艳,任教出入乘龙。

这首词的大部分内容,其实也是从《般若心经注解》中杂凑而来。如"海纳无穷""千思万虑终成妄""休教差别走西东""收来安放丹炉内,炼得金乌一样红"是何书中原有的句子,其余如何书中"种性合而为一""般般之色,混同一色""圆明法性""烨烨光辉"也与词中语句意思相同。所以,《西游记》中固然有禅宗思想,但研究时似应加以区分,是一手还是二手。

(四)惟白《文殊指南图赞》

世德堂本《西游记》作者,比较熟悉的佛教经典,是宋僧惟白的《文殊指南图赞》(以下简称《图赞》),宋代,五十三参故事逐渐流传,有《五十三参变》,五十三参雕塑等行世。此《图赞》内容即为讲述《华严经》所记善财童子五十三参故事,每一参有图,有文,有一篇七言律诗作为赞语。日本藏南宋临安贾官人刊刻的《图赞》,上图下文,便于观览。宋元以后《图赞》非常流行,并非是高深的佛典,而是非常易得的佛教通俗宣传品。

  1. 万里相寻自不言,却云谁得意难全？求人忽若浑如此,是我平生岂偶然？传道有方成妄说,说明无信也虚传。愿倾肝胆寻相识,料想前头必有缘。(第八回观音寻取经人的赞语)

  此诗出自宋僧惟白《文殊指南图赞》中对善财童子第四十四参迦毗罗城的赞语,原作:"万里相寻自不言,却云他得艺能全。求人忽若浑如此,是我平生岂偶然。传道友方成妄说,说名师轨也虚传。已倾肝胆寻知识,料得前头必有缘。"(按此图赞之五十三参顺序与《华严经·入法界品》所记略有差异)

  2. 海主城高瑞气浓,更观奇异事无穷。须知隐约千般外,尽出希微一品中。四圣授时成正果,六凡听后脱樊笼。少林别有真滋味,花果馨香满树红。(第二十六回孙悟空寻方救人参果树,对南海落迦山的赞语)

  此诗袭自《图赞》中对善财童子第十四参海住城赞语。原诗"海主"作"海住","一品"作"一器","听后"作"食后"。一器,语本善财童子在此城参见足优婆夷,"安一小器,涌无量宝,万方来者悉得满足"。本书作了窜改,是为了满足情节的需要。

  3. 玉毫金象世难论,正是慈悲救苦尊。过去劫逢无垢佛,至今成得有为身。几生欲海澄清浪,一片心田绝点尘。甘露久经真妙法,管教宝树永长春。(第二十六回对观音菩萨的赞语)

  此诗袭自《图赞》中对善财童子第二十参安住城中不动优婆夷(佛教称敬信三宝、受持五戒的女居士为优婆夷)的赞语。原诗为:"夷夷相好世难伦,正是当年个女人。过去劫逢无垢佛,至今成得有为身。几生欲海澄清浪,一片心田绝点尘。求法既云未休歇,朱颜应不惜青春。"

4. 佛恩有德有和融,同幻同生意莫穷。同住同修同解脱,同慈同念显灵功。同缘同相心冥契,同见同知道转通。岂料如今无主杖,空拳赤脚怎兴隆。(第五十一回孙悟空金箍棒被青牛精用金刚圈套去后的赞语)

此诗袭自《图赞》中对善财童子第五十一参,到妙意花城参德生童子、有德童女的赞语。前六句除"德生"改窜为"佛恩"外完全相同,最后两句原作"若要一生成佛果,毗卢楼阁在南中"。

由此可见,作者对《图赞》的要求并不高,只要是意思上差不多,便可拿来充数。即如第3条中观音菩萨赞语,其实是驴唇不对马嘴。《华严经》载:不动优婆夷于过去世离垢劫中为电光国王之女,遇修臂佛教化,成就菩萨无坏法门。故称"过去劫逢无垢佛"云云。此诗本是叙述不动优婆夷身世的赞语,被作者改窜而为观世音菩萨的赞语。所以"夷夷相好世难伦,正是当年个女人"改为"玉毫金象世难论,正是慈悲救苦尊"云云,其实观音出身,自有本事,何难另拟一篇?而使"过去劫逢无垢佛"云云,毫无着落;"几生欲海",更不知所云。又如为了配合落迦山名分,故改"海住城"为"海主城"。另外也可看出,访取经人、五庄观、青牛精三个故事,实出自一人之手。这在今后探究世德堂本《西游记》故事的构成上①,将有一些裨益。

(特约编辑:王玉梅)

---

① 如侯会先生认为,平顶山莲花洞故事为另一人所作,见他的《试论〈西游记〉"莲花洞"故事之晚起》一文。也有人认为木仙庵故事与其他故事不类,系阑入者。

·新创意·新领域·

"西游记"文化产业中的符号建构及其传播价值

张吕坤[①]

在中国文化产业发展的三十多年时间里,已经形成了和国外"文化产业"(culture industry)十分不同的、具有自己特色的文化产业语境。2012年7月,国家统计局颁布了《文化及相关产业分类(2012)》标准,将文化及其相关产业概念定义为:"为社会公众提供文化产品和文化相关产品的生产活动的集合。"其延伸定义可作如下理解:以生产文化产品和经营文化服务为主要内容,以利润获得、创造为核心,以商业法人为支撑,以文化价值转化成商业价值为纽带,并成为社会生产的基本构成部分。以文化价值转化成商业价值,是当下文化产业最为着力、最看重的一环。依托经典文本,对文本进行深入的挖掘和开发,是在商业化转向过程中牵制"文化—商业"模式平衡最重要的因素。因为文化产业归根结底是文化的外延。

《西游记》作为经典文本,其阐释和开发的价值不言而喻。自20世纪80年代以来,学界对于《西游记》研究便此起彼伏。1996年,首届《西游记》文化学术研讨会在山西太原举行,形成《首届〈西游记〉文化学术研讨会论文集》。2006年,连云港举办了"《西游记》文化国际学术研讨会"。从成书研究、作者考证、版本研究等方面对文本做了分析。时至今日,关于《西游记》文本的研讨,已经日益常态化,但作为文化产业的"西游记"研究,仍然具有很多可以深入探讨的地方。

"西游记"文化产业基于文化和工业理论的延伸,它必然是符合文化理论和消费理论规律的。本文拟从符号学的视角,来探讨"西游记"文化产业中对于符号学

---

① 张吕坤,华东师范大学博士。

自觉或者不自觉的应用,并考察符号传播学在"西游记"文化产业中的具体操作和由此带来的巨大价值。

一 "西游记"文化产业过程中符号学探索的必要性

赵小波在其《中国文化产业符号战略研究》中指出:"文化产业竞争实际上是一场符号的战争,符号是这场战争的核心武器。"[1]这种说法是很有创见的。文化产业作为一种新型的工业产品,它既拥有传统工业产品的共性,也带有强烈信息化时代的特征。如果说1986年版的电视剧《西游记》更多的是满足"人们日益增长的文化需求",那么当下,由"西游记"延伸出来林林总总的文化项目,则带有更多明确的指向性目的。这种目的指向性和机械复制是紧密相联的,并由此导致了本雅明所谓"灵晕"的消逝。符号学之于文化产业最重大的意义在于"灵晕"退场后,依旧为文化物质载体找到阐释的依据,也即它们自身存在的价值,和由存在而创造出的价值。

第一,赵毅衡有个很著名的观点:符号是人作为人存在于世的基本方式。任何人、任何事物都可以看作一种符号,没有不用符号的意义,也没有缺乏意义的符号。这是一个有抽象意味的言说,赵毅衡在其论文《符号作为人的存在方式》曾运用一个简单例子说明人和事物是符号的这一概念:肯尼斯·伯克认为人思想实为一个符号的"终端屏幕"(terministic screen),世界通过它才"有了意义"(makes sense),才能被我们理解。例如,没有地图、地理书、经纬度这些似乎是纯粹的符号工具,我们不可能对世界地理格局有任何认识。[2]承认符号作为人和事物存在的基本方式,这是"西游记"文化产业符号学分析的前提条件。

现在的文化产业形式繁多,建筑、饮食、游戏、体育、服饰、工具、器物,等等,"西游记"文化产业在符号学意义上如何区别其他众多形形色色的文化产业?一提到"西游记",我们马上可以联想到几个关键词:文学、古典、神话传说。这几个关键词

---

[1] 赵小波.中国文化产业战略研究[J].西南民族大学学报(人文社科版),2007,(08).
[2] 赵毅衡.符号作为人的存在方式[J].学术月刊,2012,(44).

新创意·新领域

的背后,是我们祖先历史发展过程中形成的物质层面、精神层面的丰富内容。所以当我们给"西游记"贴上"文学的""古典的""神话传说的"标签时候,它在物质层面就拥有了区别其他文化产业的元素。而"西游记"文化产业它酌取的资源也和文学、古典、传统等元素不无关系。例如江苏连云港市的西游记主题公园,它打造的娱乐项目和游玩设施,基本和文学上的《西游记》挂钩,另外掺杂一些传统的文化节目表演。和文学《西游记》情节吻合的游戏设计,充满传统色彩的节目演出,作为一个从来没有去过这个主题公园的游客而言,选择去那里游玩,首先是选择了它作为符号区别于其他文化产业符号的价值。因为如果"我"是一个古典文学的爱好者、是一个传统文化的爱好者,选择文化娱乐项目,会优先考虑贴着"西游记"等带有文化韵味标签的选项。

第二,在横向比较下"西游记"文学产业有明显的区别其他文化产业的符号特征,那么在纵向观照下,"西游记"文化产业又有什么特点?当下文化产业与传统产业一个很大的不同点在于其提供的核心服务和传播方式都带有符号化的形态。它给予消费者的已经不是传统的物质产品,而是精神上的满足和愉悦,这就使得作为消费品的文化,必须拥有一个利于传播销售的符号学价值。落实到具体的文化产业当中,就是如何在浩瀚如烟海的文化资源中选取受观众喜爱的符号形象,抓住引发受众共鸣的符号要因,制造超乎寻常的符号意义,如何将符号更有效地投入到产业运营中。由此可见,文化产业和符号之间有着深切的关联,发掘文化产业中的符号学意义对于文化产业理论构建和实际建设有巨大的作用。

下面,我们来比较一下1986年央视版的电视剧《西游记》和当下十分流行的一款手机游戏《梦幻西游》。1986年电视剧版《西游记》一出,万人空巷,创造了89.4%的收视率神话,由六小龄童所演的孙悟空成为一代人心中猴王的定式。《梦幻西游》是由网易公司开发、打造的一款以小说《西游记》为故事蓝本的网络游戏。截至2016年,《梦幻西游》拥有注册用户超过3.1亿,开设收费服务器达到472组,同时在

线人数达到了271万①。可以说,这两个案例都是"西游记"文化消费的成功典型。但再仔细分析,它们的成功是有本质的不同的。20世纪八九十年代,网络还没有发展,人们观看电视剧《西游记》的主要方式除了电视,就是购买DVD光盘,或者购票到播放厅观看。这些在很大程度上可以归结为物质消费,或者说实体消费。但在《梦幻西游》里,我们发现,实体消费几乎不见了踪影。充值道具、拍卖武器、购买消耗品等都以一种虚拟的方式进行完成。文化产品的消费方式以至内容都发生了巨大的改变。同时,虚拟化,意味着作为商品的"西游记",其符号价值远远超过了使用价值。传统的使用价值是指商品的品质、功能等,而符号价值则囊括了产品的品牌、设计、广告宣传和形象,等等。《梦幻西游》借助了小说《西游记》的人物情节,但在卡通版人物形象设计、立体音乐和游戏通关设定上和传统文学又有着巨大差异,不管从哪个方面来比较,作为游戏的《梦幻西游》对年轻人都产生了难以抗拒的诱惑。在网络化时代,抓住喜人的文化符号、创造可爱的符号形象、提出更多引发消费者共鸣的符号要因,是《梦幻西游》取得成功的关键。同时,也是未来"西游记"文化产业发展的方向。

二 符号学如何介入"西游记"文化产业——编码和解码

20世纪中叶,法兰克福学派的阿多诺、霍克海默提出了"文化工业"的概念,直接成为文化产业的原型。但他们认为文化工业也像其他工业生产一样,直接由流水线生产出来贩卖给受众,而且这种接受是被动的,是不可逆的。斯图亚特·霍尔(Stuart Hall)在其著名的编码/解码理论中反驳了他们的观点。霍尔改造了马克思主义的商品生产观,提出传播是一个生产、流通、分配/消费和再生产的复杂结构,它们相互闭合影响,又保持独立。其中生产者将自己的意识形态、传达的核心信息

---

① 参见 http://baike.baidu.com/link?url=I5zOvgQrO8egsAvHgP7iEyqO5qacNwkCXsFDrkFvlM-NM9xPEn9rDv2kDTF_X4k8HNCtclCipN6gQnfskiNzvAaGS3jnDlAh6Yu3vWZig8QeEIkZjqgT5A3Og-iJGi3yVO。

新创意·新领域

包装在一个产品身上并将其流通至下一环节的过程即是编码。受众对编码进行接受、拒绝和解读，并且对编码者的下次编码产生影响的行为即是解码。霍尔并没有单纯的使编码/解码停留在产品传播中，而是借助索绪尔符号学中的能指/所指，进一步探讨了符号学和编码/解码之间存在的密切联系。下面将从编码/解码入手，分析符号学是如何一步步介入"西游记"文化产业。

在"西游记"文化商品编码的过程中，包括文本自身的编码和产业生产端的编码。所谓文本自身的编码是指"西游记"这个文本，不管是文学小说、电视剧、电影还是游戏，都在消费者心中形成了一种指称。这种指称实际上是一种文化记忆和文化符号。这种文化符号不是某个人或者某个组织强加进去的，它实际上是一种民族文化的无意识。简单而言，不管是何种文化产品表现形式，但凡用到了"西游记"这个符号，文化产品自身便会拥有区别"红楼梦""水浒传"的符号编码，同时，消费者会动用自身的文化经验自动开始编码。例如只要一提到孙悟空的形象，几乎所有的消费者都把他和爱憎分明、自由自在、蔑视权威、竭忠尽力联系在一起。因为长久以来，民间传说和神话故事早已经把孙悟空形象传得街知巷闻。而且当形象符号化之后，它会比形象本身蕴含更多的信息和寓意。

所谓产业生产端的编码是指产品编码者将想要传达的核心思想、一定的意识形态、重要信息或者某种商业目的写进文化产品中。任何编码中都含有主导意义/偏爱意义。一则新闻消息中会有某种意识形态，一幅广告图片暗含商业宣传，一张明星海报可能蕴含着公益消息。和文本自身编码不同，生产端的编码是生产者故意为之，暗含生产者的预期期待。以2001年上映的《西游记》改编剧《春光灿烂猪八戒》为例，这部电视剧一改以往以"西游记"主题的电视剧一贯套路，猪八戒成了电视主人公，讲述其在西天取经之前由猪变人，在人间四处拜师学艺，并协助太白金星铲除九命猫妖的故事。如果说仅以这么一条线索展开，这部电视剧也只是所有"西游记"改编剧中普通的一种。但是生产者在原有剧情之上，再添加了一条猪八戒和古灵精怪小龙女感情纠葛的线索，使得全局不仅情节跌宕起伏吸引人，而且其中的爱情故事更是感人肺腑。值得一说的是，本片的两位主演徐峥和陶虹也因

227

戏生情,和电视情节一样邂逅了一段真挚的爱情。宣传方在宣传电影的时候,也有意无意将主演的爱情故事加入进来,让观众产生一种分不清戏里戏外的沉浸感。生产端的良苦用心收到了极好的回报,根据央视索福瑞收视调查,在某些地区最高收视率达到了惊人的31%,足以看出这是一次成功的生产端编码案例。

而所谓的解码的过程其实就是受众对文化产业接受的过程。文化产业要做到受众在符号解码过程中的两种体验。

首先是表层解码体验。即是在文化游戏、文化项目布置过程中要通俗易懂,并做到一目了然,让不同层次的受众都能通过表层解码,了解到"西游记"的故事、人物以及相关内容。在这一过程中,其实就是对声音、形象和表意符号的识别,以及认识各个元素之间相互交织影响的关系。在表层解码过程中,受众通过对编码符号的初步解读得出符号的基本所指。对于一般的消费者而言,大都拥有这样的解码能力,因为他们大多在"西游记"的文化氛围中成长,而且表层解码也要求生产者尽量降低解码的门槛。在上海奉贤区有一家"六小龄童艺术馆",全馆设计构造和布置风格都是根据六小龄童本人想法来设计的。馆内陈列的是六小龄童参加电视剧《西游记》创作前后三十多年的相关收藏品和《西游记》相关的艺术品。比如《西游记》剧组用过的金箍棒、演员服饰;小说《西游记》的不同国家、年代的藏本;电视、电影《西游记》的图片、文字材料以及丰富多彩的"西游记"工艺品。博物馆本质上是一种符号陈列馆——丧失功能使用性的展示。而"六小龄童艺术馆"之所以展出那么多和"西游记"相关的展品(符号),实际上就是想让观众(消费者)在更广泛、简单易懂的(大量运用受众的眼耳口鼻舌的直接感官)层面上了解"西游记",了解"西游记文化"。可以说,以博物馆为代表的这种陈列式展示"西游记文化"的行为,是受众最普遍的开始表层解码体验的行为。

其次是深层解码体验。深层解码的意思是不仅仅让受众停留在表层解码的体验上,而是让受众体验到"西游记"符号承载的所指狂欢性。要了解"西游记"文化产业的深层解码,必须回答下面的两个问题:"西游记"符号所指的狂欢性是什么?狂欢之后(解码之后)得到了什么?这是更为持久、更深入的文化体验。也是"西游

记"文化产业应该重点发展的方向。

巴赫金的狂欢化,是有深刻的历史基础的,中世纪晚期的大城市,每年会有固定的时间过狂欢节。在这期间等级和官阶差别统统取消,只剩下狂放不羁的自由自在的歌声和舞蹈。生活本身成了表演,而表演则暂时成了生活本身。文学《西游记》则是中国狂欢叙事的典型。孙悟空孕育于灵石,在花果山水帘洞称猴王,每天过着逍遥自在的日子。后来大闹龙宫取金箍棒,搅混地府勾去生死簿。直至有一天喊出"皇帝轮流做,明年到我家"的狂妄之语。而大闹天宫则是孙悟空这场狂欢叙事最淋漓尽致的表现。猪八戒同样是狂欢叙事的代表形象,他好吃懒做,贪财好色。在天宫便因调戏霓裳仙子而被贬下凡间,跟随唐僧取经途中依然念念不忘高老庄的"娘子",而且经常被妖怪美色所迷惑,敌我难分。文化产业的最终指向是服务于人的精神享受,"西游记"的狂欢化恰恰满足了人们跳出日常生活的庸烦,尽情享受生活、表达个性自由的愿望。

"西游记"符号,诸如"孙悟空"符号、"猪八戒"符号的狂欢性,它们共同所指的,其实都是被超我、自我所压抑的本我世界。追逐孙悟空的一切产品,喜爱猪八戒憨厚又略带邪淫的形象,都是为了满足自己欲望的需求。

不管是蕴含了什么意识形态、思想表达、商业目的的"西游记"编码,都是建立在一个核心编码基础之上——"西游精神"。"西游精神"才是最深层的码。消费者进行解码,最终看到"顽猴终被收服"的意识形态;看到孙悟空成长的思想主题;看到文化产品中赤裸裸的金钱交易。但是消费者最终选择接受的,是和他们经验有相同之处的"西游精神"。而"西游精神"没有固定的范式,每个人心中都有自己解码后的理解。消费者持着这种理解再次进入"西游记"文本中,重新进行一个符号建构,然后编码——解码的过程。

三 "西游记"文化产业呼唤符号传播的介入

符号具有语言性、实体性无法比拟的一些优势特征。把符号当作介质参与传播,我们惊喜发现以符号形式的传播,是新传播方式时代下最有效的传播方式。所

以,"西游记"文化产业的包装传播,也应该以符号的形式进行。

首先,我们正处在一个传播快速递变的时代,网络化的到来正在给传统媒介传播带来革命性的影响。寻找一条适合网络化时代的传播路径,是整个文化产业发展推广的重要任务。有学者概括出网络化时代下传播的七大特征:存在形态的开放性;信息含量的海量性;蕴含内容的复杂性;存在形式的兼容性;影响效果的交互性;传播方式的渗透性;信息覆盖的广泛性。[①]试想一下,传统的传播方式有哪一种可以涵盖如此众多的内容。

通过上文的分析,我们知道编码过程实现了符号能指的生成和装饰,这个过程实际也是传播载体和传播方式的生成,符号成为传播的媒介。作为传播媒介的符号不仅可以储存海量的信息,而且兼备便携性、交互性和兼容性。现在,我们再来回顾赵毅衡所说的那句话:"符号是人作为人存在于世的基本方式。任何人、任何事物都可以看作一种符号,没有不用符号的意义,也没有缺乏意义的符号。"符号作为传播实物性和思想性的载体的功能是毋庸置疑的。所以,在互联网时代,以符号形式的传播在最大程度提高了信息传播的效果,增强了信息传播的真实性。

我们认为,消费"西游记"文化的消费者实际上是"符号军队"。他们追求的是文化的不寻常性和本真性,追求的是某种符号记忆性。例如,一个外国人来到"西游记"文化主题公园游玩,他会在孙悟空的雕像前拍照留念,这一张瞬间形成的照片,经过Facebook、Instagram等社交媒体的传播,会在一个特定的范围内,产生文字描述、影像宣传片、广告无法达到的效果。再者,他游完结束,准备返程的时候总希望留下一点游玩的记忆。那么他很有可能买一些主题公园的明信片、孙悟空、猪八戒的公仔模型,或者《西游记》中的道具,等等。这些带有符号编码的文化产品往往会跟随主人经历一个漫长完整的周期,在这个周期过程中,它们所起到的效果往往是细水长流且积极深入的。

其次,跨文化传播一直是世界文化交流最难消除的障碍之一,不同文化之间、

---

① 梁恒贵.信息时代现代传媒的主要特点[J].新闻窗,2010(03).

新创意·新领域

不同人群之间很难实现平等的对话沟通。但一幅技巧高超的绘画、一支精彩绝伦的音乐、一段激情澎湃的舞蹈、一个憨态可掬的动漫形象、一栋巧具匠心的建筑,为什么却又可以让不同文化背景的人群共同喜爱上?因为不管是绘画、建筑还是音乐都可以归纳为视觉符号和听觉符号的范畴。感观符号直接诉诸人们的感觉系统,这就使符号传播具有极大的可通约性。它不仅跨越了文化障碍解决过程中漫长、复杂的过程,而且在某种程度上跨越了文化传播过程中的异质性障碍。

参考美国好莱坞电影和日本动漫在世界范围内受到的欢迎程度,我们知道以英雄符号、漫画符号为线索的符号文化传播不仅能够跨越不同地区不同种族间的障碍,还能跨越社会意识形态的差别,从而实现不同文化间的交流传播。这种涵盖量巨大、跨越性极强的符号传播方式已经被无数次反复证明。

早在1961年,上海美术电影制片厂便制作完成了一部彩色动画长片《大闹天宫》,并由法国公司发行。这是我国"西游记"影像化的较早尝试。这部影片虽然屡获国际大奖,但实际上它并没有完成"西游记"符号化传播的任务,或者说还没有整体符号包装的意识。虽然还缺乏符号传播的整体意识,但以"西游记"为题材的影视剧则是呈每年上升趋势:2004年系列短片《星光灿烂猪八戒》、2002年香港中天电视的《齐天大圣孙悟空》、2005年电影《大话西游之情癫大圣》红极一时;2011年张纪中版《西游记》、2013年商业电影《西游降魔篇》在票房上取得巨大成功;2014年星皓电影投资了3D-IMAX电影《西游记之大闹天宫》。在这过程中,我们可以看到生产方越来越重视影片的宣传效果,开始打着各种各样的文化符号出现在各大宣传通告上。随之而来的作用也是显著的,"西游记"系列文化产品,不仅在国内产生了巨大的经济效益,而且开始走出国门,逐渐被外国消费者所接受。美国NBC在2001年根据《西游记》改编了电视剧《失落的帝国》,2006年日本拍了11集电视剧版《西游记》,2008年好莱坞电影《功夫之王》多少也有孙悟空的影子。正是这些"孙悟空"符号形象的一再提及、翻拍,让世界开始接受"西游记"。只要一提及孙悟空,就会想到"Monkey King",只要一说《西游记》,就会知道这是一个"Story of a Journey to the West"。这是近年来"西游记"文化产业借助符号传播取得巨大成功的典范。

(特约编辑:李晓华)

动漫大师手冢治虫的孙悟空情结

杨晓林[①]

《西游记》对日本动漫大师手冢治虫有很重要的影响,万氏兄弟的《铁扇公主》(1941)开启了他的动漫人生。在他一生中共创作了四部动漫作品,表达着他的"孙悟空"情结,分别是漫画《我的孙悟空》(1952)、动画电影《西游记》(1959)、电视动画片《悟空大冒险》和动画电影《手冢治虫物语:我的孙悟空》(2003)。这些作品为以后日本和中国的《西游记》改编热,如电影《大话西游》、电视剧《春光灿烂猪八戒》以及动画电影《红孩儿大话火焰山》等后现代《西游记》戏说作品奠定了基础和雏形。

一 《铁扇公主》:开启动漫人生

中国的美术电影始于20世纪20年代初,"万氏兄弟"在上海拍了最早的一批动画片,成了中国动画业的一个开端。到了50年代中直至60年代,中国已经进入了动画电影的鼎盛时期,呈现出一种百花争艳的盛大情景,各种形式和风格的动画影片都日趋成熟和完美。而同时,日本动漫正值起步阶段,缺乏优秀的动画制作技巧和运作模

[①] 杨晓林,同济大学电影研究所所长,教授,博导。主要研究方向:影视理论、影视批评、编剧。

新创意·新领域

式,所以日本动漫工作者热衷于学习借鉴当时优秀的中国动画,开创和书写日本动漫史,而手冢治虫正是这些开创者中的核心力量。

作为日本近代动漫产业的开拓者,少年时候的手冢治虫除了自己喜欢的昆虫以外,他也看了大量的日本漫画和迪士尼动画,自从他看到了当时在日本非常受欢迎的《铁扇公主》后,这位年轻的绘画爱好者就被这部中国动画深深地打动了,于是他便开始下决心认真的学习漫画,很快的,手冢治虫在中学的时候就开始很执着的进行漫画创作了。手冢治虫生前曾经在一次采访中提道:

我在十三十四岁的时候,大概是1942年,万籁鸣导演的亚洲第一部长篇动画片《铁扇公主》在日本首次上映。当时我还在读初中,也有幸观看了这部动画电影,影片给我留下了非常深刻的印象,我不由自主地想到:这就是我们的动画片啊! 影片上映时盛况空前,连影院的走廊都挤满了观众,场场爆满。影片被配上了声音,都是由当时最著名的明星担任配音角色的,这样观众就能更容易的理解到影片的内容,这种情况连当时的迪士尼都没有过,包括大人、小孩、外行、内行的都入迷的观看电影,这就是我想做动画片的原因。

《铁扇公主》是1940年万氏兄弟采用多重影像投影法和特效制作成的首部动画长片,于1942年在日播映,那一刻埋下了手冢的悟空情结。手冢治虫一直对中国文化充满了敬意,生前很喜欢阅读中国四大名著之一的《西游记》,他说过:"其实阿童木能飞能武的原型就是来自孙悟空。"手冢治虫曾多次到中国学习连环画文化,1980年11月作为日本动画协会会员访问中国,登上了万里长城,并在上海美术电影制片厂进行参观学习。1988年上海第一届国际动漫节,手冢来到中国,特意拜访了一直崇敬的万籁鸣前辈,之后又和著名的动画导演严定宪一起创作了"阿童木和孙悟空跨时空的握手"的漫画。手冢治虫身患胃癌但仍然接任了大会审查委员的工作,超乎常人地顽强工作。

手冢回到日本后开始重新着手《我的孙悟空》草案,这是他在世时的最后一部动画作品。在该作的扉页上,他写上了"这是我的孙悟空"。而关于这部作品在手冢心中的意义,他的友人松谷孝征的话似乎能够透露出更多的信息:"他拜访万先生之后已知自己将不久于人世,完成《我的孙悟空》是在去世之前向万先生打个招呼,告诉万先生'我去了'。"令人遗憾的是,回国仅三个月后他便辞别了世界。

二 《我的孙悟空》:日本幽默诙谐类漫画的开山之作

漫画《我的孙悟空》于1952—1958年间在秋田书店旗下杂志《漫画王》杂志上连载,该作最初为全彩色连载,每期仅刊登5页,但并未影响其人气,它很快成为《漫画王》的当家作品。两年期间风靡一时,成为日本幽默诙谐类漫画的开山之作,一个中国形象作为日本动漫界一个系列的开山鼻祖,可见中国动画文化的影响之大。

《我的孙悟空》的创意来自我国古典名著《西游记》,而直接燃起手冢治虫创作激情的是中国首部动画长片《铁扇公主》。不过,手冢在《我的孙悟空》里勾画了一个和传统的《西游记》完全不同的世界。

小说《西游记》内容介绍:

东胜神洲傲来国,一块石头吸收了天地精华生出一只猴子,他前往海外仙山拜师学艺,得到了"孙悟空"的名号。学艺成功后上天入地,无所不能,从一介弼马温成为大闹天宫的齐天大圣,天庭天神对他无可奈何,玉皇大帝拿它毫无办法,只有神通广大的如来佛才能降服他,把他压在五行山下,一压便是五百年。

直到遇到了唐三藏,孙悟空从此开始了西行取经生涯,途中他们收复了白

新创意·新领域

龙马、猪八戒、沙和尚，打败了蜘蛛精、蜈蚣精、牛魔王、红孩儿、铁扇公主等各种妖魔鬼怪，经历了火焰山、流沙河、通天河等艰难险阻，也得到过观音菩萨、文殊菩萨、土地神、如来佛祖等各路神仙的帮助，最终到达目的地天竺。

《西游记》的故事中国人家喻户晓，如果局限于原作，那么《我的孙悟空》绝对是一部忠实于原著但是又缺乏新意和趣味的漫画，然而手冢治虫却另辟蹊径，他赋予了孙悟空全新的性格。在手冢的笔下，孙悟空不再是神通广大、所向披靡的齐天大圣及那种率性而为的个性，更像一个调皮捣蛋、稚气可爱的小孩子。在形象上，与《西游记》中精灵古怪的猴子形象不同，手冢的孙悟空个头小巧，有两只大大的招风耳和一张小熊样的圆脸，拿着金属质感十足的金箍棒，眉宇间既有几分"阿童木"的英气，又俨然一个调皮可爱、不乏正义感的当代顽童。

虽然同样被赋予了孙悟空的神通广大和七十二变，但手冢的悟空更人性，他有"人"的弱点，也会痛苦和黯然。经常因为红屁股被其他人嘲笑，也经常因为毛躁的脾气和性格上敌人的当。孙悟空天真帅气，偶尔还会发挥一下唠叨的功夫，调侃八戒和沙和尚。另外一个有趣的改变就是：孙悟空西天取经的原因是为了变成人类。在这个孙悟空的身上，手冢让一个本已家喻户晓的角色焕发新的生命力，从而能够为更多不同口味的读者接受。网上有文字如此评论道：

一直以来，因为他是齐天大圣孙悟空，可以由汲取天地日月精华的灵石孕育而成，可以在洞天府地占山为王，可以闹龙宫得到定海神针金箍棒，可以下冥府篡改生死簿跳出三界外，可以自命齐天大圣大闹天宫，可以七十二变……谁都没有想到他也会烦恼也会忧虑也会有不同的面貌，除了一个人。

这个人想到了就算对手不是如来佛孙悟空也会失败，想到了风采流利的美猴王也会被批评不讲究卫生，想到了齐天大圣的人生理想不是修成正果得

235

道成仙而是成为芸芸众生中的一员,想到了千辛万苦的取经路上也会充满诙谐风趣……他就是被称作铁臂阿童木之父、漫画之神的——手冢治虫。这个人把我们遥不可及的英雄由神变成人、从天上穿越时空拉到我们身边。①

《我的孙悟空》创造丰富有趣的经典细节不胜枚举,幽默桥段也数不胜数:水帘洞是廉价出售的不良别墅;天国的东方神仙和西方神仙和睦共处;天上的神仙不但聚众赌博,而且八卦乱弹;大力水手上天庭,可以和二郎神并肩作战;释迦牟尼抽雪茄;拦路抢劫的恶人是美国西部牛仔三人组;唐三藏不但可以和手冢调换身份做一次漫画家,也可以客串名侦探;坐在马背上取而代之的是个顶着真挚帽、戴着黑框眼镜的大鼻子的漫画家;沙悟净可以极度爱美丽;猪八戒、沙悟净和白龙马的合体变形是一部长着翅膀威力巨大的坦克;雷公电母们可以组成一支爵士乐队;金角银角两位大王看起了电视机,妖魔鬼怪没有了面目可憎,却多了几分憨厚可爱;如果说下油锅比的是谁的披风更耐热,那么大战牛魔王完全是一首西班牙斗牛曲;更有甚者,师徒四人在取经路上还不忘执行几个小小的支线任务,比如东渡邻国帮助桃太郎打鬼……唐三藏一行去西天取真经,历经九九八十一次磨难打败一干鬼怪精灵确实很辛苦,只是在手冢笔下被描绘得趣味横生,充满生活感。细细看来,灵韵十足的画面,机智逗趣的语言,夸张而瑰奇的想象力,出乎意料的问题解决方式,再加上时不时地恶搞一下,每一格都有不一样的惊喜。

岛本和彦②在《漫画狂战记》中曾经描绘过这样一个故事:

一个来自未来的漫画迷因时空旅行而来到了主人公炎尾燃的制作室。为答谢炎尾燃等人对他的照顾,他决定将来自未来的所有精彩漫画桥段全部说出。然而事实上,根据他提供的资料所画出的漫画并未引起太大轰动,反而是其他的漫画家

---

① 参见http://game.21cn.com/comic/news/2006/08/23/2951881.shtml.

② 岛本和彦(1961—)是日本热血少年漫画流行时代的代表漫画家之一,作品多以运动类和战斗类题材为主,广为人知的作品有《假面骑士》和《漫画狂战记》等。

从这个人参与作画的某个格子、某句对白或是某些人物的相处方式中找到了令他们灵光一闪的部分，从而创作出了无数全新的作品。这些情节都为日后的幽默类动画打下了坚实的基础。

《我的孙悟空》中的细节刻画就属此类，读来非常自然，却是作者有意为之。体现出的是手冢治虫特有的黑色幽默本领，以看似不合理的方式铺陈展开却毫不突兀，在略显荒诞的剧情中令读者会心一笑。手冢治虫在秋田书店出版的《我的孙悟空》后记中是这样描述的：

> 这本《我的孙悟空》令我可以自由奔放地带出我的幽默线路，我想这风格还可以在日后刺激新进的漫画家，让他们学习和模仿。

由此看来，手冢的精心设计并非仅仅为了一己之功，而是对整个日本动画界的发展保持着一种使命感、一种开拓思维、多方取材、于细微处见大功力的创作态度。当然，《我的孙悟空》对手冢治虫本人的意义远不止于此：手冢在创作初期与中国动画的渊源已是一个公认的事实，无论是手冢本人还是动漫画业界，对于万籁鸣，对于《铁扇公主》，无不将之放在一个极为崇高的位置上。手冢株式会社社长松谷孝征在为漫友公司引进版的《我的孙悟空》后记中说：

> 手冢治虫创作了以自己憧憬的孙悟空为题材的漫画，怀着对当时无缘见面的万籁鸣先生和中国的想念，挑战了孙悟空这个题材。

而对于这部动画片，手冢治虫也表示出了自己的一些感想：

> 《我的孙悟空》受到了这套《铁扇公主》相当大的影响，特别是火焰山和牛魔王的那一段，我本来是想把它给删除的，但是那动画的影像却一直不断浮现在我的心里，结果我几乎就完全抄袭了那一段动画，现在回想起来，《我的孙悟

空》好像是那套动画的翻版,实在是让人感到惭愧。①

这部取材于中国古典名作《西游记》的作品有着划时代的创新:将现代的文化、科技与思想巧妙融入古典题材,在造成荒诞效果的同时具备独特的幽默感,又能成功地拉近读者与作品的心理距离。由此作开始,日本漫画的"改编"风潮愈演愈烈,漫画的题材范围也被大大拓宽,吸引了更多年龄层的读者。

《我的孙悟空》借着高涨的人气,一鼓作气被改编成了两部动画片,分别就是1960年放映的动画片《西游记》和1967年手冢治虫通过自己经营的动画公司"虫制作所"所改编的电视动画《悟空大冒险》。

三 《悟空大冒险》:动画史上首部长篇逗趣卡通

作为根据古典名著《西游记》改编的现代卡通,1960年的日本版《西游记》可谓是动画史上第一部长篇逗趣爆笑卡通,开孙悟空系列卡通之先河。虽然取材自中国的传统名著,但却有了许多新时代的创新,加入了很多的现代语言和元素:三撇小胡子的佛祖,头上插花的孙悟空女友,花果山美女猴们列队跳踢踏舞,甚至还有比基尼女郎……这许多新奇的设定揭开了日本业界的改编狂潮,许多人都竞相模仿,结果大大拓展了日本动漫画的取材面,形成了独特的风格。而1967年的电视动画《悟空大冒险》是那个时代的一个代表,它为以后日本和中国的改编热,如电影《大话西游》、电视剧《春光灿烂猪八戒》、动画电影《红孩儿大话火焰山》等后现代《西游记》改编作品奠定了基础和模板。而备受青年人推崇的《大话西游》的雏形绝对是这部动画,如一口娘娘腔、做事磨叽的唐僧,为一份爱情而备受煎熬的孙悟空……

以下是《悟空大冒险》的角色设计,其搞笑逗趣的风格可窥一斑而知全豹。

孙悟空:是一只从东胜神洲傲来国花果山上石头中迸出来的猴子,集天地

---

① 参见手冢治虫.我的孙悟空:后记[M].秋田书店出版.

精华于一身。他从出生之后就到处捣乱。组织花果山上的所有猴子们抢劫经过的商人旅客,骚扰傲来国的人民。后来觉得只在花果山上称王不过瘾,连傲来国国王的位子也都抢去了。把傲来国搞的一团乱的孙悟空,逐渐觉得在地面上已经闹不出新花样。趁他还没把脑筋动到天上的时候,太白金星抢先一步请求玉帝封孙悟空一个小官来做,希望借此收伏孙悟空,转移他的注意力。结果他大闹天宫,抢走了玉皇大帝的筋斗云。最后还是神通广大的如来佛出马,才把爱捣蛋的他压在五指山下。

小龙女:会法术的龙海仙人的孙女,不但让原本不会法术的孙悟空学会了法术,还变成了孙悟空的女朋友。个性调皮活泼,常常跟孙悟空斗嘴吵架。为了能跟孙悟空他们一起到天竺取经而偷偷离家出走,然后总是在他们最需要帮助的时候出现,协助孙悟空化解危机。

唐三藏:一个准备到天竺取经的和尚。虽然个性胆小懦弱,心地却很善良,有出家人慈悲为怀的心肠。在取经的路途中被猴子们抓去五指山解救孙悟空,进而在路上多了一个强而有力的保镖。可是,就算有孙悟空的保护,但他该受的灾难,还是一样也没少。

沙悟净:以寻宝为人生首要目标的老先生,拥有各式各样奇奇怪怪的藏宝图,因此引起了不少坏人注意。和孙悟空、唐三藏也是因为寻宝而认识的。原本不想去天竺的他,因为找到了一张天竺的藏宝图,所以成为孙悟空冒险之旅的一员。特殊专长是挖地洞(这是为了寻宝练成的)。

猪八戒:原本是帮沙悟净开车的司机,吃东西是他唯一的兴趣,手中总是拿着食物。个性迷糊随和,仿佛天塌下来也没有关系,只要有东西吃就可以了。会跟着孙悟空他们一起到天竺的原因,是因为饼干吃光了,希望能到天竺找到更好吃的东西。

四 《手冢治虫物语:我的孙悟空》:一代大师的自传

《手冢治虫物语:我的孙悟空》内容介绍:前半段是手冢治虫的个人传记,讲述

了他的动漫历程。手冢儿童时候由于被同龄孩童嘲笑、欺负,心生自卑。看《铁扇公主》有幸得到电影残片,因而与孙悟空神遇。少年时候恰逢战时,由于痴迷于画漫画在劳动时被毒打,不得已只好躲进厕所画漫画,而一个同样怀有艺术梦想的红颜知己冈本京子鼓励手冢治虫坚持画画,去实现自己的梦想,这使手冢在现实世界有了慰藉,但不幸的是冈本京子被炸死。

而后在精神支柱孙悟空的鼓励下,刻苦作画,穷尽一生创建动漫世界,终于硕果累累,成为一代漫画之神。后来他来中国遇到了万籁鸣,可以说是大慰平生。

影片后半段是科幻冒险剧情。在手冢公司出品的另类《西游记》中,性格迥然的师兄四人演绎的太空版大战牛魔王。由于牛魔王横行无忌,用一棵所谓的"生命树"把所有的动物引诱过来全部吃下,目的是给他提供美味甜点,以致所有动物几乎全部消失。牛魔王还野心勃勃地要征服整个宇宙,结果三藏在与牛魔王争斗中竟然死去,而八戒、沙僧、悟空继承其遗愿,终于让星球重获绿色。

单从剧情的角度,本片并非手冢的上乘之作,但可以说是最有纪念意义的作品之一。日本文化承传自中国,日本动漫取道于中国,执着而充满想象力的手冢由于中国动漫的代表性人物"孙悟空"的精神支撑,成了日本的动画之父。他与万籁鸣的相会令人唏嘘,那时的中国动画正处于巅峰之际,手法之多样,形式之丰富令世界叹为观止。手冢仿佛是承接万氏兄弟衣钵的日裔儿女,在他不断地创新和改变之下逐步形成了特色鲜明的日式动画,如今的日本动漫产业达到了别国无法匹敌的规模和影响力,手冢功在千秋。

五 传播与启示:手冢动漫之于中国

手冢作品是中国观众最早接触到的日本动漫,影响了整整一代——20世纪80年代的观众,如今还在对新一代中国人的动漫观念发挥着无可替代的影响。

80年代初,手冢治虫和他的《铁臂阿童木》以一种非常特殊的方式来到中国。在当时,刚刚进军中国内地市场的东芝公司非常希望能够在中央电视台播出自己的电视广告。可是此前中央电视台从未播放过外国公司的广告片,而且有关方面也还尚未制定出相关的政策法规。最后,双方商定了一个变通方案,由东芝公司出资购买了《铁臂阿童木》的播放权给中央电视台,而中央电视台则把东芝公司的广告放在动画片前播放。播出时间是每个星期日的晚上6点30分。这也是中国电视

机构第一个固定的卡通节目档期。

1980年,《铁臂阿童木》在中国中央电视台播出[①],其轰动效果不仅影响了最早的一批中国动漫迷,甚至连许多原本不看动画的大人都对它耳熟能详——80年代出生的一代人所唱的歌曲中除了《沙家浜》《渴望》之外,还有"十万马力,七大神力"。此后不久,《铁臂阿童木》的原版漫画由中国少年儿童出版社引进出版,并在全国范围内发行。手冢治虫的名字也开始为中国人所熟知。[②]

1982年1月,《森林大帝》开始在我国中央电视台播映并立即引起巨大反响。勇敢独立、不畏艰险、永不妥协的小白狮雷欧自此走进了千百万中国孩子的心灵,成为家喻户晓的明星。《森林大帝》在中国播出再次获得成功,对后来中国国产动画片中动物角色造型所产生的影响,更是不言自明。此后,《三眼神童》《海王子》陆续在地方电视台播出,中国动漫迷关于手冢的记忆,得以延续。

1989年8月播映的动画《我的孙悟空》是手冢最后的动画作品。他的中国情结,自《铁扇公主》始,至《我的孙悟空》终,而贯穿其中的,是"孙悟空"这个人物,它和手冢一起,超越了中国文化和日本文化,成为一个独特的、散发出永恒魅力的文化符号。

2006年,手冢治虫《我的孙悟空》被漫友文化引入中国大陆,虽然改名为《孙悟空》有些不尽如人意,因为从名字上看意味大减,然而无论如何,这一部倾注了手冢中国情结的作品,终于和中国读者见面了。《我的孙悟空》作为日本版的《西游记》,不仅完成了其作为一个令所有动漫创作者、动漫爱好者口口传唱,心神俱醉的经典,还成为一段动漫史上联系中日两国文化渊源的佳话以及精神传承的载体。

(特约编辑:李晓华)

[①] 相对于世界其他地区,中国观众接触阿童木的时间已经很晚了,早在1963年,《铁臂阿童木》就已经在美国上映,此后还创造了世界范围内超过30%的高收视率。

[②] 刘健.映画传奇:当代日本卡通纵览[M].天津:百花文艺出版社,2003:50-51.

从影视改编看《西游记》文化产业发展的问题和方向

王新鑫[①]

丁酉新春伊始,影视贺岁片同时闪亮登场,其中最热门的两部电影是《西游伏妖篇》和《大闹天竺》,仅从电影题目就知道《西游记》又一次登上影视屏幕了。自从1926年《孙行者大战金钱豹》开始,《西游记》和影视剧的缘分持续了90年,并且还会一直持续下去。文化产业如火如荼的当下,《西游记》文化行业也呈现出"百花齐放,百家争鸣"的局面,相较于动漫、乐园、娱乐演艺等文化形式,影视文化无疑是《西游记》文化产业里的第一产业。作为和大众传播文化最紧密相连的文化产业形式,影视制作通过其快速传播效果、强烈的影响力展示出鲜活的生命力,中国传统的文化价值观念也在《西游记》等古代文学经典的影视改编中进行内化,建构新的文化价值体系。既然是作为产业,影视改编其实和经济挂钩密切,如何在商业化的同时凸显文化性,就成了一个普遍问题,且在改编中衍生出一些文化问题。从《西游记》的影视文化制作中也可见一斑,通过一些影视制作的案例,我们也应当得到一些启示。

一 模仿与致敬:《西游记》的母题价值

《西游记》业已成为影视文化产业第一热门IP。IP可以被理解为各种可供改编创作成影视作品的素材,即知识产权"Intellectual Property"。一般来说,文学作品

[①] 王新鑫,华东师范大学文学院博士,淮阴师范学院副研究员。主要研究方向:文化创意产业。

是公认的IP来源，就目前的产业状态而言，网络、动漫、游戏都有可能成为IP素材，但经典文学作品的改编一直占据影视屏幕的半壁江山。《西游记》自影视传入中国并开始产业制造的时候就已经凸显重大IP潜质了，这个超级IP循环不断、生机勃勃。《西游记》和吴承恩已经成为说不尽、道不完的影视母题，这一宝藏不断被挖掘。

1926年，上海天一影片公司发行了《孙行者大战金钱豹》，这是由邵醉翁、顾肯夫执导的剧情片，胡蝶、金玉如、金世侯主演。影片开启了《西游记》影视改编的先河，是目前公认的第一部《西游记》影视改编作品。讲述了唐僧玄奘师徒四人前往天竺国取经，在深山峡谷间大战金钱豹救回汪家小姐的故事。

1927年，但杜宇拍摄了《盘丝洞》，制片以《西游记》中的蜘蛛精一节作为故事主线，其妻子殷明珠女士扮演其中的蜘蛛精。在1927年2月2日正月初一这一天，上海、北京的市民们开始走向电影院看西游大电影《盘丝洞》。这部电影当年取得了五万多的票房，赚得盆满钵满。究其原因，除了但杜宇作为美术导演十分重视银幕造型、感官享受之外，还有一个重要的原因就是普通民众对于《西游记》的耳熟能详、津津乐道。《西游记》具备了一个成功IP所要满足的条件。

这部影片为上海影视公司所拍，战乱中胶片流失海外。"2014年4月，中国电影资料馆历经两年努力，终于从挪威迎回了国宝级影片《盘丝洞》修复版的胶片和数字拷贝，并在北京举办了交接仪式。"①

20世纪20年代，围绕《西游记》母题，中国电影人拍摄了一系列电影，除了上述列举的，还有《女儿国》(1927)、《铁扇公主》(1927)、《孙悟空大闹天宫》(1927)、《十殿阎王》(1927)、《猪八戒大闹流沙河》(1927)、《车迟国唐僧斗法》(1927)、《孙悟空大闹黑风山》(1928)、《无底洞》(1928)、《莲花洞》(1928)、《红孩儿出世》(1928)、《火焰山》(1928)、《真假孙行者》(1928)等。一时间"西游记"影视拍摄呈井喷态势，数量可观。

20世纪60到70年代，《西游记》影视改编的热潮则在香港。邵氏电影公司拍

---

① 沙丹.幕味[M].北京：北京联合出版公司·后浪出版公司，2016：23.

摄了多部取材于《西游记》的电影,如《西游记》(1966)、《铁扇公主》(1966)、《盘丝洞》(1967)、《女儿国》(1968)、《红孩儿》(1975)等。

与此同时,大陆拍摄了一些《西游记》戏曲影片。如绍剧《孙悟空三打白骨精》(1960)、京剧《火焰山》(1980)、京剧《孙悟空大闹无底洞》(1983)、京剧《真假美猴王》(1983)等。

这其中最有代表性的当属1986版中央电视台拍摄、杨洁导演的《西游记》电视连续剧,每到暑期就强势霸屏,成为播出时间最长的电视连续剧,六小龄童还因此申报吉尼斯世界纪录。这一版本的《西游记》成为大家心目中的经典改编,因为它基本体现了小说的原著精神,并融入当代因素,牵动了大家最多的怀念和记忆,广受观众好评。

进入新世纪以来,《西游记》影视改编进入了一个新的阶段,频频出现想象奇异、表现方式特别的作品。如刘镇伟执导的《大话西游》《情癫大圣》,范小天执导的《春光灿烂猪八戒》及其续集《福星高照猪八戒》等。这些作品借助《西游记》之壳,表达的是现代生活之思,也有无厘头、搞笑成分,形成了一种新的传播局面,从另一角度折射出《西游记》的魅力。

最近几年的趋势是,几乎每逢大年初一就有一部"西游"上映。2013年为《西游降魔篇》、2014年为《西游记之大闹天宫》、2016年为《西游记之孙悟空三打白骨精》、2017年为《西游伏妖篇》和《大闹天竺》,2018年的《西游记女儿国》也已定档春节。2015年暑期的《大圣归来》,凭借着良好的口碑也打开了一个新的世界,最终票房高达9.56亿元,改变了国产动画片的形态和评价。西游IP之火越燃越旺,渐成燎原之势。

2014年,中国电影资料馆策划了"金猴传奇"影展,集中放映与孙悟空有关的影片,包括动画片、绍剧等,没想到,观众甚多,"据统计,整个'金猴传奇'影展,平均每场观影人数都超过了260人,充分证明了即使是历史比较久远的小众影片,只要

包装宣传得当,仍能获得观众的青睐"。①

纵观20世纪以来的这些影视改编作品,模仿和致敬是对《西游记》这个母题挖掘程度最深的两个角度。比如1961版《大闹天宫》、1986版《西游记》、2010版动画片《美猴王》等作品,它们较为忠实原著,极大程度上还原了原著的故事内容,在原著的框架里安排线索、铺陈情节。

为什么《西游记》会成为一个成功的题材来源呢?究其原因,可以概括为以下几个方面。

(一)优秀的文学剧本

《西游记》是个免费IP,已经传承数百年,它的IP版权早已过期,无需支付费用,不必担心版权纠纷,而且《西游记》的众多章节都可以单独成篇,"九九八十一难",难难都可以单独成为一个故事。《西游记》的故事性和情节铺排都无需担忧,也就是说母题IP下面还可以诞生出众多分支IP,这些小IP也可以构成丰富的影视剧本来源。经典文学的魅力在这里可见一斑,当众多网络小说卖出高价版权的时候,对于《西游记》的改编却可以分文不费,而且有其"天生丽质"的底子做保障,基本品质十分优秀。

再从票房的角度看,《西游记》作为四大名著中的一部,比其他三部拥有更为强大的群众基础。《三国演义》《水浒传》《红楼梦》都是需要一定的文化修养和历史知识才能够领悟其一二真谛的,《西游记》则是从黄口小儿开始普及,在许多普通人的心中,《西游记》和童年记忆是画上等号的,有《西游记》的童年才是真正的中国孩子的童年。这样的观众缘就决定了涉及西游的影视文化作品通常有一个票房保障和观众底线,换言之,只要是跟《西游记》相关的影视,就会有"买单"者。

(二)张弛有度的情节

《西游记》几乎每章都可以单独成篇,每个故事都具有起承转合、张弛有度的情节。影视改编最忌平铺直叙,但西游故事一般都一波三折,有铺垫有高潮有悬疑有

---

① 沙丹.幕味[M].北京:北京联合出版公司·后浪出版公司,2016:35—37.

缓冲,这些都是改编的必备要素。影视卖座,最核心的要素仍然是故事,而不是明星演员、特技阵容等,好的故事能够把握好影视节奏。

(三)天马行空的想象力

当前科幻小说迎来一个新的时代,有不少影视作品改编自网络玄幻小说或者魔幻题材。《西游记》是什么?是最早的神魔题材。吴承恩凭借其天马行空的想象力构建了一个虚幻的西游之路,路上的种种神仙菩萨、妖魔鬼怪、怪力乱神都给改编者提供了广阔的空间,大胆新奇的、狂欢奇异的各种故事情节都可以假以《西游记》来脱胎换骨,在一个基础的土壤上尽情耕耘。影视文化产业需要创新精神,现实经历的匮乏令创作者苦思冥想也难以得到有意思的题材,但《西游记》却恰好提供了一个虚拟的想象空间,延伸了创作者的想象力。

(四)传统的文化情怀

《西游记》在16世纪横空出世,在《西游记》里彰显了中国古代的传统文化,用师徒取经的故事作为躯壳,里面涉及了中华民族的伟大文明,小说里的大唐盛世象征了当时中华文明的宏伟和先进,对自然、社会、历史和人生的深刻认识,包含了中国古代先人的智慧结晶,是举世公认的神话艺术的翘楚。这就决定了《西游记》这一文本蕴藉着传统的文化情怀,对于《西游记》的影视改编就是对传统文化的再创造。

二 解构与建构:《西游记》影视改编的一些问题

什克洛夫斯基陌生化理论指出:"文艺创作不能够照搬所描写的对象,而是要对这一对象进行艺术加工和处理,陌生化则是艺术加工和处理的必不可少的方法。"[1]在经典文学的影视改编中,重现陌生化效果,也是影视改编者欲追求的。正因为大家都熟知经典IP的内容,想要创新便更加艰难。在对《西游记》进行影视再创造的过程中,其实也出现了一些问题,这些问题是文化商业化、产业化的过程中

---

① 朱立元.当代西方文艺理论[M].上海:华东师范大学出版社,2005.45.

必然会出现的,列举出这些问题的同时也就可以进行正确的规避。

从近些年的《西游记》影视改编热来看,《西游记》的影视发展是文化和产业的双赢。传统经典故事发挥了最大的商业价值,商业模式又有了文化依托。没有一个古典神话形象能与孙悟空相媲美,没有一个故事能像西游取经的故事这样令人耳熟能详。改编中出现的问题主要表现在以下几个方面。

(一)过于追求大卡司、大制作、大明星,忽略了内容为王的原则

众所周知,文学和影视最不同的地方是影视是一种工业生产,它具有工业性、科技性、集体性等特征,它的一个首要任务是要收回生产的成本,实现盈利。这样以来,在改编中,为了良好的票房结果,许多影视改编追求大卡司、大制作、大明星,一味求大,试图用大的成本投资来实现大的产业效果。因此,在影视改编中,有时并没有在剧本制作、监制等方面投入力量,而是盲目地把成本投入在明星资本、特效制作上,后果就是拍摄出来的作品风格酷炫、魔幻,视觉奇异,出场明星颜值颇高,但是改编的效果却不尽如人意。

以《西游伏妖篇》为例,徐克和周星驰在电影中营造了一个特效满满的西游世界,在技术上炉火纯青,依靠特效制造出了惊悚感和恐怖氛围,甚至连电影的笑点都可以依靠技术特效来营造,可是却给观众带来了审美疲劳。影片充斥了好莱坞大片的大制作模式,一派喜气洋洋的工业感,可是故事本身的情绪渲染却极其虚弱,内容不再是最吸引观众的地方,忽略了观众实际上是被《西游记》本身的故事所吸引走进影院的。

(二)为了赢得眼球,过于脱离原著,没有原则地篡改,有庸俗化倾向

影视作品的潜在受众比文学作品要多,因为影视工业是一个面向普通民众的文化,从根本上说,是大众文化。在影视改编的过程中,制作者会存在过于取悦观众、吸引眼球的现象,在改编时没有原则地篡改,过于脱离原著的主旨,产生庸俗化、媚俗化倾向。比如一系列的"戏说"、"大话"、恶搞、歪曲,等等。

"文学语言更多依赖于人的想象,借助想象来阐释与重构意义,而视听语言则

首先直接作用于人的感官,让人产生猝不及防的瞬间体验。"①所以电影往往以感官享受为第一体验原则。

仍然以刚结束上映的《西游伏妖篇》为例,里面的孙悟空被塑造成凶神恶煞、杀人如麻,一直臆想杀害唐僧的形象。电影中崇尚暴力和血腥,夸大了暗黑、诡异、暴力的部分,对某些情节进行过分渲染和夸张,面目凶狠、暴力血腥。《西游记》中的经典人物形象被破坏殆尽,挑战着新一代观众的神经,既让年龄较大的观众产生厌恶,也让少年儿童产生负面暗示的作用。

(三)只顾眼前经济利益,缺失文化根基

作为传承几百年的文学经典,《西游记》为广大受众钟爱,一方面是因为其动人的故事情节,更重要的一方面是它契合着我们中国传统文化的价值体系,暗合了我们的精神文化需要。可是在具体的影视改编过程中,往往发生文化与利益的冲突,在投资者看来,经济利益是一个重要的衡量要素,因此容易产生只顾眼前经济利益,缺乏文化体验的现象。

比如,于2000年拍摄,由梦继、叶崇铭执导,徐峥、陶虹等主演的电视剧《春光灿烂猪八戒》,虽然打着《西游记》的旗号,但是跟西游取经的故事已经完全不同,全然是一部戏说猪八戒的连续剧。徐峥饰的八戒原是一只平凡的小猪,因为想逃脱被宰杀的命运而千方百计从猪圈里逃了出来,与嫦娥以及小龙女产生了情感纠葛;也塑造了太白金星等形象,虽然跌宕起伏、也颇为感人肺腑,但是它的文化根基严重缺失,成为套着西游形象躯壳的现代爱情故事,收视率很精彩,但看过之后的余味几乎没有。

"只有建立一种能够包纳所有《西游记》研究在内的开放学术视野,才能为《西游记》研究提供更为广阔的空间,研究才能拥有更加恢宏的前景,也才能更合理地规范当代西游故事传播,从而以更恰当的方式实现对《西游记》这一文学经典的时

---

① 陈晓云.电影学导论[M].北京:北京联合出版公司,2015:30.

代性阐释与重构。"①

（四）文学和影视的对接存在鸿沟，较为生硬

文学作品与影视作品都有其各自的独立特征，两者之间的鸿沟其实就是其改编的创新空间，但是这种对接的不充分往往会造成文化产品的遗憾。好的对接当然应该是春风化雨，能够体现原著的精神，又契合当代的文化发展特点。

仍然以贺岁片为例，《大闹天竺》的故事塑造了"唐森"和"武空"的关系，导演王宝强还请出了六小龄童来助阵，致敬《西游记》。其故事主体关系与原著相同，对原著中唐僧和孙悟空的关系作了一个类似的比对，师徒生二心，后来互相信任，但是其强烈的现实意图，如房地产商和钉子户的设定等都和原有文学相去甚远，关键是这种额外的嫁接比较生硬，不自然。由此可见，在经典文学和影视作品的改编中，应该建构一种成熟的影视改编体系，形成自身的产业规律，这一点不仅在《西游记》的电影改编中适用，也普遍适用于其他经典文学作品的改编。

三 寻找与回归：《西游记》影视文化产业的终极目的

《西游记》影视改编经过了漫长的90年历史，优秀制作频出，《西游记》影视文化产业也在长足发展。《西游记》是一个已经成熟的、有温度有情怀的经典IP，既可以让观众产生共鸣，又可以和用户良性互动。这部经典文学作品的影视改编其实也给予了很多的启示。所有的文化产业，虽然冠以产业之名，其终极目的不外乎两个：寻找与回归。在对经典的改编中不断寻找其价值生长点，最终回归中华文明传统的价值观，实现中国传统文化的勾联与沉淀，形成中华民族独特的有共鸣的价值体系。

（一）充分释放《西游记》的产业价值

《西游记》是一个挖不尽的大宝藏，除了它本身的经典文学价值，在现代，它拥有极其广阔的产业天地。我们关注《西游记》，想让《西游记》走得更远更好，就要充

---

① 崔小敬.传播学视域中的《西游记》研究[J].浙江师范大学学报，2012(3).

分释放其产业价值。在具体做法上"不设限",才能在效果上"出奇兵"。如今处于网络时代,影视产业的发展也呈现出多元化渠道,经典的IP完全可以通过综合渠道来打造其经典价值。《西游记》是个巨人,可以在文学、动漫、游戏等关联领域进行内容打造,同时在VR体验等技术层面进行形式创新,最大程度地完成文本和用户的互动,挖掘出无限能量。

(二)形成顺应时代背景与艺术创作规律的改编

文化产业是内容产业,产业和市场相连,也和流行文化相连,文化产业说到底是文化消费。在进行经典文学影视改编的时候就必须要顺应当代的时代潮流,力求生产出符合大众审美趣味、呼应当下传播方式的作品。受众口味的多元化意味着影视改编的多元化,多元化的背后不仅仅是形式各异,也必须符合艺术创作的规律。不拘泥于原著,取其之神,化作各种可能之形。

《西游记》的各种影视改编在票房上的成功激励了后来者,以至于导演和制作人一再运用这个超级IP,但是在这种情况下,却容易被急功近利的资本绑架,随便改编和套用,以至于恶意透支观众对于西游故事的感情。这样鱼龙混杂的影片多了,就违背了潜心运用经典作品的艺术规律,而成为一种画虎不成反类犬的笑话。

(三)在时代坐标中寻找中国文化之魂

我们处在一个多元价值体系交错的时代,在这样一个特殊的历史时刻,传统与现代、中国与西方的思想文化交融冲突,导致了我们对于自身身份的焦虑与价值的迷茫,而什么能够拯救我们的文化记忆,让我们不再焦虑? 答案是:历史文化。

好的改编作品必须将艺术性、导向性和娱乐性结合起来,反映人性的普遍意义,谱写人类共同的价值诉求。《西游记》就是这样一部可以生发出无限意义的历史作品。

以2015年的动画片《大圣归来》为例,这部大电影在开映之初的宣传可谓低调,但是上映几天就凭借口碑获得了良好的票房成绩。究其原因,其实最大的成功因素就是改编后的人物形象"江流儿"和悟空都符合我们中国人的文化价值传统,是我们一直需要的那种平凡人中的英雄人物。这种设定不仅在中国有市场,同时也因为它是民族的,继而就是世界的,在国际市场上也获得了青睐。

从古代文学作品中寻找可以改编,适应现代人审美,特别是适应当代传媒规律的文化产品,实际上其根本目标就是一种回归,回归我们一直以来持有的优良的文学传统和价值体系,弘扬中国传统价值观,塑造中国文化之魂。

结语

当今社会,文化产业的大发展大繁荣是历史的必然,经济发展越来越多地依赖于文化竞争力,也就是软实力。兴盛的文化产业以各种形式出现在台前幕后,对于《西游记》的文学传播来说,这是一次大好机遇。抓住这个难得的机遇,尝试着将文学与影视的联姻开拓到底,创造经典,是广大群众也是《西游记》研究者所喜闻乐见的结果。在《西游记》的影视改编中,最大程度地实践、实现文学和影视的交融共生,凸显各种文化创意,努力创造双赢的局面,是西游文化产业的成功。

互联网的发展、人工智能的形成和全球化的趋势,也有利于文化创意产业在更大范围内传播。相较于好莱坞的影视工业体系,我们的影视文化产业还有大量的提升空间。"中国电影的文化指数应当与经济指数获得同步的提升,唯此,才能够使我们的电影在文化精神上真正地站在21世纪的历史地平线上。"[①]《西游记》影视文化产业只是文化产业繁荣的一个窗口和缩影,但是因为其经典IP的意义可以为其他的文学改编和生产提供可以借鉴的模式和范本,因而很有开拓价值。

(特约编辑:李晓华)

---

① 贾磊磊.文化产业与文化软实力[M].长沙:湖南大学出版社,2015:91.

·广角观察·

改革开放以来《西游记》研究热点与趋势[①]

——基于CNKI期刊文章的可视性分析

朱明胜[②]

一 引言

改革开放使得国人的思想获得了极大的解放,在《西游记》学术研究上的表现为,对《西游记》研究的学术论文逐年增加,研究范围包括"故事的形成、版本的流传、作者的考证、文本的比较","佛光道影下寓意的解读、文本结构的分析"(李舜华:2001)。作为一部长篇小说,其可供解读的方面很多,为研究者留下很多领域用来研究。本文使用文献计量的方法,结合文献细读的方式,具体解决:(1)国内《西游记》研究的主要学术期刊阵地如何布局?期刊之间文章的研究倾向有何质化量化差异?(2)国内高产作者和科研机构具有什么样的特点?(3)国内《西游记》研究热点在1978—2017年期间经历了哪些历时变化?旨在通过对上述问题进行深入分析的基础是哪个,探讨国内《西游记》研究的热点和趋势,为研究者提供一定的参考坐标。

学术史研究受到关注的原因之一是总结历史,可以开创更为广阔的学术前景;

[①] 本文系国家社科基金项目"《西游记》在英语国家的接受与影响研究"(项目编号:17BWW025)阶段性成果。

[②] 朱明胜,南通大学外国语学院副教授。研究方向:《西游记》的海外传播。

可以拓展选题空间，以免陈陈相因。

本文运用CiteSpace 5.1 R8的信息可视化技术，并借助于CNKI的定量研究方法，从论文发表数量、论文发表载体、高产作者（机构）、主要研究领域、高频关键词和研究主题等方面，对1978—2017年间国内《西游记》研究进行系统梳理和分析，以期帮助国内研究者厘清学科发展动态和方向，促进我国《西游记》研究的进一步发展。

竺洪波（2005）把《西游记》四百年学术史划分为三个大的阶段，即明清时期的评点、五四时期研究的现代转型，再到新时期研究的多元化。"具体而论，明清时期以世本、李评本等评点本立纲，现代'五四'时期以鲁迅、胡适、郑振铎、孙楷第、刘修业等《西游记》研究大家立纲，当代新时期则以《西游记》研究之源流论、版本论、作者论、思想与艺术论等论题立纲。三大单元相对独立、各呈特点，而又相互贯通、照应，构成整体。在方法上力图宏观与微观相结合，中国传统治学方法与西方流行文学批评方法相互借鉴，文学研究与文化学、社会学等相关学科研究相互参照、印证，注重史论为本，兼涉考辨，以客观评述为主，也适当予以引伸开发，总之是将以研究学术、解决问题为目的。"[①]

按照梅新林、崔小敬（2002）的划分，他们把20世纪的《西游记》研究分为三个阶段，20世纪初至中叶的《西游记》现代学术研究开创期时，研究者以"新的价值观念和批评标准对《西游记》进行阐释和定位"；第二个时期是从50年代到70年代末，即改革开放伊始。由于受时代的影响，研究者更多地对思想主题进行探究，从社会批评抑或阶级斗争学说来分析《西游记》，因而研究视角较为单一，成果也不多；第三个时期从改革开放至20世纪末，《西游记》研究进入到一个全面发展时期，在质疑和反思前人成果的同时，又提出了新观点，研究主题走向多元。本研究从1978年开始截至2017年共40年间对《西游记》研究进行分析和总结，从作者、版本、人物、情节、主题、故事流变等各个方面，对《西游记》进行阐释与研究。

---

① 梅新林，崔小敬.《西游记》百年研究：回视与超越[J].文艺理论与批评，2002（3）.

二　研究设计

本文选取中国知网上从1978—2017年40年间"文献目录中的'哲学与人文科学'"的中文社会科学期刊论文为统计对象,以"篇名"为检索词,挑选了选取学科排列中的前8个学科,即中国文学、戏剧电影与电视艺术、外国语言文字、文艺理论、中国语言文字、世界文学、文化与宗教等进行归类,共得到2364篇文章。(因为在CNKI上,从1955年间总共只有9篇文章,为了统计的方便和论述,在此统计了从改革开放开始到2017年底共40年的学术研究史。)利用统计工具CiteSpace V和中国知网上的可视化图表来进行展示,以方便统计。

三　结果与分析

(一)《西游记》研究的总体趋势

从文章出现的数量观察发表趋势而言,自从"文化大革命"结束、中国的对外改革开放以来,期刊发文量呈现出逐年增多的趋势,这也刚好契合了1978年是思想大解放时期的发轫点,思想解放的深入发展也促进了研究向纵深发展,《西游记》研究者和刊出的文章日益增多,每年社科类期刊出版的文章数量也从最初的2篇到了2016年的150篇。从1978年的两篇到1983年的16篇,1999年的文章量首次突破50篇,2007年之后,这方面的文章一直保持在100篇以上。

在1978年刊发的两篇文章中,如果说朱式平的文章《试论〈西游记〉的思想政治倾向》还有"文革"研究的遗风之外,那么李洪甫的《云台山、吴承恩与〈西游记〉》则通过对云台山追溯历史,佐证了吴承恩为《西游记》这部鸿篇巨著的作者。自从20世纪80年代以来,研究者对《西游记》的作者、版本、主题、宗教意识等进行了重新思考,提出了许多反驳性观点,其次是研究视角的多元化,研究范围涉及许多新的领域,比如比较文学和跨文化交际,这些研究使得从这个时期开始,发文量日益增多,是研究发展的增长期;自从"中国文化走出去"的策略提出之后,研究《西游记》外译的文章也大量出现,并有越来越多的趋势,是研究论文量的高速发展期。

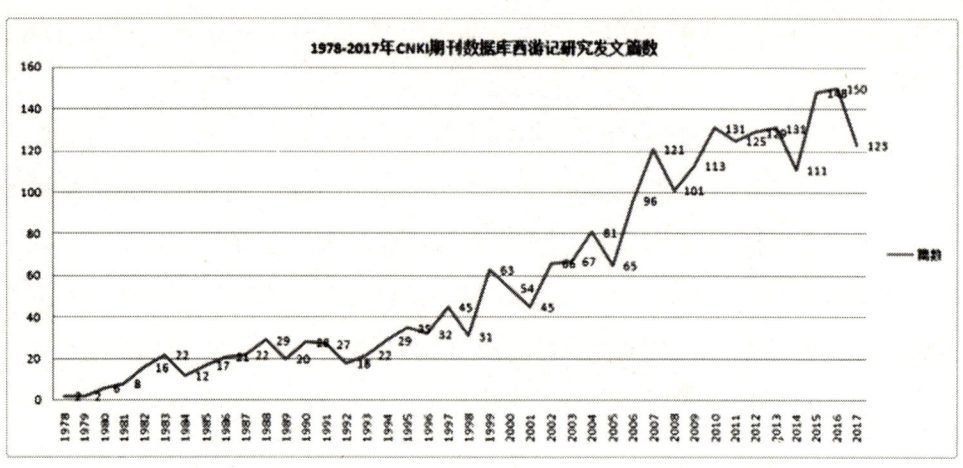

图1 1978—2017年CNKI期刊数据库《西游记》研究发文篇数

(二)《西游记》研究高产作者及刊文期刊

本文借助于CNKI研究工具,绘制了《西游记》研究高产作者和刊文期刊的知识图谱。笔者将时间界定为1978—2017年这40年中选取发文量最低为10篇以上的作者。由于时间跨度比较大,在不同时期,研究者的发文数量也有一个动态的变化。下图为不同作者的发文量:

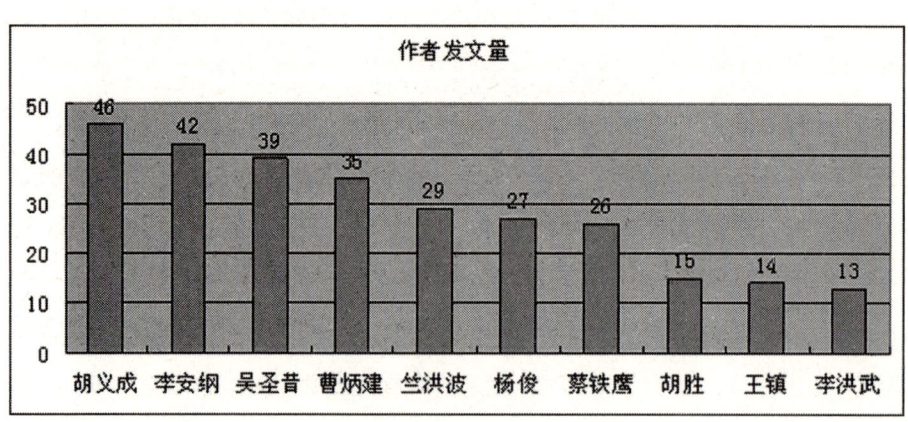

图2 1978—2017年作者发文量

广角观察

发文量超过13篇的作者分别是胡义成、李安纲、吴圣昔、曹炳建、竺洪波、杨俊、蔡铁鹰、胡胜、王镇、李洪武等10位研究者。其中陕西省社会科学院胡义成研究员在2000—2013年间发表了《西游记》相关的论文多达46篇,高居研究者发文量的榜首;先后任职于运城师范学院和中国社科院的李安纲教授42篇,江苏省社会科学院研究员吴圣昔39篇,河南大学文学院的曹炳建教授共发表了35篇,华东师范大学文学院的竺洪波教授29篇,杨俊教授27篇、淮阴师范学院教授蔡铁鹰教授26篇,辽宁大学文学院胡胜教授15篇,淮海工学院王镇14篇,潍坊学院的李洪武13篇。

尽管胡义成研究员发表的文章最多,但仔细查找和阅读其所发论文题目和内容,则发现有些论文存在多篇论文改变了题目,而内容完全相同、重复发表的现象。比如发表在《福建师大福清分校学报》(2011年第04期)的《〈西游记〉最终定稿人居于江苏茅山——第一回关于〈黄庭经〉的描写暗示》一文和发表在《十堰职业技术学院学报》(2011年第01期)中的《江苏茅山之标示:〈黄庭经〉——〈西游记〉第一回关于〈黄庭经〉描写之寓意的破解》两篇文章中,除了标题略有不同之外,摘要和内容一字不差,完全相同;另外,相同的情况还出现在以下期刊和文章,发表于《南京邮电学院学报》(社会科学版)(2003年第02期)的《论今本〈西游记〉定稿者即明代道士闫希言师徒》和《抚州师专学报》(2003年第02期)的《今本〈西游记〉姓闫说》;发表于《甘肃社会科学》(2001年第01期)的《〈西游记〉作者和主旨再探》和发表于《大理师专学报》(2001年第01期)的《追加〈西游记〉作者文——〈西游记〉作者和主旨再探》。上述文章除了题目不同之外,论文内容完全相同。还有发表于《成都理工大学学报》(社会科学版)(2011年第01期)的《〈西游记〉陈元之序言揭密——论陈元之即闫希言大弟子舒本住的文本证据及其它》和发表于《江汉大学学报》(人文科学版)(2011年第01期)的《〈西游记〉陈元之序言应为闫希言大弟子舒本住所撰》两篇文章,内容雷同率多达三分之二还多。以相同的内容和不同的题目重复发表在不同的期刊,为统计其有效研究成果带了一定的难度。

不同的研究者研究的侧重点也不尽相同。陕西省社科院胡义成研究员、晋城学院中文系李安纲教授和淮阴师范学院文学院蔡铁鹰教授都对版本有深入研究,

提出了各自的主张和观点。胡义成发表了数十篇文章来论述"阎希言师徒定稿说"以区别于"丘处机作者说"和"吴承恩作者说"。李安纲教授继承了清初汪象旭,后来有陈士斌、刘一元的思路,认为该小说为丘处机所著,试图证明《西游记》是为金丹大道而来,唐僧师徒西天取经的历程,就是体现金丹大道的过程。他在《西游记》研究中自成一家,具有个人鲜明的特色。[①]蔡铁鹰教授沿用了胡适、鲁迅的研究思路,利用文史研究的方法,通过对方言的考证、行文风格的分析等,用大量的史料来证实《西游记》为吴承恩所作。这三位研究者通过对该小说作者的讨论,为《西游记》研究提供了大量可供参考的文章,推动了《西游记》研究的发展和繁荣。江苏省社科院吴圣昔先生也对《西游记》的版本问题多有研究,并对该小说的主题也有深刻、独到的见解。河南大学曹炳建教授对版本、成书问题、宗教和人物形象多有研究,考证严谨,发表了数篇研究论文。华东师范大学文学院竺洪波教授主要从文艺学理论视角出发对《西游记》研究进行阐释,近年来兴趣范围扩大,从理论和实践对该小说进行探讨。南京特殊教育师范学院杨俊教授从现象学出发,分别对版本、人物形象和文化内涵进行了分析。辽宁大学人文社科处胡胜教授从小说主题、成书过程和宗教文化等方面撰文来阐释自己的观点。

由于《西游记》研究者年龄的差异,年长一代的研究者,如曹炳建、蔡铁鹰等学者已经退休,他们可以有时间静心撰写专著,以便系统阐发自己的学术观点,可能在期刊上发文渐少;还有的学者,比如胡义成研究员,尽管没有退休,但研究兴趣发生了转变,这些因素使得研究发文量有出现日益减少的趋势;研究者的中坚力量,有竺洪波、胡胜、李安纲、李洪武、杨俊等,高质量的研究论文或专著有望在近期刊出或出版;新生代研究者有王镇等学者,由于年富力强,精力充沛,新的研究成果在不断地涌出;有些学者,如胡胜,专注研究《西游记》的说唱文献和跨文本差异,于2017年分别获得了国家社科基金的一般项目和重大项目,王镇获得了2017年江苏

---

① http://blog.sina.com.cn/s/blog_53e028620100cik6.html 李安纲"《西游记》文化研究"之学术质疑(2005)

省级社科项目,这些都为他们提供了源源不断的动力,相信他们在以后必定有更多的论著问世。这其中引人注目的是,淮海工学院外国语学院的王镇副教授除了关注《西游记》中的女性形象之外,还利用他出身外语专业的优势,把研究视角触及到《西游记》在英美的翻译与传播,扩大了《西游记》的研究范围,为研究提供了新的增长点。而李洪武博士主要从哲学和文化学的角度来论述佛教、禅宗和哲学方面来论述人物形象,使得《西游记》研究包括的范围更为广泛。

作为文章的载体,一些重要期刊在刊发《西游记》研究的文章中是主要阵地。本统计选取了篇名为"西游记"搜索词,在1978—2017年间进行查询,得出的结果为下表。

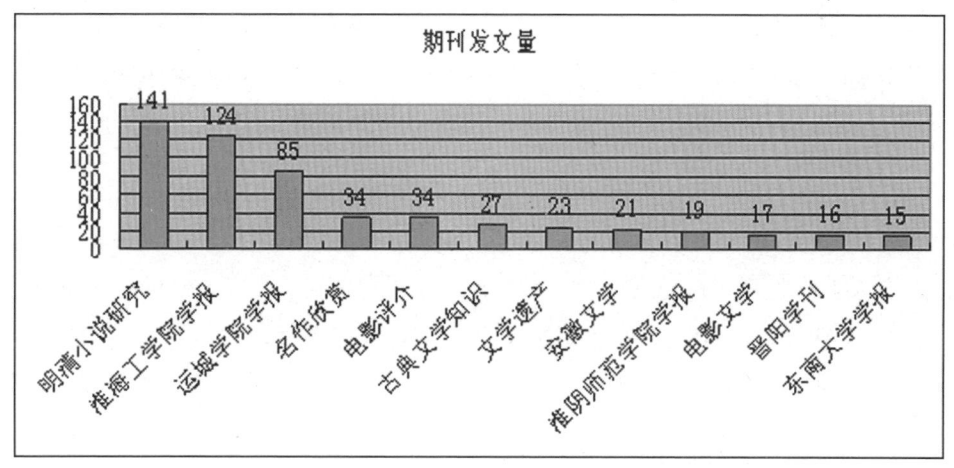

图3　1978-2017年期刊发文量

各类期刊根据本地域的特点和期刊定位刊发了不同特色的文章。这其中有《明清小说研究》从1985年开始连续共刊发了141篇,该刊物作为江苏省社科院主办的刊物,因其位于六朝古都南京,在明清时期是个重要的城市,再加上该刊物的专业性定位,刊文量最多也就在情理之中。坐落于连云港淮海工学院的《淮海工学院学报》(人文社会科学版),因其地理位置位于花果山的故乡,该刊物借助于其独特的地理位置优势,把"西游记研究"办成了一个专栏特色项目,所刊发的文章几乎

囊括了研究的所有领域，从2003年伊始已经刊发文章共124篇，成为仅次于《明清小说研究》杂志之外的第二大文章刊发文章量的杂志，也成为《西游记》研究的第二个学术阵地。由于该杂志为月刊，且每期都有固定的栏目，估计其在以后发文总量上会后者居上。从1992年的《运城高专学报》刊发李安纲的《〈西游记〉三论》开始到2015年这24年间，共刊发了85篇论文；《运城学院学报》究其原因可以发现，因西北地区拥有丰富的西游故事史料、雕刻等，以及流传于西北的《取经诗话》和山西队戏中的《唐僧西天取经》等资料，再加上李安纲教授的博士论文为《孙悟空形象文化论》（2000），他又组建了"西游记文化委员会"并担任会长，又利用其做该校学报编辑的便利条件，所有这些都促进了该期刊大量刊发研究《西游记》的相关文章，使其成为《西游记》研究重要的期刊和学术研究阵地。《名作欣赏》刊登的论文主要涉及对小说的主题、人物形象和故事情节等的分析。《古典文学知识》集中刊发《西游记》研究论文在1999年第4期，该期为《西游记》研究专刊，分别设置了"研究综述""名作赏析""文学史话""读书札记""人物形象画廊""文苑人物""文学胜迹""要籍简介""海外汉学界"等9个栏目共22篇文章，专家们从各个视角对《西游记》进行了探讨。《文学遗产》作为一个重量级刊物，共刊发了研究论文22篇，相对于同一时期内只有19篇《红楼梦》研究论文来说，则算给予了足够的重视。《安徽文学》作为一家省级期刊，在近10年刊发了21篇相关研究文章，并且获得了较高的引用率，确实值得关注。《电影评介》和《电影文学》作为刊发与《西游记》相关的影视剧研究文章的专门刊物，这两份期刊发表了根据西游故事而改编的电影评介文章多达80多篇，这些文章有直接论述电影本身的故事情节、人物形象、改编、戏仿、传播等，也有阐述与其他电影的差异和相似的，这些都是《西游记》研究的有机组成部分。淮阴师范学院虽然地处吴承恩的故乡淮安市，但是《淮阴师范学院学报》刊发《西游记》研究论文在这40年中却只刊发了区区19篇，没有充分发挥其作为吴承恩籍贯地能够提供足够史料的独特优势，没有给予足够的关注，确实让人感到遗憾。在《晋阳学刊》刊发的所有16篇论文中，最为引人注目的则是蔡铁鹰和李安纲两位教授的学术争鸣8篇文章，他们的学术商榷文章占据了该刊发文总量的半数，这也是该刊物所发文章的亮点。在《东南大学学报》上所刊发的15篇文章中,除了有《西游记》研究专家曹炳建、胡义成、杨俊、陈文新等的论文之外,中国国家图书馆馆长杨扬从文艺学视角撰写的《〈西游记〉美学问议录》7篇系列论文则成为该学报刊文的一大特色。这些期刊都有自己的独特栏目,在不同的时期发挥着自身独特的优势,它们相互补充,使得《西游记》研究得以繁荣,促进了学术生态的良好发展。

(三)《西游记》研究关键词共现网络分析

关键词是对文章内容的高度概括和提炼,因此可以常用高频关键词来分析目标学科领域中的研究热点。(王峰:2017)本文利用CiteSpace 5.1 R8进行统计,选取了改革开放以来40年间论文中最为突出的25个关键词中的20个,并去除了《西游记》(850篇)和"西游记"(291篇)两个区分性较弱的关键词,分别把孙悟空(形象)、悟空(形象)、猴行者等为一个关键词"(孙)悟空(形象)、猴行者",得出如下图表形式:

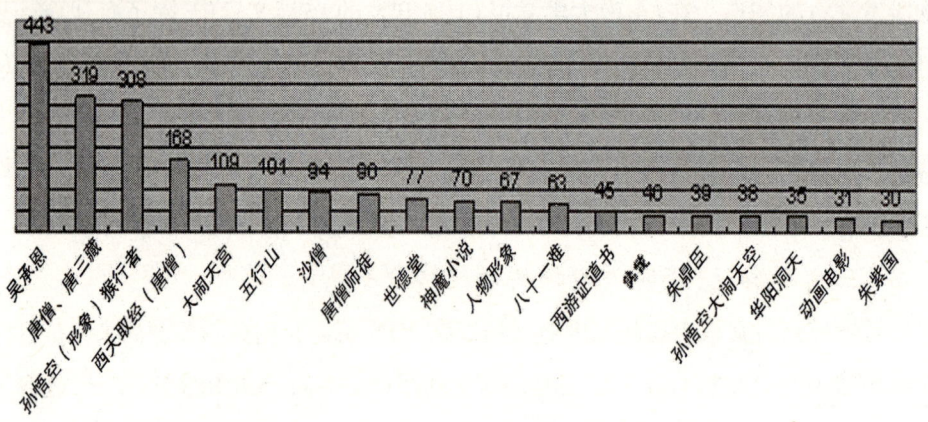

图4　1978—2017年《西游记》研究关键词统计

文学理论家韦勒克把文学研究划分为外部研究和内部研究两个方面,把作家研究、文学社会学、文学心理学以及文学与其他学科的关系之类不属于文学本身的研究归于"外部研究",而把对文学自身的种种因素像作品的存在方式、叙述性作品的性质与存在方式、类型、文体学以及韵律、意象、隐喻、象征、神话等形式因素划入文学的"内部研究"。①

文学批评具备自身的繁衍功能,每项研究都可能成为新的研究的起点。批评家之间的意见分歧和论争往往激发新的灵感,带来新的转机。对于《西游记》既有"外部研究",也有"内部研究",出现这个现象的原因是因为该作品中的一些故事是经过世代流传,最后由编者集大成,因此也就出现了这种现象。李洪甫教授于1978年发表在《徐州师范学院学报》(第3期)上的《云台山、吴承恩与〈西游记〉》一文中,用大量的事实证明《西游记》中的花果山就是以连云港境内云台山脉中的花果山为原型创作而成,同时也认为吴承恩就是《西游记》的作者,该文拉开了改革开放后学术繁荣的序幕,成为新时期学术大讨论的发端。对作者的争论是研究者关注的重要问题,发文量也最多,共有443篇。自从《西游记》问世以后,由于该小说

---

① 韦勒克,沃伦.译文学理论[M].刘象愚,等,译.南京:江苏教育出版社,2005:8.

有丰富的内涵、奇幻的形式和多元性的解读,从历史上的研究进程中就形成了一些持续不断的争论热点,譬如作者之争、祖本之辩、孙悟空原型说、主题的讨论等,就对该小说进行各种研究,对作者的探讨从明代作品的佚名、清代的丘处机,到现代的吴承恩,从编纂《四库全书》总纂官纪昀、乾嘉朴学大师钱大昕、现代学者胡适和鲁迅,再到当代的柳存仁、夏志清、蔡铁鹰和李安纲、胡义成之争,对于这个问题的讨论就一直没有停止过。学术新秀的加入,使得对版本作者的讨论更加深入,新材料、新发现都为各自观点提供了更多的证据,因此这方面的论文也最为丰富。

其次是对于唐三藏的形象讨论并深入分析。位居研究数量第三的是对孙悟空形象的研究,其他相似词还有悟空、猴行者等。朱彤最先于1978年初在《安徽师大学报》第1期发表《论孙悟空》,《西游记》研究随之热烈展开,并发生了一场关于《西游记》主题性质的论争。

其他的诸如:以"西天取经""大闹天宫"和"五行山"等关键词的研究文章,数量都超过了100篇。特别是在20世纪80年代后期,改革开放带来了后现代主义的思潮,给《西游记》研究者带来了质疑、反思和批判的认知范式,视野的拓展、观念的更新、思维的转变,都给研究者带来了新的活力,涌现出一大批反思性较强的文章,研究重点集中在对作者的争议、版本的源流、小说的主题和思想性、人物形象、宗教意识等方面,都对前人的成果进行了重新思考,对前人的成果提出了许多不同的评价和认识。研究范围也获得了扩大,多元化的视角开拓了新的研究领域,用神话学、人类学、文化学、传播学、翻译学、比较文学、接受美学等新的学科视角来研究这部小说,给研究带来了耳目一新的景象。处于研究中心的边缘地带,有一些小的研究话题,比如:电影、张纪中、《西游记之大圣归来》、《大话西游》、翻译策略、归化、异化、文化传播、解构等,研究范围的扩大,同时也可以看作是研究新的增长点。

四 结语

本文通过对CNKI上40年期刊上的论文进行可视化分析,主要有以下发现:在改革开放初期,是学术继承期,《西游记》研究延续了前人研究的传统,对作者和版本的探讨进行了深化,跨学科研究有着重大的进展。2007年以后是学术研究爆发期,表现为超过100篇的文章被刊发。尽管研究取得了巨大的成就,但相对于《红楼梦》每年期刊的发文量(以"红楼梦"为篇名来检索,自从2007年开始,每年都超过500篇以上)来说,《西游记》发文量相对较少,研究还有巨大的提升空间。

(一)本文研究的局限

1. 本研究选择期刊数据库的单一性、时间设定和选择研究学科的局限性、篇目的限制,这些因素都使得研究具有一定的瑕疵。只选择了CNKI上的期刊文章,只挑选了"篇名"为"西游记"作为检索词,选取学科排列中的前8个学科,即中国文学、戏剧电影与电视艺术、外国语言文字、文艺理论、中国语言文字、世界文学、文化与宗教等进行归类,忽略了《西游记》对其他学科的影响,这样就给本文统计带来一定的不全面性。如果能把国外及港澳台期刊对《西游记》的研究成果囊括进来,则会使统计更加科学和全面。

2. 只统计了期刊论文,没有把国内外研究者的专著统计进去,就会使得统计结果和结论有点片面性。有些学者专著比较多,还有较大的影响力,但是发表论文不多,在本文中没有纳入研究范围,则使结论会有失偏颇。

(二)《西游记》研究的可行性分析

1. 由于对版本和作者考证、人物形象、主题思想等研究较多,在以后的研究中可以加强叙事学研究,可以参照一些古典名著的研究方法和范式,找出神魔小说和现实小说的叙事差异,包括叙事结构、叙事方式、话语和意图的差异。

2. 研究成果主要集中在文学领域,语言学视角研究欠缺。语言学家的参与研究,把最新的研究成果应用到对《西游记》文本的分析上来,将会使研究更加丰富多彩。

3. 《西游记》外译的研究不足。在"中国文化走出去"的大背景下,跨文化研究和比较文学研究开始进入人们的视野,通过对比分析研究中西译本比较和差异的越来越多。但相对于《红楼梦》英译本的研究还远远不足。《红楼梦》研究中文章引用率(截至2017年)超过100次以上的文章来看,前10篇文章中有8篇是跟该小说的翻译相关,研究《西游记》小说的外译,特别是英译,还有巨大的潜能。随着中国

对外交流的发展,中国文化的广泛传播,《西游记》传播、翻译等方面的研究也成为研究者关注的重点。研究《西游记》在国外的传播和影响,需要新的力量,比如,比较文学方面和汉学方面的专家加盟、介入,才能使研究更加全面深入。

4. 对《西游记》进行全方位的研究,其中包括对正文本、副文本和外文本研究,使人们对这部作品有个全面认识。

5. 增加新的研究期刊,加强现有期刊的宣传力度,增加研究专栏。相对于《红楼梦》研究来说,还有很大差距。红学研究有专门的期刊如《红楼梦学刊》(北京艺术研究院,1979年创刊)、《曹雪芹研究》(季刊,2014年创刊,中华书局和北京曹雪芹研究主办)。以前还有《红楼梦研究集刊》,红学研究团体较多,有专门的期刊来为红学研究者提供平台,这势必会促进研究的大发展。

6. 加强与海外汉学家的沟通,从跨文化交际和比较文学的视角来研究该部作品,寻找中西文学的共通性,形成中外文学评论的对话形势,共同促进研究的发展。国外一些人对《西游记》的研究在主题思想、历史背景、成书过程、语言特色及版本源流方面都具有自己独到见解。哥伦比亚大学《西游记》研究专家夏志清认为:"作为一部喜剧幻想作品,《西游记》非常容易为爱想象的西方人所接受……作为一部建立在现实观察和哲学睿智基础上的讽刺性幻想作品,《西游记》的确使人联想到《堂·吉诃德》,这两部作品在中国小说和欧洲小说发展史中占有同样重要的地位。"这就要求研究者既要有扎实、严谨、实事求是的研究,又要有广阔的域外视野,既要重视同行之间的吸收和借鉴,又要有开放的心态,加强国际交流,从不同的视角和思维维度来考虑问题。跨文化、跨学科视角能给《西游记》研究带来活力。

(特约编辑:王毅)

参考文献:

[1] 竺洪波.四百年《西游记》学术史[M],华东师范大学,2005.

[2] 陈文新.读竺洪波《四百年〈西游记〉学术史》[J],明清小说研究,2007(3).

[3] 王峰.国内外翻译研究热点与趋势:基于译学核心期刊的知识图谱分析[J].外语教学,2017(4).

[4] 黄鸣奋.英语世界中国古典文学之传播[M].上海:学林出版社,1997.4.

· 传播动态 ·

谈谈林小发的德文译本《西游记》

李晓华[①]

据报载,目前德国文坛劲吹一股"中国旋风":德译本《西游记》横空出世,暴热书市。2016年10月,瑞士女汉学家林小发翻译的德文本《西游记》由雷克拉姆出版社隆重推出,随即亮相法兰克福书展,黄色封面,封面上美猴王手搭凉棚眺望。小说有五十多页后记,其中18页是详细的神仙列表。林小发还介绍了神仙的世界,《西游记》故事的形成和小说接受史等。在书展中德文本《西游记》获得空前好评,《法兰克福邮报》将其列入"最适合圣诞节馈赠的书籍"之一;2017年3月23日再传捷报,林小发女士荣获"德国最受追捧的文学奖之一"的莱比锡书展翻译奖,评委给出的颁奖理由:"德国读者终于能读到既忠实于原著又行文优美流畅的全译本","《西游记》全部的丰富性和多样性得以展现,这是林小发的功绩"。

林小发(Eva Lüdi Kong),瑞士人,1968年生于瑞士比尔,曾在中国杭州生活了25年。始读苏黎世大学汉学系,1996年毕业于中国美术学院版画系,2004年浙江大学中文系硕士毕业。先后任教于浙江大学外国语学院德国研究中心和中国美术学院中德艺术研究生院,如今进行文学翻译、文化研究与文化传播等工作。

林小发的德译本《西游记》

---

① 李晓华,博士,淮阴师范学院文学院副教授。主要研究方向:中国古代小说。

传播动态

  这部德译本《西游记》是林小发从1999年开始,陆陆续续翻译了17年之久的作品,最终在2016年10月正式出版,之后引起环球网、腾讯网、搜狐网等诸多媒体的密切关注,陆续以采访、访谈和新闻报道等形式介绍林小发翻译《西游记》的初衷、所选的版本及其缘由、翻译和出版中所遇到的困难、中国文学在德国的接受情况,等等。

  据林小发称,翻译的初衷一则是因其热爱中国古典文学,《西游记》为其打开了博大精深的文化世界,读了之后想继续深入了解,也很想分享给德文读者,于是就开始翻译。二则是《西游记》之前已有两种德译本,一个版本译自英文(出版于1942年),是由 Arthur Waley 翻译的一个节译本,Waley 是著名的汉学家,他当时的翻译宗旨是希望将西游故事的精彩部分介绍给英文读者,于是他选择了百回本《西游记》大致四分之一的叙事内容,在译文中重新组合,并编成总共20章节的书,总共250多页。在人物名称的翻译方面,Waley 选择了一个简便的方式,将孙悟空通篇译成"Monkey",猪八戒译成"Pigsy",沙和尚译成"Sandy"。当英译版1947年翻译成德文时,译者沿用了这些名称,由此给中国的故事外加了一个不合理的"英国口味"。他还把开头的哲学铺垫、回目和诗词都去掉了,包括所有跟精神层面有关的内容,这非常令人遗憾。第二个译本是由一位原民主德国译者在1962年翻译出版的,依据的是中文原版和俄文译本,但译者采取了总结性的翻译方式,诸多的诗词、回目、对话等内容都被删除,同时字里行间还流露出明显的反宗教的精神,这一点跟中文原著显然不搭配。以上这些都构成了其翻译《西游记》的动机。

  林小发翻译选择的是中华书局出版的《西游记》,这个版本以清代的《西游证道书》为底本,相对于更常见的明版本,这个版本经过了一些文笔润色,也删掉了一些描述性的诗歌。当采访者问及林小发为何选择《西游证道书》,而非明代万历二十年(1592)所出的"世本"作为底本时,林小发解释是因其最初读的就是《西游证道书》,里面清代的评语帮助她理解《西游记》的一些精神内涵和隐喻。最初本想把《西游证道书》中汪象旭的评语也纳入到译本中,后来在编辑的建议下放弃。另一方面,"世本"中的诗词非常多,篇幅也很长,考虑到德国读者的接受程度,所以还是决定用《西游证道书》作为底本。

　　林小发称在翻译过程中遇到了不少困难,如要翻译很多佛教和道教的内容,为了搞清楚这些问题,她花了大量的时间去研究,读了很多文献,也请教过佛学院和道学院的人。至于书里的人物的译法,除孙悟空音译外,其余意译,这有很大的难度,如"唐僧"怎样译,先用汉语拼音"Tangseng",后来改译为"来自中国的高僧"。原文里的"唐",她翻译成"China",这样读者很容易联想到古代中国。神灵和妖精名的译法,需要想象力,比如,麒麟山小妖有来有去,译为"又来又去的那个"。出现在回目和诗词中的一些道教术语,如金公、木母、婴儿、姹女等,直接字面翻译成德语很容易,但自己觉得翻译之前必须理解透彻,否则无法把真正含义传达给读者。

　　此外,林小发在采访、访谈和所写的关于《西游记》的德译过程的自述中还谈到,德国的文学界还没有系统地接纳中国文学,因现在学中文的人多,但真正精通中文的人还是不够,有很优秀的汉学家,但是德语文笔很好的也不多。在德国推广中国文学需要搭建桥梁的人,比如长时间在中国生活的德国人,或者长时间在德国生活的中国人。她曾将试译的十回内容加上小说简介寄给德国几家出版社,但都被婉言拒绝——在德国过去很少人听说过《西游记》,更不知道这本书的文化价值。直到2009年遇到对中国情有独钟的雷克拉姆(Reclam)出版社的编辑麦尔(Dieter Meier),才促成这本书在几年后出版。林小发还声称自己翻译这部中国古典名著足足花了17年。对她来说,漫长翻译过程中的成长与挫折,恰恰应和了《西游记》的主题——取经。

　　林小发的德译本《西游记》出版后不仅引起诸多媒体的密切关注和跟踪报道,而且很快就得到德国和中国读者的赞誉,德国读者评论说"真的实现了信达雅,读起来很是为译者的认真感动",还有人评论该译本"史诗范儿"十足。2017年2月,德译本出版约四个月后,国内译林出版社的资深德语编辑王蕾将德语版《西游记》的开头部分,回译成现代汉语,发在微博上:太初混沌不分/天地晦暗地混淆在一起/万物模糊,横无际涯/谁都没有见过那时的景象……"中文版《西游记》的原文是"诗曰:混沌未分天地乱,茫茫渺渺无人见。……"微博里的这篇回译之作,一时间迅速爆红网络,浏览量高得不同寻常,很多读者看到回译,觉得类似《魔戒》的史诗。认为:"值得全部翻译回中文。"更有评论称"包括行文的流畅程度以及诗词的韵律等在成功的译制作品背

传播动态

后,不仅仅是译者深厚的语言功底,还有译者对原作品抽丝剥茧般的分析与深层次的理解。"①

对于林小发德译本《西游记》横空出世,暴热书市后新闻媒体的密切报道、读者的赞誉和网友的热议,学者竺洪波撰文《林小发德译〈西游记〉的底本不是善本》从学理层面作了分析和论述,② 竺文认为此番林译《西游记》爆红具有历史的必然性。在此之前,德文领域一直没有全译本《西游记》,所传译本或者是选译,或者是节译,且多是由英文本转译。林译号称"全译本",译者林小发女士为"中国通",有条件直接译自中文本,原汁原味,其"既忠实

林小发

于原著又行文优美流畅"的"全译"一下子迎合了读者的阅读心理。同时,从更大的文化背景考量,中国正在实施"一带一路"国家战略,《西游记》以其特有的文化品质——玄奘取经线路与丝绸之路高度重叠成为世界认识中国传统文化的窗口,正是这一时代精神有力地助推了读者阅读热情的高涨。竺文在肯定译者付出的辛劳,为传播中华文化做出了积极的贡献的同时,也指出了德译本《西游记》存在的缺陷,即德译本《西游记》的底本为《西游证道书》,并非最佳选择,因为它对原本文字进行了大幅删削,字数缩减接近三分之一,诗词曲赋被砍掉十之三四,导致面目全非,不是一部《西游记》的善本;《西游证道书》的思想立意欠准确,不能全面、准确反映《西游记》的"丰富性、多样性"文化内容;德译本《西游记》的作者署名无名氏值得商榷,因为"佚名"是一种混沌状态,标志着《西游记》文学主体性的失落,德译本重新退回混沌状态,等于抹去了以往百年的《西游记》研究成果,同时割裂了与中国读者普遍认同的联系。

(特约编辑:程洢)

---

① 参见2017年3月24日新浪博客文《首部德文全译本〈西游记〉的十七年翻译之路》。
② 竺洪波:林小发德译《西游记》的底本不是善本[J].淮海工学院学报(社科版),2017(4).

华东师范大学举办"2017《西游记》高端论坛"

2017年5月11日至12日,"2017《西游记》高端论坛"在华东师范大学成功举办。来自复旦大学、武汉大学、浙江大学、同济大学、华东师范大学、华中科技大学、辽宁大学等高校的30多位专家、学者与会,共同研讨《西游记》的思想、艺术与《西游记》研究的最新进展。

此次论坛的主要议题有:《西游记》与"一带一路"国家战略的关系、《西游记》的域外传播、《西游记》文化产业、《西游记》研究的当代意义及"西游学"建构等。

教育部长江学者、武汉大学陈文新教授在开幕式上致辞,肯定了《西游记》学术研究的当代意义,并赞扬华东师范大学竺洪波教授新著《西游释考录》的学术成就和创新价值。华东师范大学中文系党委书记王庆华向与会嘉宾介绍了中文系的办学历史、人文脉络、学术传承和未来发展规划。论坛主持人转达了中文系主任朱国华教授对全体与会代表的问候和欢迎。

在为期一天半的研讨中,学者们就上述主题一一发言并展开热烈讨论。第一场学术研讨会聚焦《西游记》的作者问题。淮阴师范学院蔡铁鹰教授认为吴承恩作为《西游记》作者的身份的证据链已经形成,目前所谓的质疑缺乏真正的学理依据,并进一步指出在文献证据不足的情况下,考察作者身份的正确的方法是对"作品"与"作者"可能发生联系的各个方面进行综合评判。华东师大竺洪波教授提出若干《西游记》作者考证的方法论原则,包括确立必要而统一的前提、立论应以原始文献的正面记载为先,试图对既往研究作一定的总结与反思,并对"吴著"说进行深入的辨析。教授们的精彩讲评启发大家从学理角度思考《西游记》的作者问题。

第二场学术研讨会重点聚焦《西游记》与"一带一路"的关系与文化传播问题。竺洪波教授指出,《西游记》和"一带一路"倡议密不可分,当年玄奘大师求经西行路

传播动态

线与丝路高度重叠,"一带一路"倡议既有厚重的文化内涵,同时也大大推动了《西游记》和西游文化的扩散传播。淮海工学院徐习军教授把《西游记》誉为"'一带一路'沿线的文化通关文牒",指出其在"一带一路"国家战略中的位置与作用。南通大学朱明胜,辽宁大学赵毓龙,淮海工学院刘晓春、徐习军等代表就《西游记》的地域传播问题进行了介绍、解读,还有一些学者运用西方文艺理论对《西游记》的当代改编和传播作了阐释。这些新的研究方法给《西游记》研究带来新思路,开拓了新领域。

在第三场学术研讨会上,学者们对《西游记》的衍生研究从不同方面、角度各抒己见。中华书局李天飞先生声情并茂地向大家讲述西游故事的发展脉络,并对这些西游故事与佛道两教之间的关系作了梳理。同济大学杨晓林教授详细介绍了日本的《西游记》动漫制作,令人有耳目一新之感。另有学者从《西游记》的方言词汇、《西游记》的童话精神、《西游记》与饮食文化等诸种细微角度论述,开拓、丰富了传统的《西游记》研究。

本次论坛由华东师大中文系竺洪波教授主持。

华东师范大学研究生、本科生30人列席论坛,上海主流媒体《解放日报》《文汇报》《文学报》派记者与会。

(特约编辑:王新鑫)

"2018《西游记》高端论坛"在淮阴师范学院举办

2018年6月1日到2日,"2018《西游记》高端论坛"在吴承恩故里江苏淮安成功举办。来自复旦大学、河南大学、辽宁大学、南通大学等高校的《西游记》研究专家、学者,以及《西游记》文化研究会会员,《西游记》文化创意产业从业者等五十余人集聚淮阴师范学院。

会上,大家围绕《西游记》的作者探究、《西游记》的文学艺术、《西游记》域外传播、《西游记》文化产业、"西游学"建构等议题展开了热烈的研讨。对于《西游记》研究的最新进展,与会专家学者各抒己见、畅所欲言,还就《西游记》研究的当代意义以及《西游记》与"一带一路"战略的关系问题进行了解读。

淮阴师范学院副校长、教授,文化创意产业研究中心主任施军代表淮安欢迎大家。文学院院长李相银教授主持论坛开幕。施军向出席会议的嘉宾介绍了淮阴师范学院以及文化创意产业研究中心的基本情况,简要介绍近几年学校作为省重点人文社科研究基地为地方经济文化建设方面所作出的努力。施军希望与会专家能够知无不言、言无不尽,从学术的角度展开广泛深入的交流,促进淮阴师院《西游记》文化研究事业的发展、促进社会文化产业的繁荣。

国家文化旅游部党建社团工作督导员、《西游记》文化研究会顾问姚家华在开幕式上致辞。他代表文化和旅游部直属机关党委向大会的召开表示祝贺。他对淮安市委、市政府以《西游记》文化为抓手,挖掘文化内涵价值的做法表示肯定。发言中,他希望淮安市委、市政府能够进一步拓展《西游记》城市文化创意空间,建设一流的主题公园和城市文化,打造"文化+旅游+产业"发展模式,打造国际《西游记》核心品牌,全面推动淮安文化旅游事业繁荣发展。同时,姚家华认为,此次论坛必将对发展《西游记》文化事业,讲述中国好故事、传播中国好声音、塑造中国好形象

传播动态

产生重要意义。

国家重大招标课题负责人、辽宁大学社科处处长胡胜教授在开幕式上向与会代表介绍了新时期《西游记》学术研究的历史沿革以及发展现状。

西游文化产业集团副经理王维明则代表文化产业从业者在会上发言,介绍了西游乐园的相关建设情况。

会议代表分基础理论组及文化创意组进行了圆桌会议。

《西游记》的作者问题依旧成为聚焦点。淮阴师范学院蔡铁鹰教授认为,关于《西游记》作者的问题,其实是一个多元文化因素的综合体,虽然有文献证据资料等作为判断根据,但是"作者"的概念是可以预设的,因此提出"作者文化"的概念,认为应该把作者当作一个文化问题看待,将作者的生活经历、文学修养、人生道义、语言风格等囊括其中。具体到《西游记》作者问题,蔡铁鹰从作者的人生经历、作者的文学才华、作者的人生道义三个方面进行了大量论证,进一步肯定吴承恩的作者地位。河南大学曹炳建教授则论述了《西游记》成书所必要的四个条件,认为《西游记》的作者必须满足明代人、与某王府有联系、与中国神话传说有联系、自身幽默风趣又比较能写四个条件,在这种对照下,吴承恩就是最正确的人。淮海工学院特聘教授李洪甫,人民出版社《西游记》点校人,则以连云港地方出土的一些文献古迹佐证了"吴承恩"说。

《西游记》版本研究诞生新的切入点。辽宁大学胡胜教授的最新研究是从泉州傀儡戏《三藏取经》为蓝本出发,重新评估了"南系"西游故事的价值,再度审视《西游记》的相关故事系统。复旦大学张怡微老师则对《续西游记》海内外的研究状况进行了梳理,特别是整理了《续西游记》在美国、日本的接受史,重新考量《续西游记》的文学价值。

《西游记》语言学研究有了新方向。淮阴师范学院的王毅副教授则从语言学角度切入《西游记》方言研究,并出版了《〈西游记〉词汇对〈汉语大词典〉书证研究》,从语言学、辞书学的交叉角度对《西游记》进行文本细读。

《西游记》境外传播研究进展迅速。南通大学的朱明胜副教授、淮海工学院的

王镇副教授则在会上论述了他们所研究的《西游记》境外传播情况,利用自身的外语优势将英国、美国、澳大利亚等国家的各个翻译版本和"猴王"形象进行了考察。

《西游记》经典世俗化的过程一直有学者的推动和参与。中华书局李天飞介绍了他的中华书局版《西游记》注释本的成书情况,对这些西游故事与佛道两教之间的关系作了梳理,李天飞还在会议上推荐了他6月1日为儿童出版的《万万没想到〈西游记〉可以这样读》一书,叙述了他近年来在《西游记》经典民俗推广方面所作的一系列努力。

会议上,文化创意产业从业者则从文化产业发展角度探讨了"一带一路"国家地区的文化交流,《西游记》文化产业发展面临的机遇和挑战等论题。大家聚焦讨论了《西游记》影视传播、《西游记》网络游戏推广、西游乐园运营建设的可能性和可操作性,也给当地《西游记》产业发展带来了建议和借鉴。同时,一些民间学者也加入到会议中来,从《西游记》中的养生知识研究、《西游记》中的中医药知识等角度发散性展开论述。

激烈的"头脑风暴"之后,与会的专家学者们还赴西游乐园、吴承恩故居、漕运博物馆等文创实践基地开展了实地考察。

本次研讨会由西游记文化研究会、淮阴师范学院主办。淮阴师范学院文化创意产业研究中心、西游记文化研究会吴承恩研究专业委员会、淮阴师范学院西游记文化研究中心、淮安西游产业集团有限公司、吴承恩故居纪念馆承办。

(编辑编辑:王新鑫)

《西游记文化研究辑刊》征稿启事

《西游记文化研究辑刊》由(中国)西游记文化研究会、淮阴师范学院联合主办,《西游记文化研究辑刊》编辑部编辑出版。

《西游记文化研究辑刊》作为(中国)西游记文化研究会会刊,以西游记文化、《西游记》文本及《西游记》作者吴承恩为主要研究对象,以"传承经典、创新发展"为办刊理念,旨在促进学术研究,培育西学新人,传播西游文化,推动西学研究的健康发展。暂定每辑28万字左右。

《西游记文化研究辑刊》现面向海内外西学研究者与爱好者恭求力作。

来稿要求

一、来稿内容包括文本阐论、成书研究、版本研究、作者研究、学术史研究、续书研究、西游学者介绍等,但求论述严谨,言之有物,深入浅出;不须戏说恶搞,反对主观臆测,严禁抄袭、剽窃。

二、来稿当以学术研讨为目的,尊重史实。来稿文责自负,不得侵犯第三方版权或其他权利。本刊根据需要,可能会在不改变原意的前提下对原稿件有所删改,不同意者请附声明。

三、来稿字数要求在1万字以内(特别约稿除外),所有论文请附100字左右的"内容提要"及3~5个"关键词"。少于3000字的非论文体例文章不做此要求。

四、稿件书写格式及要求:

(一)本刊接受电子稿件(扩展名为".doc"的word文档),以"附件"形式发送。

（二）文章中的表或图应各有说明文字，附于图表上方或下方。

（三）凡注释一律使用页下注。文献信息包括作者名、文章名或书名、出版单位、出版时间及页码。同时，所有引文务请核对正确。格式如下：

抱瓮老人.今古奇观(下册)[M].长春:时代文艺出版社,2003:64.

（四）文尾务请注明作者姓名、通信地址、电子邮箱、手机号等个人信息。

五、来稿择优录用，一经刊用，敬致样刊二本，并致薄酬。

六、凡来稿，即视为作者将该稿信息所有权授予本刊编辑部(但不影响作者合法使用文章的著作权)。三个月内未收到用稿通知者，可自行处理。限于人力等原因，本刊不予退稿，敬请作者自留底稿。

七、联系方式：

投稿邮箱：wy15061299200@sina.com
　　　　　147825207@qq.com

联系电话：13815458382

《西游记文化研究辑刊》编辑部

2018年10月10日